蕉王吳振瑞

李旺台——著

鏡文學
MIRROR FICTION

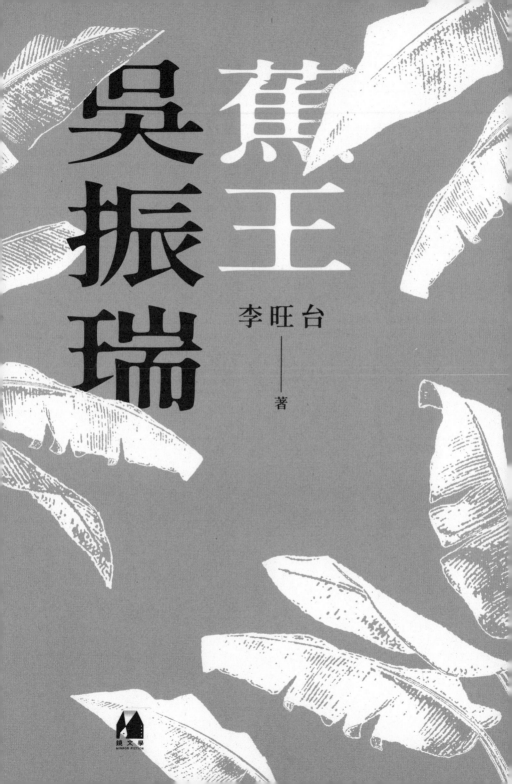

獻給：

出生成長於日治時代，換中國國民黨治台後，

終其一生重新學習、重新適應、

努力順服以及努力不順服的所有台灣人。

目次

推薦序

隱藏的歷史、寃曲的台灣、黑暗的政治——序李旺台《蕉王吳振瑞》

李敏勇

吳振瑞是我熟悉的人物。從高雄旗山出生，在屏東的小學、初中，到高雄的高中，一九六〇年代正是我懂事之時。高屏地區的香蕉出口日本，蕉農的經濟傳奇被傳頌，香蕉大王吳振瑞更是傳奇中的傳奇。越戰在遠方，只一些美國軍人來台度假，在高雄港區街頭的酒吧街——七賢三路，異國的放蕩況味或說美國情調，襯托在鹽埕埔的大溝頂、賊仔市，形成某種舶來意味。高中生的我們看《文星》雜誌，但彭明敏和兩位台大學生的〈台灣人民自救宣言〉事件，並不那麼被一般人關切。戰後台灣，像是從二二八事件的夢魘走過來，在美援、經濟成長的社會情境，走向另一個時代。香蕉經濟在高屏除了致富的農村傳奇，也引發一些紙醉金迷的鄉野景況，像是鄉土小說的情節——而吳振瑞無疑是焦點中的焦點。

流亡來台的國民黨中國蔣氏政權，拜韓戰之賜，已在冷戰時期鞏固了統治權力，更在越戰的共同防禦條約連帶中，形成反共體制，確保了政權的穩定。五〇年代的白色恐怖，似已在穩定的政權裡暫時停住。但蔣氏體制的蔣介石、宋美齡、蔣經國，形成三角構造，後蔣介石的權力角力在宋美齡、蔣經國之間拉扯，或明或暗的鬥爭從來不斷。一九六四年的彭明敏事件壓制了，以開放特許權籠絡台灣新興資本家，形成附庸財團，成為蔣氏政權的新統治手段。香蕉出口日本的暢旺形勢是台灣農業經濟的某種榮景，但背後的政治學錯綜複雜。

吳振瑞以青果合作社理事主席主導出口日本，既是台灣與日本的國際貿易，也在地方的政治權力、更在中央政治權力的體系，捲入政治經濟學的糾葛。吳振瑞的蕉王傳奇、金碗事件，本質上就是蔣氏政權、宋美齡與蔣經國權力鬥爭現象引發的效應。吳振瑞的故事，突顯二二八事件、五〇年代白色恐怖之後，蔣氏政權黨國體制的內部權力鬥爭。這樣的鬥爭，阻礙了台灣香蕉出口日本的經濟榮景，蕉農受損自不待言。在香蕉產業一直無法再現奇蹟的現在，回顧已消失的時代傳奇，吳振瑞故事的歷史書寫在經過半世紀之後，出現在一些書冊。

小說的歷史書寫比一般歷史書寫，更引人興味。歷史小說將歷史虛構化，以小說的形式，更具大眾文化條件。歷史被失憶化的台灣，認同的形成必須經由記憶的恢復。新台灣和平基金會的台灣歷史小說獎興辦，具有這樣的旨意。李旺台以《播磨丸》這本終戰時台灣人日本兵從中國返台的故事，在首獎從缺時，與另一人作品，同獲佳作。《蕉王吳振瑞》也是李旺台在歷史小說獎、首獎出缺的佳作，在決選會議獲得許多佳評。

李旺台是我同世代，一樣成長於高屏，並是我短暫新聞記者工作的同僚。他有在地閱歷，熟悉吳振瑞，他也在一九六〇年代，親身體會香蕉出口的蕉王傳奇。新聞工作的歷練，蘊藏在腦海、交織著經濟與政治、穿插蔣氏黨國體制權力鬥爭的台灣人悲情歷史，在他的作家之路、以歷史小說呈現，有其特具的條件。歷史小說既有歷史、也有小說，新聞之眼和文學之心必須兼備。李旺台透過吳振瑞的人生經歷和香蕉出口貿易，以及蔣氏政權統治台灣政治控制、權力鬥爭，彰顯活生生的台灣人被殖民的戰後史。

李旺台說他以自傳體寫成這本小說。他的孩童時代正是家中種植香蕉，父親也是吳振瑞以理事主席領導青果合作社時，社裡的代表，經歷香蕉而改善經濟的記憶，讓這本小說的作者性帶有特殊的感情。以一九七三年，在台北成立屏東同鄉會的一幕，揭開吳振瑞經歷牢獄之災的世態炎涼、穿插檯面地方人士的形色，小說的裝置以日本時代、島嶼的痛、中國國民黨時代，以他記者身分與同鄉旅行團在日本東京陋巷見到吳振瑞之面的引子，再回敘自己成長時期所見、所思，具有台灣人水牛精神的吳振瑞行止，意氣風發的時代、落難經驗、流亡遁世形影，交織蔣氏政權權力鬥爭禍及台灣精英的戰後台灣政治、經濟、文化的社會群像。戰前被日本殖民，戰後國民黨中國殖民，特殊歷史構造下台灣人的歷史隱含各種故事，正是台灣歷史小說源源不絕的傷痕之土。台灣人的歷史意識，或要因此而覺醒、而深化。

從《播磨丸》而《蕉王吳振瑞》，李旺台的歷史小說家之路，逐漸印拓出形跡。

自序　蕉園小子寫了一本蕉王大傳

那時我只有十三、四歲，正在讀初一還是初二，家裡突然變成「香蕉家庭」。父親把兩大塊水稻田改種香蕉；還不夠，另外又去找地契作；這樣還不夠，還當起「香蕉單集散處」。蕉農把香蕉運交到合作社的集貨場，磅秤之後拿到的是一紙香蕉單，一個半月後才能領到錢，村內有急需用錢的農友，可以持單到我家先兌現。村民也可以先來我家借貸一筆錢，拿去向散農收購香蕉，割交後持香蕉單來依價折現還款。

那其實就是小農村裏簡易的「蕉農銀行」，只是我不想使用那麼堂皇的名詞。

我們家的小孩放學回家，尤其是在週末假日，常被父親指派去這裏那裏的蕉園鋤草，那時還沒有除草機和除草劑，農夫與雜草對抗的工具，就是一把鋤頭，外加一枝鐮刀。烈日當下要鋤，下午雷雨過後也不敢休息。學校要月考或期末考什麼的，全都沒有比照顧好香蕉園更重要。

真正做過農就會相信，草長的速度比人工鋤草要快很多。南台灣溫潤多濕，我家蕉園面積又大，因而，我的青少年光陰很多是花在蕉園與草為伍又與草為敵，一些實際與不實際的幼時夢想，也多在一鋤一鏟中升起又幻滅。

香蕉使我家富裕起來。父親那些年渾身的幹勁和臉上的興奮，至今猶歷歷在目。我也受到鼓舞。一個禮拜有兩天或三天，在半夜三點多會被父親叫醒，跟他去蕉園。父親摸黑將香蕉樹上的香蕉一串串割下，由母親和我負責用扁擔將它們一串串挑出蕉園。扁擔一頭吊掛一串，走在狹窄的田埂上，還要跨越一座小橋，才能挑到馬路邊，輕放在預先鋪好的棉被上。我一趟一趟的擔挑，通常要挑到天色微曉，再挑到天光大亮，然後快步回家，草草吃早餐，匆匆趕赴學校，那時我上學經常被記遲到，多是這個原因。

我曾向父親抱怨，為何總是要半夜爬起來幹活；他回答說，集貨場人車洶湧，大排長龍，不搶早不行。

那個年代，農家子弟都視幫忙家務為天經地義，沒人叫苦，也不知道應該訴苦。我一個蕉園小子，後來漸漸知道，原來那些年我是處在一個從未有過的「香蕉盛世」；高雄青果運銷合作社每一期都用很好的價格收繳香蕉，愈多愈好；也從長輩口中知道一個名叫吳振瑞的理事主席。我父親後來出馬競選合作社社員代表，連選連任多屆，以作為吳主席的下屬為榮。

那時台灣農村尚未脫貧，是吳振瑞讓幾十萬蕉農先富了起來。

吳振瑞當然不會知道，在他創造的「香蕉盛世」中，有我這個小小的參與者。

在完稿那一刻，我起身在書房漫步，心裏想著，寫好這本書，對我青少年時期在香蕉園裏的那些歲月，算是有交代了。

長大後我在報社工作，有一個好機緣，在東京鬧區一條弄巷裏的小旅館內，見到吳振瑞本人，做了一次長時間的訪談，一老一少斷斷續續談了兩夜三天。那時他已年邁，想像中一位香蕉大王應有的樣貌和風華不見，只有在談起香蕉時，才精神上臉，健談起來。我把自己在農村底層的「香蕉經驗」告訴他，他也詳述他的一生榮辱給我聽。我的經歷只是一小條香蕉，他的是長長的一大串——一長串的香蕉夢，夢圓了，又夢碎了。

因而，本書所述各節，泰半是既存在腦中，現成的，真實的。

但這是一本小說，不只是傳記，在真實的情節中，也虛構了一些人事物。虛構是為了能更真切地刻劃書中幾位要角以及他們所身處的那個時代，使那段歷史更好地被書寫，更容易被記住。

有時我會感到自己很幸運。我生長的那個時代，是日本列車已經離去，火車隆隆餘音餘緒猶在，而中國列車已然抵達，正在忙著下車卸貨。我的腦袋裏裝著一座月台，月台上本來就會有許多悲歡離合，而吳振瑞他們的故事就是其中之一。

我這一代人走過從貧窮到富裕，從刻苦到逸樂的全程，以前刻鋼板印刷滿手油墨，現在一根指頭瞬間複製傳輸；以前戒嚴森嚴朝會三呼萬歲，現在民主自由眾聲喧嘩。不是每一個世代都能完整閱歷這些變遷，有這些經歷是幸運，它們幫我順利記錄下本土精英在面對外來統治權貴時，那些刻進骨頭噴出血淚的生命故事。

本書為了還原故事發生時地的語言情境，在處理人物對話時，使用了許多福佬台語，但未必選用標準的台語文，有時刻意寫成半台半中，或只取其音，以方便不能使用福佬台語的人閱讀。

最後，在成書之際，要感謝幾位朋友：蘇天珍先生，他是一位老農夫，我稱呼他「牛博士」，是寫作本書時，經常請教的對象；林純美小姐，一九八九年為吳振瑞平反的推手之一，她為本書提供了若干珍貴資料；黃旭初先生，他著述的「金蕉傳奇」是經常查閱的書籍；林翠儀小姐，現為自由時報駐日特派員，我在書中須要用日文表達時，總是找她；余昭玟小姐，屏東大學中文系主任，在出版前審閱此書，提出寶貴意見。還要感謝「鏡文學」編輯和我太太李錦珠，他們仔細校閱本書，不時指出疏漏之處。

李旺台　二〇一九年二月　寫於屏東

本書常用福佬台語詞彙

咱：我們
恁：你們
怹：他們
阮：我們
兜：家，如恁兜是你家，怹兜是他家
伊：他或她
啥物：什麼
適才：剛才
按呢：這樣、那麼樣
今嘛：現在、目前
轉去：回去
轉來：回來

代誌：事情
歹勢：不好意思
按怎：怎麼樣
袂當：不能
袂使：不可以
會當：能、可以
會曉：知道、懂得
時陣：時候
作伙：一起
後壁：後面
嘸免：不必
佗位：哪裡
今仔日：今天
明仔哉：明天
號：哭
號號出來：哭了出來
查某：女人
查埔：男人

好額人：有錢人

迌迌：遊玩、遊戲

序幕

戲幕拉開————
一個隆重的會場突然停電了，
麥克風被短暫消音，
只因為一個吳振瑞。

第二幕戲掀開————
照見五個台灣去的老蕉農，
在東京一條窄巷當街彎腰鞠躬，
也因為一個吳振瑞。

一

一九七三年八月底，颱風剛剛來過，風尾還在輕輕搖擺的上午，一名年輕記者步入台北火車站前的王凱大飯店，逕上三樓。大廳裏的活動已經開始，最重要的來賓台北市長張豐緒正在講話，一會兒低頭讀稿，一會兒抬頭看看台下賓客。他的國語不標準，也不流利，那記者已經習慣他的演說風格。幸好他很快結束致詞，坐回台上右側貴賓席，一朵胸花在他西裝左上方無風自動。

那記者站在舞台左前側，招待人員請他入座，他微笑站著不動，認真凝望台上台下賓客的眾生相。

這是台北市屏東同鄉會的成立大會。籌備小組成員之一的蔡秀雄是那位記者的好友，上前寒喧：「嘿！阿誠仔，你今仔日慢來哦！」

「歹勢！歹勢！不過，大會剛剛開始，張市長的致詞稿，我已經有啦。」

兩人只聊了兩句，台上司儀開始介紹創會發起人。「第一位，宋丙堂先生，是日本早稻田大學高材生，現在華江女中任教。」

「其次，徐傍興博士，我們屏東的外科名醫，徐外科醫院院長。」㊀

「戴炎輝先生，我們屏東的才子，現任司法院副院長。」

「劉兼善先生，省府委員、考試院顧問。」

「吳文華先生，從竹田來的實業家，萬家香醬園的董事長。」

司儀每介紹一人，被介紹者即起立，或點個頭或鞠躬，接受會眾的鼓掌。

唱名繼續。接著介紹「林菊瑛女士，中興大學副教授」「林成子先生，實踐家專教授」，接下來，當司儀喊完「蔡西坤先生，我們屏東來的大律師」時，阿誠記者瞄見蔡秀雄與舞台邊一名男子對看一眼，輕輕點個頭，之後，唱名的麥克風突然沒有聲音，只有站在舞台旁邊和坐在第一排的人才聽得見，阿誠記者隱約聽到的介紹詞是：「吳振瑞先生，屏東頭前溪人，前高雄青果合作社理事主席。」因為幾乎全場沒聽到司儀的聲音，阿誠記者沒有看到一個名叫吳振瑞的人起立致意，全場也沒響起掌聲。

唱完吳振瑞的名字，麥克風像人深呼吸後閉氣幾秒鐘又吐氣說話，全場清楚地聽到：「鍾德鈞先生，高等法院庭長」「蔡潔生先生，樂馬大飯店董事長」。㊁

現在，阿誠記者沒在意下一位唱誰的名，吳振瑞這個名字以及不小心被他撞見的這一幕，

註一：徐傍興也曾擔任台中中山醫專校長，後來回鄉興學，是美和中學、美和護專創辦者，美和棒球隊的催生者，也是高雄醫學院的共同創辦人。

註二：蔡潔生，蔡英文總統的父親。

使他想起以前在家時，父親經常從抽屜拿出一疊剪報，裏頭都是當年「蕉蟲金碗案」的新聞，父親經常邊看邊罵，說報紙「胡亂寫」，人家吳振瑞是真正為蕉農打拚的大功臣，這案件是天大的冤枉。「伊是咱兜的恩人」父親說過非常多遍，還說：「恁兄弟姊妹會當去台北讀大學，好加在有種香蕉。」

麥克風宏亮地響著，籌備小組召集人伍錦霖正在做籌備工作報告，阿誠記者向身旁的蔡秀雄發牢騷：「恁何必按呢做，人吳振瑞關嘛關過啦，案件嘛完全結了啦，人是真正一位『香蕉大王』，何必如此對待伊！」

「這段你袂使寫哦！寫出來我就該死嘍。」

「我不寫，只是看不過去。」

「這是有關單位的意思，大家從屏東起來台北打拚，好不容易事業有成，萬一介紹吳振瑞的時陣，全場咻咻叫，打噗仔打袂停，歡聲雷動，該如何是好？當局一定袂歡喜。」

阿誠記者輕聲罵：「有關單位是啥物小，幹！」

「幹醮卡細聲咧。」

「我問你，是恁自己揣摩有關單位的意思，還是怹真正有來交代？」㊂

「是我自己猜想當局的意思的啦。」

「哼！無須要，無須要按呢自我驚駭。」

「阿誠，香蕉大王今仔日有來，咱恬恬仔歡喜就好，莫惹代誌，蛤！」㊃

麥克風宏亮地響著，沒再突然消音，伍錦霖已報告完畢，好像要選理監事了。阿誠記者張大眼睛一排一排尋找，在第五排中間發現一位身材高高，臉孔削瘦的男士，應該就是在父親剪報簿裏看過的吳振瑞沒錯。他不斷跟鄰座一位微胖的紳士模樣的人交談，談得很來勁，似乎碰到了多年老友。那神情，顯得有點落寞，偶爾噴出一臉的憤慨，偶爾又苦笑一下。

阿誠記者想到一個問題：「恁既然對吳振瑞如此忌諱，用心良苦給伊消音，當初莫邀請伊參加發起人就好囉？」

「是徐傍興院長邀請伊，幫伊簽名，又閣替伊繳……。」

「哦！我想起來了，適才有介紹，就是坐在吳振瑞身軀邊那個人，兩人一直在講話。」

「無錯。他兩人，聽講是日本時代高雄中學的同學。」

「哦！原來如此。」阿誠記者盯著吳振瑞看，看他的一舉手一投足，觀察他跟別人互動的神情。「今天居然被我碰到，父親掛在嘴邊稱讚了千百次的人。」阿誠瞄一眼記者席上那些同業，又想：「現場大概沒有記者知道，一代蕉王今天來了這裏，哈！」

麥克風宏亮地響著，台上正在宣布首屆理監事的名單，應該是內定的吧？阿誠仔細聽著，沒聽到吳振瑞入選。

散會後，吳振瑞一人離去。站在路口等待綠燈，颱風過後，風吹來有點涼意。紅燈變綠燈，一群人匆匆過馬路，他在人群中個子最高，那走路的姿勢明顯有了老態。

註三：福佬台語，「恁」是「你們」的意思，「怹」則是「他們」。

註四：「恬恬」，台灣口語，福佬、客家同音，意思是「安靜」。

二

幾年後政府開放出國觀光，適逢阿誠記者有長假，帶父親參加一個旅遊團，家鄉幾位長輩聞訊也報名同行，報的是日本團。

遊覽車上大多是阿公阿嬤。導遊是一位久居日本的台灣人。阿誠記者坐在父親身旁，一路陪伴並照料。

那天，行程包括明治神宮外苑、銀座、新宿。傍晚前往餐廳用飯時，導遊先生告訴大家：「等一下，咱會經過一條巷仔，巷仔內住著一位台灣的大人物。」

導遊以為旅客中會有人眼睛一亮，迫不及待追問：「是誰？是哪一個大人物？」但沒有，許多老人連眼皮都沒有抬一下，只好沒趣地草草自言自語：「有一個卡早的香蕉大王吳振瑞住在這條巷仔內。」

遊覽車內還是沒有聲響，但後排有兩個人極輕微「哦」了一聲，同時，阿誠記者的父親輕拍一下兒子的大腿，父子互望一眼；前排一位老歐吉桑回過頭，跟阿誠的父親交換個眼神，順便揚一揚下巴，導遊先生察覺不到這些細微的騷動。

晚餐即將結束時，五名旅客跟導遊私下商量，請求帶他們去那條巷子探望吳振瑞。
「恁跟吳振瑞有相識無？」導遊問。
「無熟識。阮來去偲兜，站在窗外探望一個就好。」阿誠的父親回答。
「那間不是一般住家，是一間『腳騷間仔』。」㈤
「腳騷間仔？吳主席住在內底？」
「無錯。一堆台灣來的『賺食查某』嘛住在內面。」
「遮奇怪！」
「哪有可能！」
晚餐後自由活動，導遊先生領著他們出門。他熟門熟路，很快到達。是一間尋常的兩層樓日式木屋，有招牌，寫著「三洋賓閣」四個漢字。
大夥輕手輕腳，分站室外兩扇窗戶。屋裏是榻榻米通鋪，鋪的左右兩邊各堆疊一排儲物櫃。一個高瘦的老人在玄關旁的瓦斯爐邊忙著，仔細瞧，那人正在煮麵，用的是特大的鍋子，手持一雙粗筷子有點吃力的在攪拌。是煮給一個大家族吃的嗎？現在已經晚上九點多，才正要開始做吃食，而屋內無人，是煮給誰吃的呢？
正當大夥看得糊里糊塗的時候，有四個人從樓上提著行李下來，看起來是兩對夫婦，來日本玩的普通旅客。只見那高瘦老人轉過身子，跟那些客人打招呼，啊！是吳振瑞，沒錯！是吳

註五：「腳騷間仔」，台語，妓女戶、私娼寮等風月場所的俗稱。

主席。上身只穿一件普通的汗衫，下身的褲子是睡褲，舊舊，皺皺。

導遊在旁低聲催促：「在日本，咱按呢給人偷看，是非常失禮，足無禮貌。看到了就好了，緊離開，緊來走。」

導遊那句「足無禮貌」一出，阿誠突見父親退後一步，對著窗戶，朝裏頭深深一鞠躬，那種九十度的日式鞠躬。父親這麼一做，其他四位老人也跟著鞠躬。在暈黃的街燈下，那些鞠躬的身影，有點像家鄉被颱風吹倒腰折的香蕉樹筒。

導遊先生已經不耐，先行一步向巷口邁步，幾個老人跟隨在後，急吁吁發問：「你講是『腳騷間仔』，佗位有賺食查某在內面？」

「我來過幾次，確實有三、五個小姐住在裡面。這個時陣應該攏出去做生理嘍，十二點或者翻點才會陸陸續續轉來睏。」

「所以不是『腳騷間仔』，是一間普通的旅社。」

「對，無錯。講『腳騷間仔』是我黑白清彩講講咧啦。」

「所以，吳振瑞是為那些小姐在煮宵夜？」

「可能是。嘛有其他跑單幫的人客要吃。」導遊停了停又補充：「我聽人講吳振瑞在這間小旅館只是一個經理，頭家是伊自己的姪子。」

「唉！好好一個理事主席，香蕉大王，今嘛變做按呢。」

「唉！看得我心內真艱苦。」

接下去，他們拉車去遊瀨戶內海，兩夜三天才回東京，準備次日搭機回台灣。

最後一晚，又是自由活動。阿誠的父親等五人再次央請導遊帶他們去探望吳振瑞，導遊不肯，父親這樣遊說：「這擺，阮莫在外面偷看。阮欲進去向伊當面表達尊敬跟感謝之意。」

另一位老阿公說：「阮攏是受吳主席庇蔭的蕉農，就是當年有賺到錢，今嘛才有錢出國遊覽。」

「好啦！帶阮來去啦！」

「好啦！拜託啦！」

導遊拗不過他們的拜託，只好再一次帶大家去。

三洋賓閣的電燈比上次好像更亮，尚未靠近就從窗影判斷屋內有好幾個人，眾人因而不敢貿然上門，還是先站在窗外一瞧究竟。

吳振瑞還是一襲台式汗衫睡褲，坐在榻榻米上。另有一男二女坐在他面前，男的西裝畢挺，女的洋裝合宜，都是瘦瘦的身材，難道是他的家人？再靠近一聽，果然是：

「阿爸，莫按呢固執啦！你在這過的是啥物款生活嘛！我看得想欲號號出來。」女性的聲音。

「來去我美國的厝住有啥物嘸好？阿爸，你嘛呼我有機會照顧你。」另一位女性的聲音。

「我還可以照顧自己。我在這照顧那些台灣來的查某人，感覺自己還有價值。」吳振瑞開口，蒼老的聲音。

「您無需要你一個老大人照顧……。」

「有兩個小姐昨日去呼警察抓抓去，加在有我去幫怹保保出來。」

一個哭泣的抖音出來：「阿爸，你在這，呼阮做子兒的感覺真見笑。阮不是無能力……。」

「有啥物好見笑，哼！」

「阿爸！」

「好了啦，恁免閣講，阿爸就是欲住在這，無啥物艱苦，我袂搬去你兜住。」

「阿爸，你真正是世界固執呢！」

導遊發覺這樣一群人站在別人窗邊偷窺、偷聽，已經引起路人側目，強拉眾人離開。到了巷子口，阿誠瞥見父親眼眶濕濕，正不知該說什麼才好，卻聽到父親這樣感嘆：「這趟來日本迌迌，真有價值。」

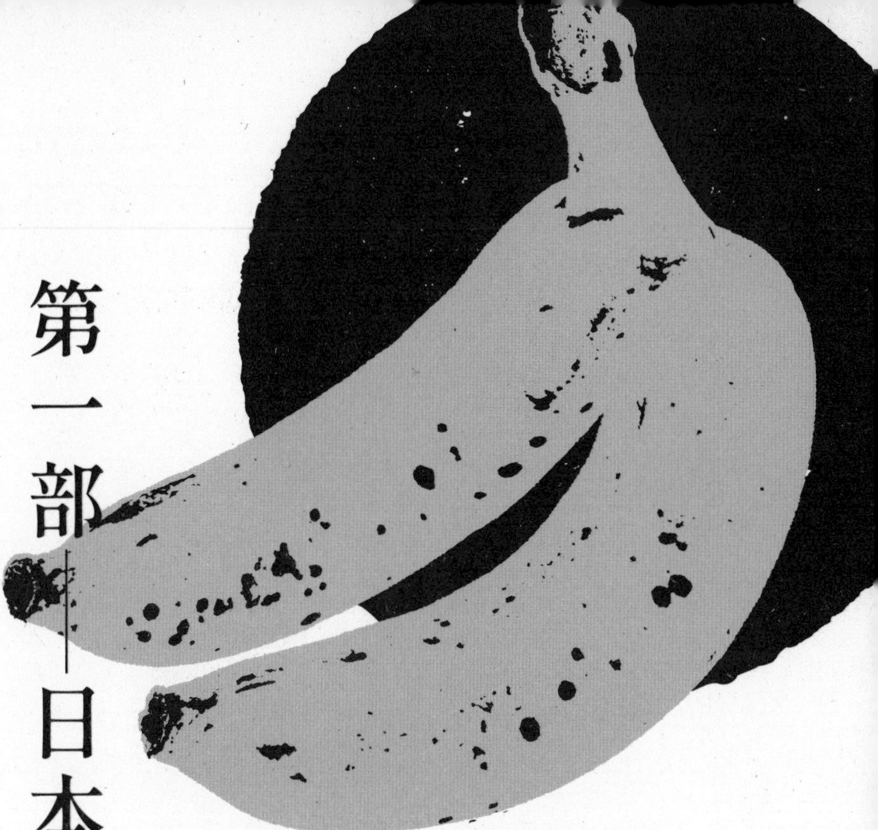

第一部——日本仔時代

吳振瑞正當少年時———
高雄中學畢業了，
在家耕田，與牛爲伍；
後來進入香蕉試驗所，
一場被姊妹同時愛上的戲碼
精彩上演。

一

阿壯伯一腳已經跨進水田裡，另一腳還在田埂上，手上拿著的牛繩往牛背上一放，雙手摯起牛軛，要往那隻新買回來的牛頭頸上套；但那牛一直昂著頭，沒法套上去。他含怒叫兩聲「來！來！」，試著再從右側邊上套，那牛居然用力向右邊側頭，並且向他瞪眼，展示牠的利角。阿壯伯兩度上套不成，拾起一根竹片條使勁往牛背牛屁股上鞭打，「拍！」「拍！」「拍！」一聲重過一聲；而那牛倔強地撐著，牛鼻孔大張，呼出一聲聲的怒氣。阿壯伯打到手酸了，再次試著上套，這次換左邊；但那牛更加頑強地向左昂頭，還舉角要撥開牛軛。阿壯伯滿頭是汗。烈日曬在他挫折而且怒不可遏的黑臉上，也曬在牛背上一條條泛紅的鞭痕上。阿壯伯放聲開罵了：「幹！幹你娘卡好！」「你這隻死牛！」再次揚起竹片正要擊打，眼角瞄到那竹片條已經破裂稀疏，使勁往身旁一丟，握緊右拳，往那牛的下腹部猛然一揍，牛發出「哞——呢」長聲的哀叫，阿壯伯第二拳瞄準牛耳正要揍出，聽到在隔鄰那壟田犁地的年輕人吳振瑞向他呼喊：「阿壯伯，莫閣打，我來試看覓。」

阿壯伯噴著怒火，回說：「你剛剛學做農，有比我閣卡厲害？我就不相信！」說完兀自蹲在田埂上，脫下斗笠，現出高高發亮的額頭，以笠當扇，重重地猛力搧風，搧得希刷希刷響，口中唸唸有詞：「我駛牛規半世人，還沒碰過這款固執的牛！」他氣還沒消，下唇向上頂著上唇，下巴微揚，長長的「戽斗」臉型盡露。

阿壯伯與吳家田地隔鄰，常見吳家小孩放學後下田幫忙。眼前這個阿振瑞，現在長得高高瘦瘦，已經高中畢業，越來越英俊，一副斯文，哪裡有像做田的人！見他此時也脫下斗笠擦汗，露出被曬得黑油油黑裡透紅的臉龐，阿壯伯正想再貶損他幾句，他正靠近那牛同時說起教來：「剛換主人的牛，本來就是會這樣。伊對新主人無認識、無感情，當然嘛是不要給你駛！伊願意給你牽出來都足好啦！」吳振瑞朝自己的雙掌吐一大口唾液，輕輕塗抹在牛背牛屁股的傷痕上，然後移步到牛頭前面，跟牠那大大的牛眼睛對望一眼。就這對望的瞬間，吳振瑞感覺好熟識，好像是許久以前在什麼地方看過的眼神。眨眨眼睛再跟牠對望，這次端詳久些，那熟悉感依舊在，是揉合著恐懼、慶幸、感恩的複雜而深情的牛眼睛，於是大聲發問：「阿壯伯，這隻牛你是從啥物所在買來的？我怎麼好像有見過！」

「你是看到鬼！是阿里港的牛販從台南四草輾轉買來的。你少年雞一隻，敢有去過四草那款所在？」

「按呢哦，台南四草我確實不曾去過。」吳振瑞口中這樣應答，心裡其實有點在意阿壯伯這種帶刺的說話口吻。他拾起被丟在田裡的牛軛，摸一摸並輕捏幾下牛頭後面堅韌的粗皮，那是放上牛軛的部位。那牛此時竟自動低下頭，讓吳振瑞輕鬆地上套。吳振瑞又驚又喜，趕緊拉好耕索，勾緊犁劍，輕輕一抖牛繩，那牛自然而然踏出步伐，四條腿強勁而有序，從牛繩傳來的感覺，牠是非常心甘意願。這一切順利得出奇。這裡是屏東市郊頭前溪附近村莊旁的農田，一壟壟一塊塊，正逢灌滿了水準備犁好田就要插秧的時節。水田裡倒映著遠處的大武山影和天空中的朵朵白雲。牛行穩健，吳振瑞駛牛如有風，得意中凝視水田裡頭，犁劍翻土彷彿要翻開一座大武山，翻開一片藍天白雲那般。吳振瑞正感心頭暢快，耳邊傳來阿壯伯的話，口氣中已無輕蔑：「這隻牛你駛得那麼好，轉賣給你好了。」

吳振瑞叫一聲長音的「哇」，那牛立刻止住，站得穩穩的，雄糾氣昂地站在鬆軟的泥水中。他側個頭，回話：「我家已經有一隻了，無必要養兩隻牛。」

「你家那隻老叩叩了，把牠處理掉，換我這隻少年的，算你便宜一點，了錢賣。」

「你多少錢買來？」

「九十三元五角。」吳振瑞沒回應，阿壯伯自己降價：「八十元賣給你，給你賺到。」

「我把這牛先牽回家，要不要買，明天給你答覆。」

「要牽回家就是買了，還要等明天，你是想怎樣？」

「我要牽去給阿煥叔公看一看。」

「按呢嘛好。最好能講定。足足有兩天了，我差一點沒被這隻牛氣死。」

「換主人本來就是會按呢，要有要領。」

「不過，我提醒你，阿煥叔有時神經神經，講的話像牛放屁，無影無跡，你聽聽就好，嘸免全信。」

阿煥叔公就住在隔壁村莊，是遠近馳名的牛相師兼牛醫師。村裡農閒時節，會有打拳頭賣膏藥的江湖客來表演，他們的戲裡就有一段話，半唱半說：「講到咱這個牛仔師呀，斗南以南，北勢頭以北，佳冬以東，西港仔以西，橫橫直直一百多公里以內，找無啦！無人識牛比阿煥叔閣卡識啦！」

當吳振瑞牽那頭牛到達的時候，阿煥叔公正蹲在他家門前一棵榕樹下抽水菸，好像睡著了，水菸槍還歪歪斜斜擱在嘴角邊。水菸用力一吸會咕嚕咕嚕作響。吳振瑞孩童時常來此地玩耍，曾經趁叔公睡午覺，偷學著吸水菸，只吸一口便猛然大咳，被嗆得差一點窒息。此刻，他沒立刻喚醒叔公，那牛也不畏生，神閒氣定站在吳振瑞這位新主人身旁，安安靜靜；叔公更老了，皺紋和老人斑都增加了許多。突然，叔公的鼻子噏動兩下，似乎是牛的體味驚擾了老人家，他赫然張眼，問：「這是誰人的牛？」

他那隻瞎掉的右眼，全眼眶泛白，眼角還溢流出眼屎眼膏。

「叔公，是我的牛。我是阿瑞仔，吳振瑞，吳周騫的大漢後生，你猶閣會記得無？」

阿煥叔公站起來，沒瞧吳振瑞一眼，先看牛，非常仔細地端詳。由於右眼全盲的關係，他觀看牛時，是頭臉向右微側，用一隻左眼，像化學課時用單眼注視顯微鏡。他的步履已經有點蹣跚，先在牛頭之前瞧瞧，側彎身體，撫摸兩條前腿，又移步牛腹之旁，低頭摸其下腹，摸到乳頭時輕捏一下，然後掀起牛尾，碰觸生殖器和排泄器官。奇怪那牛竟任由他擺布，不躲閃也不反抗！最後阿煥叔公順著牛背上的脊椎從頭到尾一節一節觸摸，這樣不夠，又從尾到頭來一遍，偶爾兩手併用，輕輕彈壓，那神態，有點像鋼琴老師在忘情地演奏。

這樣觀察了大約二十多分鐘後，才側著頭開口：

「阿瑞仔，這隻牛是一級棒的好牛，母的，你出什麼價錢跟人家買？」

「是阿壯伯強強要賣給我的，說八十元就好。」

「袂貴，買起來！牠一百塊都值。買起來！嘸免考慮。」阿煥叔公指著牛的後腿膝部說：「尤其你看那腿，站的時陣，『腳頭窩』向前微彎，親像準備隨時起步，這就是『真勇腳』的好牛。」㈠

「不知是幾歲的牛？」

「稍等，我最後摸摸牠的牙齒。」阿煥叔公說著走到牛前，輕柔地拉起牛頭，撥開牛嘴，用左手指捏住牛舌，輕輕拉出，一片桃紅色的健康舌頭；然後用右手指伸進牛嘴裡面，很快地左邊摸一摸，再右邊摸一摸。吳振瑞在旁觀看，有點緊張，出言提醒：「叔公，小心牛嘴用力咬下，會把你的手指頭咬傷。」

「不會的。你沒看到我拉住牛舌？拉住就不怕牠咬下來。不過，不能拉太大力，否則牛會嘔吐出來。」阿煥叔公邊摸邊說，很快放手，只在自己的褲管上抹擦幾下，沒去洗手，急著發表：

「這牛四歲半，正在勇壯的年紀。判斷牛的年齡，第一看眼睛，幾歲的牛就有幾歲的精氣和精神；第二看形體和骨架，我剛才在牛身上摸摸這裡捏捏那裡，已經大致算出牠的年齡，再加上第三招摸牙齒，就很準確了。牛齒因反芻不斷咀嚼，會隨著年歲的增加而越磨越短，磨短到什麼程度，可以揣度得出來。至於馬和兔子就不同了，平平是吃草的……。」

那牛此時「鳴咽」一聲，頭角一搖，尾巴左右掃一下。阿煥叔公看了，輕拍牛背兩次，匆匆轉換話題：「阿瑞仔，你阿爸前日有來，跟我坐真久。他說你一直跟他賭氣，他也一直在氣你，按呢如何是好呢？恁兩人總是要有一個人先讓步……。」

「叔公，你可能無了解，這代誌是因為伊阻擋我去台北讀大學惹起來的。我是一個優等生呢，高雄中學全校前五名畢業，可以保送大學。保送就是嘸免考試的意思，這你敢知影？今嘛，你看，我已經有在聽伊的話了，每日牽牛落田做息，伊猶閣無歡喜呢？」

「是啦，我有了解你啦。伊講『家用長子』『長子本來就是要犧牲』。阿瑞仔，阿爸是天，莫跟『天』作對，啊！」

吳振瑞不喜歡談此話題，回頭再講牛：「叔公，我起初見到這隻牛的時陣，第一眼就感到真熟識，親像足久足久以前在哪裡見到過那樣。這牛真奇怪！對阿壯伯非常反抗，完全駛不動；碰到我就順——順順……。」

「有這款代誌？照理講，牛換新主人，一定會『使性子』，碰到任何人都同樣。」

「可能是因為我對牛卡有要領。」

「阿壯伯駛牛規半世人，應該比你卡有要領才對。」阿煥叔公頭臉微側，像母雞側頭看天空的模樣，那隻全瞎的右眼一閃一閃，白眼全露，接著說：「這代誌，我放在心肝頭，詳細來想看覓。」

註一：「腳頭窩」，台語，膝蓋之意。

「想看覓?用想的你就知影?」

「跟你講一個祕密，我真少跟別人講，只要是牛的代誌，我一旦放在心肝頭，一直想一直想，到了早起睡醒時，靜靜躺在床上，全身軀放空，會有『夢甲』出現在我的頭殼裡面，然後我就會知影那個代誌的前因後果……。」(二)

吳振瑞想起阿壯伯的提醒，說「阿煥叔講的話，你聽聽就好，嘸免全信」，所以沒把阿煥叔公這段話放在心上，插嘴打斷他：「叔公，我今日來請你相牛，應該付給你多少錢？」

「收啥物錢！你阿爸跟我那麼好，你從小漢就在我這迌迌，自己人收啥物錢！」

「要，一定要。」吳振瑞掏出一張五元的紙鈔，塞入他的手掌，叔公退回，再遞上，來回兩三趟之後，叔公說：「你一定要付，那麼，稍等，我找你錢。」說完從褲襠裡掏出一個小布巾包，小心打開，手指微微在抖，點數五角紙幣兩張，說：「找你一塊，收你四塊錢就好。」

吳振瑞正要離去，突然想起一事，刻意放低聲音問：「叔公，剛才你在講我這隻牛怎樣怎樣的時候，牛突然『嗚咽』一聲，擺個頭角，尾巴左右掃一下。你看到了，輕拍牛背兩次，然後匆匆轉換話題。這一段我看攏無。」

「這是我在和牛打信號，和牛交談的意思啦。」

「你可以和牛交談？」

「多多少少，沒法度完全像跟人講話那樣。」

「有影加？敢真的？」吳振瑞又說：「以後有閒，我來跟你學。」

「做你來，驚你嘸來。」

吳振瑞拉起牛繩已經挪動步伐，屋裡走出兩人，認出是叔公家的兒子和媳婦，朝吳振瑞急急呼喚：「阿瑞仔，莫走，莫走，進來一起吃晚飯，吃飽再走。」吳振瑞回答：「袂使，我今晚要做家教，七點要準時到人厝裡。」

「做家教是在做啥物？」

「就是去別人厝內教人讀冊啦。」

「教人讀冊欲創啥物？敢有收錢？」

「當然嘛是有。我今晚排三個家庭，一個一點鐘。」

「哦，按呢你緊去。」

吳振瑞很快賣了家裡那頭老牛，跟新買的這隻朝夕相伴。這牛對他絕對順從到有點令人驚奇的地步。譬如說，在犁田時，每一個主人的「駛牛令」未必相同，吳振瑞的駛牛令是：長音再轉上揚音的「哇」，是站住；短音的「啾」「咤」，是催牛快走；長音的「吁」，是叫牛慢慢走；若輕敲牛屁股的一邊，則是田埂到頭，要打彎，向屁股被敲的那一邊轉彎。通常，牛對一套新的「駛牛令」會有兩三天的調適期，但吳振瑞這頭新牛，第一次下田就言聽必從，毫無差錯。

那天他站在橫橫的耙上面，由牛拉著耙田。耙寬一丈八尺，大面積整平水田，是插秧前的

註二：「夢甲」，日式台語，漫畫之意，原自日語「マンガ」。

最後一道工序。牛行穩健，橫耙橫行在尚未平整的水田上，水波微濺，腳下微微顛搖，他邊耙田邊幻想，如果是在風平浪靜的海上，站著划一條小船，腳下的感覺大概就是這樣吧！此刻也是風和日麗，「我橫耙所過之處，粗泥逐漸變成細泥，偶有頑固凸起者，無不被自己腳下的耙壓服。再來回耙兩趟就能收工了，這頭新牛真有效率呀！不過，我駛牛做農那麼順，讀大學上進的路途卻如此不順，難道是命中注定出世要來做農的？」他心中這樣感慨的時候，一腳突然失穩，滑落水田裡，他呼一聲長音婉轉的「哇」，牛立住，讓他跨腳再度站穩橫耙，正要重新抖繩，卻見那牛回頭斜睨他一眼，牛嘴微張，感覺是在笑他：「耙田就認真耙田，那麼愛胡思亂想！」

再度耙田時，望見母親提著茶水點心到來。他沒停下來，剩下幾趟就可以完工，輕「吁」一聲，讓牛繼續開步，一趟又一趟，牛步穩，耙行也穩。

耙完田，他彎腰洗手腳，聽見阿壯伯已經走過來，跟母親有一句沒一句聊著。

「我讓給阿瑞仔這隻牛，卡早一定給人賣來賣去，到我的手，又給我殘殘哪打，殘殘哪修理，是一隻歹命牛！」

「到阿瑞仔手頭，伊就會好命起來。」

「講到恁阿瑞仔，實在是一個好人才，無給伊去台北讀大學，真正無彩。」㊂

「唉！伊老爸就是嘸肯，固執得很！」

「妳要主張呀！」

「我嘸敢。」

「我教妳，大聲甲反抗，閣兼大聲甲哭、甲號，查埔人有時驚這套。」

「你是要阮家庭吵鬧做一堆呢？」

幾天後的傍晚，吳振瑞正要收工回家，望見阿煥叔公拄著拐杖一步一步朝自己走來，還沒走到就問：「那隻牛咧？你無買？」

「有。真正好駛。現在田裡嘸免駛牛，我把牠牽在那邊池子裡洗浴。」

「來，阿瑞仔，我跟你講，我頭殼裡面出現『夢甲』了，真正有趣味的『夢甲』，咱坐落來講。」

「好，來，我帶出來的茶水你先飲一杯。」

「我不曾將代誌放在心肝頭，想那麼久才出現『夢甲』的，這次的尚久，足足想了一個多禮拜才出來……。」

「你直接講，啥物『夢甲』？」

「有三、四個黃金色頭髮的美女，身裁攏真水，水噹噹的，被一群兵仔抓起來，關在一個房間，鐵門鎖著。那是海邊一棟足高足大的房子，用大石塊起建的，親像官府的所在。到了三更半夜，一個平埔番人趁著暗暝，去偷偷打開鐵門，放那些美女出來，又帶她們到海邊，拖出一隻小船板，划槳的，划到很遠的海上一隻比較卡大的船上。划到的時候，已經快天光了。那

註三：「真無彩」，台語，真可惜、白費工之意。

大船上擁出一堆不同樣的兵仔，都是鼻子高高、戴著奇怪軍帽的兵仔，他們手忙腳亂將那幾個美女拉上大船，其中一個美女要上大船時，仔細看那平埔番人的臉，一雙大眼睛金金哪看，用羅馬拼音的平埔番仔的話告訴他：『謝謝你來救我們家姐妹，下輩子給你做牛，報答你。』」

「赫，」吳振瑞聽完大聲笑出來：「叔公，你實在真會講古，不知是有影還是無影的代誌，可以畫一大堆出來。」

「我不是在『畫虎爛』，那真正是出現在我頭殼裡面的『夢甲』。」㈣

「我請問你，那些抓人的兵仔是啥物兵？敢是咱日本兵？」㈤

「不是。清清楚楚，是唐山兵，歌仔戲裡面經常會出現的國姓爺、延平郡王所屬的那些兵仔。」阿煥叔公單眼盯著吳振瑞發呆，片刻之後又說：「如果我只是想畫一個大『虎爛』給你聽，等你有閒來我家的時候慢慢再講就可以了，何必那麼辛苦走那麼遠的路來跟你講！我不是吃飽沒代誌做，我是怕那些好不容易出來的『夢甲』，不趕緊講會忘記掉。」

「叔公呀，那不是『夢甲』啦，是你的眠夢啦。」

「不是。是清清楚楚的『夢甲』，它們出現時，我已經清醒，天全光了，雞鴨開始吵了，鳥仔在樹仔頂嘰嘰喳喳……。」

「叔公，那確實是你的眠夢。我為什麼那麼肯定咧，因為你講那位美女會講羅馬拼音的平埔番仔的話。這是眠夢，才會有聲音。」

「我沒講它有聲音。那『夢甲』的完結那一格，確實有文字，羅馬拼音的文字。」

「那些羅馬字你看有？」

「我不會用猜的?從前情後景，我確實了解那是啥物意思。」

「叔公，我在高雄中學讀過物理化學和生物，受過科學……。」

「顆學?顆學是啥物?是『番薯顆』啊是『菜頭顆』?」

「科學不是一項菜，不是啥物『顆』。科學是一款解決問題的態度，就是要一直問一直問，不識問到識。叔公，我今仔日真無禮貌，一直向你追問閣再追問。」

「意思是，你還無欲相信我今仔日講的『夢甲』?」

「是，我比較卡無相信那些前世後世的代誌。」

「按呢真無彩，專工來跟你講，真無彩工!」

「真歹勢，真失禮，來，咱作伙轉來厝，我用牛車甲你載。」

趁著農閒期，吳振瑞今天回母校。

他為了阿煥叔公那番話而來。國姓爺與荷蘭人的那段歷史，他聽學校老師講過，但一知半解。「一知半解就是不行，再去查!要徹底研究才行。」這是他從公學校、高等科、高雄中學一路勤學不輟，在學校養成的態度。阿煥叔公講的那件事，農村裡沒人可以請教，沒有書籍可

註四：「畫虎爛」，台語，虛構故事騙人之意。

註五：吳振瑞未發跡在家鄉務農那時，還是日治時代。

查，他畢業不到一年，回學校問「先生」最快了，他想。㊅

高雄中學是當時高屏地區的最高學府，五年制的精英培育園地。裡頭日本學生佔百分之七十，台灣本地人必須通過層層考評才進得去。它座落在高雄驛站附近，吳振瑞下了火車，幾步路到了校門，一切景物依舊，校警也還認識，進了校門，走約二十公尺長的水泥路，直通一棟兩層樓的行政大樓，一樓是挑高的寬大廊區，從外面一踏入便有涼爽的感覺。吳振瑞熟門熟路，從廊區右邊的樓梯上去是校長室，校長吉川祐戒熟識得很，但不想去見他，轉個身從左邊一階一階上樓，教歷史的一野先生在一間大辦公室的角落。

一野先生是本島人，本姓郭，從台南二中轉調來的，是全校僅有的兩位台灣人教師之一。他的近視好像更嚴重了，頭趴得低低正在閱讀學生的作業簿，吳振瑞在他身旁恭敬地叫一聲，他站起來，匆匆拿一付眼鏡掛上，說：「哦，我接到你的來信，正等著你來。」

「快一年不見，先生一切還好嗎？」

「還好，很好。你好像變黑了，曬黑的，看起來體格更健壯了。」一野先生再凝視吳振瑞一會兒，又說：「你先喝點茶水，我帶你去圖書室。」

圖書室在靠近後門的一棟樓房裡，師生兩人併肩穿越一座大操場。吳振瑞對這裡特別有感覺。在校五年，每天在這裡整隊朝會；到了五年級時，在班上當級長，軍訓時擔任中隊長，就是在這個大操場，每天向全校學生發號施令；還帶領隊伍喊過無數次「大日本帝國武運長久，萬歲！萬萬歲！」。

兩人邊走邊聊，用日語。那時正是皇民化時期，日語是知識界慣常使用的語言。但是吳振瑞每次提到「阿煥叔公」這個人名時，自然而然一整句用閩南話說出，一野先生也順勢回以閩南話，沒多久，當講到「夢甲」這個日語時，又回復講日本話。這樣台日語交叉敘述，把阿煥叔公那「夢甲」裡的故事講完後，一野先生第一時間的反應是：「沒想到你們屏東鄉野農村裡，也有懂那段歷史的人物！」

「先生，我叔公說的那些夢話是歷史嗎？符合史實嗎？」

「荷蘭東印度公司的軍隊敗走之時，確有其事。」

「但那阿煥叔公完全不識字，無讀過冊。」

「按呢？有影？」一野先生用閩南話驚嘆兩聲後，改回日語：「他大概從台南府城什麼耆老口中，聽過那些舊事。」

「我跟他家很熟。據我所知，他在府城沒有親友，除了會去阿里港牛販市集之外，一輩子都只在家鄉鄰近幾個村莊活動。」

兩人談到這裡，一起走進圖書室。站在一排排的書櫃中間走道，一野先生低聲告訴吳振瑞：「你那阿煥叔公的『夢甲』故事，只是那段歷史中的小花邊。因為國姓爺的生母是日本人，所以日本學界對他的研究非常熱情，著作很多。我希望你先瞭解它的大局大勢，我選兩本書，你可以帶回去慢慢看。」

註六：日治時代，皆以「先生」稱呼各級教師。台灣人對日本老師普遍有好感，終戰後，台日之間師生互寄賀年卡、問候信五、六十年不間斷的，大有人在。

「我已畢業了，還能借書回家？」
「書是用我的名字借的，你看完寄還給我就好。」
一野先生取下兩本，吳振瑞低頭瞄一眼，一本是《熱蘭遮城包囲戦》，另一本書名《大員交涉締結》。
從圖書室步出時，一野先生換了話題：「等一下想不想去拜見校長吉川先生？」
「不想。」
「你畢業後，他曾經在好幾個場合提起你，以你做範例。」
「是嘛？」吳振瑞說：「家父反對我去台北讀大學，我回來請求他幫我去說服家父，或者給我幾句鼓勵，使我更有勇氣違逆家父，但他都一口回絕。他顯然不想幫我。」
「你知道為什麼嗎？」
「不知道。」
「本校的保送名額只有五名，第六名是日本學生，我記得是小村剛信，你認識的。你放棄保送，校長最高興了，因為可以讓他的日本學生遞補上去。」
「原來如此！」
「他沒有不對，是你自己要放棄的。」聽到這話，吳振瑞臉上一陣痙攣。
兩人說到曹操，真的碰到曹操了。剛走進行政大樓廊區，吉川校長剛好從樓上下來，他先望見一野和吳振瑞兩人，還沒出聲呼叫，吳振瑞也看到他了，快步上前，深深一鞠躬：「校長好。」

「怎麼？今天回來有事？」吉川校長依然是那副嚴肅的臉孔，嘴唇老是緊抿，嘴角下彎，彎出兩條下垂的深紋，令人望而生畏。

「有個問題回來請教一野先生，順便借兩本書。」

「你沒有升學，現在做什麼事業？」

「說來慚愧，在家務農，沒有出息。」

「為什麼務農就沒有出息？為什麼要慚愧？你打從心底就瞧不起農作，是嗎？」吉川校長慣有的嚴厲口吻，吳振瑞不喜歡，也有一點被說中心事，沉默不語。

校長又補一句：「『農業是母親，百業的褓姆／富足的人，輕視農業，是羞恥／強健的人，逃避農作，是懶惰。』這是三年級的課本教的，你忘了嗎？我問你，這是誰寫的詩句？」

這幾句格言式的詩，吳振瑞背誦過，但決定不直接回話，豪氣地說：「吉川校長，我不但沒有輕視農業，還有雄心壯志，要為農民造福，幫助我家鄉的農民賺大錢。」他心中其實對自己未來要做什麼事業，還沒有定見，也沒有夢想，只是感覺這樣回嗆這位校長，心裡比較痛快，才這樣衝口而出。

二

阿壯伯急急催駕著牛車，一路疾行，到了阿煥叔家門口，彎進去，長長喊叫一聲「嗑——咤」，那牛聞聲緊急停住。阿壯伯跳下車，一面進屋一面大聲嚷嚷：「阿煥叔，阿煥叔呢？」

他家的媳婦先回應：「怎樣？你的牛是按怎啦？」

「不是我的牛有按怎，是阿瑞，那個吳阿振瑞出代誌了。」

阿煥叔從裡頭餐桌上高聲答腔：「阿瑞仔新買那隻牛真勇壯，怎樣會出代誌？」

「阿瑞給伊老爸趕出家門，講伊那隻牛要寄給我照顧，但是那隻牛跟我有怨仇，我牽袂定動。」

「唉呀！阿周騫怎樣會當按呢啦！阿瑞這囝仔實在有夠骨力，按呢閣無滿意？」阿煥叔匆匆扒完碗裡的飯，拿了拐杖出門。

坐上阿壯伯的牛車，阿煥叔兀自碎碎念著吳振瑞的父親，叨念了一陣子後，突然問：「你怎樣講振瑞那隻牛，跟你有怨仇？」

「我曾經殘殘哪甲打過，牠看我的那對牛眼睛，猶閣有怨恨。」

「袂啦，牛袂記恨記那麼久。」

「阿瑞講，有給牠取一個名，叫做『瑪莉』。我適才輕聲細說一直叫牠『瑪莉』，『瑪莉』，嘛是牽袂定動。」

「瑪莉？這是日本名呢，阿是咱台灣名？」

「嘸知，聽起來親像日本名，不過，日本名敢有叫『瑪莉』的？」

「瑪莉？瑪莉？我活那麼久，不曾聽過有人給牛號名的！」這話阿煥叔喃喃自語連說好幾遍，不知不覺到了吳振瑞家，見那牛安靜地在牛欄吃草，牛欄邊擺放一台牛車，車上堆疊著二、三十本書。阿煥叔又喃喃自語起來：「我活那麼久，不曾看過牛車頂面是放冊本的！」

阿壯伯在阿煥叔耳邊解釋：「吳阿振瑞今嘛去別人厝內做家教，伊叫我將牛和牛車，以及牛車頂頭的冊本，攏總幫伊拿走……。」阿壯伯話講一半，聽到吳振瑞的父親步出，而阿煥叔劈頭質問起來：「阿周騫呀，振瑞仔不是真乖在幫忙你料理家事，不時落田做息，真好一個囝仔，你為什麼那麼硬心肝，要趕伊出去？」

「阿煥叔，這你嘸知啦。今年初，伊講想要去外面吃頭路，我便帶伊去見製糖會社的常務取締役鳥居桑，給伊在崇蘭農場安排了一個領班的職位，日薪八角……。」

阿壯伯插話：「才八角！今嘛去外面吃頭路，清彩攏有一元以上。」

「這我知影，但是振瑞仔頭一擺出社會，全無經歷，加上製糖會社頭銜響亮，有八角嘛係真好囉。」

「是發生啥物天大地大的代誌，要將好好一個少年郎趕出門？」

「是按呢，阿振瑞負責帶領一個栽培甘蔗小組，分配到的工地，是比較卡黏的土質，工作起來有卡艱苦，伊就去為組員爭取多發工資，談判兩三擺，上司不肯，伊就寫好辭職書，擲出去。恁想看覓，我向人三拜託四拜託，好不容易為伊謀取到這樣一個好工作，伊為著一個小代誌，袂爽就辭職，我差一點點無去呼伊氣死。」

「阿周騫呀，將囝仔趕趕出去一天兩天，你氣發完就好了，還是要將伊叫叫轉來。啊！你看那隻牛，目珠失神失神，牠一定知影阿振瑞給你趕走了。」

「不是一天兩天就好。我要好好給這個囝仔教訓一擺，呼伊知影在社會上做代誌，袂使完全替部下想，嘛係要考量會社的立場。」

「周騫兄，阿振瑞是一個足好的咖小，跟伊隔壁做田，我看伊真骨力，做代誌又閣有要領。叫伊倒轉來啦，恁厝耕作那麼多，真需要伊，敢嘸是？」阿壯伯幫腔。

「一個好腳手，呼伊倒轉來啦。」

「呼伊倒轉來啦！駛牛，無人比伊卡有要領。」

此刻吳振瑞正在家教，對象是唐傳德，一個就讀高雄中學二年級的學生。家教結束後，吳振瑞沒有馬上離去，坐在唐家客廳等唐傳德的哥哥唐傳宗。大約二十分鐘後，唐傳宗坐著三輪車到家，吳振瑞迎上去，靦腆地告訴他：「我被我老爸趕出家門……。」

「何時的代誌？」

「今仔日下晡才發生。」

唐傳宗馬上高聲呼叫弟弟：「阿德仔，那間客房給它清一清，你的吳振瑞『先生』今仔日開始要在這裡睡。」

「哪一間客房？」

「伊舊年有來住過一晚，就是那間。」唐傳宗這樣交代好了，才回頭問吳振瑞：「是為著啥物代誌？」

吳振瑞扼要地把製糖會社崇蘭農場的事告訴唐傳宗，日語和閩南語混著說，唐傳德也趕緊跑出來旁聽。

吳振瑞和唐傳宗結識，一開始結的是「澎湖緣」。那是一個冬天的傍晚，吳振瑞結束了崇蘭農場的工作後，跨上腳踏車，一路急馳，趕去他擔任家教的另一個地方：屏東市黑金町一家陶瓷店的王姓人家㊀。這家的家教通常晚上七點才開始，今晚並沒排課，是上次跟王家小弟上完課，持家的王太太特別交代，說今晚一群住在屏東市的澎湖鄉親要在她家聚餐，利用這個機會，順便請「先生」也一起來。吳振瑞對這項邀約十分重視，因為王太太對他非常好，給家教費時絕不拖延，而且經常多給。更重要的原因是，他跟王家大小姐王玉印互相心儀，經常一談幾個小時，去她家，有時上課是次要目的，可以跟王玉印在一起才最重要。

他喘著氣到達時，王太太和她的大公子週旋在賓客間寒喧，王玉印帶著弟妹幫忙鋪排餐

註一：屏東市黑金町，現今逢甲路一帶。

桌。幾乎一整桌都是澎湖海產。王太太注意到吳振瑞到了，開始招呼眾人上桌。王太太提高聲音介紹吳振瑞：「這位是阮兜兩個囝仔的家教先生，呼做吳振瑞，頭前溪的人，去年教妹妹玉美，今嘛正在指導弟弟鳳添仔。」

澎湖人講閩南話有一種特別的腔調，譬如澎湖的「澎」，他們唸「平」，而且是往喉嚨深處低低沉下的平音。吳振瑞現在知道了，出外的澎湖人平時跟當地人交談，會盡量說屏東人的腔調，當一屋子全是澎湖人的時候，道地的澎湖腔便都出來了。

坐在吳振瑞斜對面有一個年輕人，看起來老成持重，主動朝吳振瑞自我介紹：「我叫做唐傳宗，今嘛在製糖會社後壁製糖所做技術員。」

吳振瑞眼睛一亮：「哦，我嘛是在製糖會社服務，在崇蘭農場擔任領班。」

「我曾聽王太太講，你是高雄中學畢業，是優等生，可以保送大學的，」唐傳宗說著說著切換成日語：「但你的『父上』不讓你去念，真的很可惜！我是在台北工業養成所土木科畢業。」

吳振瑞也回以日語：「啊！失敬。我們屏東青年能夠去讀台北工業養成所的，都是不簡單的人物。」㈡

「我今年二十六歲，明治三十七年生，你比我還小吧？」

「小你五歲。我明治四十二年生，今年二十一。」吳振瑞回答。

此時，坐在唐傳宗隔壁的一位歐吉桑低聲告知：「聽說這個吳先生對王家大小姐真有意思，親像已經進入戀愛的階段……。」歐吉桑是在唐傳宗耳邊講話，由於他嗓音清亮，同桌中好幾位聽到了，正在餐桌旁準備茶點的王玉印也聽到了，回頭向那位歐吉桑嬌嗔一句：「阿伯，莫按呢講我的壞話蛤。」

「奇怪，這是好事一件，怎麼是壞話呢？」

另一位賓客追加一段話：「不止按呢，吳桑去別位家教了後，攏嘛閣踅倒轉來王家，跟玉印仔講一些甜蜜話才回家，有真多人看到啦！」

王太太掩飾不住臉上的高興，說：「這代誌，漁網仔都還沒織好，怎麼就談到要出海抓魚呢。來，來，夾菜啦，大家筷子不要停下來，酒呢，加減喝一點。」

這話和那表情，眾賓客都明瞭了：王太太對這位家教先生有寄望，看中了，難怪呀！為什麼我們澎湖人的聚會要特別邀請他來？是給我們看看這位未來的澎湖女婿吧？

眾人不自覺多看吳振瑞一眼。真正是一表人材呀！有氣質，體格高大，鼻子高高，耳朵大朵，嘴唇是重感情的那種，在屏東這地方，打著燈籠都找不到的好女婿。現在，這些澎湖人看吳振瑞的眼神不一樣了。王太太大家都熟識，自從王老闆過世後，她被情勢所逼走上前台，竟揮灑自如，表現出比她丈夫更有經商與投資的才幹。短短幾年，陶瓷店生意更好了，最熱鬧的黑金町和三角公園那一帶幾乎有一半房產是她家的。「娶到王家大小姐，得到一間樓房當嫁妝，肯定是有的。」有人已經在心裡這樣想了。

唐傳宗在眾人短暫的沉默時，朝吳振瑞說話：「吳桑……。」

註二：「台北工業養成所」即為後來的「台北工專」，現已改名「台北科技大學」。

「叫我振瑞仔就好。」

「那我就直接叫了，阿振瑞，你暗時的家教還有沒有空檔？我想請你來教我小弟阿德仔。」

吳振瑞還沒有回答，王太太搶答，嘴裡嚼著飯菜還沒嚥下：「還有空檔。水曜日和土曜日都還沒有排，好像是這樣，阿瑞仔，我敢有記嘸對？」㊂她不等吳振瑞回答，又說：「我家的第二查某子玉美公學校畢業後，沒考到半間高等女校，是我請阿瑞仔來指導，第二年便考到台北第三高女，卡實有效果。」㊃

「你小弟阿德仔，今嘛讀什麼學校？」吳振瑞問。

「高雄中學一年級，你的後輩。」

「你做阿兄的，敢袂當給他指導？」

「我的工作地方不在屏東，比較卡無方便。更重要的原因是，我們讀工業的，受的是『實業教育』，很多課是實務技藝訓練，你們高雄中學那些科目，我教不來。」

「按呢好，我來指導伊，沒問題。」

「教席費我會比照王太太這邊的。」

王太太又搶著答應：「會使，按呢沒問題。」

之後王太太和她的大兒子向眾賓客勸一輪酒，熱絡地閒話家常，互相交換商場情報，餐桌之上又彌漫著溫婉的澎湖腔。在眾聲喧嘩中，唐傳宗和吳振瑞這兩個年輕人悄聲另闢話題，使用日語：「你剛才說你們工業養成所注重實務技藝訓練，那麼，你們要上軍訓課嗎？」

「當然要。一個禮拜出操兩次。」
「我們高雄中學也一樣。」
「你們高雄中學是本島人和日本人同一個班級上課嗎?」
「是,沒錯。」
席間有人要求:「恁兩位少年家,講咱福佬話好無?」
唐傳宗馬上改換語言:「同班讀冊是卡好呢,還是卡無好?」
「當然嘛是卡好。大家在同一套系統之下,接受相同的教育內容,咱本島人袂讀輸阿本仔。」
「不過,我父親說,還是像以前那樣把本島人和日本人分開來教育比較好。」唐傳宗又不知不覺改回日語。
「為什麼呢?那樣會造成不公平。分開來教育會助長日本人歧視本島人,不是嗎?」
「我父親說現在『同一系統同一學校』有利於日本人同化本島人。他寧願不公平,也不要讓漢文化那麼快被日本文化同化。」
「我不懂你父親的想法。」

註三:日治時代,台灣人在談到星期幾時,習慣以閩南語或客語說出日語中的漢字,成了台灣本土語言的外來語,譬如要講星期三時,說「水曜日」,星期六是「土曜日」。
註四:「台北第三高女」即後來的北二女,現在改名「中山女中」。

「他比我們有更強烈的漢文化意識。」

餐桌另一邊，兩位歐吉桑在低聲交談：「我足想欲閣叫這兩位少年家，莫一直講阿本仔國語。」

「嘸免，閣講嘛無效。少年郎今嘛一開嘴就是講國語，無法度啦。」

這兩人說到這裡，聽到另一個歐吉桑用福佬話發問：「阿傳宗，阿榮兄今仔日是按怎沒來？」

唐傳宗和吳振瑞的談話被中斷，趕緊回答：「我阿爸在屏東機場有一個工事正在趕工，走袂開腳。伊叫我一定要替伊向各位問好、請安。」

「以後做伙，叫唐榮兄袂使缺席，啊！阮大家攏思念伊。」

這場宴會吃到將近九點。散席時，王家全家出來門口送客，唐傳宗和吳振瑞還在聊個不停。賓客中有人取笑：「恁兩隻少年雞，初認識就喀喀啼，喀喀啼，話講袂煞。」

「恁兩人要轉去敢有同路？」王太太問。

「阮做伙騎一段路。」吳、唐同聲回答。

二小姐玉美此時走上前：「我送傳宗兄和『先生』走一段路。」吳振瑞回頭，瞥見大小姐玉印已回屋，正在忙著清理餐桌，心想：「還是玉印認分、顧家！」於是向走上前來的玉美輕聲說：「我兩人還有話說，妳回去幫忙善後吧，啊！」說完不理會二小姐，與唐傳宗併肩走向停放腳踏車的昏暗處。

吳振瑞牽好腳踏車，才瞄到唐傳宗正好整以暇跨上一輛三輪車，心頭一驚：「哇！原來是一個好額人。我跟伊不能比呀。」他這樣想著，準備騎上車就自己回家，卻聽到唐傳宗從三輪車後座大聲叫他：「阿振瑞，你跟我的車併肩騎，到我家坐一坐，好不好？」

不知為何，吳振瑞馬上應答一聲「好」。然後，一台兩輪的，一台三輪的，同時上路。吳振瑞注意到那輛三輪車是私家車，車況良好，由職業司機踩踏，車行平穩，不快不慢，毫無噪音。視路況，兩輛車有時併排行駛，有時一前一後。吳振瑞一路上不敢太使勁踩踏，怕自己這台半新不舊的車子會弄出嘰嘎嘰嘎的噪音。

到了唐家，吳振瑞抬頭一望，又心頭一驚：「哇！這是什麼房子！」奇妙的西洋式兩層樓建築，拱頂乍看有點像教堂，近看又不像；昏暗中感覺它以石頭為牆壁，窗戶不大，門很大。唐傳宗在大門口下車，司機把三輪車停放在車棚，吳振瑞也跟在司機後面停好車。唐傳宗從大門口刻意走過來陪吳振瑞一起進屋。

屋內是挑高的大廳，寬敞、氣派，牆邊屋角堆滿各式機具。吳振瑞開口：「一進門，我就感覺這是一個實業家的家庭；不像我家，是純粹的農家。」

「我老爸開米店，做糕餅，也在外面承包工程。他有想將來自己開一家工廠。」

「把你送去受實業教育，你父親是有心人。」

「或許是吧。」

坐定後，兩人延續晚宴結束時沒講夠的話題，吳振瑞先問：「在工業養成所，你認為自己從日本人那邊學到什麼？」

唐傳宗停住，去茶水間端杯水出來才回答：「我學到一項寶貴的東西，那就是『準備』。

我們在工業養成所，不管哪一門功課都要實務操作，所有的工具，尺啦，圓規啦，圖表啦，操作手冊啦，甚至長短鋸子啦，有一項沒有準備周全或操作手冊沒有背熟，便會受到嚴厲的處分。」

「哦，這點我也有相同的體會，不過你們學工業的，應該感受最深刻。」

「日本人在這方面很誇張，不，應該說很焦慮才對。我們也是日本人和本島人混合編班的。我發覺班上的日本同學上任何操作課都抱持擔憂、焦慮的心情，怕工作做不好。」

「因為這樣，所以往往把工作做得很好。」

「不只是做得很好，而是做得過度的好。」

「我們本島人相對來講比較樂天，沒那麼焦慮。」

那晚，這兩個年輕人從學校生活聊到農業工業，聊日本人和本島人的種種差異，到吳振瑞驚覺該告辭時已經過了半夜十二時。唐傳宗勸他留宿一晚，天亮再回去。吳振瑞起初不肯，直說「我老爸會抓狂」，但唐以安全為由強留，吳只好留下。這是吳振瑞第一次住在唐家。

今晚是第二次。吳振瑞把被父親趕出家門的前因後果講完，告訴唐傳宗：「這次恐怕不是只留宿一晚，要住到我父親氣消為止。」

「你就安心住下來，多久都可以。」

客房安頓妥當後，吳振瑞把新近買了一頭牛的事情說給唐傳宗聽，描述阿煥叔公傳奇的相牛技術，說到叔公腦海裡那些似真似假的「夢甲」，然後又專程回母校一趟探索真假，一串故事，許久才講完。

旁聽的唐傳德先叫出來：「先生，很有趣！我想像不到你還有牽牛做田的那一面！」唐傳宗接著說：「阿瑞仔，我大漢至今一直跟我老爸開店做生意，後來又去讀工業養成所，從來不知做農嘛是真有意思呢！」

唐家兄弟的反應，稍微勾起吳振瑞內心深處「留在家做農真沒出息」的自卑感，他正深呼吸，調整一下心情，聽到唐傳宗說：「今後我可能會不常回來屏東，父親正逐漸把事業往高雄發展，已要求我辭去製糖會社的工作，到高雄專心幫他。」

那天晚上，時夢時醒，想到唐傳宗跟他父親魚幫水，水幫魚那般融洽，而自己跟父親老是相互作對，想到輾轉難眠。這幾年，吳振瑞心裡經常埋怨父親，有時埋怨到恨的地步。現在躺在唐家客房床上，冷靜反思製糖會社工地的這件事，自己為組裡的農工爭取加薪有錯嗎？還是父親的說法才正確？辭職回來那天下午，父親知道原因後怒不可遏，父子大吵一場，父親揚著食指叫罵：「作一個領班，你加減要站在會社這邊來想事情才對。你犯了大錯誤，還死鴨硬嘴皮，跟我大小聲！」吳振瑞還要抗辯，父親丟出棒喝的話：「你給我出去，出去！不准你再回到這個家。我無你這個囝仔！」

吳振瑞希望盡快入睡，「是應該先為員工著想還是應站在會社立場，明天吃早餐時，把這個問題提出來，聽聽傳宗兄怎麼說。」他再翻身，心裡這樣不斷囑咐自己，直到再度睡著。

第二天，唐傳宗已經用完餐急著要出門，到臥室來探視，吳振瑞睡眼惺忪慌張躍起：「真歹勢，我昨暝無睏好⋯⋯。」

了。」

「無要緊，我只是來探一下。今嘛你一定有真多要煩惱的代誌。真歹勢，我將你吵醒

「無要緊，我嘛應該要起來了。」

「既然按呢，阿瑞仔，我有代誌想欲拜託你。你今嘛頭路辭掉了，你老爸又不准你回去，我家在屏東機場有一項工事，正要收尾，想欲請你去幫忙。」唐傳宗見他滿臉迷惑，又說：「是搭鐵架的工事，你嘸免親身落場，只是代表我在現場管理、協調人事和材料就可以。」

「可以，工地在機場哪個位置？」

「你去到那，問人唐榮的工地在哪裡，自然有人報你知。」

「工地的人不識我是芋仔還是蕃薯，如何做代誌？」

「第一天坐我們家三輪車去，他們都認識司機，會交代得好好的。」唐傳宗最後這話用日語說，說完轉身離去。

約半小時後，那輛三輪車已等在大門口，吳振瑞加快梳洗用餐的速度，匆匆上車，體會到做實業的家庭，跟做農的，很不一樣。上了車才想起有一個問題，原準備要在早餐時跟唐傳宗好好討論的。

「車仔給我用，傳宗兄今仔日按怎上班？」吳振瑞問司機。

「我先送伊去驛頭，再倒轉來接你。」

「哦，多謝你。」

「少爺講，叫我走一條尚快又閣卡好走的路，你明仔哉自己騎車，就照這條路走。」

「哦，是，多謝傳宗兄那麼細心。」

車行不快不慢，先過了萬年橋，沒多久要上陸橋，速度變慢。吳振瑞見司機爬坡吃力，真想跳下車幫忙推，但猶豫片刻，車子已經上了橋面。下了陸橋，從小川町的邊緣走小路，碰到「血清作業所」時左彎，會看到大田藥局、宮添文教社，然後穿過屏東市場，向北走一條小巷，記好巷口的兩旁，左邊的招牌是紅色大大的「酒屋」，右邊是白底黑字的「福田齒科」，接下來全是直行，逐漸感覺涼爽，兩旁大樹成蔭，榕仔、樟腦樹、楊柳，什麼樹都有，四周安靜而乾淨，不知名的鳥兒在這棵那棵樹上交響樂團似的鳴奏，偶爾會有一兩個服裝整齊的官吏模樣的日本人從大樹後面的住宅走出來。吳振瑞感覺司機在加快速度，不久聽到一群小孩子齊聲唸書的聲音，舉目望過去，是學校，寫著「稅務署小學校」，那是日本小孩才能進的，吳振瑞當然知道。此時司機開口，竟是用日語：「前面，左邊是郡役所官舍，再過不久就是陸軍官舍。」吳振瑞只輕「哦」一聲，心中湧現滿滿的感觸——自己在屏東出生長大，從沒來過這區，這裡不但涼爽，連空氣都比較清甜。他不覺深呼吸幾次，心想，日本人把這一大片地方變成了天堂，而他們正住在天堂裡。

他同時為自己今天的處境好笑起來——怎麼一個被父親驅逐出門的失業青年，突然坐在這麼好的三輪車上，像一個大少爺似的，像一個大人物似的，哈！可惜就只有一天，明天開始又什麼都不是了。

這天從屏東機場回來才下午四點，吳振瑞換上自己的腳踏車，飛馳去找阿壯伯。原來牛不在這裡，「昨天我特別去約阿煥叔，作伙去你家，你阿爸不准我們牽走你那條牛，你那堆書還是放在牛車上，我把它拉到阿煥叔厝內去了。」阿壯伯說。

「敢有用一些物件蓋在書的上面？」

「有。當然嘛是有。我恐驚半暝落雨，無雨嘛有露水，所以我給冊本蓋兩層，一層是不要穿的舊衫褲，頂面閣再蓋乾的稻草。」

「多謝，多謝。」

「阿瑞仔，我給你講，恁阿爸是一時生氣，同時在展示一種權威，你若是在外面住得好勢好勢，嘸免那麼急轉去厝，按呢就換恁阿爸來求你轉去，看誰擋卡久。」

「多謝，多謝。我緊來去阿煥叔公的厝看覓。」

吳振瑞跨上車，心想：「這個阿壯伯，講的話跟一般人無共款！不過伊所講嘛真有道理。」

到了叔公家，一眼瞧見自己的牛車和書本，就停放在禾埕邊。他家媳婦出來應門，說：「阿爸給人載出去看牛了。你的物件放在那邊，攏好勢好勢。」

「多謝，多謝。按呢我拿來走，蛤？」

「當然嘛是好。」吳振瑞動手把書本上面的覆蓋物拿掉，同時將腳踏車搬上牛車，那媳婦過來幫忙，問：「阿爸講，你是用這些冊本在換錢，是有影無？要怎樣換？」

吳振瑞傻愣了一下，隨即微笑回說：「我上次有跟妳講，我有去做家教，有收錢的，那就是用這些冊本去換錢，阿煥叔公的意思就是按呢啦。」

「哦，我知呀。」

既然阿煥叔公不在家，吳振瑞沒有多逗留，用雙手拉起那台笨重的牛車，一步一步向前走去。那媳婦從後面幫忙推了一段路，吳振瑞在前頭高喊：「嘸免啦，多謝妳啦。」

下午五點多的太陽，說強不強，說弱也不弱，從西邊往吳振瑞左臉頰照射過來，映出一條瘦瘦長長的身影。那影子，從阿煥叔公家裡出發時，還拖曳在吳振瑞右手邊，陽光隨著他的步伐減弱，抵達唐傳宗家時，天色暗了下來，豪宅華燈已亮，那身影變得很模糊，而臉上冒出的汗水變晶亮了。

三

南台灣的太陽大約在六點半以後下山。這幾天，只要天黑了，吳振瑞便騎著腳踏車從機場唐榮的工地，回去他自己在頭前溪的家。

他是回來看「瑪莉」的。大大方方騎進禾埕邊的牛欄，估摸著父親不至於出來再一次驅趕他。瑪莉一看到他，便有一種安定、放心的眼神閃現出來。那眼神全家只有他能體會。跟瑪莉「兩相望」之後，吳振瑞會撫摸牠的頭部臉部，然後摸摸肚腹，從而判斷弟弟們有沒有牽牠出去吃草。

吳振瑞回來看牛，屋子裡的家人一定知道，母親要出去跟兒子講個話，弟妹要出聲叫一下「尼桑」，老爸臉色一沉，說「不可以」便是絕對不可以。吳家每個人都要聽父親的，只有四弟振武比較敢頂撞父親：「為什麼要這樣？阿爸教訓尼桑一兩天就夠了，何必要這樣！」㈠

「還無夠，一兩天的『教育』無夠。」

吳振瑞看完牛，轉身走兩三步便是自己的家，屋內都是黑漆漆，每一盞煤油燈都吹熄了，平常這個時間應該是晚餐吃過，全家人分頭洗碗筷、擦桌子、輪流去洗澡，然後父母親會端張藤椅出來禾埕乘涼，弟妹們可以開始寫學校作業了。這個時間應該是燈火通明，一定是父親下令熄燈，全家人在屋內暗處不出聲，等我離去，是這樣吧？吳振瑞一邊心裡這樣嘀咕，一邊走到每一扇窗、每一扇門前，朝裡頭探個頭，注意到廚房右邊牆上的灶君神座上保留一盞小小的煤油燈，那一定是母親堅持不可吹熄的吧？他在門窗外沒有出聲地叫一句「阿母」，然後毅然轉身，黯然離去。

他跨上腳踏車，低著頭猛踩，傷心加上氣憤全出氣在腳底，把車子踩得嘰喀嘰喀響。在離家大約一百米處，一個響亮的「尼桑」從右前方傳來，那是再熟悉不過的呼喚，吳振瑞快速衝過去，是三弟振文、二妹君寶和小妹君珍在那裡等他。吳振瑞跨下車，三個弟妹，一人叫一聲「尼桑」，然後就尷尬、僵傻著不知道要講什麼了。吳家的家風，是長兄如父，這位長兄的個性和作風也最像父親。在沉默中還是吳振瑞先開口：「我今仔日有去牛欄檢查，『瑪莉』腹肚吃飽飽，是牽出去吃草的，還是割回來餵的？」

「是二兄牽伊出去吃草的。」

「敢有給伊洗一下泥浴？」

「有。牽倒轉來的時陣，我看牛的身軀就知影有。」

註一：哥哥的日文是にいさん，漢字是「兄」。此處取其音，姑且寫成「尼桑」。那個時代的台灣人叫「哥哥」，都叫「尼桑」。

「按呢真好，每日攏要按呢做，振聲若是無閒，振文或者振武一定袂使貧惰。」㈡

「是，尼桑。」

「恁可以轉去厝了。跟阿母說，我在外面一切攏真好，嘸免擔心我。今嘛住在一個做頭路的人厝內，伊的名叫做唐傳宗。」

「是按怎認識的？」

「是在我去家教的一個王太太厝內相識的。這以後才慢慢跟恁講，蛤，恁可以轉去厝了。」

「好啦。尼桑，這是大姐幫阿母寫的字條，叫我拿給你。」

吳振瑞接過來，打開，是兩行字，用日文寫的：「阿瑞へ：如何なる困難に直面しても挫けないで欲しい、台北へ大学に進学すべき、勇敢に自分の夢を追いかけ様、此れは母の真意だ。大妹君玉代筆」㈢他匆匆看完，想哭，嘴唇和臉頰已經顫動起來，但強強忍住了。大哥是不可以在弟妹面前哭出來的。弟妹們識相地離去，吳振瑞快速跨上腳踏車，邊騎邊號啕了出來。四周，天色已全黑，沒人知道他是誰。

他只哭了一兩分鐘就抿起嘴克制住了。母親這字條裡的「真意」我能遵行嗎？在家裡，父親是至尊的，母親向來不會在父親面前強烈表達什麼意見。我如果憤而跑台北，考上一間大學應該沒問題，可是跟父親……難道母親的「真意」是要我跟父親再撕破一次臉也沒關係？母親的內心有這麼強悍嗎？

唐家在屏東機場承包的工程，一個禮拜多就全部結束了。這中間唐傳宗外面有應酬時，會特別回家把吳振瑞帶出去。有時是在餐廳，有「拿卡西」邊享用美食邊聽美女唱歌的那種食堂；有時上酒家，燈紅酒綠，聲色犬馬。生澀的吳振瑞在那些場合，目睹唐傳宗如何跟人家博感情、折衝生意，暗自學習。「阮老爸漢文卡深，伊時常給我講，去酒家無要緊，要知影『酒能載舟，也能覆舟』就好。」唐傳宗成了他社交應酬的啟蒙老師。

「令尊這句話，我無瞭解意思。」

「意思就是講，去游水無要緊，但是絕對袂使沉落水，爬袂起來。」

一次又一次，兩人半夜才回家，但第二天清晨唐傳宗還是六點多起床，準備出門工作。一天下午，吳振瑞在唐家客房溫習考大學的書本，聽到客廳有人聲。這個時間，上課的上課，上班的上班，是誰提早回來嗎？他正想探頭瞧瞧，聽到唐傳宗呼喚：「阿瑞仔，你有人客，一個人要找你。」

吳振瑞趕緊出來，一見，是個完全陌生的人。唐傳宗介紹，用日語：「這是我在台北工業

註二：「貧惰」，台語，偷懶、怠惰之意。

註三：漢譯為「阿瑞，希望你不要被眼前的困境打倒，我認為你應該去台北念大學，勇敢追求自己的夢想。這是母親的真意，大妹君玉代筆」

養成所的同學，陳桑火生，是『高雄青果同業組合』㈣香蕉試驗所的正職技術員……。」㈤

「是要找我？」

「沒錯。他專程去我工作的地方，叫我陪他一起回來找你。」

「陳桑你好，請問來找我有什麼事嗎？」

「我們香蕉試驗所的技師中村二郎叫我來找你，要請你加入我們的團隊。」

「我不曾做過香蕉的工作，也不認識你所說的中村技師，為何專程來邀請我？」

「你來就知道了。我只聽中村桑說你是高雄中學的優等生，他怎麼知道你的，我全然不知。」

「你們香蕉試驗所在哪裡？」

「在麟洛，一塊溪底『浮覆地』上，從屏東市區過去大約十里路。」

吳振瑞回頭跟唐傳宗對望一眼。唐傳宗明瞭他眼神裡的疑惑，說：「我相信這是一件好事情。麟洛就在屏東市東邊，是向東走，就是向出日頭的方向走，一直走，說不定會走向光明。」唐傳宗感覺這樣說不實際，又補充：「我這位同學陳火生就住在麟洛，是客族人，不會講我們的福佬話，不過，他是一個老實人，不會有問題。你大可放心跟他去。」

「現在就去？」

「哦，現在晚了。明天一大早，我來帶你去。」

那天傍晚，唐吳兩人相偕外出應酬，都喝了酒。回程中，唐傳宗半醉半清醒，以兄長的口吻說：「明仔哉，你去香蕉試驗所見那位中村技師，我給你講，在日本仔面頭前，要有禮貌但是袂使給人感覺你是一個弱者，一個無能的人，按呢你知影我的意思無？」

「這點，我讀高雄中學的時陣，深深有體會。」

「你不曾摸過香蕉，只要比人卡認真，真緊學習多多相關知識，按呢日本仔就袂看你不起。」

「無錯，這我心內有準備。」

「啊閣有，你有啥物意見或者想法，要勇敢表達出來。日本仔尊重有能力的強人，但是會不留情面欺負、排斥弱者。」

「傳宗兄，真多謝你給我指點這些，嘛表示你今晚無飲醉。」

「哈哈哈！」

吳振瑞從來不知道有一個香蕉試驗所，就在麟洛一處不起眼的溪底浮覆地上。那是一塊舊河道的新生地，不遠處還有溪流，潺潺流水聲隱約可聞。吳振瑞用腳撥一撥那泥土，然後彎下腰撈一把泥土在手上，搓揉搓揉，肥沃的黑泥中帶一點點沙質，難道香蕉適合這種農地？還是特別挑這種浮覆地來試驗新品種？他正沉吟中，一位頭戴斗笠、看起來矮壯的中年男士向他走

註四：「高雄青果同業組合」即為後來的「高雄青果運銷合作社」。

註五：當時的日語漢字名稱是「香蕉練成所」，由於當時本地員工，說閩南話的和說客家話的，皆習慣以「香蕉試驗所」稱呼，故本書亦稱其為「試驗所」。

來，陳火生在旁低聲告訴他：「這就是中村二郎技師，這裡的負責人。」

吳振瑞拍拍手中泥土，趨前迎上，深深一鞠躬：「晚輩吳振瑞。」

中村的第一句問話是：「學校畢業後，在家做農做得慣嗎？」

「中村桑，我在家做農，從沒摸過香蕉呢。」

「來跟我學。我這裡有一批優秀的技術員，大多是你們本島人，有的講閩族話，有的說客族話。你很快就會上手的。」

「真謝謝您，萬分感謝您。」

「至於薪資怎麼算，陳火生會帶你去問我們的會計。一開始可能只是候補，正式任用後就會不一樣。」

「中村桑，我還沒有請問您，是高雄中學的吉川校長推薦我來這裡的嗎？」

「不是，吉川校長我不認識。是你的『父上』吳桑周騫來向我請求的。」

「我的父親？」吳振瑞呆了一呆，喃喃自語：「原來是自己的父親！」他心裡激動了起來，一時也搞不清楚自己在激動什麼，只是感到好激動，想哭也想笑，一點惶恐又有一點欣慰，以及一點感謝。

「父親怎麼會認識這裡的技師呢？」吳振瑞努力思索：「他是台南師範畢業，做過公學校教員，做過三井物產株式會社的職員，哦！想起來了，他曾經在『高雄青果同業組合』擔任義工性質的評議員，難道就是那個機緣，讓父親有這個關係推薦我來這裡。」

吳振瑞略一轉頭，見中村技師已到別處忙去了，陳火生在不遠處跟人講話。他環視四周，一行行香蕉樹整齊排列著，有幾行已經長高，又有幾行好像剛種下不久，株株都綁著竹竿，植株下面插了明顯的木牌，試著走近，蹲下，看那些木牌上寫的字，是日語漢字「一番蕉」「三番蕉」「五番蕉」，漢字旁有不懂意思的日文，猜得出是關於植物學或者是病蟲害的專門名詞。此時，清風徐徐吹著，陽光耀眼，那幾行較高的香蕉樹，一柱柱黃褐色的樹幹，樹皮已乾枯焦黃，有的還黏在樹幹上，有的已經像蛇皮那樣正要剝落，伸手輕輕一撕，現出光滑晶亮的圓柱體，直直挺立；樹葉長在圓柱體的上方，寬大而翠綠，隨著微風上下左右擺動，使得整株香蕉樹看起來像是想飛又飛不起來的不倒翁。

這就是香蕉嗎？最近這幾年，在屏東、高雄兩地的農田上面，剛開始有人種香蕉，但不多，一些民宅的前面後面會瞄到比較高大的原生蕉，也都不起眼。今日，這樣仔細觀賞一整片的香蕉樹，是第一次。「這是陌生的農作物，對香蕉不懂，而竟然被安排來這裡，父親是對的嗎？」正當他這樣在心裡持疑的時候，風吹變強了，寬大的香蕉葉被吹得啪啦啪啦作響，而陳火生在這微微騷動的空氣中來到他眼前。

陳火生很快帶領吳振瑞辦妥了進用手續，職稱是「技術員候補」。當天試驗所有一場專案會議，是例會，吳振瑞坐在最後面見習。他的座位兩旁放滿各式農具，農具的後面有三張辦公桌，桌上擺著一疊一疊的文件和書籍，在這個有點克難的房間裡，他特別注意到，居然有一台電話，尊貴地擺放在居中的那張辦公桌上。

中村技師坐在會議桌前排中間。前面吊著的掛圖顯示他們這天的議題是：「土壤的透氣、保水和保肥技術」。會議中並不是全由中村講話，技術員也頻頻發言。吳振瑞感覺中村技師不像一般的日本主管嚴肅拘謹，發言不必先舉手，容許隨機插話，有意思的是，他在跟大家討論問題的同時，會隨機揚一下頭，手指朝吳振瑞一比，穿插一句最基本的單位介紹，明顯是說給吳振瑞聽的：「我們這裡分為土壤研究、病蟲害研究、品種研究等三個小組。」

吳振瑞聽著聽著，中村技師又來了，先認真看吳振瑞一眼，兩手手指向上一勾，有點像學校樂隊隊長的手勢，說：「本島本來只在南投種植香蕉，南投是中部一個多山的地區，那裡的土質、氣溫和地形都很適合。現在我們要在高雄、屏東地區推廣種植，能否順利，我們這個試驗所責任重大。」這樣專向吳振瑞講完，又折回到討論中的次主題：「土質的地域差異」。

現在吳振瑞確定中村技師是隨機在給他上勤前課。記得上次進製糖會社時，是單位主管指派一個專人，為他們幾個剛入門的員工正式上一堂勤前課。今天在這裡，感覺好特別，又很有效率。他的思緒剛剛這樣分岔一下，中村的眼睛又瞄過來了，是輕輕抬個下巴，朝他揚揚手，說：「適合種植香蕉的土壤，有沖積壤土、黏壤土、砂壤土、粉砂壤土這幾種，所以高雄、屏東地區也很適合。」

吳振瑞趕緊收束心思，用心默記那些專門名詞。中村的談話後來被一位技術員接走，另一位技術員又接著發表不同的看法，會場熱議一陣後，中村收尾，他說：「這問題，我還沒有定論，總而言之，大家要認識腳下所站立的泥土。」

吳振瑞被眾人的專注精神感染，深受鼓舞，感覺這種會議比在學校上課更有價值。在麟洛這個窮鄉僻壤裡一處溪底的香蕉試驗所，居然聚集了那麼熱情的一群人，就只是研究一種叫做香蕉的農作物。

坐在最後一排見習生的位子上，他逐漸興奮了起來。

這場專案討論會最後一個次主題是：「香蕉樹根部泥土層的厚度問題」。吳振瑞第一次聽到「伏流」這個詞，原來我們站立的土地下面還有縱橫密布的伏流！中村技師想在本試驗所一處未開墾的地段「抓地下伏流的路徑」，怎麼個抓法呢？像小時候向泥地「灌抖杯仔」那麼樣去抓嗎？㈥眾技術員提議甚多，七嘴八舌，最後的結論是：組一個小組，用圓鍬，沿著伏流的可能路徑挖掘，挖一處，即釘牌為記。

吳振瑞感覺這種辦法有點笨，舉手請求發言，全場一靜，好奇一個剛到職的候補員能講出什麼。中村點個頭，吳振瑞像以前在學校報告時那樣，先起立一鞠躬：「可不可以我回家牽牛過來，用犁劍一路一路試探性挖掘，會比較快？」

會場出現那種日式拉長音的「啊！」「蛤！」之聲，無人回答，吳振瑞又補充：「我是一個有經驗的駛牛的人，有一頭強壯而有默契的牛，可以讓犁劍忽淺忽深，深淺自如。我相信可以幫忙各位很快做好這件事。」

中村技師回答了：「很好。你來試。我們的小組在旁配合。不過，這裡距你家約十里路，你要怎麼把牛運過來？」

「這我自己來解決。」

註六：「灌抖杯仔」，台語，又說「灌杜猴」，農村小孩子抓蟋蟀的一種方法。

看。

這個新的研究案在一個禮拜後就有了結果，中村和同事們對吳振瑞這個新人開始刮目相看。

由於香蕉試驗所跟屏東市區有一段距離，吳振瑞辭掉了市內大部分家教，只剩唐傳德和王家兩處。那天，他在王家上完課，跟王家母親和王玉印閒聊，談到他在香蕉試驗所意外立了一功的事，王太太問：「阿瑞，你那麼戮力每晚去做家教，有算過無，一個月賺多少？」

「算過，平均五十元。」

「所以你今嘛辭掉的家教，是辭掉每個月大約四十元的收入。在香蕉試驗所的收入，敢抵得過？」

「抵不過。現此時我只是候補員，一個月三十元不到。」

「按呢你甘願？」

「甘願。」

「真好。咱要看長莫看短。我有幫你去媽祖廟筊杯，甘蔗是凶，香蕉大吉……。」

王玉印插入一句：「阿母，人阿瑞仔袂相信筊杯啦！」

「加減參考啦！」

等吳振瑞離去後，王太太又再叮嚀：「以後，恁結婚了後，跟甘蔗、製糖有關的頭路，莫給伊摸。」

「我知啦！」

四

一天傍晚，晚餐時分，一個學生模樣的小姐到唐傳宗家敲門，唐傳德出來應門，認出是陶瓷店王家的二小姐玉美。「我來找我的『先生』吳振瑞。」王玉美說。

「他已經不住這裡了，搬回頭前溪他自己的家去了。」

「什麼時候的事？」

「有兩個禮拜了。」唐傳德說：「有什麼事我可以轉達，後天晚上有家教，他會來我家。」

「哦，不必了，謝謝。」王玉美又問：「那麼，傳宗尼桑呢？」

「他現在比較少回來屏東，跟我父親住高雄比較多。」

「哦，我知道了。」她告辭時又囑咐：「不必告訴『先生』吳振瑞我有來找他。」

「嗨，知道了。」

王家二小姐來找的事，唐傳德真的沒告訴吳振瑞，而且事情很快被忘記。

那年暑假，王玉美應該在八月底就開始張羅回台北念書的事，但她沒做任何準備，兩個行李袋閒閒擱著，母親為她洗好曬好的棉被，沒拿去驛站託運。到了九月初，開學的日子到了，她說身體不舒服，賴在床上不起床；偶爾起床，也是懶洋洋，發小姐脾氣，嘟嘟噥噥：「我沒有心思回學校。」這樣賴到九月中旬，她就讀的台北第三高女寄來公函，是勒令退學。

王太太急了，跟大兒子商量，兒子一派輕鬆：「不去念就算了，家裡省一點開支。我自己還不是公學校畢業就留在家幫忙，沒去升學也沒怎麼樣。」

「那是你做為長子為家庭犧牲，你的犧牲就是要跟阿母一起栽培弟妹。阿母不能接受玉美放棄學業，如果要放棄，你的犧牲變成無彩工了，吳振瑞給伊家教好幾年，也無彩工了。」

「我是沒感覺有啥物無彩工，伊嘸去讀冊，咱多一個腳手，閣卡好，咱店裡今嘛這個學徒阿雄就嘸免請了。」

「按呢袂使，伊的學業一定要挽救轉來。你阿爸臨終時，交代我，每一個囝仔都要栽培到高中以上。」王太太嚴肅地凝望兒子：「你撥一個時間帶妹妹去學校，向校長拜託，好無？」

「阿母，妳知影我真正無閒，實在走袂開腳。」

「按呢，我要去找吳振瑞，這死查某囝仔真聽這位『先生』的話，叫阿瑞仔帶伊去台北，試看覓。」

「嘛是好，吳桑讀過高中，卡知影怎樣跟學校交涉。」

王太太轉個頭吩咐：「阿雄，幫我叫一輛三輪車，我要去頭前溪一趟。」

「吳桑不是住在唐桑傳宗厝裡面？」王家長子問。

「『先生』早就搬回頭前溪了。」王玉美突然從後面廚房高聲搶回答，那聲音，元氣滿滿。

三輪車已經到了家門口，王太太向大女兒玉印招招手，沒出聲音。母女倆在車子旁邊低聲交換意見。王太太先說：「我看玉美不是身體袂爽快，伊是在暗戀振瑞仔，聽到我要叫振瑞仔帶伊去台北，就親像一尾蝦仔，活跳跳起來。」

「我嘛有感覺，是按呢無錯。」

「哪是按呢，叫振瑞仔帶伊去台北，不知對還是嘸對，可能代誌會變得愈來愈複雜。」

「這阿母妳決定，我相信阿瑞仔對我的情意。」

「嘸知影振瑞仔本人已經有感覺到還是無？」

「伊還未有感覺。嘸免特別跟他講。」

「好，阿母知影。」

王太太和大女兒玉印幫忙提行李到屏東驛站，送吳振瑞和二女兒玉美上火車，臨走塞一疊鈔票在吳振瑞口袋。玉印在火車開動的噪音中長嘆一大口氣，黯然走路回家。王太太則直奔媽祖廟，在香煙環繞中執香下跪，口中唸唸有詞，傾訴二女兒的退學令和吳振瑞還不知情的姊妹情緣，請求媽祖給予指點。

一切禮儀完畢，她敬謹抽籤，得籤詩一首：

千山難過千山過
孤鳥迷途橫飛禍
宅心仁厚利劍刻
寬衣解帶不為惑

王太太識得詩中部分漢字，但不懂其意。又加添了一點油香錢，請廟公解惑，得到一些令她更糊塗的答案：「妳求媽祖指點的這個人，我嘸知影是妳的啥物人，是不是生就腳長又閣勇健？」王太太回答：「是，完全正確。」

「所以才能夠『千山難過千山過』呀，這句大吉，妳免煩惱。」

「第二句呢？」

「第二句吉中帶凶。怎樣會有一隻鳥仔飛出去呢？那個人敢是去大樹林裡面？這中間恐驚會有不好的代誌發生。」

「啥物款的代誌？」

「媽祖無講明。」

王太太又起身，去恭恭敬敬禮拜，並添加若干油香錢，再回座，問：「第三句呢？」

「第三句和第四句作伙講。妳求媽祖指點的對象是不是兩個人？」

「是。」

「是不是一男一女？」

王太太眼睛驟然亮起，心想媽祖就要指點到最要緊的地方了，真誠回答：「是，是，無錯。」

那廟公又發出自我疑惑的口氣：「怎樣一個好人，心肝好，又閣帶劍？心真厚，劍真利，是這個意思無錯。」他逐漸使用肯定句，又變回疑問句：「這位查埔人，是君子；這位查某，長頭毛，有一句叫做『慧劍斬情絲』，做戲的有唱過這句，妳敢閣會記？」

「可惜我真罕在看戲。」

「就是按呢啦，我就解釋到此。這籤詩吉凶交叉，終其尾，有風有湧，袂足大。妳可以安心轉去厝等您轉來。」

「你是講『伊』會轉來，還是『您』？」㊀

「我適才憨神憨神講的就是神明的意思，今嘛清醒啦，我記袂起來適才是說『伊』，還是『您』。」

「哦，真多謝，真勞力，按呢我轉來去。」

王太太回家後，把去媽祖廟抽籤詩的事告訴大女兒，王玉印聽完眉頭深鎖，好久才放鬆下來，說：「阿振瑞跟我講過真多擺，叫我莫超過相信筊杯或是籤詩。」

「這擺，那位廟公愈講愈花，花糊糊！」

「伊就是照著那些漢文籤詩去解釋，我在台南高女的漢文先生嘛可以照字句講解給妳聽。」王玉印又說：「以後，莫按呢有事無事就去抽籤詩。」

註一：台語，「伊」是「他」的意思，「您」則是「他們」。

「好啦。」

王太太有午睡的習慣。這天，她剛躺下不久，半睡半醒中想起一通電話該趕快打，爬起來，撥打給台北的陶瓷配銷商佐藤枝新，他是二女兒玉美在台北第三高女的學生保證人。㈡

「佐藤桑，我那二女兒玉美真令我傷腦筋，竟然拖到現在才要回學校註冊，都已經收到了退學通知書。」

「所以這個學期開始，她就不來台北念書了？」

「不是，我不想放棄，拜託我家那位家教先生帶她去台北交涉看看……。」

「那不可能挽回了。第三高女那位校長我不認識但有耳聞，大家都說他是一塊從川崎來的鋼板，硬梆梆的。」

「不管怎麼樣，如果學校還願接受，還是要請你當保證人。」

「可以，當然可以，沒有問題。」

「還有，那位家教先生和玉美如果有向你請求幫忙，也拜託你能盡力。」

「嗨！一定盡力。上回我去屏東出差時聽說了，那位家教先生是妳的準女婿？」

「是啦，沒錯啦，希望不要有變卦才好。」

「沒有問題的啦。」

吳振瑞好不容易跟香蕉試驗所請了假，帶著一個已經收到退學通知書的學生，要去請求校方收回成命，自己又不是有特權或有關係的日本人，此事談何容易呀！一路上心情沉重，連呼吸都感到胸膛裡有什麼東西塞住、壓著，但坐在他身旁的王玉美似乎心情特別愉快，像大清早醒來的鳥兒，一直在他耳邊吱吱喳喳。

她一刻鐘都沒停止，吳振瑞一句話都沒有回她。

到了學校，行政單位沒人敢做決定，吳振瑞壯著膽子去求見校長。那日本校長看起來比高雄中學那位吉川校長和善一些，不過問話有相同的盛氣：「你先告訴我，你是這名學生的什麼人？家長還是保證人？」

「都不是。我是她家的家教先生，受到她的家長的信任和付託，專程從屏東趕來。」

「這名學生有什麼理由，未能在規定時間來校註冊，並且參加開學、上課？」

吳振瑞在車上一路七、八個小時所想的，就是如何回答這個問題。總結在高雄中學應對日本老師和日本校長的經驗，上策是提一個對他們日本人有實利的事情出來；中策是提一個理由，冠冕堂皇、神聖或高標道德的，有點誇張都沒關係；下策是低聲下氣求情。

現在，他雖然想好了該怎麼樣回答，心裡還是怯怯的：「是這樣的，王玉美的家經營陶瓷店，那是一家賣到全島以及內地的優良廠商㊂。她們家的兄弟姊妹都必須利用暑假為家庭事業奉獻心力。王玉美全心投入，從雜工到出貨包裝，日夜忙碌著。到八月底九月初的時候，她累倒了，在床上昏睡好幾天。病好以後，發覺錯過了註冊時間，心情沮喪，也怕被學校處罰，

註二：學生保證人制度開始於日治時代，戰後亦沿用，至九年義務教育實施後廢除。

註三：那個年代，台灣人口中的「內地」，指的是日本。

沮喪加上害怕，又躊躇猶豫了幾天，竟然收到了退學通知書，這下如何是好？」吳振瑞講到這裡，腦筋有點遲滯，後面不知道要怎麼接，抬頭見坐在面前的校長，表情比剛進門時又和善了一些，膽子壯大了起來，接著說：「她的母親是寡居的歐巴桑，丈夫過世後，一人獨挑家計，帶領兩男兩女共同奮鬥，堅持要給每一個子女受最好的教育。並且常說，不去學校受教育，怎能有優質的子民；沒有優質的子民，哪會有偉大的帝國。她母親知道王玉美比較信任我這個『先生』，叫我去勸導她，也囑咐我帶她來學校尋求挽救的機會。」

「呵呵呵。」校長笑了出來，問：「你說得很好，但我聽出有許多是不實的。你坦白說，你剛才的陳述，有幾分是誇大或虛構的？」

吳振瑞一時不知如何應答，校長自己說：「我猜一半一半，一半是真，一半是假，對吧？」

「不對，九分是真。」吳振瑞這樣衝口而出，又隨即修正：「九分九是真。」

「最起碼，『沒有優質的子民，哪會有偉大的帝國』那兩句話，是你自己加上去的，一個鄉下歐巴桑不會在自己家裡說這種話。」

吳振瑞正飛快思索該如何適切回話，耳聽校長做了裁定：「好，我同意收回王玉美的退學令。今天就完成註冊、住宿和上學等手續。」

「嗨！謝謝校長。」吳振瑞深深一鞠躬，退著走兩步後才轉身離去，眼角餘光瞄到王玉美並沒有跟著鞠躬，大剌剌跟在後面走出來。

走出校長室，吳振瑞馬上教訓她：「適才，妳按怎無跟我向校長一鞠躬？」

「無為什麼，就是無想欲按呢做。」

「有想無想，攏嘛要向伊表示感謝之意。」

「嗨！知影囉。」

兩人這樣對話剛結束，一個上唇留著短鬚的日本人快步走過來，玉美先看到，一鞠躬，招呼：「佐藤桑。」他簡單回個禮，直接朝吳振瑞伸手：「是吳桑振瑞嗎？我是玉美的學生保證人佐藤枝新。她母親有打電話給我，非常掛慮。見過校長了嗎？」

「見過了，他同意撤回王玉美的退學令了。」

「哇，啊！真難得！」佐藤枝新握著吳振瑞的手，久久沒放下，一雙精明的商人眼睛，重新打量這個台灣青年。然後打開包包，掏出印章：「那趕快先去註冊，我得在保證書上蓋個章。」

「真謝謝佐藤桑如此細心周到，親自跑來學校，應該我們去您府上拜訪才對。」

「沒關係，我跟王太太家做生意十幾年，老朋友了。」

吳振瑞陪王玉美去註冊，又一起去宿舍辦妥了入住手續。他為這件受托之事能完美辦成，感到欣慰，踏著輕鬆的步伐走出學校。

沒想到佐藤枝新在校門口等他。那時天色已晚，佐藤桑說要帶他去吃飯。日本人初識他這個本島人竟如此客氣，大概是王太太的關係吧。佐藤桑帶他步行，先穿越一個住宅區，兩旁都是木造的日式房子，好一大片精緻的木屋群，家家戶戶都有前庭，花木扶疏，整個社區整齊、乾淨，住宅內已有燈光搖晃閃爍，是全家一齊用晚餐的時間。兩人走著走著，瞧見一個走動小販挑著兩個大竹簍迎面而來，邊走邊叫賣：「豆花」「碗糕」「豆花」「碗糕」，叫賣響徹整個寧靜社區。吳振瑞問佐藤：「你知道那個『大道商人』賣的是什麼嗎？」㊃「當然知道，我有時也會買來吃。」

又走了一小段路，快到巷子口了，路旁有人在烤番薯賣，香氣誘人，這位道旁商人是用日語叫賣：「牙氣摸」「牙氣摸」，不停地喊叫。佐藤枝新嗡動一下鼻子，說：「這東西我太太最愛吃了。」「你自己不喜歡嗎？」「我喜歡拿它來天婦羅。」㊄

離開這日本人社區後，不久看到一家「稻江公共食堂」，佐藤桑怡然進入，立刻響起日本食堂極熱絡的招呼和寒喧，應是看到一位熟客光臨吧。跟剛才日台語交錯的小販叫賣，又是另一番景象。

兩人坐定後，也沒見佐藤桑點餐，侍者端上來燒肉、天婦羅、生魚片、壽司等日人吃食，佐藤桑開始談台北第三高女那位校長，問：「他絕不是一個容易改變主意的人，你是如何說服他收回退學令的？」吳振瑞把他們如何對話，一五一十說了。佐藤又問：「你怎麼知道要這樣說？」

「我在高雄中學念書五年，跟日本同學、老師，還有我們那位嚴肅而高傲的校長應對，有一些心得。」

「哇，哈哈！佩服，真的佩服！」

「佐藤桑好像對這點特別感興趣？」

「我是做行銷的人，對如何打動客戶的心，把生意做成，永遠有興趣。」然後竟改用閩南話，雖然生硬，還是聽得懂：「我今晚帶你來這吃飯，就是想欲知影你是按怎去改變那位校長。」

「哦呵，佐藤桑有在學習我們的話，還講得不錯呢！」

「做生意有必要，何況我太太是你們台灣人。」

「原來如此。」

用完餐，佐藤枝新問：「你什麼時候回屏東？」

「明天早上第一班車。」

「那我帶你去，住最靠近台北驛站的旅社。」

兩人在食堂前坐上一輛三輪車，車行許久，佐藤朝右手邊指一指，說這就是有名的「新公園」，吳振瑞探頭一望，黑漆漆一片，看不到什麼。倒是街市可以透過天光和屋內照射出來的燈光看到些許景色。佐藤一路導遊：「我們現在是向北走，從一丁目走到四丁目的時候就快到了。」「我店裡的會計經常要來這裡辦事。」「再往前走就是北門町，是因為這附近有一座古城門叫做北門。」吳振瑞饑渴的眼睛左邊瞧瞧，又趕緊右邊看看，怕錯過什麼該看的景物，感覺所有的建築物和商家招牌都沒看清楚。

註四：「大道商人」，日語漢字，流動商販之意。

註五：「牙氣摸」，「烤番薯」之日語音譯；「天婦羅」，「炸物」之日語音譯。

車子在一家叫做「辰馬商會」的樓房門前停下，佐藤領他步行進入一條靜巷，一家小型旅社在巷內，是日本人所經營，住宿費還幫他打了折，一切都安頓好以後才告別，佐藤並且承諾：「有去屏東出差，一定要再見面。」

佐藤枝新離去後，吳振瑞決定一人去附近步行觀光。他站在辰馬商會門前，裡面沒人沒燈，不知道是日本人還是本島人的店，既然招牌寫著商會，白天應該有許多衣著整齊的員工和主管進進出出吧。從辰馬商會往南走一小段路，看到一家「美人座」，裡頭有燈有人，燈火昏黃，人影綽約，知道那是做什麼生意的地方，右手下意識摸了一下口袋裡的錢包，不敢多做停留。再往前走，望見一棟兩層樓房，寫著「株式會社華南銀行」，銀行對面叫做「宅合名會社」，猜想是與建築有關的商社。走著走著，經過一家女子職業學校，在校門口站一站，試著想像校園裡除了和服剪裁、烹飪之外，還教些什麼女子的技能。學校對面有一排商店，最大那一家是「三井物產台北支店」，隔壁店面略小的掛著「明治製藥台北出張所」。不知為什麼，他很想瞧清楚這些商家辦事處的擺設，渴望知道裡頭的業務如何運作，同時又感覺有點好笑，現在自己是不是就像阿煥叔公在觀察一隻新牛時那般的好奇和專注。

再往前就是黑黝黝的「新公園」了，不敢入內，右彎，一家名叫「勸業銀行」就在轉角處，走了十幾步路看到「貯蓄銀行」。吳振瑞不能在街頭逛太久，明日還得早起，於是往旅社回去，很快又接連碰到兩家「三和銀行台北支店」和「台北信用組合」，屈指算一算，這樣出來隨便走走，竟一連看到五家銀行聚集在這裡。

那晚躺在旅社的榻榻米上，回想這趟台北之行，一切都是新奇的。佐藤枝新居然把他跟高女校長的半真半假的陳述，當做是一種高明的行銷技術，這有點好笑；還有，在這裡街市夜遊的所見所聞，十分新鮮，都是新體驗。吳振瑞興奮得一時睡不著覺，帶王家二小姐在高女東奔西走的那些辛苦，已經被他拋到雲霄之外。

第二天一大早起床。吳振瑞還在梳洗，佐藤枝新和他的台灣人太太慌慌張張跑來，告知：「王玉美昨晚從學生宿舍『脫寮』了。」「學校派人來通知的。」

吳振瑞傻愣在梳洗檯前，牙膏泡沫還殘留在嘴角。

佐藤夫妻帶吳振瑞去一起早餐，同時商量如何處理。兩人商定：佐藤負責向學校索取王玉美幾個要好同學的連絡處所；吳振瑞去找幾位在台北讀高等學校與醫專的同學，請求分頭找人；吳振瑞暫時不能回屏東，移駕到佐藤家裡，方便隨時聯絡。

到了佐藤家，吳振瑞吃了一驚。沒想到這個日本人家裡的所有傢俱都是台灣式的！廚房的布置，尤其那擺放碗盤的櫥櫃、放茶水的檯子、吃飯的圓桌，沒有半點日本家庭的感覺。佐藤還得意地讓他看兩張台灣一般家庭用的「紅眠床」，一張紅木製成，雕花精美，他們自己使用；另一張放在客房，沒有雕飾，台灣檜的實木原色。

兩個人的工作效率都很高，中午不到，已有十幾名在台北念書的屏東人被動員，有的去街上鬧區尋找，有的守在車站，但到了天黑，沒有消息，晚餐後還是沒有著落，吳振瑞急得心臟快要跳出來。一直苦苦熬到晚上九點多，王玉美打來電話，告知她在外面一切平安，吳振瑞要求她立刻趕來佐藤家，未獲肯定應答，即被掛斷電話。眾人只好等，再等到十點多，她才姍姍出現。

吳振瑞帶著怒氣責問：「妳為什麼要『脫寮』？」

「不為什麼。我不想再念書，這樣比較乾脆。」

吳振瑞和佐藤夫婦一時真不知該如何回應，王小姐又說：「我已經長大了。我想要嫁人了。昨天『先生』在我們學校，和我一起走來走去，同學們都看到了，都說我的男朋友好英俊又斯文。」

吳振瑞帶她從屏東一路上來，從她的總總言行，心中多少有點感覺，也不是沒有過男人的某種想望，以及一點點被暗戀的喜悅和得意；但理智上，他跟她姐姐幾乎到了私定終身的地步，怎能又接受這一份愛意，何況兩人還有師生名分。現在王玉美把意思講明了，他最好嚴肅表態，卻又不忍讓她太傷心，於是故意裝傻，心想，等到回屏東時，再由她母親和姐姐幫忙紓解不遲。眼前最重要的是，今天要怎麼辦？出去住旅社嗎？夜已深了，就在佐藤家住下最安全，不怕她再出走。

在一旁的佐藤也同時在思量。這位吳桑振瑞是王家未來的乘龍快婿，先前在電話中王太太親口證實過的，這次，會由吳桑護駕來台北，意思已經很明顯。如今，女的已表態不想再念書，女孩子早點嫁人也沒什麼不好。今晚，還真怕玉美小姐再從我這裡「脫寮」而去，那對王太太就不好交代了。佐藤思慮至此，剛好吳振瑞轉過頭來，眼睛裡有詢問的意思，不等吳振瑞發問，佐藤直接說了：「你倆今晚哪裡都不要去，就在我家過夜。」說完幫忙玉美提行李，領兩人進到一間客房。佐藤心裡還存有幫助提早「促成」的好意。

現在換吳振瑞苦惱了，因為他知道佐藤家只有一間客房，客房內有一張隱隱散發著檜木香氣的「紅眠床」，床上四平八穩放著兩塊榻榻米，台日臥榻文化竟如此切合地連結在一起！榻榻米上面，鋪好了一床鬆軟的棉被，就只有那麼一條棉被！吳振瑞正想發問，佐藤夫人在兩人耳邊叮嚀：「這個時陣，十月已經過了，台北的暗暝一定要蓋被。」然後又補充：「阮厝只剩這領棉照被。」

吳振瑞察言觀色，佐藤夫婦臉上沒什麼特別的表情，看不出有什麼意圖；倒是王玉美臉帶害羞，但沒有立刻作出「我不要同床一起睡」或「這樣怎麼可以」之類的表示。再環視佐藤家客廳的椅子，是台灣人家裡極尋常的藤椅，宜坐不宜躺；睡地上呢？是一般的水泥地，沒有棉被也不行。

就這樣要被送做堆了嗎？此時快十一點了，不容躊躇。他及時想起在廟埕看過多次的一齣戲，演的是關公被情勢所迫，必須與劉備的夫人同床共寢，毅然掣出一把利劍，插在自己與劉夫人中間，然後和衣躺下，戲中同時唱起：「嫂嫂且寬心睡去，有劍在此，保妳平安，助我守禮。」一唱戲的每唱一句，銅鑼便敲一聲清脆的「噹」，等全段唱完，嗩吶、弦子、噯子等配樂就熱熱鬧鬧地合奏起來。

是夜，吳振瑞讓玉美先睡，棉被由她一人使用，讓房門開著，窗戶開著，蚊帳沒有放下；自己外套沒脫，長褲沒脫，襪子也沒脫，心裡直唸「嫂嫂且寬心睡去，有劍在此……。」一整夜半睡半醒，那唱戲的「噹」「巴嗚」「巴滴」的樂器聲音不斷在腦海旋繞。

第二天早上，等吳振瑞帶王玉美去第三高女之後，佐藤枝新給屏東的王太太打電話，把這兩天發生的事全盤報告。電話那端傳來王太太焦慮的聲音，忘了跟佐藤桑講話，最好說日語：

「阿今嘛呢，叫我那隻死查某囝仔聽電話好無？」

「吳桑振瑞又帶她去學校了，他說要再試看看能不能挽救。」

「到這來，已經難上加難啦！」

「真歹講，這位吳桑說服阮日本人真有要領。」

佐藤太太這時把老公的電話拿過去，問：「王桑，請問跟這位吳桑振瑞相合意的敢就是玉美？」

「不是啦！是大漢查某子玉印啦，按怎呢？」

「果然不是！我心內就是足懷疑，昨暝我起床兩擺，偷偷看他兩人，果然不是。」

「是按怎？昨暝閣發生啥物代誌？」

「無發生代誌，完全無事，請妳免掛慮。這是我多心多嘴多問的。」

「妳講無要緊啦。」

「佐藤和我一直以為，玉美就是伊未來的對象，剛好阮厝只剩一間房一頂眠床，就給他睏共間、共眠床⋯⋯。」

「按呢妳閣講無發生代誌？按呢要如何是好？」

「無事，無發生代誌。我觀察足清楚，那位吳桑真君子！歸暝無關門，無關窗，伊本人歸身軀穿厚厚睏到天光。」

「好加在是按呢。」

在另一方面，吳振瑞和王玉美被第三高女嚴詞拒絕了，校長連見面的機會都不給，新的退學通知書上還加了一句「永不錄取」。

剛走出校門口，玉美提出要求：「先生，我不回屏東了，請你帶我去內地好嗎？」

「去幹什麼？」

「內地比較有發展，你也可以在那邊報考大學。」

「不可以，絕對不可以，我受妳阿母之託，有責任把妳帶回去。妳以後想怎麼樣，回屏東後再跟妳阿母請求。」

「先生，你實在……。」

「這事沒得商量。走！我們馬上準備回去。」

五

順利把王玉美帶回來後，吳振瑞一到王家就張大眼睛四下搜尋，為何不見玉印出來？於是走向她的房門，輕輕敲門，許久沒有回應。王太太悄然走近，低聲說：「阿印仔目前人袂爽快，你先轉去，我會幫你慢慢勸解。」

帶著滿懷的狐疑，吳振瑞回家，一夜昏睡。次日即回去上班，重新投入香蕉試驗所那熾熱的環境——熾熱的陽光底下，一群熱情的工作伙伴，能讓他暫時忘卻玉印和玉美那些彆扭的情感。

又過了一天，已經接近傍晚，他從病菌培養室瞄到自己的父親居然來到試驗所。他來做什麼呢？來查看他兒子有沒有認真工作嗎？你這個兒子從小到大，不管念書還是下田做農，有曾經不認真過嗎？做什麼事，你這個兒子最討厭有個長輩在旁邊監視，這你忘記了嗎？吳振瑞心裡這樣叨念著，沒想要出去打聲招呼，很快收束這些胡思亂想，繼續完成手上的工作。

下班收工的時候，中村技師來病菌培養室，父親跟在他後面。中村向眾人垂詢一些工作進度後離去，父親走到身旁，說：「阿瑞，咱作伙轉來厝。」

父子倆各自騎車上了馬路，有時父親在前，兒子偶爾追上去，一路沒話。吳振瑞本來已有兩三年沒跟父親好好講過什麼話，除了被責罵和頂撞之外。不久出了麟洛，在即將進入歸來莊的地方，父親騎到兒子旁邊，指一指左手邊，一處林木高聳茂密的校園，說：「這就是『嘿諾』，亞洲最好的農業學校之一，你當時來讀這裡就好了。」㈠

吳振瑞側個頭，認真凝視那片校園一下，在馬路上騎著車，也只能瞄瞥那麼一下下，像攝影機捕捉到一個好的畫面，仔細凝望，快快按下快門。這地方，每天上下班路過，不曾特別注意，原來那鬱鬱蔥蔥的樹林後面，有幾排古樸整潔的教室，再更遠一些，隱隱約約是翠綠的稻田和果園，應該是學生農場吧！回想公學校畢業那年，父親說「你是長子，應該留在家幫忙」，又說「作詩不如做田」，命令不許升學，他萬般不得已停學一年，隔年是偷偷去報考的。他那時知道這間「嘿諾」比較容易考進，根本不考慮；他選的高雄中學，百分之七十名額是日本學生，本島人要精英中的精英才能通過那激烈的競爭考進去，「這些，阿爸大概都忘光了，哼哼！」

他的這些回憶，被父親的一句話拉了回來：「中村技師以前就是這間學校的『先生』。」吳振瑞應答一聲「哦」，父親又說：「阿壯伯也是從這間學校畢業的。」

註一：「嘿諾」，「屏農」之日語音譯。日治時代在「工業日本，農業台灣」的政策下，在台灣發展出多所著名的農業學校如嘉農、屏農、宜農等等，以及遍布各地的農業練成所，如戰後改名為「鳳山熱帶園藝試驗所」的「熱地農業練成所」。

「阿壯伯，看抉出來！」

「你莫看伊是一個做田人，伊真有智慧。阿爸卡早在青果組合時，伊已經在內面，比我卡資深。」

「赫！有影加？我無想到，莫怪喲……。」

「莫怪啥物？」

「伊經常會講出跟人無共款的意見，但是真有意思。」

「伊頭殼內底有一枝鐮刀，閣真利。」

那天晚餐時，父親宣布一件家庭大事：「阿爸今仔日去阿瑞仔上班那個試驗所。我有一個決定，想欲去那個所在，試驗所閣卡北邊一大片土地給它租下來，三甲多，要來種香蕉。」

吳振瑞眼睛一亮，還沒回應，父親接著說：「日本人，不管是本島的還是內地，攏非常歡喜吃咱台灣蕉。日本政府準備要運銷內地，有多少量就運銷多少。」

「這我知影，這會賺錢。」吳振瑞呼應。

「三甲多地是足大足大呢，咱厝內恐驚無那麼多腳手。」母親想煞車但不敢明講。

「要請人。要開始招募一些固定的人工。」

「尼桑上班的試驗所就在附近，可以就近管理照顧。」二弟振聲說。

「確實。除了恁尼桑，咱全家攏要作伙投入，有讀冊的，放假日一定要去幫忙。」

「蕉苗佗位找，阿爸有想好了無？」振瑞問。

「我今仔日跟中村技師有討論好勢，伊答應幫忙買到一部分，剩下的，咱要一面種作一面自己栽培。」

「所以將來種作成功，咱不但可以賣香蕉，賣蕉苗嘛會賺錢。」

「呵呵！阿瑞仔真有天分！我還沒想到可以賣蕉苗呢。」吳老爸很少公然讚揚小孩，吳振瑞聽了不自覺用勁扒一大口飯。

那頓晚餐，吳振瑞在非常興奮的心情下吃完。他知道日本人為什麼要辦這些香蕉試驗所，就是準備在高屏地區大量種植香蕉。這是政府的政策。他慶幸自己能及時投入這個行業，也對自己的父親有這樣的鼻子，能聞到這個商機，感到欽佩。自高雄中學畢業以來，這是第一次跟父親如此心靈契合。他感覺有一個美好的前途，一個美麗的夢，即在眼前。

次日，吳振瑞還是在病菌培養室工作，快下班時又有一個貴賓來找，是王太太，坐一輛三輪車來，等在門口。

「阿瑞仔，玉美從台北回來後，嘸吃嘸飲，嘸講半句話，已經三暝三日，我恐驚伊性命難保……。」

吳振瑞傻呆站著，不知該說什麼。王太太又說：「你腳踏車牽轉去放，跟我坐三輪車來轉，幫我來去勸伊。玉印仔講，只有你來，才會當救伊一命。」

吳振瑞嘆息一聲，只好遵命。

一路上，王太太三拜託四拜託，請求三輪車伕加快速度，把人家催得氣喘如牛，只差沒有一條繩索往車伕背上抽打，像趕牛那樣催逼。

到了王家，大姐玉印等在門口，領他進入玉美臥房。床上躺著一個瘦弱乾巴的女孩，長髮遮住了半邊臉，眼睛變大了，那是臉瘦了下來，眼眶塌陷所造成。她有氣無力叫一聲「先生」，吳振瑞心中一酸，見玉印端一碗鹹粥正在吹涼，示意吳振瑞餵玉美吃，「能吃一個湯匙也好。伊若嘸吃，用灌的嘛會使，拜託你。」

吳振瑞嘆息一聲，只好遵命。

他接過鹹粥，開始軟言勸誘：「玉美呀，來，妳攏無吃，按呢袂使，來，嘴打呼開，我來餵你吃。」說也奇怪，玉美竟然乖乖張嘴，一湯匙一湯匙吞食，沒多久一碗粥吃光光，吃完又喝了一杯水。

王家全家都鬆了一口氣。

事成之後，他偷瞄玉印一眼，感覺有一股淒楚，清清楚楚浮溢在她臉上，自己也心疼起來，呆呆站著，不知該留在玉美臥房還是出去較好。王家么弟，正在家教指導中的男孩乖巧地走上前：「先生，大姐煮了一鍋鹹粥，我們一起去把它吃掉，走。」吳振瑞的尷尬於是有了一個疏解，順便叫玉印和王太太一起來喝粥。

玉印低著頭喝粥，一湯匙一湯匙送進口，慢慢啜食，沒說話。大家都不知道要講什麼話。吳振瑞和王家么弟稀里呼嚕各吃了兩碗，吃完，阿雄叫來三輪車，王太太要玉印送吳振瑞出去坐車。兩人到了車旁，吳振瑞輕喚一聲「阿印」，同時伸手在夜色裡探索玉印的手，摸到了，輕輕握住，但玉印的手只讓握了幾秒鐘，掙脫，「哇」一聲哭了出來，同時快步回屋。

吳振瑞坐上車，一路上，心肝在石頭路顛簸中發疼。

這事，他沒有告訴家人。晚上睡不好，天未亮即到試驗所一個人埋頭工作，希望自己能更累些、更痲痺些，玉印的苦、玉美的煩，才不會三不五十浮上心頭。中村技師通常最早到，最晚走，這天見吳振瑞上工那麼早，先不動聲色站在遠處，見他正在把第五區的蕉苗，小心翼翼挖起，然後一株株移種到第二區，這是昨天下午的會議中決定要做的新試驗。中村觀察許久才走上前，只是簡單互道早安，也沒有說幾句稱許的話，直接走到會計的辦公桌，寫幾個字：「技術員後補吳振瑞即日起升級為技術員，支領正職薪資。」

那天下班，三輪車又停在大門口。這回王太太沒來，同一位車伕。上車後特別吩咐不必像昨天那麼快，一般的速度就可以了，但那車伕好像瞭解什麼內情似的，踩踏得出奇賣力。車行極快，吳振瑞靠背坐著，眺望西邊天際，一片赤紅，他想讓車伕和緩下來，以閒聊的語氣開口：「喂，尼桑，西邊的天紅貢貢，你有看到無？」車伕高聲回應：「有，我有注意到了。那是快要作風颱的天。」吳振瑞說：「莫怪，今仔日特別悶熱。」車伕：「風颱要來了，就是會特別悶。」

兩人一應一答，車行並未減緩，一直到進入屏東市區時，才聽車伕說：「我速度拚真快，是因為提早趕到，王太太會給我卡多『吉布』。」㈡

下車後，再次到王玉美臥榻之旁，一樣是玉印熬的粥，吳振瑞用更多的溫言暖語哄呵、餵

註二：「吉布」，「小費」之日語音譯。

食，一樣整碗餵完。玉印一面收拾碗盤一面想跟妹妹講些話，突見妹妹從毯子裡拿出一根短藤條，往吳振瑞後背和手臂擊打，每打一次，便沙啞而孱弱地罵一聲「憨牛」「憨牛」「你這隻憨牛」。吳振瑞沒躲閃，隨她打，臉上有驚愕也有迷茫。玉美打了三次後，緩緩閉眼，兩行清淚流出，說兩句話：「媒人是要你娶誰人做某？你是按怎嘸愛娶我阿姐？」說完翻身朝牆壁側臥，不再理睬任何人。

吳振瑞挨了打，約略知道一個女孩子的心意，只是奇怪她接著又說出那無厘頭的話。玉印同樣是女人，比較知道妹妹真正想說的是什麼。這個「變故」，似乎促使玉印在心理做出了某種決定，她拿起碗盤，朝吳振瑞說，異常堅定的口氣：「行，咱出來去。」

三輪車還等在王家店門口，吳振瑞步出，玉印跟在後面。跟前一天那樣，吳振瑞握住玉印的手，玉印這回沒有掙脫，沒再哭，只是顫聲叮嚀：「你按呢撞來撞去，自己要保重好身體。真正若是累了，要知影歇睏。」等吳振瑞跨上了車，玉印又補上一句：「明仔哉我自己來處理就好了，你下班直接轉去厝歇睏，啊！」說完緩步回屋，發現玉美也走出臥房，站在門檻上注視著他們手握手話別。

三輪車果然沒在次日下班時等在大門口，吳振瑞心想，大概不需要他了，一個人好整以暇騎車下班，可是到了屏東市區，有點放心不下，繞進去王家才知道大事不好，店裡學徒阿雄告訴他：「二小姐不知影去佗位買到安眠藥，吃藥仔自殺，送去病院急救了。」阿雄見吳振瑞驚慌上臉，又說：「先生嘸免著急，今嘛已經無生命危險。」

吳振瑞急急跨上車，急奔屏東病院。重症一定送來這裡。它在臺灣銀行前面的三角公園旁邊。公園是閒言閒語的製造中心，他剛放好車子就聽到：

「是那間陶瓷店的二小姐沒錯，聽講是因為呼學校退學……。」

「嘸是按呢，聽講是小姨子跟大姐搶姐夫，而姐夫嘸接納伊，伊就不想欲活了。」

「恁講的攏總嘸對！是兩個姊妹仔搶一個『先生』，搶輸人那個飲農藥自殺。」

吳振瑞光聽了這幾句就掉頭走人。他這個故事的「主角」一旦被發覺出現在醫院裡，恐怕會更激起滿城風雨，他想。

回到家，吳振瑞感覺自己內心快要爆炸，這件困擾多時的感情糾葛，不講出來不行了。晚餐還沒要開始，他先跟母親傾訴，說到難過處哭了出來。大哥一哭，弟妹們好奇地圍過去，父親也走上前。父親要求把整個事情重講一遍，「要詳詳細細講，袂使有任何暗蓋。」

吳振瑞講完「故事」，最小的妹妹吳君珍大聲感嘆：「我看過真多『夢甲』，無一部故事有比『尼桑』的精彩。」二妹吳君寶說：「我要玉印來作我的阿嫂。」四弟吳振武說：「『尼桑』應該娶玉印阿嫂，要卡緊進行。」

其他弟妹還想發表，父親說話了：「這代誌阿爸來幫你處理，嘸免煩惱。你明仔哉正常去上班，阿爸來作主就好。」

第二天上午已經滿天烏雲，收音機廣播說有颱風即將來襲，但上班的照常上班，上學的照常上學。吳老爸趁颱風未到，匆匆走一趟屏東病院，打探到：王家二小姐已無大礙，要趕在今日下午出院。

傍晚開始變天，先有風後有雨，後來風雨交加。屋內幾處漏雨，分別用臉盆和木桶接水；屋外偶爾傳來樹倒枝折的撕裂的聲音。吳家大小在驚恐中半夢半醒，而吳振瑞一夜未歸。天大亮後，風勢變小，雨勢變大，父親派二弟吳振聲冒雨去村長家打電話，原來是香蕉試驗所被大水圍困，出不來，都在試驗所過夜。

吳老爸知道兒子無恙後，穿上簑衣，打赤腳，一個人從頭前溪家裡，徒步涉水過溪，來到市區，很快找到王家那間陶瓷店。颱風天店裡沒有客人，他表明身分後，王太太和大兒子慌張出迎，請坐，奉茶。玉印站在後面房間門後，不敢出來，心臟像打鼓那般轟動。

「王桑，我真歹勢，我後生振瑞給妳加添真多麻煩。」

「無，無，一點點都無。振瑞仔幫我真多忙。」王太太說到此，突然眼圈一紅，頭低下去，低聲說：「是我的查埔人不在了，我一個查某人卡袂曉處理代誌，將好好一件事……。」她啜泣起來，說不下去。

「王桑，這代誌我攏問清楚了，妳處理得非常好，實在是真為難妳。這要怪阿瑞仔無早一日跟我講。」吳老爸停一下，見王太太情緒平復了，接著說：「我今仔日來，是來向妳講一個親戚。風颱天我臨時無去找媒人婆，也無準備禮物，直接就走過來，真失禮！這以後再來補。」

王家人眼睛張大大，來不及回應，吳老爸又說：「我本來想，阿振瑞猶閣少年，閣等二、三年再來成親無要緊，但是，現此時，我想要叫伊卡緊結婚，成一個家，阮兜嘛可以加添一個好幫手，阿振瑞嘛可以好好安心打拚伊的事業。」

「吳桑，按呢真好，我真歡喜聽你按呢講。」王太太臉上現出笑容，輕聲問：「吳桑，你是想欲講……。」話問一半，停住。

吳老爸知道那問題是什麼，率直回答：「阿振瑞這件婚事，由我作主。我想欲講妳的大漢查某子，阿印仔，要請妳同意，望妳幫忙牽成阿振瑞。」

「是，是，按呢真好。我完全同意。」

「我今仔日風颱天出來，是希望這婚事，快馬加鞭，愈快愈好。」

「沒問題。我早就在想，應該愈快愈好。」

王玉印這時出現，手執一壺熱茶，趨前，叫：「吳桑，我叫阿印。你這杯茶冷去了，我幫你換一杯燒的。」吳老爸端詳玉印一眼：「哦，阿印仔，多謝妳。」之後玉印也為母親和哥哥添了熱茶。

吳老爸邊喝茶邊說：「阿振瑞昨暝無轉來，是伊上班的試驗所溪水漲起來，袂當出來。」

玉印接著說：「是按呢無錯，我今仔日透早有打電話過去。不過，不知有物件倘吃無？」

「吃食我卡無煩惱。雨若停了，大水退得真快。」

大家多聊了一些家常閒話後，吳老爸告辭。王太太等他在門邊穿好簑衣，戴好斗笠，自己也撐一把紙傘陪出去。玉印也要出來送客，母親把她支走。

一個穿簑衣的老男人，一個撐傘的中年婦女，在大雨中交談。雨滴從吳老爸的斗笠四周小瀑布般沖下來，簑衣上滿滿的棕毛粗纖維尖端，起初泛出的一粒粒水珠，逐漸變成水線，一條條流下。王太太的紙傘上面，劈里啪啦作響，雨水從四周傘緣滑落，她像站在一個圓形的水簾裡面開口，還不能太小聲：「吳桑，你敢有考慮給阿振瑞將阮兜兩個姊妹作夥做成親戚？社會上嘛是多多查埔人娶二個、三個某的，敢嘸是？」

「我昨暝確實有按呢想過，但是，阿振瑞嘸是好額人，阮兜嘸是富豪家庭，伊只不過是一個少年郎，頭路才剛剛起步，一次娶兩個，一定變做社會大笑話。」

吳老爸向前跨出兩步，又回頭補充：「尚重要的是，我有追問，阿振瑞心內只有玉印一個人。」

「這確實，我真瞭解。唉！無法度啦！你透落雨欲轉去，我叫三輪車來載你好無？」

「嘸免，我穿簑衣，坐三輪車無方便。」

玉印站在門檻邊吃力地想聽清楚他們說些什麼，但雨聲太吵。最後隱約聽到要叫三輪車，抓把雨傘走出去，見吳老爸走了幾步，又被母親叫住，母親在雨中講話很大聲：「我閣煩惱一項，不知通講還是嘸通講？」吳老爸停下，回過頭：「請講。」

「阮是做生意的家庭，落田做息那款粗重，阿印仔全全袂曉。」

「妳放心，王桑，放一百個心。阮兜袂給她做粗重，一定珍惜這個新婦。」

在鱗洛香蕉試驗所，十一位技術員包括吳振瑞，都穿上黃褐色簑衣，頭戴橢圓形膠製日式盔帽，整齊站在辦公室前走廊。天黑如漆，風已漸起，蕉葉不情不願地左右左右搖晃；雨還不大，只落下零零落落的大雨滴，這好像是老天爺先給試驗所一個警告，而中村技師顯然漠視這個警告，甚至於想要挑戰這個警告似的，揚起雙手，高聲宣示：「有風又有雨，正是我們研究香蕉的大好時機。」

宣示完，開始交代工作：「第一組到第三、第四區，觀察被我們改矮的新品種，在颱風中的動態。一開始就要詳實記錄，特別注意樹葉樹幹的承受度，還有竹竿綁繩的高度如何產生作用。」

「第二組分成兩個小隊，一隊在高地，一隊去低窪區，觀察樹根在何種水量之下，有何種變化。記住，根系的變化是先浮腫，然後顏色由黃逐漸變白。在風雨中要克服困難完成記錄。」

「第三組跟在我身邊。」

中村技師交代至此，風漸漸轉強，從南邊呼嘯而來，蕉葉被吹成同方向，一齊向北邊怒張；雨勢也大了，飛箭那般密密麻麻從天空斜插入地。

「現在，馬上開始工作。全體先呼喊本所『所訓』第二條，大聲喊兩遍：『大風大雨，不畏縮；天搖地動，不屈服。』」

風雨交加，怎麼記錄呢？吳振瑞這天開眼界了。他在第三組，中村技師把他叫過去，幫忙抬一台照相機出來。那是一個沉重的大傢伙，用木箱裝著，兩人才抬得動，另兩人為它撐傘。中村說，它是目前日本最先進的攝影機，有閃光燈可以在昏暗中拍下物品。四周真的天昏地暗，中村把頭臉躲在機身後面的黑布袋裡，伸出右手，聚精會神，不斷調距離，測速度，在滂沱大雨中，那閃光燈久久亮一次，一閃即逝，哇！那照相機竟能製造閃電，沒有伴隨著打雷的閃電。

其他技術員也都辛勤地在做研究。他們沒有照相機，幾個人在雨水中觀察，在風聲雨聲中高聲報告；另一組人在走廊上豎起耳朵，一手紙一手筆，將嘶吼過來的情況一一記下。

眾人在如此艱辛的情況下居然都工作到忘神，直到傍晚時分，才驚覺遠處溪流高漲，下班回家的路水深及胸，一個個被迫回頭，回試驗所夜宿，開始搜尋乾糧裹腹。

那夜，吳振瑞睡不安穩，心中很有感觸。香蕉真是嬌生的植物，樹幹不禁風吹，樹根不耐久浸，而今日大家在風雨中埋頭苦幹，為的是記錄它的脆弱嗎？前一陣子曾聽說也有一群日本農技人員戮力改良蓬萊米，那米是餵飽肚子的，香蕉算什麼，就是一種水果，不是嗎？思量至此，睡在左邊的日本人同事鼾聲響起來了，右側高雄來的技術員卻坐了起來，煩躁而吃力地在抓背，四周到處濕答答，下雨天的霉味加上身體的汗臭，大概有人被薰得更好睡也有人煩躁難眠吧。這裡，一群瘋子般的日本人加上台灣人，不放過風不放過雨，正為改良香蕉而賣命！

天亮後，風停了，雨下得更瘋狂。試驗所裡已無可食之物，有人冒雨去摘到蕨類，有人挖回幾顆半好半壞的番薯，但遠遠不夠吃；「溪裡有魚，不是嗎？」不知誰提的議，馬上被否定：「溪水洶湧、濁黃，魚早逃了。」

中村技師不敢要求餓肚子的屬下工作，一人躑躅在香蕉園，連雨鞋都沒穿。吳振瑞聽說他是世間罕見的工作狂，感念他的提攜和關愛，也跟著步下蕉園。下那麼大的雨，水深只到腳踝，吳振瑞稱讚出來：「這試驗所的排水系統一定做得很好。」中村回說：「沒錯。也因為這處所經過長時間的泥沙堆積，地勢高了，要不然溪水會漲進來。」

沒多久，中村叫起來：「喂，振瑞，你看，『一番蕉』和『三番蕉』在淹水時，浮根形狀不同，顏色也有異，顯示這兩個品種的耐水性不一樣。你去拿記錄本過來，我想用速寫的，把它們畫下來。」

「下那麼大雨，怎麼畫？」

「你替我撐傘就可以，很快可以完成。」

吳振瑞用日本人慣用的回答方式，重重地「嗨」一聲，然後說：「我馬上去準備。」

這兩個人真的在大雨中工作了起來。在中村的速描快完成的時候，有人從辦公室大喊：「中村桑，有你的電話。」

「問問是不是要送乾糧過來的，告訴他們這裡有多少人，直接送來就是了。」在雨聲中，中村也用喊的。

又過了一會兒，喊聲又來：「說是你的老朋友，有十分要緊的事，要請你親自接聽。」

中村仔細收好筆記本，入內，拿起話筒，回過去的第一句話是：「哦，他在這裡沒事，剛剛還跟我在一起……。」

接下去，中村的臉上表情和聲調都變了，不斷發出驚訝的「哦，所加」「哦，所加」，眼神連兩次瞟向吳振瑞。所有員工原本就在室內，好奇心大起，圍了過去。中村又回一句「哦呵呵，所地斯加」，然後結束那電話，向大家宣布一個大消息：「電話是吳振瑞的父親打來的。他替吳振瑞決定了結婚的日期，就是這個日曜日，今天沒算還有五天，邀請本所全體員工都去參加，當貴賓。」

眾皆嘩然，只有吳振瑞一人表情有點奇怪：嘴唇微張，滿臉驚愕，口中念念有詞：「我應該現在就回家，大門口的水流不知消退了一點沒？」一邊這樣說一邊拿起他自己的簑衣穿上。

中村上前攔住他：「我剛才看過了，水比昨天晚上更深更湍急，絕對不可以走。」

「你父親既然這樣安排了，你就安心吧，一切交由你的家人張羅。下午雨小一點時，我們會幫你涉水回家。」說到此，朝眾人說：「誰去準備夠長的粗繩子，綁在振瑞腰間，我們在這一頭抓住繩子，讓振瑞先渡水回家，萬一振瑞有滑跤或被水沖走時，可以拉繩救回來。」

一位最資深的許桑附和：「去年水災時有過一次，我們用這個辦法護送一個家有急事的同事安全渡水。」

中村補充：「這辦法，不是現在，一定要等水淺一些時。振瑞要耐心等候。」

「我們在這裡兩三天不進食，水退了恐怕要進病院，哪還能去參加阿振瑞的婚禮？」

「不會。現在風停了，等一下雨小一點，軍方就會派工兵部隊來投擲食物。」

吳振瑞開始和幾個同事在農具堆裡找繩子。他突然想到什麼，急急請示中村：「我可以用電話嗎？」中村應允，但吳振瑞抓起電話又放下，一人問：「怎麼了？」吳振瑞苦笑一下：「想起我並沒有村長家的電話號碼。」「打電話給村長幹什麼？」「我要請村長去叫我老爸來聽電話。」

沒有打成電話，他在電話機旁走來走去，像實驗室裡籠子內爬上爬下的小老鼠。他的耳際，開始傳來同事們的談論：

「天下間哪有父親安排好婚事，而要當新郎的兒子完全不知影，哪有這款代誌！新郎還憂慮成這款形。」

「我心肝內早就在猜了。伊老爸安排得那麼急，一定是新娘大腹肚了，無趕緊娶，小孩就要生出來了。」

全堂哄然。一位日本人技術員正經八百發問：「你們的本地話有一句我聽不懂，請問：大腹肚就是懷孕的意思嗎？」

「當然是。還會有什麼別的意思！」

「我再請問：新娘子好端端為什麼會懷孕呢？」

眾人皆大笑，原來這傢伙那正經八百的神情是故意裝的。連一向真的正經八百的中村技師都笑出聲音。

之後，台日語交雜在一起，大家愈談愈色情了。吳振瑞想好好解釋一番，但它不是三言兩語講得清楚，恐怕會徒增笑談。這裡是男人的世界，現在眾人都餓著肚子，就讓他們盡量想像、盡情取笑吧。

電話鈴在一片笑鬧聲中響起，中村示意吳振瑞就近接聽。呵呵！真的是打給吳振瑞的電話，眾人聽他在電話中第一句就問：「哦，阿印仔，我阿爸講已經在為我辦婚事，是啥人？」

第二句：「我的意思是，敢是妳？」

第三句：「按呢，好加在。」

第四句：「無啦，我就是驚我阿爸無完全瞭解我的意思，驚伊講嘸對的人。」

第五句：「按呢無事，妳去好好準備。」

第六句：「我在這真好，平安啦。」

第七句：「有啦，有吃啦，抉餓啦。大水等雨停就退了，我真快就可以轉去厝了。」全體同事屏息，豎耳，聽完更多話題了：「哈哈，原來你是在煩惱這項！難道新娘有好幾個，你是擔心你父親弄錯人？」

「我還是好奇，有什麼情況，必須在五、六天內完婚，颱風天也不避一避？」

「不是啦，我想是這樣……。」

吳振瑞臉上一掃剛才的憂慮，開朗起來，決定不讓話題延燒，大聲宣布：「我的婚禮已經確定在這個日曜日，就在我家門前曬穀場舉行。」說至此深深一鞠躬：「小弟在此鄭重邀請大家。我等一下會畫一張路線圖留下。」

室內，眾人專注著吳振瑞的婚事，沒人注意室外的雨勢有變。持續不斷丟下粗暴勁雨，老天爺好像疲累了，偶爾飄飛細雨，輕鬆一段時間。中村技師先發覺，叫出來：「吳振瑞，你要先回家，有希望了。雨小一點了。」

「還在下呢。」

「只要有間歇變小雨，大水就不會一直高漲。」

「我出去看看。」陳火生自告奮勇。

幾分鐘後陳火生全身濕淋淋回來：「跟昨天我們要下班那時相比，水確實有淺了些。」

大夥開始幹活了。繩子不但要綁吳振瑞的腰，還要綁一台腳踏車在他腰際，再做一個掛鉤掛在肩頸處。繩子不夠長，再接長；不夠粗，再加粗。七手八腳搞了個把鐘頭，開始穿簑戴帽，一起出發——送一個同事回家當新郎倌，婚姻大事不能耽誤呀，都暫時忘了肚子在餓。

到了大門口水流急湍處，停下，黃濁的水橫亙在眼前，泥沙、大小樹枝生猛地在水裡翻滾，七手八腳變成七嘴八舌：

「不要貪快，啊！一步踏穩了才再跨一步，知道嗎？」

「不要怕，繩子這一頭我們穩穩抓著，會慢慢放，你一定可以安全過水。」

「我們日曜日一定準時去參加你的婚禮。」

「我要特別注意新娘有沒有大腹肚。」

「到了水深處，如果真的過不去，不要硬闖，回頭，再等，知道嗎？」

吳振瑞向大家一鞠躬，想說一聲「多謝」，哽咽在喉頭。雙手扶著腳踏車把手，毅然跨步入水，一步一步，水深從腳踝逐漸淹到膝蓋，再走，淹到腰部來了。後面傳來打氣的話：「阿瑞仔，多綁了腳踏車，增加重量，大水比較沖不走。阿瑞仔，頑張れ！」㊂

又一句悲觀的叮嚀喊過來：「阿瑞仔，哪是真正袂過，莫勉強，要倒轉來哦！」

吳振瑞繼續一步一步走，感覺還好呢，水深一直只到腰際。心裡剛剛安心一點，踩進一個大窪坑，腳底一陣刺痛，水深湧到胸口來。這裡是前幾天三輪車來接他的地方。他小心地用腳底粗皮摸索，在水底粗礫中努力探索一條平坦之路。水深維持在胸口和胃部之間，不必怕，這裡的路上下班走慣了，這樣在心裡給自己壯膽。又再走了幾步，突然感覺一個重物流過來，很

註三：「頑張れ」，日語，「努力啊！」之意。

快撞上掛在他身邊的腳踏車。他斜睨一眼，是屍體，一時毛骨悚然，以為是死人；定睛再看，是一隻死豬。第一秒鐘，他想伸手把牠撥開，讓水流走；但雙手必須緊握腳踏車把手，否則會走不穩當，怎能撥開牠呢？這念頭剛動，見那豬抬頭出水面，像蛙泳那般抬一下頭，同時哀鳴一聲，哇賽！還沒斷氣！還在掙扎、跟大水搏鬥呢！接著那豬又沉入水，發出「咕嚕咕嚕」喉嚨被水灌進的聲音。吳振瑞起了惻隱之心，朝牠說：「真歹勢！我沒法度伸一隻手來救你，真歹勢！」話剛落，豬頭又浮起，嘴微張，任由濁水灌入，而眼神呆滯，顯然真的死了。

現在他換了念頭。想到試驗所那些同事都餓著不是嗎，若能把這隻豬擋住，留住，到沒水處時，用繩子綁緊，讓同事們收繩時順便收到一隻豬，讓他們驚喜一下，下午便有一頓烤豬大餐了。想到此，心情振奮起來，一步一步向前走，同時再仔細觀察那豬，是某一農家的豬欄淹了水流出來的，看起來大約養了四到五個月，切片來烤，肉質恰好鮮嫩。他突然口水增多，感到饑餓難耐，但絲毫不能分心，必須用身邊的腳踏車擋著牠，水深已從胸口下降到肚臍之上，腳下稍微輕鬆了些，但水還很急，豬體圓滾滑溜，一不小心便會被沖走。

才又多走了五、六步，他感覺扶持著的腳踏車把手沉重起來，再瞧那豬，原來牠的肚子已經鼓脹如小牛，隨水流浮沉翻滾，有時滾到腳踏車後座的位置，很快就會流走，他必須馬上後退幾步，把牠攔回車子的中央。這樣在急水中前進後退，後退前進，已經反覆多次。那死豬兒似乎老想掙脫，都被順利攔回。這真像是一場戰爭，用腕力、腰力、意志力跟翻滾不定的豬體打仗，在急水中把持腳踏車，手腕虎口因為用力過度已經撕裂，腰痠到快要斷掉，全身疲累到很想就地躺下，吳振瑞開口哀求了：「小豬呀，聽話，不要溜走。你遇害，是颱風天害的，別怪我。我要送你去救我的同事們，求求你了！」

吳振瑞非把牠帶上陸不可，又後退兩步，再前進五步，無水之路已在前面，水深降到膝蓋以下了，忽然又下起大雨，雨水太多從帽邊滲入頭髮，再流進嘴巴。怎麼雨水是鹹的？他動動嘴唇，嘗一嘗那鹹味是汗還是血？不管了，終於上陸了，那是一條馬路的高起之地。他想解開繩子，竟感乏力，連人帶車摔倒在地，幸好那隻豬有被他帶上來，下半身還在水裡，他從摔倒之處緊急抓住豬耳朵，往自己這邊猛力一拉，以吃奶之力把這個鼓脹碩大的戰利品緊緊拉住，然後放心地昏睡過去。

吳振瑞在持續不斷的搖晃中醒來，發現自己躺在一輛軍車後座的軍用擔架上，腳踏車斜斜擱在一旁，眼前，坐著兩名日本兵。

「醒來了。喂，吳桑，我們快到屏東市區了，起來告訴司機，你家在哪裡？」

「豬呢？那隻豬呢？」

「哦，你是說躺在你身旁那隻死豬？被我們小隊長一腳踢進水裡，流走了。」

「唉呀！唉呀！」吳振瑞輕搥自己的大腿：「我千辛萬苦將牠帶上來……。」

「你要那頭死豬幹什麼？」

「我要用繩子綁好，香蕉試驗所那些同事會拉回去。他們都餓著，要給他們充飢的。」

「可笑！死豬誰要吃！誰敢吃？」

「牠是幾分鐘前在我眼前淹死的，還是新鮮的，一頭好好的溫體豬。」

「哦！是嘛。但我們到達時，牠已腫脹、變形，看起來已不能吃。現在大概漂流到海裡，給魚吃掉了，哈哈！」

「你們是來送食物的嗎？」

「沒錯。我們利用綁你的那條大繩當渡河工具，兩名士兵快去快回。你的同事們都安好。中村技師請求我們用車子送你回家。」

婚禮在吳家祖堂前廣場舉辦。香蕉試驗所同事全員到齊。吳老爸注意到有許多女方邀請的澎湖鄉親從高雄趕來，感悟到移民在外的人們有超強的凝聚力。

在澎湖親戚中，吳老爸認識了唐傳宗。他被介紹的身分是「唐阿榮的大漢後生」，起初以為他是女方親戚，但見他從頭到尾與兒子吳振瑞在一起，逐桌敬酒時也站在男方這邊，感覺他更像是自己家的親友。

吳老爸低頭端視唐傳宗遞上的小紙片，上面印的頭銜是「唐栄鉄工所設立準備室／常務取締役・部長」，輕聲詢問：「恁唐榮鐵工廠準備何時開工？」㊃

「阮老爸叫我先去日本摸一些先進的冶煉技術轉來，再來開廠。」然後又主動解釋：「我先印這『名刺』，是為了方便在日本鋼鐵界活動。」㊄

「哦，我瞭解。恁老爸想代誌真周到。」

阿煥叔公和阿壯伯早早就到，兩人在開飯前相約去探望吳振瑞那頭牛，在牛欄前的橫槓上貼一條紅紙，阿煥叔公在牛隻頭上和角上輕敲幾下，嘴唇一張一合，好像在自言自語什麼。完事之後，阿壯伯在飯桌上悄然告訴阿煥叔：「『瑪莉』適才看我時，親像已經無敵意了。」阿煥叔回說：「咱台灣牛本本就是袂拾恨真久。」㈥

「袂拾恨真久，這就是牛仔性，命註定要給人駛，給人拖，為主人勞苦，從小漢到大漢。」

「牛仔性天生自然就是按呢，善良、順從。」

「牛會使性子喲！不過閣怎樣使性子，牛袂用牛角鬥死主人。」

「這你就嘸知嘍，牛若真正起性子，會鬥死主人的。」阿煥叔繼續：「所以你以後打牛，要有節制。袂使休過分。」

「是，我一定改。」

註四：「常務取締役，室長」，日語漢字，即「常務董事兼籌備總經理」。

註五：「名刺」，めいし，即「名片」。

註六：「拾恨」，台語，記恨之意。

六

天尚未拂曉，新婚不久的王玉印摸黑起床。幾分鐘後，吳家廚房劈里啪啦的柴火聲響起，又幾分鐘後，一縷白煙從屋頂泛出，浮昇。

又有一個人起床，是吳家母親。她帶著欣慰的聲調責問：「阿印仔，妳按怎那麼早就爬起來煮粥，嘸免那麼早啦！」

「不是講今仔日要卡早？」

「是啦，無錯啦，不過，閣多睏一時陣無要緊啦！」

玉印的粥煮得差不多了，走出屋外提水，瞥見那頭家牛「瑪麗」也醒了。牠正好伸出舌頭，捲進嘴裡幾枝昨天傍晚吃剩的草，然後不停地咬咬嚼嚼，幾滴口沫溢出嘴角，白色的，在欲光未亮的大清早，看得清清楚楚。她佇足定睛凝望那牛吃草，從小到大，沒見過牛是如此認真、從容地進食，還真好看！那才是真正的細嚼慢嚥呢！

她看牛吃草看到出了神，直到驚覺屋內已經人聲吵雜，大大小小都起床了。昨天振瑞他父親宣布，麟洛那片浮覆地上租來的三甲多地，簽約妥當，蕉苗已部分取得，今天開始整地。

正要回屋內，望見一個下巴長長，「戽斗」臉型的中年男子大搖大擺走過來，人未到聲先到：「妳是新娘仔玉印呵？」玉印趕緊施禮，用日語問候一聲「早安」。

「妳嘸識我，我叫做蘇壯伯。」

「哦，」玉印愣住一會兒才說：「我不時聽阿瑞仔講起你。我以為……。」

「妳以為我是阿瑞仔的啥物長輩乎，其實我只有大阿瑞仔十一、二歲。我是名字老，年歲並無老，不時呼人叫『伯』，真歹勢，哈哈！」

吳振瑞此時聞聲步出，打趣地接話：「誰人叫伊的名字，就是去乎伊佔便宜就對啦。」

「哈哈！我是名字尊貴，人實在無多尊貴。」

吳振瑞說：「無影，阮阿爸講，阿壯伯是青果界一個人物。」

「哈哈！」

這天，吳振瑞今天親自駕駛牛車上班，牛車上坐著他老爸、阿壯伯、二弟振聲、三弟振文、六弟振能、大妹、二妹以及四名雇請來的工人。昨晚睡前，吳振瑞說，他在香蕉試驗所的工作不能請假，整地駛牛的重責大任要由二弟振聲和阿壯伯輪替擔當，牛車一路要去接阿煥叔公。

要拜託阿煥叔公的是：讓「瑪麗」能由不同的人順利地輪替驅駛。

大隊人馬到達香蕉園工地時，日頭已經從大武山頂冒出，「瑪麗」由阿煥叔公牽著，阿壯伯亦步亦趨跟在後面。工地附近有一個小埤塘，阿煥叔公在埤塘邊停下，說：「落田做息之前，給牛先洗浴一下，伊『奇檬子』卡好。」那牛入水，整個身軀浸入，池水霎時滿漲，只見牠尾巴搖兩三下，用力吸一口氣又用力呼出，鼻音強勁像熱帶氣旋出洞，把埤塘水面吹出更多的漣漪。不久泥浴夠了，阿煥叔公牽牠出水，在牛頭後端用食指和中指輕輕彈壓幾下，再低頭在牛耳邊講幾句話，然後把牛繩遞出，阿壯伯有點心虛地接下，低聲發問：「阿煥叔，你是跟這隻牛講啥物話語？」

「啥物話語？講咱台灣話啦。從今以後，你要叫伊『瑪麗』，莫閣叫『這隻牛』，知影無？」

「是，我知影。」這樣大聲回答後，低聲嘟噥：「我就嘸相信，牛仔會聽咱台灣話！我就嘸是吳阿振瑞，阿煥叔清彩畫一個虎爛，就信信信。」

說也奇怪，瑪麗竟乖乖讓阿壯伯牽著，緩緩走向香蕉園工地。

大約一個多小時之後，吳振瑞暫時擱下香蕉試驗所的工作，騎車過去那片園地察看。他沒跟誰打招呼，只是要來看「瑪麗」。牠由阿壯伯駛著，一人一牛看起來默契良好，正井然有序地在「做行」——已經做好五、六行了，一行堆土一行溝，哈哈！阿壯伯畢竟是老行家，犁地犁得筆直、漂亮。本來種植香蕉不必然要「做行」，由於此處的地勢和土質比較特殊，老爸接納了吳振瑞的建議，才決定要加上這道工序。自從知道阿壯伯是「嘿諾」的高材生，又是青果組合的資深人員後，吳振瑞看了他那「做行」的功夫，心裡多了幾分敬重。他沒有時間久留，回試驗所前瞄到阿煥叔公和老爸在一個蔭涼處喝茶聊天，一副順心愉快的景象。

吳振瑞匆匆來，又匆匆走，幾個弟弟都有看到。尼桑總是這般操心，他們想。但大兄走後，又來了一個人，不認識的年輕人，在外圍走走逛逛，想走進農地，又似乎猶豫什麼。老三振文上前探問：「喂，少年仔，你要找誰？」

「無啦。」他就只這樣回答。

「明明是來找人的，閣講無，你實在……。」振文臉上嚴肅了起來。

「歹勢，我是來找阮兜大小姐，吳振瑞夫人。」

「哦！」振文馬上展現笑容：「伊留在厝內呢，有啥物代誌？」

「無來就好。」他又只這樣回答。

「有啥物代誌？吳振瑞是我阿兄，伊今嘛在那頭香蕉試驗所裡面，你有要去找伊無？」

「哦！莫呼吳桑知影我有來。阮頭家娘只是叫我來看大小姐有來田裡做工作無，伊交代，哪看無大小姐就趕緊轉去，莫呼吳家的人知影我有來。只不過，我袂曉講白賊，呼你問一下就講講出來。」

「你按呢講，我猶原無足明白。你那麼遠來，過來那邊喝點茶水好無？」

「無代誌，多謝你。我還是緊轉來去卡對。」說完掉頭就走。

那人走後，振文過去跟父親報告。吳老爸咧嘴一笑，說：「我那位親家母真疼子，伊擔憂伊的查某子嫁來咱兜，會每日落田做粗重，所以派一個店員來探看覓，哈哈！」

「哦！原來如此。」

「哈哈哈！」阿煥叔公也笑了起來。

這天是陶瓷店老板娘王太太一年一次宴請澎湖鄉親的日子，她派了一輛三輪車，把嫁到頭前溪的大女兒和女婿接回來。車子回到王家時，吳振瑞小心翼翼扶持太太下車，眾賓客瞧在眼裡，不只看到吳振瑞殷勤的紳士風度，而且注意到玉印大小姐已經懷有身孕。

吳振瑞還沒坐下，先問：「傳宗兄敢無來？」

「伊目前大無閒，無可能來。不過恁小弟傳德仔有來，在裡面跟王家小弟鳳添仔作伙。」

「哦！傳德仔有來，真好。」

眾人的話題自然而然轉到香蕉上面：

「赫！吳桑，恁兜有夠好膽！香蕉，三甲多地，按呢做一擺給他種下去。日本仔不知會騙人袂，萬一恁不愛咱台灣蕉了，恁嘸驚……。」

「袂，袂！這代誌袂發生。日本仔剛剛建立好一套香蕉的產銷制度，看恁這套制度就知影，這香蕉事業不是一日兩日，是久長的頭路。」

「啥物制度？講來聽看覓。」

「第一步，日本政府先鼓勵商業界和青果產業界人士在各地組成『青果運銷組合』，由那些『運銷組合』去分別建立『香蕉試驗所』，我今嘛就是在其中一個試驗所工作，在那裡，日本仔和咱本島人作伙，攏非常認真在做品種改良，做病蟲害試驗，沒多久，咱台灣蕉會變成一種真好吃的水果，同時也會變成真賺錢的事業。」

「咱台灣蕉已經真好吃了，還要改啥物？」

「咱台灣蕉原生種本來帶淡薄仔澀澀的味，我們把它去除，閣再增加一些些甜味，這技術，品種改良做得到。猶閣有，今嘛咱吃的香蕉，雖然已經足黃足熟，香蕉肉中間還是有一條心，嚼起來感覺有微微的硬梗，這是我們目前正在努力改良的部分，改良好勢以後，吃起來會閣卡綿密。」

「哇！恁有那麼厲害！」

「確實，係真的。」

「按呢，恁兜將近一年來，敢有賺到錢了？」

「阮兜割第一期的香蕉，差不多就快要打平了。最近這期收入真好，不過，攏是我老爸在打算財務。」

「咱澎湖海產品質尚蓋好，日本仔也應該為咱成立『水產運銷組合』，加減銷一些澎湖海產去日本。」

「你在憨想！日本內地嘛是四邊環海，怹漁業真發達，閣卡遠都去抓魚，一年四季抓真多，無強銷來咱台灣就真好了。」

「物件要銷去日本無那麼簡單，怹不但改良香蕉，還廣設香蕉檢驗所，一籠一籠檢驗合格才能裝籠運出，運到港口時官員還要抽檢。最近『青果運銷組合』為了省人工，授權蕉農自己為自己生產的香蕉負責，凡是種植面積三甲以上者，可以自己成為一個『圃場』，自己選別分級，裝籠，貼上自己的『標頭』，載運去碼頭。這就是我老爸當初一次就租三甲多地來種的原因。」

「對啦！親像咱澎湖人，一定要有一個穩定的通路，才敢投資大條錢去買大隻漁船。」

「蕉農袂將卡差的香蕉放在籠子底層，頂面再鋪上等貨？」

「『園場』自己用自己的『標頭』，如果按呢做，官方真容易查出是哪一家不老實，一旦給查出，以後就莫閣想要做香蕉了。這款方法實施後，日本仔政府發現『園場』運出的香蕉，品質顛倒比一般檢驗場的閣卡好。」

「日本人到底是在檢驗香蕉啥物所在？裝籠時香蕉青青，阿袂當剝一條來試吃。」

「您真龜毛。譬如香蕉在收割和裝運時如果有擦傷，香蕉皮內有一種化學物質叫做『丹寧酸』會流出來，起初看無，經過一段時間後會氧化，變黑，按呢您就不要了。」

「呵呵！一年無看，你今嘛變成一個香蕉專家了。真無簡單！」

「是呀，一年前初見面時，阮以為你只不過是一位『家教先生』。」

吳太太王玉印到家直接到裡頭跟家人話家常，母親先問：「有一日，我叫阿雄去麟洛您吳家的香蕉園工地，探看覓，妳有在那田裡做粗重無……。」

「阿母，以後嘸免做這款代誌……。」

「我想要問，那天，阿振瑞敢知影這代誌？」

「我無聽伊講，伊應該嘸知影。」玉印再強調：「阿母，以後真正嘸免閣來探查，他袂給我做粗重。」

「按呢我就放心囉。」

「我嫁去您兜，只有落過一擺田。是按怎恁知影無？是您兜有一隻牛，那隻牛閣有呼名字，叫做『瑪麗』……」

「啊！這是英文名，敢憮是？」兩個半大不小的男生，唐傳德和王鳳添齊聲叫了出來。

「有一天，天氣真悶燒，牛欄真多蚊仔，那隻『瑪麗』非常袂安穩，四隻腳一直抖動，牛尾拚命向自己的背脊、屁股、大腿外側撥刷，阮尪阿振瑞給我講，牛真驚蚊，『瑪麗』按呢煩躁不安，就是在驅趕蚊仔……。」

「牛真驚蚊，真的？」

「無錯，係真的。」王玉印接著說：「阿振瑞給我講：『卡緊，咱來去田裡挖一點土轉來，幫牠塗抹在身軀，按呢牠就會比較爽快。』那次，我赤腳落田，頭一蓋，就是為著去取泥土。轉來將泥土再弄卡濕一些，親像塗牆壁那麼樣，在牛背上抹呀塗呀，塗完，我瞄一眼那牛，那牛也目珠金金給我看，感覺牠用眼神在向我說『多謝』。」

「哇賽！哇哈哈，敢真的？」

「呵呵呵！有影哦！有夠趣味！」

王太太也滿面笑容，回那兩個小弟弟：「恁大姐講的，當然嘛是真的，她不會黑白講代誌。」然後說：「走，我們出來跟人客作伙用餐，要向每一位人客打招呼、問好、敬酒，知無？」

玉印問：「玉美呢？怎樣無看到伊的蹤影？」

「伊去一個客戶厝內收錢，等一下就會轉來。伊最近表現足正常，過去的代誌，莫閣提起。」

「我知。」

四人結束家常話，走來餐桌時，吳振瑞正與眾賓客大談香蕉經，談得正起勁。

那晚宴會結束時已是晚上九點。吳振瑞夫妻倆步出王太太店門口，沒有路燈，靠著兩旁商家屋裡透出的燈光，街上還不是太暗，偶有腳踏車和三輪車通過，車前都有一團燈光，照射出短暫而且斷斷續續的光華。

吳振瑞夫妻已經坐上三輪車，卻有兩條強烈的車燈從背後射至，挾帶著吵人的引擎聲和柴油煙的臭味，是一輛小型貨車駛近停在丈母娘店門口。吳振瑞好奇地轉頭向後看，吳太太玉印則漫不經心地說：「那是為阿母的店送貨來的車仔，振南運送會社的，全屏東只有您兜有這款新型貨車。」

三輪車伕已經開始踩踏，但吳振瑞喊停。吳太太問：「是按怎？」

「我親像看到一個老同學，阿秋木。」吳振瑞在夜色中凝神望去，是兩個人，一個是少年人，也有點面熟，正從車上小心翼翼卸下貨；另一個年紀稍大些的男子，手上拿著帳簿下車走進陶瓷店。

吳太太催促：「行啦！行啦！晚了啦！轉來去啦！」

吳振瑞不走，問：「振南運送的頭家敢是姓葉？」

「親像是，不過您頭家真老了呢，哪有可能是你的同學？」

「我進來去看覓。這個葉秋木，我時常思念伊。」說著跨下三輪車，回到丈母娘店裡。沒幾分鐘，裡頭傳出一陣陣驚呼聲。

吳太太玉印也隨後下車進店，瞧見丈夫跟一個人四手緊緊握著，許久許久，那人又伸出手臂搭在振瑞肩膀上，兩人都眼眶濕濕亮亮。

見太太進來，吳振瑞過去牽她的手，介紹：「這位是葉桑，葉秋木，我在公學校和高等科的同級生，閣是同班，阮兩人那個時陣感情真好。」[一]

「這位敢是阿嫂？我叫秋木。」

「啥物叫阿嫂！我記得你大我一歲。」

「有影無？我明治四十一年生的。」

「無錯，我明治四十二年。」

「哦，原來你減我的歲。」

「我牽手叫玉印，台南女高畢業的。」

「哦，我是讀台南二中的。」

三人寒喧至此，那名卸貨的少年人工作完畢，上前，叫一聲「阿瑞仔」。吳振瑞回頭，認得是阿壯伯的兒子，叫做「正德仔」，熱情地「嘿！嗨！」出來，告訴葉秋木：「這位正德仔，恁兜有一塊田跟阮兜的田隔壁，從細漢，阮經常在田裡作夥做工課，開講，迌迌。」

「有影！正德仔是阮會社的一個好咖小。」

註一：「高等科」，依日治時期的學制，約等同現在的初中或國中。

王太太清點完貨走過來，還沒開口，吳振瑞先介紹：「這是阮丈人姆。」

「原來你在這是囝婿。」

王太太說話：「是按怎今日由你這個大少爺親自押車？」

「阮會社經理今仔日請假，我出來幫忙。」

「真難得！你難得押車出來，閤佇這遇到老同學。坐落來，坐落來講。」然後說：「阿印仔，若會太晚，今晚厝裡睏，明仔哉才轉去，啊！」

「好。」玉印應答一聲，坐下來，聽振瑞和葉秋木在那邊忘情地敘舊。

「我明明就有聽人講，你高雄中學畢業時，是保送升大學的。」

「唉！講到這，我實在真厭氣！是阮老爸堅決反對，無去讀啦！」

「有夠可惜！」

「阿你後來去日本是專攻啥物科目？」

「我去讀日本中央大學法政科。」

「按呢你可以去考總督府的職位。」

「阮老爸叫我轉來故鄉發展。」葉秋木停了停，提起一事：「咱高等科卒業時，你得到一個獎賞，是一套『大百科事典』，我欣羨得要死，後來我在台南二中卒業時，嘛得到一套。」

「聽講那套書每年都出新版本。」

此時正德仔上前：「少爺，晚了哦，好轉來去嘍。」

「好。咱來轉。」葉秋木拿起閣在桌上的簿本，向大家告辭，同時朝吳振瑞說：「我今嘛知影你是住在頭前溪仔，我有閒會去找你聊。」

正德仔已經先一步出去，從駕駛座抽出一枝「N」字型的鐵條，從車頭一個孔插入，然後屈腿拱臀，雙手緊抓，向右用力扭轉，再扭轉，轉了七、八圈後引擎轟然發動。

吳振瑞和太太、丈母娘出來送葉秋木，一直目送那貨車噴著柴油煙遠去。

吳振瑞在香蕉試驗所紮紮實實做了四年，第五年被調到屏東香蕉檢驗所，通勤時間變長，在家時間變少。吳太太回娘家的機會變多，母親關心問起，她這樣替丈夫回答：「是『出師』的意思吧！大概是青果運銷組合認為阿振瑞可以『出師』了，派伊出去擔任輸出香蕉的檢驗，同時兼著指導屏東的蕉農。」

「敢是檢驗員兼指導員？那不就是可以領兩份薪水了？」

「不是，哪有那麼好！阿振瑞本來就有雞婆個性，伊給我講，在檢驗所，誰人送檢的香蕉有啥物毛病，一看就知，有的是施肥無妥當，有的親像染到病蟲，有的是採收的時機和方法要改進，伊就開始教導蕉農。其實做檢驗員嘸免按呢雞婆，檢驗就是『合格』或『不合格』，蓋一下章而已；但是伊會真費心教人，甚至於還去人家的香蕉園幫忙解決問題。」

「莫怪唷！我最近做生意接觸的人講到吳振瑞，攏在『呵咾』伊。我這個丈姆感覺真光榮。」(二)

註二：「呵咾」，台語，稱讚之意。

「按呢，嘸知影是卡好還是卡嘸好。」

「按呢，事業才做得大，對查埔人是卡好；對家庭、對牽手就不一定。」

一天晚上，吳振瑞很晚才回家，帶著酒氣，宣布：「『野村生命保險會社』的台北支店長專程南下，來挖角我，要我出來替他們籌設一個『屏東出張所』，並且擔任所長。」

「野村在日本內地是有名的大企業，怎樣會找上你？」

「我嘛嘸知。」

「阿爸你嘸知唷！尼桑今嘛在外面已經真出名。」

「有啥物出名？只有在香蕉界才有人認識他。」老爸這樣說了，才問：「那麼，你決定要辭掉香蕉檢驗所的工作？」

「是，我已經答應野村那位支店長。」

幾個月後，吳太太發覺老公變了。他居然去買了一輛「歐多拜」。那車買回來那天，全村大小都跑到家裡參觀。它是在腳踏車的骨架頂桿裝上汽油箱，在踏板和鏈輪之上加裝馬達引擎。那是有錢人才騎得起的，問他為何如此奢侈，老公回說：「野村的業務，台南以南由我掌管，有一輛歐多拜才方便。」不只如此，從此經常半夜才回家，十天中總有七、八天是酒氣沖天回來，有時甚至整夜未歸。吳太太不喜歡丈夫過這種日子，回娘家央求母親出面，要求回歸香蕉本業，吳振瑞不肯。

一天，娘家的王太太坐三輪車來約吳老太太去媽祖廟拜拜，順便為吳振瑞博一個杯。兩位老婦人敬謹持香跪拜之後，向媽祖問事，結果，問香蕉事業連問三次都是大吉之杯，問別的全部不順不吉。

這下子吳老太太決定要管這件事了，回家輕輕講幾句，吳振瑞馬上答應重拾香蕉業，但「野村」的保險業說什麼都不放棄。

那些年，種香蕉有錢賺，一傳十，十傳百，蕉農多了起來，蕉價開始會隨著當年的市場供需、颱風的強弱、病蟲害的多寡而起伏。吳振瑞一面努力發展「野村」的業務，一面在萬丹東港溪邊租下四甲多地種香蕉，自己利用晨昏到蕉園指揮督導，吳太太執掌大部分協調管理的工作。娘家和夫家兩位母親，心裡想著媽祖婆的顯靈啟示，萬分樂觀期盼兒媳的香蕉收成。結果，吳太太玉印透露：連續兩期都收成不好，蕉價也不理想，不但沒有打平，還有小虧。兩位老人家當然大失所望。

到了那年年底，萬丹新庄一位姓李的老蕉農，因為前兩年蕉價太低，宣布不種了，要將八甲多園場的香蕉蕉青全數出售(三)。消息出來後，沒人要買，也沒人敢買，獨獨吳振瑞動了心，四處張羅金錢。兩位母親緊張了起來，透過玉印規勸吳振瑞：「風險那麼大的頭路，千萬千萬不要去摸。」「阿振瑞敢是給鬼魂附身了？大投機，一定大失敗。絕對袂使給他去買。」「遮奇怪！恁不是口口聲聲鼓勵我做香蕉事業，買蕉青也是做香蕉呀！」吳振瑞三言兩

註三：「買賣蕉青」，是蕉農在香蕉樹已經長大，正要開花或已經開花，但尚未能收割之時，先行向特定買主兜售，可先拿到錢，往後的收成歸買主所有。

語，把她們的話塞回去。

結果，八甲多圃場的香蕉蕉青，吳振瑞買了。那一年的蕉價創歷史新高，吳振瑞賺了兩萬多元。當時，政府高級官員的月薪不超過一百元。

吳振瑞發了。那輛「歐多拜」已經完全符合他的身分地位。每天早晨，他穿戴整齊，牽出「歐多拜」，跨上，先足蹬踏板用勁踩踏一兩米路來使引擎發動，每次如此隆重啟動，總有一群小孩跟在後面嘻鬧、奔跑、追逐，追逐車後噴出的黑煙，追到褲子滑到大腿還在追。

他的丈母娘更加信神了，逢人就說：「我那個憨女婿呀，媽祖婆顯靈過真多擺，只要摸到香蕉就是大吉大利。」

那個時候，日本已經在中國、東南亞各國發動戰爭多年。住在台灣島上的人民在報紙和電台廣播獲得的都是「捷報」，因而生活沒受影響，對未來局勢不悲觀。島內，馬照跑，生意照做——吳振瑞住的屏東頭前溪隔鄰的六塊厝就有一座競馬場，定期舉辦賽馬，人民可以投注「馬券」，中獎者可換得入場券十倍的獎金。㈣

吳振瑞有個姨丈是「屏東興農信用組合」的理事長，有一天，那輛「歐多拜」砰砰砰來到「信用組合」，姨丈對吳振瑞的發跡已有耳聞，一開始就問：「阿振瑞仔，你是要來存款乎？」

「有在想，姨丈這邊……。」

「阿瑞，你的丈母娘前日有來我這裡，講起你，伊認為你應該把錢拿去買房子或買地，我嘛認為按呢卡妥當。」
「你這裡的信用組合敢無妥當？」
「不是按呢講。咱日本帝國軍在外面相戰，四處相刣，有錢放銀行風險卡大。哦，對，你服務的『野村生命保險會社』難道無受到影響？」
「有，有影響。」
「有啥物影響？講來給姨丈聽看覓。」
「簡單一句：利不及費。按呢姨丈知無？」
「知，我當然嘛知。到處去戰爭，理賠案件數和金額一定大增，造成保險費順勢要大起價，按呢，客戶就不保了，或者要退保了。」
「我是真愛野村這項工作，不過，局勢按呢發展，我恐驚要放棄。」
「放棄。要放棄才對，不要躊躇。」
幾天後，王太太專程來吳家，要帶吳振瑞去看一塊地。吳振瑞要求太太玉印去看，推說最近比較忙。問他忙什麼，吞吞吐吐不肯明說。
等那塊地看中意，價格也談妥，吳振瑞才說他最近錢財有點不方便。老婆和丈母娘開始暗地裡瞭解，也請他姨丈追查，好久以後才知悉，原來吳振瑞迷上了「競馬」，已經迷它迷了一

註四：「競馬」是日文，漢文稱「賽馬」。日治時代全台在台北、新竹、台中、嘉義、台南、高雄、屏東等七處設有競馬場，台灣總督府曾頒布「台灣競馬令」以為規範。

兩年。

謎底掀開了。吳老爸年歲已大，沒有年輕時的火氣了，振瑞仔這個孩子將近四十歲，社會上有點名聲的人物，還能像以前那樣怒吼一聲驅趕出家門嗎？老婆呢？玉印是一個柔順的傳統女性，除了暗自抽泣之外，還能怎樣！

丈母娘和玉印還是約請吳家老爸、老母、姨丈等人找一天集體規勸吳振瑞，就在吳家。

吳老爸先開口，明顯變老的嗓音，像有一口痰卡在喉嚨裡：「阿瑞仔，阿爸足久以前聽過人講，六塊厝有一座真大的競馬場，一直沒機會去給它看看咧。按怎，你最近有去看跑馬無？敢有真好看？」

一向嚴厲的父親，今天用閒聊的口吻講話，吳振瑞第一次感受到父親越來越圓融，而且溫柔。這是年老使得氣焰變弱了？還是像稻穗成熟了自然會低頭的智慧？吳振瑞無暇細想分辨，現在已不是小孩子，在父親面前不必像以前那般畏縮，就讓自己更像個出社會的大人吧，如此思量後，心平氣和回答：

「有，確實有。阿爸你知影，我從細漢就跟牛在一起，大漢以後駛牛駛得全村無人可比，有閒的時陣，也會去跟阿煥叔公學習醫牛和相牛；不過，最近我和朋友去競馬場，去好幾趟，給我真大真大的刺激。馬和牛完全無同款，牛認分，認命，吃苦，一舉一動慢慢慢，但是有耐性，有力量。馬呢，馬也有力量，馬表現力量的方式是衝速度，四隻腿有秩序地奔馳，真快速，馬鬃親像會飛按呢。這個巨大的差別，給我心理上極大的衝擊……。」

老爸打斷他，插話：「馬無屬咱本島人的物件，牛才是……。」

「恁兩位講半天，攏無講到重點。」姨丈搶話進來：「阿瑞仔，你去看跑馬，有下注無？」

「有，確實有。這個時陣，我剛剛好身上有一點閒錢。」

「依我在金融界半世人的所見所聞，沉迷跑馬的故事攏同款，你聽好囉：起初小賺，後來小賠，閣來多賠一點，閣再下注，幸運拿本錢轉來，閣再下注，再賺，閣賺閣賠，再賠又閣再賠，最後把全部錢賠甲光光光。」姨丈說至此，沉默片刻，全場沒人接話，又繼續：「阿瑞仔，姨丈請問你，我適才講的那個過程，你今嘛走到哪一步了？請你給大家講。」

「我今嘛快要將本錢拿轉來，你講的那款故事袂演落去。」

「好，真好。」

又過了一段時日，吳振瑞改騎腳踏車出入。吳太太一問之下，知道那輛「歐多拜」賣掉了。

「賣掉也好，我根本不喜歡它。」吳太太在娘家這樣說，但她母親感覺事態不妙，「一定是魔神仔附身，魂魄受到控制，要不然，一個那麼上進的人，怎樣變按呢。」

王太太家陶瓷生意的進出銀行已經改在吳振瑞姨丈主持的「信用組合」。又過了一段時日，那姨丈打電話告訴王太太：「阿振瑞昨日來找我，要向我的信用組合貸款五百元。」

「請問恁怎樣處理？」

「我足無客氣，面拉下來，真嚴肅給他拒絕了。」

「按呢真好。看按呢敢會清醒？按呢伊身軀頂那隻魔神仔才會走掉。」

從姨丈那邊回家，吳振瑞心情壞透了。跟太太說，他想牽「瑪麗」出去走走，給牠沐個泥浴。吳太太跟在後面也一起出門。

夫妻一路沒話。到了溪邊，牛下水，盡情地在溪中翻滾甩尾。吳太太對丈夫最近的不如意，沒有吐露半句怨言。吳振瑞牽著太太的手，握得緊緊，好幾次想跟太太說一句「這段時間，真對不起妳」，但話哽在咽喉，努力了好幾次講不出來。

「瑪麗」泥浴盡性後，夫妻倆牽牛回家，到了一個分叉路，應該右彎，那牛卻用力扭轉頭頸硬要左轉。吳振瑞心裡好奇怪，決定順著「瑪麗」走看看。左彎是往阿煥叔公家的路，難道牠要去找叔公？

他們順著那路走沒多遠，叔公家到了。吳振瑞故意牽著牠直直往前走，不彎進去，而「瑪麗」又一次扭動牽繩，往叔公家擺頭。「真正有奇！一隻牛竟然有那麼強烈而明顯的心思表露。」吳振瑞當然順其意，來看叔公。

吳太太陪在一旁走著，全然沒感覺丈夫與「瑪麗」之間有兩次拉扯。她以為丈夫是刻意要來找阿煥叔公，心想，讓振瑞跟這位慈祥的老叔公吐吐心事也不錯。

吳振瑞從外面叫喚一聲，阿煥叔公步履蹣跚走出來。吳振瑞感覺他又老了許多。他一出來就叫嚷：「按怎，這隻牛有按怎無？」

「無，無按怎，是伊強強拖我過來的。」

吳太太不明就裡，卻見阿煥叔公側個頭，嗡一下鼻子，用一隻單眼跟那牛對望一眼，輕輕掀開牛耳，用食指和中指在牠耳邊畫圓廝摩幾遍，然後在兩根牛角上用指節敲幾下。那牛低下頭，發出「唔噫」「唔噫」的喉音，鳴叫了兩遍，接著用鼻孔的氣音發「呼哼」「呼哼」的聲音，也是兩遍。每次發聲，牛尾同時搖擺，第一次左右擺，第二次繞圓圈。

吳振瑞想起第一次牽「瑪麗」來這裡相牛時，叔公說過，他能跟牛交談，「不過，只是多多少少，袂當完全溝通。」即使只是這樣，也夠神奇了。吳振瑞是相信科學的，此刻，不覺心中一凜：難道是「瑪麗」有什麼話要來跟叔公說，而牠知道叔公是世上唯一能交談的對象，才強拖我來此？最近這十幾年，每次來向叔公請教，學到的都是牛的保健和醫療，他那套「交談術」還沒教我呢。

「阿瑞，這牛拖你來，是有話要跟你講，伊只不過是要我幫伊轉達。」

「有這款代誌！伊要你轉達啥物？」

「我今嘛還沒完全瞭解。我會放在頭殼裡面想，一直想一直想，有一日透早清醒，會有『夢甲』出現在我腦中。到時答案就在其中，要等，要等，要時間去想。」

「親像頂擺你來給我講的那些眠夢的代誌？」

「是『夢甲』，不是眠夢。」

「好啦，準講真正是『夢甲』，要等多久才會出現？」

「無定時，有來就來，無來就無來。」

吳太太在一旁認真聽著，看著，到此約略知道這「兩人一牛」是在做什麼，心裡也大感驚奇。不禁再斜睨阿煥叔公一眼，頭髮雜亂像萬年未剪的雜草，滿臉皺紋有溝有渠，朝天鼻，闊嘴厚唇，一眼精明一眼白瞎，頭歪背駝，愈看愈感覺像人又像鬼，不自覺地向丈夫靠緊些。

回家的路上，「瑪麗」十分乖順，沒再拉扯。吳太太一路講話，講到她這次對阿煥叔公的觀感，吳振瑞說：「這位叔公平時憨呆憨呆，獨獨在相牛的時陣，親像可以通天按呢，半神半鬼。」

這次阿煥叔公的「夢甲」來得出奇快，第二天一大早，吳振瑞剛起床就聽到家門口有牛車聲，是叔公的兒子載他到來。吳振瑞趕緊招呼他進屋，吳太太也跟出來招呼，但他人還站在禾埕就開始說了：「這擺，『夢甲』來得快，我若不趕緊講，等一下恐驚會忘記。」

「眠夢才會很快忘記；你的『夢甲』若是清醒以後來的，會記憶卡久。」

「透早清醒以後才來的。這擺你如果閣講伊是眠夢，不是『夢甲』，講一些五四三，我越頭就要轉來去，不閣再跟你講話。」

「是是是，對對對，這擺你頭殼內出現啥物『夢甲』，你慢慢仔講。」

「是一個大磅空，黑嘛嘛一個大磅空。一堆人在磅空內，有人手持煤油燈，看到磅空內真多毒蛇，三角頭那種毒蛇，閣有蜈蚣，閣有豬，那些豬呀，生得有夠歹看，凸兩齒尖尖。磅空內一堆人驚嚇、哀求，向磅空出口奔走，一直擠一直擠，因為出口那頭有日頭，有光明⋯⋯。」他一口氣講到這裡，頭一歪，用那精光晶亮的單眼眺望天空，又說：「那日頭，真光真光，照射入磅空。日頭炎炎之下，磅空內外大家攏恬恬恬，靜得有一點點驚人。」㈤

吳振瑞夫婦聽得一頭霧水，似懂非懂，各自思索著它的涵義，都沉默著。

「我講完了，就只有這樣。我要轉來去了。」

夫妻倆齊聲：「講完了，就進來作伙吃早餐。」

「我厝內嘛有準備啦。」
「進來啦，我老爸沒伴講話，進來飲一杯茶嘛好。」
吳太太拉著他的手肘，半強迫把他請進屋。
幾天後，吳振瑞陪太太回娘家。吃飯的時候，玉印跟母親談到阿煥叔公和那隻牛的互動，同時轉述那個「夢甲」的內容。王太太不斷打岔，仔細垂詢，問完站起來，朝阿煥叔公所住村莊的方位雙手合十，一鞠躬，口中唸唸有詞。吳振瑞笑了出來，問：「阿母，妳敢是猜出那個『夢甲』的內涵了？」
「我猜袂出來，我不懂。」
「那妳朝拜啥物？」
「我嘛無知，只是感覺應該向你那位叔公致敬一下。」
「哈哈，趣味！足趣味！」
「不過，我有猜到一點，箭射無準嘛會著邊。」
「是啥物？」
「那個『夢甲』，就是暗示你吳阿振瑞今嘛有困難，甚至於有危險，但是一定有一個光明的前途在磅空的盡頭等候你，」丈母娘停了停才又說：「在我想，你閣再重新做香蕉的時陣，

註五：「磅空」，台語，隧道之意。

就是那個真光真光的出口。」

「不對，香蕉今嘛袂使閣做。」

「為什麼？」

「日本人的戰爭，移到太平洋來了，跟米國戰起來了。日本軍今嘛相當吃力，運香蕉的船隻全部給軍方調調去用，香蕉的輸出全部停止。日本政府今嘛鼓勵香蕉園廢耕，改種稻穀、甘蔗、豆類或者青菜。」

「哦，太平洋戰爭，我有聽人講，不過我無想到會影響香蕉的出口。」丈母娘的關心似乎無止境：「按呢，你租的那些土地要怎樣是好？」

「我已經照政府的指示，一部分種花豆，開始有收成嘍；一部分來做有機肥等待時機。」

第二部——島嶼的痛

他碰到二二八事件——
目睹好友受難，
引發全身莫名的痛，
整個島嶼一起驚駭的痛。

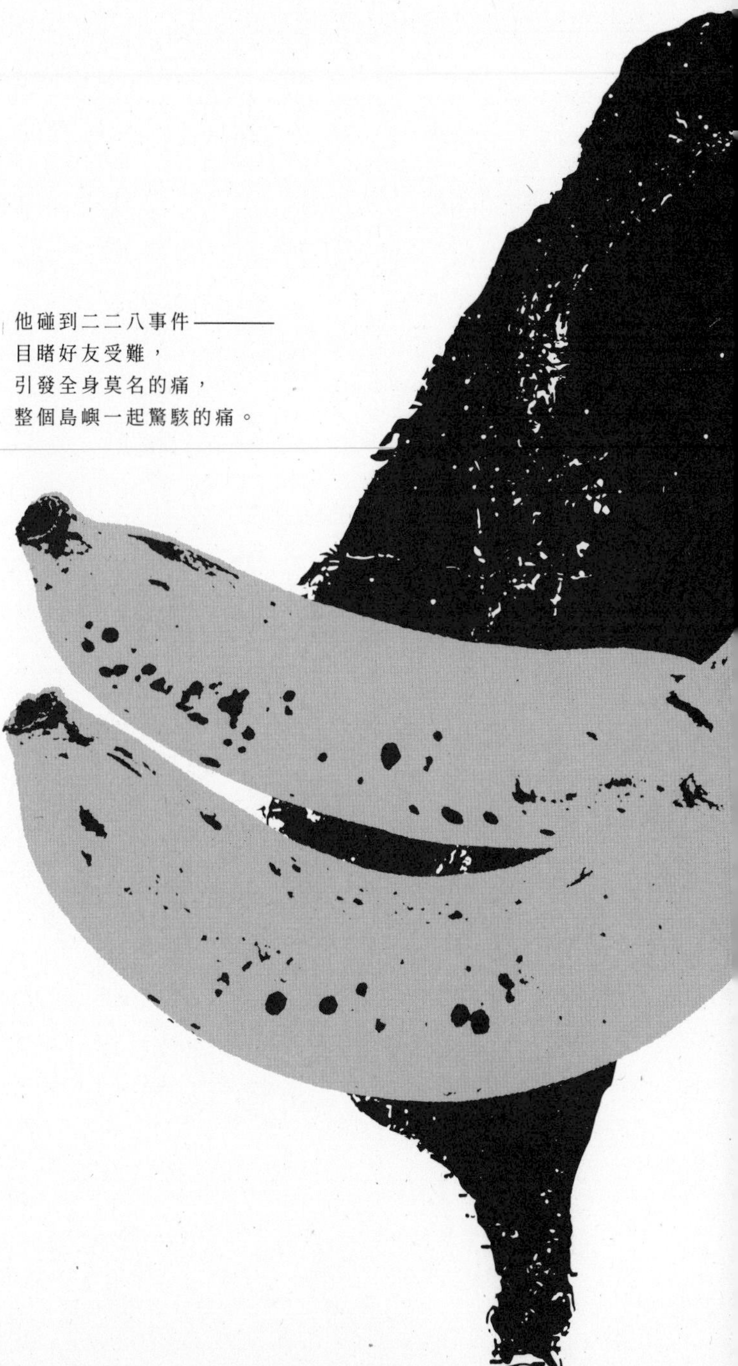

七

太平洋戰爭把台灣捲入，「走空襲」成了人民生活的日常。一天下午，吳振瑞把「瑪莉」放在牠平常沐浴的溪水裡，一個人輕輕鬆鬆走去阿煥叔公家。他是來上課的，這回是要跟叔公學習跟牛交談的要領，但才談了幾句，空襲警報尖聲響起。他連忙起身，扶持叔公躲進防空壕。沒多久，轟炸機響雷似的來了一批又一批，投彈飛下來時是尖嘯聲先來，爆炸聲隨後。吳振瑞豎耳傾聽，判斷中彈處在機場附近，耐心等到警報解除，約叔公去溪邊，看「瑪莉」是否無恙，有沒有被落彈聲嚇著。

兩人還沒走到，就聽聞牛鳴高昂，伴隨著牛角相碰撞之聲，再走幾步，望見水花高高濺起。他請叔公慢慢跟來，自己快跑過去，是三隻公牛打在一起，全都牛眼兇悍，牛角橫掃斜刺，而「瑪莉」靜靜站立一旁，頭低低，像在等待什麼。

阿煥叔公走到時，溪中戰況有變，一隻體型碩大，頭角又粗又彎，毛短而微捲的公牛獲勝，把另兩隻逼退了。牠頭角崢嶸，用力地喘氣，其吐氣之強勁，吹得河水一滾一滾。奇特的是，牠打贏了，卻不去佔有「瑪莉」，竟默許一隻體胖肚肥、體毛粗疏的公牛走向「瑪莉」。

那公牛已經滿身傷痕，步履蹣跚，還敢在光天化日之下去求愛。

瑪莉此刻已經沐完浴，站在岸邊，眼裡沒有半點含羞，等那粗魯的公牛來到身後，兩條後腿還微微彎了彎，讓那公牛從後面爬上，一場荒野交配大戲，就在牠的主人和阿煥叔公眼前公然上演。

吳振瑞不想多看，抬起頭，兩條粗黑的雲在頭頂上，應是剛才飛過的轟炸機留下的雲煙尾巴吧！兩條明顯如一把巨剪，正在剪開天空；旁邊還有兩條已經轉淡，淡得幾乎看不清，

吳振瑞心裡被這齣牛的春宮戲勾起了若有若無的「感覺」，但叔公冷靜依舊，評頭論足起來：「騎上去交配那隻，是『善化牛』，那款體型一看就知。你敢知影善化離安平港無足遠？善化牛真多是外來種。至於打贏的那隻，你看，頭卡大粒，站起來時陣，四隻腿微彎，像準備隨時要開步走的姿勢，粗角，短毛，皮厚，是標準的『台東牛』。另外一隻，頭殼卡小粒一些，毛卡幼秀，皮膚黑金，那就是『恆春牛』。阿瑞仔，我一直講，你敢有在聽？」

「有，有啦。」

「我跟你講，台東牛比恆春牛粗壯，但是做田拉車的時陣，卻是恆春牛卡勇健。」

「按呢我知呀。」吳振瑞問：「那麼，我這隻『瑪莉』是佗位的牛？」

「論真講，是『六龜牛』，咱南台灣最好的牛種，頭殼犁犁，四隻腿嘛經常保持微彎姿勢，耐操，性情又溫順，敢嘸是按呢？」

「確實是按呢。」

「閣有，我適才袂記講，騎上去跟『瑪莉』交配那隻善化牛，你斟酌看，伊頭殼頂有兩個

『爭』，左手邊右手邊各一個，這款外來種最兇殘，發性的時陣，會用角鬥死人。」㊀

兩人談到此，有兩隻牛的主人連袂來到，認出是阿煥叔公，上前，恭敬地鞠躬問候，然後下水牽牛回家。獨享交配權的那隻善化牛也辦好了事，跟「瑪莉」一起斜躺在水中，牛尾巴搖來搖去，鼻孔在水面吐氣，吹出一圈圈漣漪，眼睛裡都有些許疲累、慵懶，同時露出些許滿足。

牠們沒能享受這種好時光太久，那隻善化牛的主人來了，沒打招呼，逕自牽牛出水回家。

那牛走在路上，雄性生殖器露出肚腹，一路走一路尿尿。

吳振瑞也該牽「瑪莉」回家了，臨走前請教叔公：「牛如果『有身』了，懷胎幾月？」

「赤牛十個月就生，水牛要十二個月。」

「按呢我知影了，記得是『走空襲』的時陣受孕就對了。」

「走空襲」沒多久，台灣就變天了，島上被殖民的人們換了新老闆。吳振瑞知道該識時務，這天早餐後，跟老婆提議：「阿印仔，妳今仔日敢有閒？咱應該卡緊出來去讀漢語。」

「漢文我不是全然袂曉，我在台南女高讀過。」

「我在高雄中學嘛有讀過，但咱有須要來去學講，要開始學講他的漢語。」

「哪裡有在給人上課？」

在廚房裡的么弟媳高聲告知：「村長家就有，上午九點到十點半。」

第二天，吳振瑞夫婦準時到達。村長家客廳已擠進十幾人，都是村莊裡的熟人，各人自帶小板凳，佔好了位置陸續坐定。不久教席來了，吳振瑞一看，揉揉眼睛再瞧，心裡「幹」一聲，差一點要罵出喉頭。他低頭跟太太說：「咱轉來去，這個人無資格來作咱教師。」

「是按怎呢？」

「『走空襲』前，伊猶閣是派出所巡查，平常時專門巴結日本仔巡官，巴結得大家攏起雞母皮，對村民就是作威作福……。」

「伊是警察大人？敢講嘸免轉去日本？」

「嘸是，伊是咱本島人，隔壁村的人。」

「哦，是台灣人巡查。」（二）

「這個人多可惡妳嘸知，伊去到別人厝內，想欲要的物件，拿了就走。阿壯伯的後生，阿嘸知影得罪伊啥物，清彩製造一個理由，將人抓去派出所，打成半條命拖轉來。」吳振瑞一口氣講了這些，握太太的手：「行啦，咱緊來走。」

「無要緊啦，聽看覓伊教啥物。」

那教師大約與吳振瑞上下年紀，頭髮抹了油，整齊而光亮，臉黑黑，精明的眼睛正在掃瞄學生們。他用閩南語上課，第一句話是：「我昨日教的第一課，大家轉去有複習無？」

註一：「爭」，台語，頭髮裡的小漩渦。人類也有「爭」，通常長一個，也有人長兩個。

註二：日治時期，各地派出所皆約雇若干台灣人，授予「巡查」之職，協助治安；結果那些台灣人巡查多數行為不良，魚肉鄉民，比日本警察更可惡，是那個年代台灣人普遍的不愉快記憶。

坐在下面的村民沒人應答。他右手拿一本薄薄的書冊，用力拍打自己的左手掌，發出刺耳的一聲「啪」，提高聲浪：「按怎？恁攏無給我複習呢？」

台下依然無聲，他拿著書冊，伸手，指向吳振瑞：「你，蹲在後壁沒帶板凳來的，站起來！」吳振瑞起立，他又下令：「你來唸一擺，我昨日教的。」

「我昨日無來，今仔日頭一天。」

「有影？你無騙我？」他一邊這樣質疑一邊伸手向下動一動，示意「你可以蹲下了」，然後打開手上的書冊，看得出是那種刻鋼板印出來的書，高聲開課：「今嘛我唸一句，大家跟我後壁唸，開始囉——『偶悶都係中苟人』。」

大家跟著唸，吳振瑞夫婦也跟唸，連唸三遍。

「真好，第二句：『偶愛中伐』。」又是連唸三遍。

吳振瑞舉手，那教師問：「有啥物代誌？」

「適才唸這兩句是啥物意思？」

「哦，這真重要，大家一定要瞭解。我的漢文老師有講，意思就是：咱是中國仔，嘸是日本仔。」

台下窸窸窣窣，好多人在悄聲說話。那教師又用書冊拍打自己的手掌，「啪」的一聲，全場肅靜。教師開口：「好，來，閣來唸第三句：『偶悶的苟家叫做中伐閩苟』。」村民們勤奮地照著他的發音誦讀，也是三遍。

好不容易忍耐到中場下課，吳振瑞拉著老婆的手溜之大吉，回家途中不斷叨念：「為什麼日本仔警察用的『腳小』，今嘛換政府了，照常給人重用！竟然做『先生』了！」

「講到那個時陣的警察，攏真歹！阮兜店門口有一天腳踏車無排好勢，警察一來，將阿雄叫叫出去，兩個巴掌就當街打落去……。」

「那是日本仔警察。台灣人巡查惡質數十倍，聽講恁不時借巡查之名義，進去別人厝內，欺負人家婦女，無人敢出聲，報案嘛無路用，馬鹿野郎！」

幾天後，吳太太打聽到村裡廟口也有人在教漢語，但是要學費，一個人一小時一萬元；日元不收，台幣和台銀券都可以。㊂

於是吳振瑞夫婦改到廟口去「求學」，這次自己帶了板凳。

廟口的場地比較大，來了三十多個「學生」。吳振瑞一到就碰到熟朋友：「咦！秋木兄，你怎樣走來阮這莊學漢語？」

「啊，哇！振瑞仔，無想到在這裡見到你！我在真多所在學過漢語，讀了四、五個月了，聽人講，恁莊這位『先生』真能講，我特別來聽看覓。」

「你今嘛是大人物，跟阮作伙坐小椅寮上課，真委屈你呢！」

「講啥物！我嘛是一個普遍百姓。」

註三：終戰初期，於一九四五年到一九四九年間發生惡性通貨膨脹，物價一日數變。台灣銀行發行「定額本票」，等同台幣一起在市面流通，面額從五千元開始，最後發行一張一百萬元的貨幣，俗稱「台銀券」。

不容兩人多聊，前台的教師宣布上課了。老師是一位長相斯文的中年人，用漢語授課。他自我介紹一個沒人聽懂的姓名後就開始講課。有一本書放在桌上，沒見他拿起書翻開來教，只是自顧自一直講話。他講話不急不徐，語調沒有明顯的高低起伏，就是不停地講，好像是一個被禁語多年剛剛被解禁的人。難道他不知道台下這群村民都聽不懂漢語？或許他知道但是忘了，或許他不是忘了而是無法克制自己。在農村裡，其實也不乏這種喋喋不休的人，從下田工作到收工，手腳沒停，嘴巴也沒停。

因為不知道他說些什麼，台下，開始低頭、點頭或仰頭睡著覺的人越來越多。

葉秋木自認漢語已有相當基礎，但他一直皺眉頭，頻頻向吳振瑞咬耳朵，用日語：「真奇怪，這位『先生』口沫橫飛，講一大堆，我怎麼都聽不懂？」

「真糟糕！我本來還期待你幫我翻譯翻譯。」

「聽說支那有南腔北調，差別很大，今天終於見識到了。」

一旁的吳太太以指按唇，輕「噓」一聲：「恁兩位莫直直講話，耐心聽看覓，聽有一句半句嘛好。」

幾分鐘後，葉、吳兩人又竊竊私語起來，仍用日語：「我聽懂幾句，說我們台灣人應該多幫忙國軍去消滅一個什麼東西，那東西好像在八條通。」

「敢有八條通？」吳振瑞說：「台北有小巷子，叫做一條通、二條通、三條通的，巷子裡有很多居酒屋，也有兼做色情，是要去掃蕩它們？」

吳太太加入聊天：「我明明聽他說『八路通』，而不是『八條通』。這個詞，講了很多遍。」

三人靜下來，努力聽課，沒多久葉秋木又輕聲開口：「哦，又有一句被我聽清楚了。他三不五時就提到一個『江委員長』，原來他說的是蔣介石。」

「蔣介石？支那的乃木希典？」

「不對，他比乃木大將還大得多得多。」

「那等於是支那的天皇？」

「也不對，他不像天皇那麼受子民膜拜。」葉秋木突然輕拍一下吳振瑞的大腿，說：「我現在聯想到了，他不是在講『八條通』，也不是『八路通』，是『八路軍』。」

「什麼是『八路軍』？」

「是支那的『赤軍』，他們信奉共產主義。」

全堂除了這三人在悄聲討論教師的授課內容外，其餘都睡了。「漢語補習班」變成了「補眠班」，那教師終於感覺不對勁，拿起書冊猛力敲幾下桌子，「啪啪啪」鞭炮似的聲響，再補上幾句怒罵，罵什麼聽不懂，睡著的人們驚醒一大半，沒醒的還是沒醒。那教師見村民們又努力在聽講了，開始一句接一句繼續「授課」，聲調平穩，沒有高低，沒有平仄，一種特別適合用來助眠的演說。

這堂課最後由廟祝上前提醒時間，才終於下課。

回家的路上，吳振瑞跟太太說：「那位葉桑，秋木兄，做人熱心，最近參與地方上真多活

動，去呼人推薦做屏東縣參議員。我有聽人講，親像多數參議員要推伊做議長。」㈣

吳太太嘆一聲氣：「這款一位知識分子、地方要人，走來聽那個中國仔『先生』胡亂臭彈，真無彩！」

「就是嘛。」

此後，吳振瑞夫婦沒再去廟口那間漢語補習班，對學習漢語逐漸失去熱忱。幾個月後，葉秋木參議員來訪，聊起漢語學習，神采奕奕地說：「我今嘛漢語閣卡進步囉。」然後慫恿：「我紹介恁兩位來去一間私人住宅開設的漢語補習班，不過學費卡貴，一點鐘二萬元。」

學費貴一點，吳振瑞夫婦還是決定去了。趕緊學會說漢語，是在這個新時代萬分重要的大事。那補習班在屏東市區內，三人相約各自前往。有一間像樣的教室，牆壁釘一塊小黑板。學員十幾個，坐定未久，教師就來了。他約五十歲，高瘦，臉頰微紅，說的漢語，吳振瑞夫婦都聽得懂一些。葉秋木跟吳振瑞咬耳朵：「這才是標準漢語。」

正式上課前，他先在黑板上寫「公孫隸」三個字，寫好帶領全班誦唸，然後自我介紹這是他的名字，還特別強調他姓「公孫」，不是姓「公」，公孫是華夏自古即有的複姓。這一串話，幸虧有葉秋木兄幫忙在耳邊翻譯，吳振瑞完全明白了。

之後他發給每一位學員一張紙，上面有密密麻麻的漢字，用鋼板刻好印出來的，飄浮著淡淡的油墨味，拿在手上，指頭沾染些許藍色。吳振瑞正想細瞧內容，聽到教師說：「這是講義，今天要教的。講義，全體跟我說一遍：『這是講義』。」「再一遍：『這是講義』。」

吳振瑞夫婦滿心喜歡，終於碰到一位細心週到的「先生」。他們都讀過日本時代的高中，漢文是必修課，不過日本高中是用日語授課，因而，夫妻倆都能閱讀漢文，只是聽與說不行。現在，兩人開始閱讀那講義，分三輯，第一輯標題是「為人須知」：

第一條：「各處學堂，皆供孔子。我上學堂，我拜孔子。」

第二條：「父之父曰祖父，父之母曰祖母，父之兄曰伯父，父之弟曰叔父。」

第三條：「一國之民，各有職業；欲營職業，必須讀書；欲衛國家，必須為兵；人能讀書，職業必良，人能為兵，國家必強。」

後面還有許多條，吳振瑞迫不及待跳越過去看第二輯，題為「詩詞精選」，共十首詩，很快瀏覽一遍，只有兩首在以前日本人的高中課本上讀過，他在心裡用日語這樣吟誦：「床前明月光，疑是地上霜，舉頭望明月，低頭思故鄉。」之後輕輕碰一下旁邊的太太，輕聲唸給太太聽，唸的是日語：「紅豆生南國，春來發幾枝，勸君多採擷，此物最相思。」吳太太會心一笑。

站在前面的教師耳朵尖，聽到吳振瑞用日語在吟詩，臉色一沉，正色提出告誡。吳振瑞聽不懂，觀其臉色，感覺是嚴重的訓誡。身旁的葉秋木趕緊低聲翻譯：「這位『先生』講，在伊的漢語課堂，不准講日本話，半句都袂使。」

註四：此時的參議會、參議員，是終戰初期由「台灣省行政長官公署」舉辦的間接選舉所產生，並非一九五一年實施地方自治後普選的縣議員。

吳振瑞聽後，急急挺胸，朝向教師重重的「嗨」一聲。那是日式的「嗨」，通常要立即而且大聲，才是明確表達「是，我知道了。」或「是的，遵命。」的意思；沒想到那漢語教師的反應出奇強烈，原本微紅的臉頰，變成通紅，右手橫向一伸，用吼的，連吼幾句：

「你給我滾出去！」

「我不收你這個小日本。」

「日本鬼子滾，給我滾！」

吳振瑞體會到事態極為嚴重，但聽不懂，身旁的葉秋木又急急翻譯。原來這位「先生」是將我勒令退學！怎麼會這樣呢？從小到大，從公學校、高等科到高雄中學，都是品學兼優，各式各樣的獎狀貼到家裡的牆壁無處可貼，所有的「先生」都疼愛我，器重我。現在，怎麼會這樣呢？現在該如何是好呢？吳振瑞心裡正這樣翻江倒海，那漢語教師又在叫罵了：「還不快滾！」

吳振瑞本來滿腔的羞愧和灰心，轉變成悲憤，毅然拿起板凳，快步走出課堂。吳太太跟在丈夫後面也離去。

夫婦倆牽著腳踏車走路回家，不想騎上去，感覺全身乏力恐怕也騎不動，兩人都沉默地走著，走著，偶然抬頭，天陰陰，烏雲一團團一片片，像要下雨。

次日晚餐後，吳家大小在禾埕乘涼，阿壯伯剛好過來，跟吳家父母在談香蕉園的事，吳振瑞夫婦在另一邊聽收音機學漢語。一輛「歐多拜」噗噗噗由遠而近，是葉秋木來了。那「歐多拜」比吳振瑞以前那輛更精緻、更新穎。

「我專工來看你，阿瑞仔，看你昨日給那隻豬仔『先生』趕趕出去，你敢有代誌？」

「袂啦，袂啦，心情真歹，一時陣就過去了。」

「無代誌就好。」葉秋木坐了下來，雙手接下吳太太端過來的茶水。

「秋木兄，那天，在教室，我用日語唸歌詩給阮牽手聽，是我嘸對；但是我有表示接受那位『先生』的教示，無想到伊突然間起番、發飆。」

「哈哈！那天的代誌，我在你身軀邊，看得真清楚。」葉秋木呷一口水，說：「我感覺伊是在你向伊大聲喊『嗨』之後，開始抓狂。」

「我嘛感覺是按呢。」吳太太說。

「莫非中國仔『先生』教示學生時，無愛學生應答？」吳振瑞自我解嘲：「卡早，日本仔『先生』不管給阮講啥物，阮一定要大聲應答，即使只有應答一聲『嗨』，嘛要有精神、有元氣，按呢『先生』才會歡喜你、信任你，敢嘸是按呢？」

「是按呢無錯。」葉秋木接話：「但是，中國仔『先生』可能比較歡喜咱頭殼犁犁，一直點頭，腰彎下去一點點閣卡好。」

「跪落去尚蓋好，馬鹿野郎！」吳振瑞將喝完水的空杯子往小茶几重重一放，「喀」的一聲。

吳振瑞弄出聲響，又開罵起來，另一邊的談話中斷，阿壯伯和吳老爸挪動椅子，面向這邊。

「唉！」吳太太感慨：「差別有夠大。」

「這個差別無算大。」葉秋木說：「阮屏東參議會每天攏會收到人民訴苦案件，其中有一件，講出來，可能無人要相信。製糖會社來一個中國仔新主管，去給員工發現，伊根本嘸識字……。」

「嘸識字？要按怎看文件，簽公文？工作上每日攏有進度表，來料、出貨的報表……。」

「副手識字就好。伊做主管每日就是在會社內行來行去，罵人，管東管西，搖搖擺擺。」

「哼！」

「還有一件，一個人來申訴，講伊看到報紙人事小廣告，去鳳山園藝所應徵，專業技術考驗第一名，最後無予錄取。伊去探聽，是因為無送紅包。」

「恁參議會接受了這些訴苦，如何處理呢？」

「阮議長……。」

「啊，我一直以為你是議長。」

「我是本島人，怎麼會給我做議長！議長叫張吉甫，是一個去過大陸慶祝光復的客家人。」

「哈，這點跟日本時代同款，完全同款！本島人攏免肖想！」

「那是因為我早早去參加『三民主義青年團』，又閣是代表新政府來屏東的接收委員之一，才會勉強給我一個副議長。」

「按呢，副議長有權無？適才你講的那兩件人民訴苦，敢有權處理？」

「無，無權。適才那兩件，第一件，阮議長講，嘸識字的長官嘸是只有伊一個，伊負責得起就可以，『此人的背景，我張某人得罪不起。』議長按呢講。」

「第二件呢？」

「議長講，這款代誌不知是真是假，參議會無權去調查。我建議議長，類似的紅包問題，今嘛到處在傳，對咱新政府形象非常有傷害，這件有名有姓，閣有單位名稱，最起碼給它轉送市政府去查辦。議長口頭講好，結果無轉送，去給他丟到糞埽桶內了。」

「按呢真害，足害，害了了。」

阿壯伯靜靜聽著，至此時才開口：「恁所講的這些，基本是因為無共款的文化，文化的差別，會在每一個層面表現出來。」他停一下，沒人接腔，又說：「前一陣子，我去機場，經過日本仔住宅區，親目珠看到，您阿本仔準備給人遣返日本前，竟然全家大小出動將那個社區的街路摒掃一遍。這情景，真多咱屏東人在看，啊哈！這群戰敗國國民是用這款態度在告別殖民地！」

「真正有差，差大尾嘍！」吳老爸接話。

「唉，今嘛四界糞埽，亂衝衝！」

「驚死道人！」

這樣交談一陣子後，阿壯伯才向葉秋木自我介紹：「我名叫蘇壯伯，我大漢後生蘇正德在恁振南會社吃頭路。」

「哦，正德仔喲，伊足好，聽講要給伊升做副理。」

八

葉秋木來過不久就過年了，過完年沒多久的一天夜裡，月亮有光華，照出屋前屋後樹影婆娑，屋外有蛙鳴，也有蟲唧，一如往常。淺眠的吳老爸半睡半醒，突然聽到一輛沉重的車子輾過附近農路，側耳凝神再聽，感覺怪異。自從日本仔政府走了以後，治安變得很糟糕，半夜常有小偷出沒。他悄聲下床，原想巡視一下門窗是否關好，卻瞄到遠處停著一輛有車篷的軍用卡車，五、六個彪形大漢正在挖洞。

除了怪異，還感到害怕，他輕手輕腳去把大兒子振瑞搖醒。兒子比較大膽，抓起一根扁擔，一個人打赤腳潛行出去，老爸也拿著拐杖跟在後面。父子倆伏在一叢樹林深處偷瞧，像偷窺到什麼驚天的祕密刑案那麼樣，心臟狂跳，頭皮發麻。

一枝手電筒偶爾亮一陣，不久又切掉。藉這樣一陣又一陣的亮光，父子倆都看清楚了，原來是六個憲兵和警察，都穿著制服，各持圓鍬和十字鎬，已經在地上挖出一個大洞，然後從軍用卡車上卸下物件，是什麼東西呢？兩人屏息盯梢，居然是一枝枝的長槍以及十幾只木箱子。吳振瑞高中時期受過軍訓，打過靶，料定那是一箱箱的子彈。父子倆驚奇已極，連呼吸都輕輕慢慢。那些憲警動作快速，很快將槍械彈藥放進坑洞，然後回掩，再開車在掩埋處來回輾壓，壓實後鋪上原來的雜草枯枝才離去。

下半夜寧靜無事，吳振瑞回床，輾轉思量：這種奇事當然不宜報警，朋友中有兩人跟官府有關，一是區長林見文，一是副議長葉秋木，是不是去告訴他們，順便問問什麼回事。

天還沒亮，吳振瑞就來到葉秋木家。昨夜所見還沒講完，見葉秋木臉色出奇凝重，說：「有這款代誌，表示當局對咱屏東人，對我這個人，非常無信心。」

「按怎講？」

「台北那件大暴亂，一直拓向南部來了，您開始在咱屏東做防備。」

「你是講台北街路那件私菸取締所引起的抗議？敢有變成大暴亂？」

「天大地大的代誌！這一、二年累積的民怨，親像火山爆發按呢，在北部、中部拓開，人民組成一個團閣再一個團，去搶奪警察局和憲兵隊的槍械彈藥，真多官府攏已經淪陷，被人民的團隊接管，嘉義和台中甚至於宣布組成了『軍隊』。」

「按呢哦，代誌變成這麼嚴重，我竟然嘸知影！」吳振瑞摸摸額頭，又說：「昨日我有聽『拉幾歐』，只是將這消息當做練習漢語的教材在聽。真好笑！」㊀

「等一下我會去市長和議長那裡，聽看覓有啥物新發展。」

「哦，對，阮第四小弟吳振武人在台中，人真活潑，請你順便幫我探查看覓，不知伊有去

註一：「拉幾歐」，收音機的意思。跟「歐多拜」一樣，是日治時代結束後，台灣人仍慣常使用的台式日語。

給人捲捲進去無？」

「吳振武，我久仰伊大名。我問看覓。」

從葉秋木家回來的路上，吳振瑞買了幾份報紙。全家老少從第一張第一行檢視到最後一張最後一行，葉秋木所說那些暴亂，只看到簡單幾則報導，也全無吳振武的消息。吳老爸邊看邊罵：「怎樣本來有漢文日文一半一半，今嘛攏總是漢文，馬鹿呢！」小弟吳振文回房間抱出來一台「拉幾歐」，安撫老爸：「聽廣播卡快，電台攏嘛是漢語和日語交摻地講。」但全家圍著聽，慢慢轉台慢慢聽，也全是漢語，吳老爸氣得大罵：「馬鹿野郎！何時將日語全部停掉？馬鹿野郎！」㈡

第二天凌晨，也是天還沒亮，葉秋木來吳家，跟吳振瑞在餐桌邊竊竊私語。吳老爸知道葉參議員到來，卻沒出來，坐在隔壁房間的門邊，聽他們的對話：

「我給你講，代誌足大條又閣真複雜。你講的，憲兵和警察半暝埋在恁這個所在的槍彈，給人偷挖走了。」

「有影？是啥物款人來偷挖？」

「昨日下埔開始，咱屏東有真多少年郎、中年、老的也有，出來響應這場抗暴運動。怹組成一大隊人馬，閣分做好幾個中隊、小隊。是怹來將那些槍彈挖走的。聽講坐鎮在高雄壽山頂的彭孟緝將軍氣得快要『起笑』，下令一定要查出是誰向那些人透露埋槍的地點。」㈢

吳振瑞本能地放低音量：「那晚，除了阮老爸跟我，難道還有啥物人嘛在暗處偷看？」

「若去給怹查到，恐驚會被抄家滅族。」

「我想袂解，為什麼伊要如此辛苦埋藏軍火？」

「這你有所不知。這場抗暴事件，足多警察局和憲兵隊給百姓衝衝進去，槍彈被奪走，因此，南警部司令彭孟緝下令咱屏東市長龔履端，提前一步，將軍火埋埋起來，莫閣給人拿拿去。」

「百姓有那麼厲害？憲兵、警察打不贏？」

「無錯。中國仔政府的軍隊，主力攏留在大陸跟阿共仔打內戰，來咱台灣的軍力有限，真容易贏伊。」

「原來如此。」

「我今仔日專工過來，閣給恁講一擺，若有人來調查，講恁是不是知影那個所在有埋藏軍火，一定要馬上否認，打得剩下半條命嘛袂使承認，按呢知呵？」

「這個當然。當然袂使承認。」

此時吳老爸從隔壁房間走出來，互道早安後，問：「葉桑，台北起初爆發事件那一天，是二月二十八日還是三月初一？」

註二：終戰政權交接初期，所有官府、學校、媒體皆日華語併用，但只施行到一九四六年十二月三十一日為止，然後便全面漢文化。事後有論者檢討，過早終止這項措施，是次年二二八事件發生後，官民相互誤解、猜疑，導致事件惡化的原因之一。

註三：「起笑」，台語，發瘋之意。

「是二月二十八日，民國三十六年。」

「昭和二十二年就對啦。」

「歐吉桑，今嘛袂使閣講『昭和』，要用『民國』。」

「我知影。講慣習，一時改袂過來。」吳老爸低聲喃喃：「無的確。這擺動亂以後，豬仔會被趕走，無的確。」

「我今嘛非常無閒。您外省仔市長、局長、組長攏『熟慨』呀，連阮那個客人仔議長攏總『熟慨』了，親像整個屏東是要交代給我那樣。一堆代誌要處理，我先告辭，啊！」㊃

他人已經跨出門檻，吳老爸追上前，低聲問：「阿瑞仔請你探查阮兜阿振武的消息，有結果無？」

「無。他人在哪裡，完全無人知影。」

「唉！我煩惱得要死，袂睏袂吃。」

次日，吳振瑞照常下田，還沒開始工作就聽阿壯伯說：「阿瑞仔，你那位朋友阿秋木仔講今仔日出面召開市民大會，你敢無欲去參加？」

「有影哦，不過伊無邀請我呢。」

「那款會議，嘸免人邀請，聽到就要自動去。」

「在哪裡？」

「聽講是在參議會內底。」

「那麼，你欲去無？」

「我欲和恁老爸去另外一個所在。」

吳振瑞無心工作了，洗洗手腳，回家換了衣服，直奔縣參議會。

到了議會旁聽席，已經滿座，多是一般民眾，也有學生模樣的年輕人。他見葉秋木高坐議長大位，議場上似乎不只參議員，還坐著幾位地方名人，詢問鄰座：「葉桑今嘛敢已經是議長啊？」

「嘸是，伊是副議長。議長張吉甫講是破病，請假無來。大家攏知影伊是假破病。」

「這個議長呀，參加啥物『台灣人慶祝光復團』，剛去大陸扶卵葩倒轉來。伊真巧，歹康的，推給葉秋木。」

「嗨呀，恁攏搞袂清楚！今仔日嘸是開參議會，是『處理委員會屏東分會』在開市民大會。」

「哦，原來是按呢。」

吳振瑞靜靜聽他們議事。原來屏東人真的要「起事」了。大隊人馬正在屏東公園集合整隊、分發槍彈、誓師。處理委員中，大多數主張前往勸阻，主張去加入「參戰」的不多，葉秋木宣布，用不純熟的國語：「我們正式作決議：市民要表達任何意見，都要以和平方式提出，不可使用武力。這樣大家有異議無？」

註四：「熟慨」，溜走、逃開之意。日治時代結束後，台灣人仍慣常使用的台式日語之一。

無人異議。葉副議長接著改回閩南語：「咱今嘛須要推派一人做代表，去公園將此決議向怹宣導，阻止怹動武、開槍。誰人要去？」

「副議長你今嘛是『處理委員會屏東分會』主席，就是最好的代表，敢嘸是？」

「我要坐鎮在這個治安本部，全屏東的治安由咱負責，如今市長和議長攏總『熟慨』了，治安本部袂使放空城。」葉秋木使用了「熟慨」一詞，但馬上自我糾正，用國語：「我剛才說的是國語的『不在』，而不是日本話的『熟慨』，發音很像，大家不要聽錯了，啊！」

議場內眾人都微微一笑，然後是沉默，沉默了許久，開始有人點名。場內幾位有名望的參議員如李明家、林綿順都被點到名，但都猛然搖頭又搖手，不怕頭頸和手腕搖斷掉；消防隊長江金彰也被點名，也是斷然拒絕。坐在議長大位的葉秋木正不知如何是好，吳振瑞從旁聽席站起來，大聲主張：「消防隊長江金彰做代表尚適合，因為伊隊中有隊員，腳手多多，莫拒絕啦，好啦，去啦！」

議場內眾人都回頭，看看是何許人發的言，沒人認識。葉秋木向全場介紹：「伊叫做吳振瑞，是我在公學校和高等科時陣的老同學，高雄中學畢業，香蕉試驗所技術員，野村保險屏東的所長。」

消防隊江隊長機伶地順勢主張：「吳桑代表嘛真適合。我看你一表人才，口才那麼好，在社會做過那麼多事。」

「我啊無一官半職，怎樣代表參議會去？」

「是嘸是公職人員，無要緊，主要是你人大扮，閣是葉副議長的老同學、老朋友，去！你代表尚適合。」消防隊江隊長再慫恿。

吳振瑞心裡有點氣憤，這群有頭有臉的人物竟然都那麼怯懦！集合在公園那些人有槍有彈，真的暴亂起來如何是好？要死傷多少人？現在不趕緊去處理，天黑以後更難掌握。想到此，衝口而出：「好，我答應去，但是你江隊長嘛一定要去，我做你的助手。」

沒想到江隊長這樣回答：「好，我答應去。我的消防隊在你後壁，收集情報，跟各方面連絡，做你的後盾。按呢一言為定。」

主持會議的葉秋木兄居然附和：「阿瑞仔，你去試看覓，好啦！」

吳振瑞的雞婆個性此時充分顯現。他竟然默許了，要代表這裡的「主和派」去跟「主戰派」交涉，而他只是一個手無寸鐵又沒名沒分的農夫。

屏東公園田徑場聚集了上千人，跑道上擺了一大堆槍枝和一箱箱子彈，許多人蹲著在擦拭那批槍械上的污泥。吳振瑞知道那些是從泥地坑洞裡挖出來的。

他那高瘦的身影一出現，立刻有七、八個年輕大漢圍上來。他先開口：「我叫做吳振瑞，奉屏東處理委員會的命令前來。」

好幾對探索的眼睛箭一般射過來，上上下下打量他，有人拾起長槍，吳振瑞趕緊再自我介紹：「我是頭前溪的人，做香蕉的，嘛做過野村保險屏東的所長。」

「我知影你，」一個看似隊長的人發問：「是按怎由你來？」

「我走去參議會旁聽您開會，聽您在那裡推來推去，攏無卵葩，看得真賭爛，所以我就蓋頭蓋面向伊提出主張，剛剛好主持會議的副議長葉秋木是我的老朋友。」吳振瑞機智地冒出若干庶民慣用的粗話，感覺一下子軟化了在場諸人的眼神。

「呵呵呵，來一個有卵葩的！」隊伍中爆出一句半調侃的話：「那個參議會，哼！從來就是無三小路用。」

「今嘛無同款囉，市長、議長、警察局長、警備組、憲兵隊全全是伊的人，現此時唯一跟咱同國的，就是參議會。」吳振瑞在家排行老大，尼桑、大兄的語氣和姿態自然流露：「今嘛以參議會為主體，成立了『處理委員會屏東分會』，大家公推葉秋木為主席，同時設置治安本部，掌管全屏東的治安。」

「處理委員會現此時會當按怎？」

「會當做咱後盾。有處理委員會做後盾，咱全部行動就會當站得穩。」

「你嘸是講那些參議員攏無卵葩，嘸敢出面，連來這裡都嘸敢？」

「起碼葉秋木真顧大局，閣有氣魄。」

「好。你今嘛開始講，葉秋木有啥物指示？」

「首先，處理委員會這擺的決議是『以和平方式提出意見，不可使用武力』，因此，請大家就地待命，有處理委員會新的決議，才可以開始行動。」

「袂使，阮袂當接受。你講啥物『不可使用武力』！阮兩隊人馬剛去攻打警察局轉來，拿到一些槍彈。現此時警察走了了，各派出所以及機關攏總放空城，阮各隊人馬應該即時進駐。」

吳振瑞沉默片刻，腦中急急尋思一個緩衝的辦法：「按呢，我建議各隊進駐時，要拿著『治安維護隊』的旗仔，抉使親像兵仔按呢拿槍拿刀，槍彈攏總收收起來，連開一槍試射就抉使。按呢咱立場才站得住。」

現在換各隊長沉默著，吳振瑞機敏地補上一句：「到時，若是有必要『車拚』，我吳某人絕對抉『熟慨』。」

隊伍中地位最高的那人，被叫做「總隊長」，先同意了吳振瑞這個主張，他與眾人商量片刻，大隊人馬分頭準備旗幟，然後整隊走出屏東公園，秩序井然，還有一點日本兵行軍的樣子。隊伍從公園走向官府集中的本町一帶(五)。那只是一小段約四十米的路，吳振瑞走在隊伍的旁邊，注意到沿途市民有的向隊伍豎姆指；有的手放胸前，好像在說：「好加在，不是欲去殺人放火。」；還有一些人只是出來看熱鬧，以為是什麼機關的遊行。

快到十字路口的時候，吳振瑞突然望見父親和阿壯伯木然站在群眾裡，父親嘴唇緊抿，抿成一條向上彎的弧線，猜不出他心裡怎麼想，正想走過去叫喚一聲，但轉眼失去了蹤影，怎麼找都找不到。

因為總隊長帶一批人進駐警察局，所以吳振瑞也跟進去，方便就近協調。他請教了那位總隊長的名字，姓莊名迎民。

警局大門口除了原有標誌外，另貼一張紅紙，寫著大大的漢字：「警備組本部」，紅紙黑

註五：即現今屏東市中正路與公園路一帶。

字方方角角透露出威權意味的正楷書法。

進去後裡頭半個人影都沒有，他在各個空蕩蕩的辦公室閒逛，心裡升起一股莫名的擔憂，突然想起常來村裡廟口唱戲說書的那位「老仙仔」，常唱「三國空城計」，聽到都會背了：「軍旗將旗收收起來，大門打呼開開，軍士打扮作百姓，自顧掃地就好，若魏軍到位，袂使驚駭，吾自有妙計。」這幾句唱完，便是銅鑼和弦子「噹噹噹」「啾嗚啾滴」的合奏。

吳振瑞低聲唱了一小段就唱不下去了，從內心驚恐了起來，一種強烈的空虛和孤寂——那個消防隊長江金彰和他的隊員呢？半條鬼影子都沒有！那些西裝革履的參議員呢？也沒出現半個！想到自己憑著一股傻勁出來扮演這個角色，並沒有達成參議會決議的要求。現在人馬不但沒有解散，還進駐到警局來，這樣是在「主戰派」與「主和派」的剃刀邊緣，自己搞不好會兩面不是人，被剃刀割傷。

他慶幸自己莫名其妙獲得了「主戰派」人馬的信任，然後便被情勢拖著走。一隻孤鳥哪能主導情勢！接下來，事情像最近流行的霍亂和痢疾，這個村莊那個村莊輪番傳染：

——一個小隊佔駐本町派出所不久，去攻擊憲兵隊，開了槍，憲兵全部逃走。吳振瑞飛快趕到，假借總隊長之名義勸導小隊長，獲同意不再出擊。

——有一家大陸人開的燒餅油條店被攻擊，店裡的桌椅被搬到馬路放火燒。「打阿山仔」的呼喊聲此起彼落，等吳振瑞和總隊長連袂趕到時，已經火星四射，火光照亮旁觀市民的臉，有的臉興奮，有的臉不捨。

——有一隊原住民到來，號稱「排灣族勇士」，加入「主戰派」。被拖出來毆打的大陸人多了幾個。

正當局勢亂哄哄的當下，排行最小的吳振能騎腳踏車在屏東市區到處亂闖，逢人就問：「我欲找阮大兄吳振瑞，伊佇兜位？」「請問，你敢有看到阮尼桑吳振瑞？」

好不容易在警察局裡碰到面，喘著氣說：「尼桑，咱兜那隻『瑪麗』快要生了，親像是難產，足痛足痛按呢，一直哀哀嗚叫。大嫂急得要死，叫你趕緊轉來去。」

「是哦，『瑪麗』有身已經超過一年……。」

「尼桑，真正看得使人心酸，瑪麗兩隻前腿站袂穩，一直抖一直抖，然後親像一間厝崩落來按呢，跪落去，倒落去。那臉，非常非常痛苦的表情。」

「敢有趕緊去叫阿煥叔公？」

「大嫂叫二兄去載叔公，同時吩咐我過來把你叫回去。」

「唉呀！你跟你大嫂講，真正歹勢。我這個所在真正袂當離開。唉呀！怎麼會那麼剛好！」

「尼桑，『瑪麗』直直哀，大嫂在牛欄邊嘛直直哭直直號。大嫂講，外面這代誌，無你的代誌，趕緊轉來去！家庭比啥物都卡重要。」

「好，好，我代誌處理理勒，馬上轉去，你先行。」

「莫呼大嫂超過傷心，蛤！尼桑！」

吳振瑞決定回家一趟，收拾好雜物，正要出去，一批明顯是屏東本地的人，帶領十多名大陸人進來警察局，其中有六、七人明顯受了傷。這是什麼一回事，瞥一眼就明白，但莊總隊長還是喝問：「恁來這，欲按怎？」吳振瑞趕緊上前，認出本地人中，一位是這裡的名醫郭一清，一位是在華南銀行服務的林姓青年，其他幾個不認識。郭醫師不答理那總隊長，直接告訴吳振瑞：「恁這，找一間房間出來，收容這些大陸人，要卡緊。」

郭一清醫師長吳振瑞十幾歲，又是素有清譽的人，因而，吳振瑞大聲應答一聲，日式的「嗨」。

「真好！有元氣！」郭醫師這樣稱讚後，瞄一眼坐在值班員警位子上的總隊長，問吳振瑞：「按怎？『代就布加』？」㊅

「稍等，」吳振瑞移步去跟總隊長商量：「按怎？咱喬一個房間收容怹，好無？」總隊長沉默不答。吳振瑞在他身旁等了一會兒，他連眉毛、額頭上的皮膚和頭髮末梢都沒動一下，於是急中生智，改一個說法：「這些大陸仔，咱將怹關在拘留室，給怹關關起來，你想按怎？」

果然，總隊長一聽，馬上回答：「好，關關起來。」

把他們領到拘留室後，郭醫師一邊為傷者裹傷治療，一邊向吳振瑞道謝：「這款時局，拘留室可能是庇護大陸人尚好的所在。」然後說：「你就是吳桑振瑞乎？我曾聽秋木仔講起你。」「有影！你嘛跟秋木真熟？」「伊是我的妹婿。」「哦，原來是按呢。」

等吳振瑞和郭醫師等人在拘留室忙了一會兒步出時，發現莊總隊長和他的人馬全部不見了，連一個人影都沒有。正感納悶，一位跟隨郭醫師來的年輕醫師騎摩托車來到，告訴眾人：「葉秋木召集所有人馬，要去屏東機場『車拚』。」

吳振瑞大驚：「你亂講！秋木兄是主張『和平解決』的人，怎樣會召集人馬去機場車拚？攻擊機場要幹什麼？」

「是按呢啦，吳桑，全屏東的憲兵和警察攏總避在屏東機場，因為葉秋木去給大家推舉為臨時市長，伊是用市長名義去要求全體憲警繳交槍械。葉桑驚講怹嘸聽命令，所以叫全部人馬集合，一大陣人作伙去，按呢聲勢卡壯觀。」

「按呢，那裡呼做『車拚』？」

「無車拚無聲勢，人家會乖乖繳械？」那年輕醫師又說：「我有騎歐多拜去現場看，確實一大陣人做葉秋木的『巴股』。我閣聽到葉秋木宣布：『老百姓這邊的槍械嘛要交交出來，兩邊攏不准有槍枝，按呢才能確保和平。』」

「啊今嘛情況按怎？」

「雙方還在堅持中。」

聽到這裡，吳振瑞一面移動腳步一面說：「按呢我應該來去，來去聲援阿秋木仔。」但郭醫師叫住他：「吳桑，我看你莫去卡好，已經有多多群眾去聲援了，無差你一人，阮這卡須要你幫忙。」

註六：「代就布加」，「沒問題吧」的意思。

「我一定要去。不過，我必須要先轉去厝內一趟，然後再去機場。」說完不管三七二十一跨上腳踏車就走。

他人高瘦，上半身向前俯，兩腳急踏，帶起一陣風。

騎了一大段路之後，被一輛摩托車追上，是那位在華南銀行服務的林姓青年。他引擎沒關，大聲說：「吳桑，郭醫師叫我來追你倒轉去。」

吳振瑞仍騎車上，一腳著地，問：「敢有啥物狀況？」

「一台卡車停在屏東驛頭前，頂面放一挺機關槍，二、三十個人坐在車內，攏是咱本島百姓，外地人，站頭那個人講，他是從屏東機場來的，欲來屏東協助咱自衛。郭醫師勸他轉去，嘸聽。郭醫師講，你講話卡有變巧步數，叫你緊倒轉去。」

「屏東機場那邊敢無事了？」

「他講已經好勢囉。」

「不過，我一定要轉去厝，阮兜那隻牛正在要生，聽講是難產。」

「你敢會曉幫牛生產？去請阿煥叔公就好了。有去請了無？」

「有啦。阿煥叔公跟阮兜有交情。」

「按呢安啦，安啦，我載你倒轉來去，郭醫師在等你。」

「我這台腳踏車沒所在可放。」

「路邊放著就可以啦。」

「袂當，今嘛治安歹落去，真快會給他牽走。」

「怹攏『熟慨』走了，無走的，咱攏將怹保護在拘留所，你抶記得？」

「哦，好，咱行。」吳振瑞跨上那輛摩托車後座，說：「我卡早嘛有一台『歐多拜』，這台看起來是真貴的那款型。」

「這台是郭醫師的，我還買抶起呢。」

摩托車刮起了風，兩人都瞇著眼，頭髮不斷往後飛揚；屏東火車站很快就到。那「驛站」的招牌已改名為「車站」。卡車還在站前廣場，車頂果然架著一挺大型機關槍。郭醫師正跟對方頭領說話，婉言軟語的。上百人圍在四周旁觀，陸續還有許多路人聚集。吳振瑞見此情景，第一時間就決定了對策，強勢插話：「是按怎阮屏東這個所在須要恁來自衛？阮人馬足足，大陸仔作官的攏『熟慨』了，無作官的，攏已經給阮關在拘留室。嘸信，我帶恁來看……。」

「阮嘸是嘸信，咱要防怹從高雄出兵過來。咱要逗陣作伙，要互相協助。」

郭醫師說話：「阮屏東機場那邊，代誌已經解決，所以阮這邊嘛是要開始收回槍械，這兩三天集合的人馬，攏要陸續解散轉去厝。」

圍觀群眾中有人大聲唱反調：「無影無跡。阮人馬原在，隨時準備車拚。」

吳振瑞高聲接腔：「這位大哥，適才講話那個人叫做郭一清醫師，伊是葉秋木的大舅子，秋木兄有從機場傳話過來，憲兵警察以及咱百姓攏總要暫時繳械，攏不准再拿槍拿棍，這是葉秋木市長的命令。」

「好。」對方那位帶頭的一面爬上卡車一面說：「恁屏東人無須要阮幫忙，阮就來走。無的確，恁真緊就會後悔。他抶那麼簡單放恁煞。」

那輛卡車離去後，前來幫助郭醫師和吳振瑞的市民愈來愈多，主和派成功說服各隊人馬繳械，勸他們解散回家；反而吳振瑞自己沒辦法回家了，因為主和派推舉吳振瑞負責留在警察局，把守收繳的槍械。

他留守到深夜，一輛軍用大卡車停在警察局門口，十幾名荷槍實彈的士兵跳下車，領隊的軍官喝問：「人在哪裡？」吳振瑞嚇一跳，半國語半台語：「長官說的是啥物人？」「被你們關起來的那些人。」「不是關起來，是阮給他們保護起來，在拘留室。」那軍官一邊派人進去帶人，一邊指著吳振瑞：「這傢伙，抓起來。」

兩名士兵上前，粗手粗腳一人抓一條手臂，吳振瑞又驚又怒，猛然掙扎一下，想開口，只豎眉怒目噴出一聲「恁」，舌頭就僵固了，不知該婉言解釋好，還是怒罵過去的好。就在此刻，一群大陸人步出，見狀跟那軍官說了幾句聽不懂的國語，「好，放了他。」那軍官聽完依然粗言粗語：「趕快回家，這裡沒你的事。」

「馬鹿野郎！幹！」吳振瑞邊走邊在心裡這樣罵那些士兵也罵自己，早就該回家的，怎麼還一人在這裡留守！「馬鹿呢！」他再罵自己一聲，快步離去，後面傳來呼喚，好像是叫他：「喂，先生。」吳振瑞沒有回頭，接著傳過來：「這位先生，謝謝你，謝謝你的幫助。」

三月初的夜裡還有點冷，冷的感覺從心裡也從皮膚泛起，他一面疾走一面想起那位帶隊頭領的話：「恁屏東人無須要阮幫忙，阮就來走。無的確，恁真緊就會後悔。您袂那麼簡單放恁煞。」

他抄小路，走捷徑，不久望見自己的腳踏車，幸好沒被人牽走。

回到家先去看「瑪莉」。牠正躺臥休息，頭角歪歪斜斜靠在牆邊，「還有在痛嘛？應該很疲累吧？」心中如此跟牠講話，同時瞄到一隻小牛半蹲半躺在牠身旁，頭上尚未長角，黑夜裡看不清那小牛的臉孔，那輪廓，隱約透露出稚嫩的秀氣。萬幸呀！母子都平安。

簡單梳洗後上床，吵醒了太太，吳振瑞只輕聲說一句「歹勢」，躺入棉被，伸手輕握太太的手，很快就睡著了。次日起床，一切如常。吳太太沒有多埋怨丈夫，有回家來就好了。

只在家裡耽了一個上午，吳振瑞中餐後不久，感覺心慌、煩躁，眼皮偶爾跳一下跳一下，於是跨上腳踏車上街去，連跟家人說一聲都沒有。

他在街上到處溜躂，也刻意到警察局和憲兵隊附近繞了一圈，平靜，出奇的平靜，一如前幾天憲警都「熟慨」一時的氣氛，而沿路店家商號多正常開門。逛呀逛，正想繞去岳母家歇息，突見一隊士兵從街道另一頭緩緩走來。軍隊此時出現，有點奇怪，尤其走在最前面的那位，還手持一把長長的小喇叭沿路吹號，吹的是什麼曲子不知道，有點像進行曲，也像送葬哀樂。他將車子擱在路邊，快步趨前，赫然望見隊伍中間有一輛沒有敞篷的軍車，上面綁著一個人，那人背部插一枝木牌，牌子上草草寫著「暴動首魁」四個紅色大字，那是漢文中的漢字，不是日文裡的漢字。前幾天是有暴動沒錯，誰是「首魁」呢？是那位大隊長嗎？他再擠進幾步，看到一個血肉模糊的臉龐，兩邊的耳朵都不見了，血還在流，流到肩膀，浸染襯衫衣領，鼻孔整個被挖掉。啊！那人還活著，全身在發抖，是劇痛的發抖還是冷得發抖呢？吳振瑞自己也不禁發起抖來，再仔細端詳，不像那位大隊長，倒是酷似葉秋木，那糊滿濃稠血漿的臉型真的很像。

吳振瑞心中大駭，會是秋木兄嗎？不可能！不可能是秋木兄！

這隊士兵走得很慢，是故意慢慢走遊街示眾的意思吧！幾分鐘後，隊伍的最後頭傳來一陣陣淒厲的喊叫聲，吳振瑞往後伸頸望去，一個散髮披肩的婦人顛顛倒倒跟上來，尖聲地喊叫，嗓子破掉了那般的尖叫聲，再仔細聽，沒錯！喊的是「秋木呀！」「阿木仔！阿木仔！」，吳振瑞衝動起來，用力向後面推擠，那是秋木嫂仔，應該去護持她！等他快要擠到時，又傳來一連串小孩子的哭號，哦赫！是秋木兄的兩個兒子，已經追上隊伍，不斷哭喊著「多桑！」「卡蒋！」。吳振瑞加速走上前，見三、四個婦人正合力將秋木嫂仔和孩子們拖離，只來得及瞥見秋木嫂的臉，那是一張失了瘋的臉孔——失了神的眼睛，沒再流淚，而嘴巴張著，脖頸拉長，卻叫不出聲，只聽到嘶嘶沙沙的氣音。

一時之間，吳振瑞好像也失了神，被人群推擠著走。人群中大家的臉上眼裡滿布驚恐，但無一人哀叫出來，連嘆氣都不敢，就這麼樣推擠著走，人們用眼神和嘴角互相傳遞內心的驚嚇和恐懼，很快建立了共識，一整條馬路上的共識：沉默。全場無聲，只聞前頭那士兵吹出來的刺耳小喇叭聲。吳振瑞走著走著，感覺肚子隱隱作痛，那疼痛緩緩蔓延，痛在心口，再蔓延到背脊。

隊伍走到台灣銀行前的三角公園停住。吳振瑞是高個子，舉頭便望見幾個士兵粗手粗腳將葉秋木推扯下車，強迫他跪下。圍觀的民眾從四面八方湧現，吳振瑞擠到正前面的位置，從擁擠的人群的間隙，見秋木兄低著頭，是被綁在背部的厚木牌壓著，所以抬不起頭吧！吳振瑞努力想看他的眼神，無法看清，只見他雙唇緊閉，用力閉唇，閉出一條向上彎起的弧形線。

士兵持著槍過來趕走站在正前面的圍觀民眾。幾分鐘後，一排士兵在正後方出現，一位軍官吆喝：「舉槍，」「上膛，」「射擊。」

槍聲震得耳膜發疼。這一瞬間，吳振瑞心中浮現「熟慨」這個詞，決定要快逃。葉秋木是主持參議會，做出「和平解決」決議的人，這樣的人也被凌虐成這樣，還拉出來槍斃，那自己呢？我是出面執行這個決議的人，難道能沒事？他當機立斷，跑到附近的芳泉堂餅店，用身上所有的錢，買了四大塊麵包，回家跟太太簡單交代一些事情，帶著蚊帳和棉被奔向三里外溪邊一處濃密樹林裡避難。一路奔逃，一路忍著疼痛，一陣一陣來的從肚腹到背脊的隱痛。

這是一處從外面看不清裡面，但可以從裡面輕易望出的密林，溪流穿林而過。吳振瑞手腳並用，平整了一塊乾淨的地，坐下來，胸膛還在怦怦跳，從肚腹到背脊的疼痛又來襲，這次連頭、喉嚨都痛起來。他恐慌地抱著頭，弓起背。四周寧靜，偶有青蛙從溪邊跳出，鳥聲很久才出現一次，這樣更感覺寧靜，有點讓人起雞皮疙瘩的寧靜。此刻，疼痛感更激烈了，蔓延到全身來了，無處不痛，隱痛變成了刺痛，連皮膚都像被火炙被針刺那般劇痛了起來，歐卡細內？㈦要破大病了嗎？會死在這荒郊野外嗎？張目四望，沒半點人影，他放聲哭了出來，憤怒地大哭又大喊，哭了許久突然警覺到四周的樹葉末梢都在搖曳。他停止哭泣，竟感覺全身的劇痛舒緩了些。橫伸一下手臂，此時完全無風，為何樹葉會動？

註七：「歐卡細內？」，「奇怪呢？」的意思。

剛才，是樹上有猴子或松鼠或什麼鳥類嗎？擦擦淚眼仰頭環視，沒有，什麼都沒有；是碰巧有地震嗎？不可能，在地上坐著，屁股會先感覺到地震。還是這樹林裡有鬼嗎？「我是班上物理化學成績尚好的優等生，怎能相信世間有鬼？」

「難道是我適才哭喊休過大聲，是聲波聲浪所造成？」他猜想。

他依然呆呆坐著，想起自己在這場騷亂中所扮演的徒勞的角色，腦中浮現秋木兄嫂的淒慘面容，葉家那兩個稚子哭喊的「多桑！」「卡蔣！」，還想到秋木嫂就是郭一清醫師的妹妹，那麼熱心公益的一家人！想著想著全身的疼痛感又激烈了起來，好像胃腸被緊緊糾纏，不斷痙攣；背部的痛，像手指頭被鐵鉗夾到那般的痛，從頭頸一路下行到肛門，還向左右兩側輻射。越往那裡想越痛，痛得他又哭了起來，一直哭，放聲的哭，反正此處無人，放縱地哭了許久，又警覺到四周的樹葉末梢在搖動，同時再一次感覺全身的劇痛明顯減輕了。

歐卡細內？痛哭可以治療疼痛！他不瞭解為什麼會這樣。

這樣折騰了許久，天色暗了下來。吳振瑞生起強烈的念頭，想回家，毅然起身，抱起尚未打開的棉被和蚊帳，走出樹林。啊！樹林外的天空還那麼亮！暗自忖度，他們真的會來抓我嗎？我那幾天東奔西跑所作所為都是為了阻止動亂不是嗎？他試著踏出兩步路，左右左右觀望幾下，再走兩三步，觀望幾下，又縮腳，折回原處坐下，呆呆坐著，努力不去想街頭那些慘事，痛症便沒有發作。

不行，此處不能過夜！他咬咬牙，鼓起勇氣站起來，再走出去。這次足足走了三十多米路，到了該轉彎的路口，想想又回頭，再度入林，回到原地。

樹林裡已經黑漆漆，溪水無聲，蛙鳴未起，蟲唧似有若無，一片死寂。他感到非常害怕，即使是農村長大的人，要在這種野林一人過夜，也分分秒秒受驚。四周確有鬼影飄搖，有時在左有時在右，吳振瑞渾身雞皮凸起，頭皮麻麻，不久才發覺那是樹葉無風自動的投影；此刻太安靜了，盼望有什麼來吵鬧一下，但倏然一小根樹枝掉落水，極輕微一聲「噗通」，又嚇得心驚肉跳。他開始盼望，難道玉印仔沒有感受到丈夫此刻的孤寂和恐懼？會不會偷偷過來相陪，那該有多好！

他朝樹林外張望了一次又一次，玉印仔不可能會來的。她還是留在家裡比較好，這荒野溪畔，不知道半夜裡會不會有老鼠或蛇爬到身邊，那一定會大大驚嚇到她。她是街市長大的人，何必讓她跟我一起受這種磨難！她又沒做什麼！我是自己雞婆出去做了一些事，還一直以為那些是做好事。

想到老鼠和蛇，吳振瑞起身，把晚上要睡覺的這塊空地再整大一點，然後利用樹幹懸掛蚊帳。忙了許久，在鑽進蚊帳的那一刻，有了些許安全感。這薄紗做的蚊帳將保護他安度一晚，安度到溫暖的陽光照射進來。他在蚊帳裡試著躺下，透過薄紗，看到樹葉樹枝交織成的天幕；透過天幕的縫隙，望見零零碎碎的天空，月亮還沒出來，也沒有星星，希望再晚一點會有明亮的月光。他突然想到現在應該是晚餐時間，摸出買來的麵包，拿在手上，卻完全沒有食慾。

他就這樣窩在蚊帳裡一會兒躺一會兒坐，不想吃也不能睡，頭腦裡什麼都想，但避免去想會使自己渾身疼痛的那些事。青蛙在某個時間同時鳴奏，有夜鶯在許久之後開始一聲一聲叫了起來，牠們的鳴叫會有一段時間突然全部停止，好像是相互約好的那般，這是令人心生恐慌的時刻，這時候他特別耳聰，仔細去尋找聲音，彷彿在尋找一個生命的慰藉，螞蟻爬在乾樹葉上非常細微的沙沙聲會在此時被他捕捉到。這種恐慌的寧靜時刻久久來一次，已不記得是第幾次了，他感到肚餓，吃了兩大塊麵包，肚子裡塞入食物後，睡意隨之而來，很快陷入昏睡。

不知睡了多久，被一種「趴、趴、趴」的聲音吵醒。四周幽暗，有月光星光，帶來鬼影幢幢。那聲音，有時密集出現，有時久久才來。吳振瑞豎耳凝神，還有一個「奴」的聲音穿插其間，「奴」聲較弱而「趴」音很強，「奴」聲在先而「趴」音在後。吳振瑞是相信科學的人，努力思索那到底是什麼鳥類或蛙類的叫聲，但分辨不出來。管它呢！再睡吧！剛入睡又被吵醒，「奴——趴」「奴——趴」一弱一強像在示威什麼，又像在召喚什麼。這回他沒張眼，堅持再睡。在半睡半醒間，想起來了，想起士兵隊伍行進的腳步聲，還想起以前在高中打靶時，子彈出膛，在耳邊爆出的夾帶火藥味的聲音，而一列士兵向葉秋木背部射擊的聲響猛然浮現。「奴——趴」「奴——趴」一弱一強，還沒停歇。他毛骨悚然，全身雞皮浮起，赫！又一種聲音出現，長音的「唧」一聲聲，每三、五秒間趁人不備尖尖地簫吹出來。此刻他醒多於睡，認出那是夜鶯鳴叫，他沒張眼，不敢張眼。子彈從槍膛被擊出，劃破天空，電影裡不會用「唧」而是用「咻」，不怕，不必怕，很快就會天亮，陽光出來那些鳥叫蛙鳴鬼哭神號都會停止。不幸的是，在這個要睡不睡的關鍵時刻，全身的疼痛又發作了，先痛在背脊，放射線那般從腰部上升到上背部，到肩頸，到頭，痛到想一頭撞樹幹把自己撞死，而那「奴——趴」之聲繼續響亮在不遠處，它令人害怕，令人惱怒，啊唷！痛成這樣，死一死好了！翻個身，趴在地上痛哭起來，放聲哀號出來，不知自己哭了多久。

醒來的時候，太太在身旁，陽光大亮，蚊帳外面多了一壺茶水、飯糰和一枝釣竿。吳振瑞跟太太說的第一句話是：「昨暝一人在這，真正非常恐怖！」

「我昨暝嘛是規暝無睏。」

「我今仔日半暝想欲偷偷轉去洗身軀。」

「阿爸有講，恁欲抓人，攏是利用半暝，你要卡小心一點。」

「那是按呢，莫啦，免洗身軀無要緊。」

「妳來這裡，敢有注意是嘸是有人跟蹤？」

「無。我牽兩隻牛在身邊，假作牽牛出來洗浴。」

「『瑪莉』和牛仔子，攏有好勢好勢無？」

「牛仔子大得真緊。小叔那日去田裡駛牛轉來，講『瑪莉』生產了後，變做真老，卡無體力囉。」

「以牛的年歲來講，『瑪莉』已經真老了，老來才生產，莫怪那麼痛苦。」

他握著太太的手，握得很緊，也感覺太太緊緊在握住他。夫婦沉默片刻，吳振瑞問：「咱倆人去學漢文時，妳記得『驚』這字敢是讀做『趴』？」

「無錯，是重音那個『趴』。」吳太太玉印用另一隻手在地上寫字：「是這字，『站心』邊，加一個『白』字。」

「這字『怕』，我早就學會了。」吳振瑞喃喃自語：「心站起來，面仔白鑠鑠，就叫『怕』。」

「你雄雄問這，敢是有按怎？」

吳振瑞失神地回答：「昨暝有一個不知啥物物件叫規暝，一直叫『奴趴』『奴趴』，叫無停，足恐怖，叫得我歸暝睏袂好勢。」

「一定是鳥仔啦。昨暝睏無好，今晚就會卡好睏。」玉印說。

太太回家後，又是無盡的孤寂。他開始挖蚯蚓，釣魚。這條溪魚蝦特別多，垂釣無須多等，就有漁獲，但身上沒有火柴，烤魚必有火光和煙，想了想，不能冒險，於是一條魚上鉤，拉起，為魚解鉤，放回溪裡，再釣，再放，周而復始，感覺日子好過多了。真要感謝太太把釣竿帶來。

連洗澡都不可能了！開始感覺這座樹林就是監獄，現在就是在坐牢。要被自己關到何時，不知道。他站起來，找到一片尖尖的石塊，在一棵樹幹上刻下橫寫的「一」，在「一」字下面又刻上豎寫的「一」，同時喃喃自語：「今仔日是第二天。」這是他從小到大習慣的計數方法，它如何起源，是日本漢字還是清國漢字，沒人告訴過他，刻好一個「正」字，代表五天，兩個「正」就是十天，十個「正」就是五十天。希望不必那麼久就風平浪靜可以離開這裡，他盼望著。

第二晚，也只睡了一會兒，就被那「奴——趴」「奴——趴」之聲吵醒。有了昨晚的經驗，他必須漠視那聲音，但試了許久，它依然魔音穿腦，愈想漠視，它愈是穿鼻穿耳入腦。吳振瑞決定跟它對抗，「幹！『奴趴』『奴趴』，就是『你怕了』的意思嗎？是啦，我真的怕了啦。我怕了，你還要怎樣？」他坐起來，每回「奴——趴」聲起，他就用漢語回一聲「偶怕了」。「奴趴——是的，偶怕了」「奴趴——是的，偶怕了」吳振瑞跟它回嘴，大聲跟它對吵。幾回合下來，反而沒有了睡意，又胡思亂想起來。（八）

他最怕想到葉秋木一家人那幕慘狀，怕全身又痛起來，所以要繼續對抗。對抗有效，減少害怕有效，跟它對喊，半睡半醒中一直回嘴。

吳振瑞在天光大亮後才真正睡著。太太到達時，見丈夫猶在昏睡，沒叫醒他，獨坐在蚊帳之旁，默念佛號。許久之後，丈夫醒來，眼睛通紅，喉音沙啞，讓他喝了水，更清醒後才說：「有一個自稱是消防隊長江金彰的人，去我阿母店裡，叫他們傳話過來，講要通知你，一定要跑，跑去無人找有的所在。」

第三天，她一到就說：「有警察來厝裡找你。」

「蛤！有影？」

「來兩擺。第一擺是昨下晡，只有警察；第二擺是半暝，加上憲兵作伙來。他講你涉嫌『盲從暴動』，要帶你去警備組問話。」

「幹他娘卡好！我啥物時陣盲從暴動了！」吳振瑞全身顫抖，抓一把泥沙往溪裡用力丟過去。

「他問我，我攏講你出莊了，去外縣市幫我老母的店收帳去了。」

「唉！啊！我『熟慨』來這的決定是對的！」

註八：那個年代，在「ㄅㄆㄇㄈ」注音法普及之前，以福佬話為母語的台灣人，都將「我」唸成「偶」。

吳太太貼近老公，柔聲相勸：「莫罵粗魯話。咱想倒轉來，因為你『熟慨』來這，咱才有那麼多時間佇這單獨作伙，敢嘸是？」

吳振瑞順勢摟抱太太，說：「世間的代誌，總是禍中有福，福中帶禍。」四下無人，夫妻倆親熱起來，但沒能親熱太久，遠遠傳來汽車駛近的聲音，吳振瑞先聽到，匆忙爬起宛如躺在馬路上受驚的狗兒，吳太太也坐起，兩人側耳聽了又聽，分頭走到樹林邊觀望，原來是普通貨車，不是軍車。夫妻倆都長長吁了一口氣。

由於夜不安眠，很多時候，吳振瑞就斜躺在太太身旁，以太太的大腿為枕補睡一覺，睡到太太的大腿發麻發疼。

太太走後，吳振瑞拿起釣竿自言自語：「唉！嘛因為『熟慨』來這，才有閒工佇這釣魚！」

他每天都到一個河道轉彎，水流平靜的位置釣魚，一坐幾個小時。大多時候以蚯蚓為餌，小魚總是不斷上鉤，他總是不厭其煩一一為牠們解鉤，釋回。

有一天，用的餌是太太送來的大塊烤番薯，香噴噴的。釣鉤放下不久，浮標猛然沉下，他輕拉釣竿，感覺是釣到一根木頭，再拉，不像，水下那物件會掙扎搖動。他雙手緊握釣竿，人站了起來，這是釣魚最刺激的時刻，細軟的竿尾已經深深沉入，手中竿子一會兒劇烈擺動，是條大魚呢！你有多大呢？想脫鉤嗎？想逃嗎？我偏要抓緊跟你對拉；一會兒又安安靜靜，感覺像颱風起風前空氣凝結沉悶著，是釣鉤拉直了，因而讓你逃掉了嗎？還是你掙扎累了正在喘息？還是你在測試我的耐心，耍詐，看我會不會放棄拉扯？人魚之間這樣時緊時鬆堅持了許久，看四周樹影的移動，估計已有一個多鐘頭過去。漸漸的，魚的動作明顯慢了下來，但還不能大意。此刻若用力一拉，那魚有可能利用拉力忍痛反拉，便能將釣鉤拉直，脫逃而去；還有，這魚很重，必須藉水的浮力維持釣線不斷，諸多因素考量妥當後，再跟牠耗吧！跟牠比賽耐性。又過了一會兒，樹影又移動了些許，吳振瑞決定行動了，先將釣竿緊實插在地上，摘下斗笠，拔掉斗笠上的竹葉皮，拿在手上當做是一個小網，然後慢慢下水。三月初密林裡的河水冷冽，河中央水深及胸，他站著等待，等那已經精疲力盡的魚兒浮出水面，只等了幾分鐘，下半身凍到有點痛的時候，獵物浮現，「斗笠網」一掬而獲，用力擲於岸上，估量大約有兩三斤重。

那魚在樹林泥地翻滾掙扎，吳振瑞已決定讓太太帶回去加菜，且不理牠。他移步到有陽光的地方取暖，脫下衣褲擰乾，重新穿回，然後在林中踱方步，回味剛才那場戰役，自己是如何打勝仗的？他非常陶醉，從頭細想，一路想到最後關頭，毅然犧牲一頂斗笠，換來成功的果實，不禁笑了出來。

此刻，他想把心中歸納出來的感想記錄下來，找來一塊尖石，在一棵平滑的樹幹上刻字，吃力地刻下：「成功する　おとり　技術　忍耐力　犠牲」邊刻邊微笑，刻到忘記全身濕黏的不適。㊈

註九：它的漢譯是：「要成功　誘餌　技術　耐力　犧牲」。

這樣日復一日坐「樹林監」，太太每天帶來的消息，都顯示還不宜貿然出去。到了第二十一天的下午，吳振瑞又吃一驚——父親來了，由小弟振能扶持，同樣帶著棉被和蚊帳，外加一根拐杖。

原來是憲警掩埋槍械，次日馬上被人挖走這件事，現在正在村莊裡調查，全村都是嫌疑人，有人被叫去問話，稍有一句沒回答好就會受到刑求。父親年事已高，自忖禁不起酷刑，躲來這裡，順便跟兒子作伴。

吳振瑞幫父親平整好一小塊空地後，吳老爸告訴他：「你不在家時，那隻『瑪莉』我已經處理掉了。實在是老了。」

「蛤！按怎處理？」吳振瑞臉色很難看。

「我知影你跟『瑪莉』有感情，所以我不敢黑白處理。」

「到底是按怎處理？」

「我嘛嘸知影是按怎處理，我只是叫阿煥叔來牽去處理。」

「哦。」吳振瑞一聽是由阿煥叔公來處理，口氣和緩了下來。

「你嘸免難過。那隻牛仔子一日一日勇壯起來。」

「我欲『熟慨』來遮以前，只在晚暝看過牠一次，嘸知影是公的還是母的？」

「我嘛是嘸知。」

「真簡單看，牛頭卡大粒就是公的，卡小粒就是母的。」

「那按呢，應該是公的。」

吳老爸比他更能適應這種荒野的生活，第一夜居然睡得著覺。

第二天上午，父子倆閒聊，老爸問：「你昨暝眠夢中，一直在喊『偶怕了』『偶怕了』，敢是在作惡夢？」

吳振瑞萎靡地回答：「嘸是眠夢中，我一直半睏半清醒。」說完發問：「阿爸，你昨暝無聽到一種怪聲『奴趴』『奴趴』？」

「有呀，真熱鬧！這款所在，深更半暝的時陣，各種奇奇怪怪的叫聲攏嘛有。」老爸深深注視兒子，又說：「我想，你是內心有真大的驚駭，才會一直喊那種夢話。」

話題一轉，老爸說：「這擺的動亂，報紙和『拉幾歐』攏稱呼為『二二八事變』，咱屏東這件，叫做『三四事變』。」

「哦，是哦，『事變』這兩個漢字嘸知是代表啥物意思？」吳振瑞話匣子打開，詳細跟父親描述那幾天發生的事情，起因怎樣，後來怎樣，最後講到目睹葉桑秋木兄以及他的妻兒的慘狀時，又渾身疼痛起來，一面講，疼痛同時變得劇烈。吳老爸聽得非常仔細，見兒子臉色發青，驚恐上了臉，身軀還抖動起來，說呀說呀，失聲哭號了出來。

老爸知道振瑞跟葉秋木從少年時就很要好，讓他盡情地哭有好沒壞，沒開口或伸手撫慰一下兒子，耐心等吳振瑞止住了抽搐才說話：「阿瑞呀，你可能嘸知影，葉秋木起初主張和平解決，但是後來硬起來，尤其出任處理委員會屏東分會主席了後，帶領群眾去機場跟他車拚，表現得真好。」吳老爸接著考問，父上的口吻：「我問你，『事變』過去有二十多天了，你有去想無？『主戰』和『主和』這兩邊的人，哪一邊比較卡對？」

老爸的問題把他從悲痛中拉出來，而這問題是他困在這座樹林牢獄裡一想再想的，他回說：「以結果來論，親像『主戰』這邊有不對，但是以我親身所感受，『主戰派』那些人，您那款怨憤是真的，是應該要給您發洩出來。中國仔來了後，給咱本島人帶來太多太多惡質的感受，咱徹底失望，『主戰派』的主張和行動，我心內真同情……。」

「可惜！你無支持您……。」

「『主和』這邊呢，您的想法，您的行動，嘛是出自內心。目珠金金看街路頂面按呢亂，按呢燒，看得嘸甘，走出來幫助人，勸人莫亂，這嘛是出自一個人愛鄉的本性。我在現場，體會得兩邊的人馬攏發自真心，攏無其他野心。」

「恁在這個過程中，犯兩個大錯誤。」

「啥物錯誤？」

「第一，那台載著機關槍和人馬的車子，講欲來協助咱屏東人自衛，恁無應該叫您走，要留您落來才是對。第二，恁無應該勸人收繳槍枝，你若是將全部力量組織、整合起來，不是無機會改變這局面。」

吳振瑞大感意外：「阿爸，我想袂到你是一個激烈的『主戰派』。」

「中國仔剛剛來時，我真有期待，闍按怎講，您是漢人，阿本仔是外人；但是經過這兩三年，我徹底失望，想欲將您趕呼走，日本仔可能袂闍來囉，換美國仔嘛好，哪是攏無人愛，咱自己做獨身仔嘛好。」

吳振瑞一時不知如何回應。老爸又說：「無彩恁攏是受過日本仔軍訓教育的人……。」

「受過軍訓教育，內戰起來，無一定有實戰能力；而且，多數老百姓門關關起來，旁觀，只求自己的安全。」

「重點在領導者的意志，意志意志，有意志就有機會改變這局面。」

吳振瑞反駁：「葉秋木真有心，有行動，意志嘛堅強，卻有這款下場。」

「我講的意志，是那款徹底、堅決想欲趕走阿山仔的意志。葉秋木無那款意志，伊所想的只是按怎防止動亂，保護家鄉。按呢無夠，無夠啦。」

「確實。阿爸講的那款意志，咱本島人確實無，嘛無訓練，嘛無那款能力。」

「唉！講到這來，換我想欲號號出來。」吳老爸好像真的想哭，但只停頓幾秒鐘又繼續：「總講一句，咱台灣人服從慣習，碰到卡惡霸的統治者，都自發性的驚駭，大家只會求自保。唉！後藤新平講的無錯，台灣人愛錢愛面子又閣驚死。」

吳振瑞不想再談這些，變換話題：「阿爸，適才講到受日本仔軍訓教育，振武嘸知今嘛按怎？有消息無？」㊉

註十：振武是吳振瑞的四弟，日治時期官至海軍中尉，是日本帝國軍中官階最高的台灣人。終戰後自海南島回台。二二八事件發生初期，他在台中被台灣人中的主戰派推舉為「二七部隊總隊長」。他答應出任，但尚未就職即大腿中彈送醫，是受伏擊還是自導自演，迄今是個謎。出院後他前往上海加入中華民國海軍，被授予海軍中校，是海軍水中爆破大隊的首任大隊長。他後來終究因為二二八事件的關係，軍旅生涯不順遂，退伍後轉任大專體育老師。其人生的傳奇色彩不亞於他的大哥吳振瑞。

「頂禮拜有打一擺電話給我，向我和阿母請安，我問伊最近按怎，伊講真好，請我莫掛慮。我閣講，我真想欲去台中看伊，伊給我回，講伊馬上欲去大陸，要離開台中。我閣問，去大陸欲做啥物？伊講電話中講袂清楚，叫我放心，伊到位會馬上寫信轉來。」老爸這樣說完，抬頭看一下樹頂，喃喃自語：「伊是日本仔堂堂軍官，今嘛，嘸知會當感應到我這個老爸的想法沒？」

「嘸免給他煩惱啦，伊從少年就出外……。」吳振瑞話沒講完，感覺不遠處有唏唆聲，「有人來，阿爸。」他悄然站起來，再仔細探聽，「是，有人來，無錯。」他說著，牽起老爸，正不知往何處逃跑才好，一人從溪邊爬出，父子倆先是大驚，但馬上寬下心來。來人是阿壯伯，全身都是爛泥巴，沾粘到頸部。

「歹勢，恁敢有驚到？」他喘著氣說。

「你是怎樣找得到？」

「我向你家小兒子振能探問的。」

「你嘸驚被人跟蹤？」

「只有水鬼才能跟蹤！我從溪底用摸的過來。」

「是按怎，有啥物消息？」

「無啦，無啥物鬼仔消息！是阿煥叔擔心恁父子，一定要我親目珠看到恁是平安無事，伊才吃會落飯，睏會落眠，所以我不得不來。」

吳老爸輕嘆一聲：「唉！實在是……。」

「恁在這裡，有吃的無？」

「有啦，玉印仔準備真多吃的。」

「按呢，我就放心嘍。」

「來，休喘一下。稍等你要轉去時，要小心喲。」

「我知。」阿壯伯席地坐了下來，幾分鐘後才說：「阿瑞呀，葉家家破人亡，那間『振南運送』被查封。幹！阮厝正德仔要重新找頭路嘍。」

「馬鹿野郎！幹！可憐！」吳振瑞咬牙切齒。

「我欲請你將正德仔推薦給唐阿傳宗。」

「無問題。」吳振瑞想了想又說：「你先去阮兜，叫玉印仔用我的名義寫一封推薦函，趕緊去找唐阿傳宗，應該會採用伊。我閣避一段時間，出去了後，馬上給傳宗兄補一個電話。」

「按呢，先給你講一聲『多謝』『勞力』。」

「免客氣，自己人。」

到此，阿壯伯說一句「我來去」，然後緩緩下水，緩緩游動，水波不大，人頭過去幾乎水無痕。

有老爸為伴，在這座樹林監牢裡的日子過得比較快。又過了一段時日，這裡不能再躲人了，因為天候變熱，冬眠的蛇就要醒來。初夏的雨小小下了一場，父子倆就決定回家。臨去之際，吳振瑞算算樹幹上那些「日誌」，一共八個「正」字，剛好四十天。

重回社會後，家人都說，感覺局勢沒那麼嚴峻了。吳振瑞用力洗了澡，從澡堂出來，告訴老婆：「四十天無洗身軀，一層厚厚的黑垢黏貼全身各處，親像保護膜，現在洗掉了，感覺虛虛的，無啥慣習。」吳太太笑出來：「你在講笑虧。」

夫婦倆接著去牛欄，空空的，少了一頭「瑪莉」的關係。吳振瑞跨步入內，一頭小牛怯生生躲在屋角。上前，半蹲，跟牠四眼相望，啊！完全遺傳到牠母親的大眼睛，深情的眼眸，揉合著恐懼和感恩，吳振瑞不由得深深懷念起「瑪莉」來。伸出手，輕輕撫摸牠的臉，順著牠的柔軟的孺牛體毛，向上游走，摸到頭部應該長角的部位停下，左右各敲三下，然後雙手並用，順毛移動，跟牠說起話來：「阮太早將你的阿母送走，真對不起你，害你在這裡孤單一個，真對不起你。」「你安心啊在這，慢慢啊大漢，我和我太太會好好啊照顧你，啊！」邊說話邊在牠的小尾巴頂部左右各敲三下，像完成一個什麼儀式似的，收手，輕輕拍手三下。說也奇怪，那牛竟試探地靠向吳振瑞，小牛頭摩蹭他的大腿，小尾巴左右搖一搖，再畫一個圓圈。吳太太在旁心中瞭然，那一定是阿煥叔公傳授的馴牛祕技，那位叔公向來就是半神半鬼的。

第二天跟太太回娘家，岳母煮了一碗豬腳麵線，還沒吃完就聽到一個壞消息：唐榮鐵工廠出事了。

「嘸知影誰人去檢舉，講日本仔海軍撤退時，在左營的鋼材賣給了唐榮鐵工廠。按呢變成叛國罪，總經理唐阿傳宗去呼人逮捕，那麼大間的鐵工廠全部沒收。」

吳振瑞吃不下東西了，臉色由紅轉青，開罵：「馬鹿野郎！這阿山仔政府真正惡質！」然後小聲些：「傳宗兄嘸知今嘛按怎，我一定欲來去給他探獄，給他安慰安慰。」

「你本身有案在身，還未結案。你去，剛剛好將你抓抓起來。」

「馬鹿！」吳振瑞氣憤難平：「整個工廠沒收？按呢裡面的工人如何是好？好幾千人呢！人民辛苦打拚的成果、人民的財產，就按呢攏拿拿去？真正豈有此理，馬鹿呢！」

「老頭家唐阿榮以及真多大粒的朋友，四界走撞、疏通，希望先將人保保出來。」

突然，吳振瑞垂下頭，雙手按壓頭顱，接著又按住胸部，接著又按壓右手臂，吳太太見他額頭冒汗，臉孔扭曲，問：「咦！是按怎？」吳振瑞說不出話，吳太太又問：「是嘸是你講的那種痛，又來了？」吳振瑞點點頭，她聽見母親正在呼叫三輪車伕，一面阻止，一面扶持老公進入一間客房，不久從房裡傳出淒楚的哭泣聲。

王太太一家大小擠在房門邊仔細聆聽，確定是吳振瑞在哭號，不是玉印，疑問布滿每人臉上。眾人都被那哭聲感染，王太太和玉印的兄嫂聽著聽著也流下眼淚。

幾分鐘後王玉印單獨走出房間，「敢嘸免送去病院？」王太太搶先問。

「嘸免，真正嘸免。」王玉印輕拍自己胸腔，又說：「我嘛是第一擺看伊發作，真正痛成這款形！赫！驚死人！」說完深呼吸一次，又說：「伊講，『熟慨』在樹林時，想起葉秋木的慘狀，曾經發作過三遍，發作時大聲號一場，那款痛疼就會好起來……。」

「我看，嘛是要去看醫生，查看覓是嘸是一款病。」

「我叫伊要去看醫生，伊堅持講嘸免。」玉印又說：「不只按呢，自從『熟慨』去樹林轉來了後，暗暝在睏，經常講夢話。我認真給他聽，是眠夢中一直在喊『偶怕了』『偶怕了』。」

「唉！」王太太長嘆一聲。

玉印的兄嫂此時提醒：「客房裡已經無聲囉。」

「是，無在號囉，給伊在裡面休息，咱過來那邊。」玉印說。

吳振瑞公開露面不到兩天，區長林見文就來找。兩人是舊友，區長開門見山：「你是『熟慨』去佗位？大家找你真久，你有一個案，應該緊來結結哩。」

「奇怪！我是到底有啥物案？蛤！你講，欲結啥物案？」

「你自己明明知影。啊哪無，你為什麼去避起來那麼久？我今仔日是好意來幫你結案。」

「欲按怎結？」

「寫一張『自新書』就可以了。」

「欲按怎寫？」

「嘸免寫，我有現成的。」區長從皮包拿出一張印好的，遞出：「簽名，蓋一個印仔就可以了。」

吳振瑞低頭一瞧，裡面有「盲從暴動」四字，不覺大怒：「馬鹿野郎！我那幾天是制止暴動的人，怎樣是『盲從暴動』呢？」

「這是頂面規定的統一作業。」

「我無『盲從暴動』，怎樣簽呢？」

「這只是一個手續，簽了，就可以結案了。」

「我嘸簽，抓我去槍殺也嘸簽。」

「按呢好，我明仔哉帶你去黨部見一個指導員，伊姓陳，你直接跟伊講。」區長說完就告辭，已經跨出門檻，又回頭說，半國語半台語：「阿瑞仔，我好意勸告你，那句『馬鹿野郎』以後要給它戒掉，尤其在跟中國仔長官說話的時候。」

吳振瑞也練習著以漢語回他：「素，素的，真多謝你的好意。」邊說邊送他去牽車，最後又問：「如果不可以用『馬鹿野郎』罵人，請問，漢語要改罵哪一句？」

「他們都改罵『馬拉格B』。」

「馬拉格B，馬拉格B，這句嘛真好唸。」

第二天，吳振瑞依約去黨部，枯坐在會客室等了很久，等不到什麼陳姓指導員，懷疑其中有詐，正想快逃為妙，卻見林見文區長陪著一個外省人模樣的中年男子從裡面步出。區長在他身旁打躬作揖，臉上的笑容假假的。吳振瑞站起，迎上：「請問是指導員嗎？我叫吳振瑞。」那指導員一副棺材板的臉孔，開口：「吳先生，你的案子，我們搞清楚了；但要結案還要看你父親涉案的程度。」

「我的父親？」

「這你不必問我。你父親的案子由市長龔履端親自在調查，他現在就在隔壁會議室，正想要約見你。」

沒想到素未謀面的龔市長，一照面就叫出他的名字：「吳振瑞先生，你的案子比較好處理，但是你父親……。」

吳振瑞驚訝地搶話，不標準的國語：「我父親？那麼老扣扣一個老灰仔，會有啥物事情呢？」

龔市長一臉森嚴，利劍般的口氣：「警察局在你們村莊埋藏軍械，你父親好大的膽子，竟敢去向那些暴動分子透露。」

吳振瑞像被燙到的手指，反射性揚起，還揚聲：「不可能，絕對不可能！他已經是一個快要進去棺材的人，耳仔足歹，目珠快要看袂清楚物件，阮莊頭的廟裡已經將伊列作『上壽老仙仔』。」他想起葉秋木說過，這是會抄家滅族的大禍，非堅決否認不可。

「我們從一名暴動分子口中套問出來的，不會錯。」

「是哪一個人，叫伊出來，當面來對質。」

「那傢伙已經槍斃了。他奶奶的，斃得太快了！不過，我們還要找其他管道查證，再等三天，三天內沒去你家抓人，就是沒事了。」

就這樣，吳振瑞陪父親再度躲回那片隱密的樹林。全家提心吊膽三天三夜，憲警沒來，於是以做醮迎神的心情來接人，連那隻孺牛也來了。

這趟回家，迎接吳振瑞的是一個好消息：唐榮鐵工廠的案子平反了，工廠發還，唐傳宗被無罪釋放。他向太太提議：「咱約恁阿母和幾個澎湖鄉親，糾集一台車的人，來去高雄看傳宗兄，給伊安慰，打氣。」

「好，我來安排。」

九

澎湖鄉親一行十幾人被直接引導到董事長唐榮的辦公室。唐榮滿臉笑容跟大家打招呼，唐傳宗則站在門口跟鄉親一一握手，每握一人就寒喧幾句。

溫婉平順的澎湖腔又流衍在寬大但樸素的董事長室。

「啊哈！阿傳宗，你猶原是阮從細漢看到大漢的模樣。讚！還是那麼的親切、穩重，大事業家的派頭！」

兩人上前，一人抓一隻唐傳宗的手，說：「唉呀！阿傳宗呀！阮在屏東是擔憂得要死，一直聽人講，叛國罪會判死刑，這政府足愛槍殺人，我直直替你祈福。」

「阮屏東連續槍殺好幾人！」

室外突然傳來一陣陣轟隆轟隆的聲響，唐榮老先生興奮地喊起來：「啊哈！阮今仔日又閣欲重開爐囉！」

唐傳宗挪移腳步，另一人上前緊緊握住手，說：「實在有夠亂來！你是篤實的實業家，這政府目珠糊到屎！」

「無按怎啦！去呼您收押十幾天而已，好加在真緊放我出來。」

吳振瑞站在眾鄉親後面，注意到傳宗兄今天穿西裝打領帶，頭髮梳得油亮，但是這些外表，掩飾不住臉上的剛經歷一番煎熬和磨難的神情。

吳振瑞跟唐傳宗握住雙手，注視對方良久才說：「哈！以前真罕地看你穿『西畢羅』，今仔日看起來有卡緣投！」

「刁工穿的啦，按呢卡有元氣。」

唐榮老先生高聲接話：「對！袂使無元氣，一切要重頭開始。」

兩名工友端著茶水和點心進來，唐榮招呼大家：「來！攏坐落來。阮這個阿傳宗一向是打斷手骨顛倒勇，大家放心。」

一名鄉親剛坐定就說：「不過，這中國仔政府實在夭壽骨⋯⋯。」

唐榮阻止鄉親這樣評論，說：「這代誌是阮自己不對，是因為阮貪便宜，去進您日本海軍的貨。日本是敵軍，您的物件是要充公的，政府怎樣容忍有人幫您脫手。」

在坐皆無言，唐榮又繼續強調：「政府無錯，是阮唐榮鐵工廠有做不對，阮去呼人處罰是應該的。阮無怨言。」

唐傳宗似乎不喜歡父親一直繞著這話題，提議：「各位跟董事長室在這喝茶聊天，阿振瑞和玉印想欲參觀工廠，我帶領您來去。」

三人邊走邊聊，一個廠區一廠區參觀。到了靠近大門口處，唐傳宗神采奕奕，兩臂同時橫向張開：「到這裡，我給恁介紹，咱今嘛所站的位置，頭前看到的大馬路剛剛改一個新名，叫做『三多路』；咱右手邊盡頭那條大路嘛是剛改名，叫做『中山路』；左手邊遠遠那頭，恁看得到無?是靠著『成功路』；咱後壁面，就是南邊，是『新光路』。」

「赫！有咱屏東半粒莊頭那麼大！」吳振瑞問：「你那有法度一次就買到那麼大的工廠用地？」

「因為這裡是苓雅寮最偏僻的所在，是做田人的地，但無像咱屏東攏是良田，所以地價非常俗。是我給我老爸建議，既然要做工廠，地要準備大一點。」

「恁有進口鐵沙，煉鐵仔煉鋼？」

「無。阮目前只是做鋼鐵材料的代工，以後有計劃要自己設計、製造汽車和火車所使用的鋼材。」㊀

「去呼中國仔政府沒收那段時間，按怎?工廠敢有啥物損失？」

「當然嘛是有，損失真大。我起初想袂開，嘛想袂曉，哪有一款政府是按呢！找一個恐怖的罪名，給你的工廠沒收起來，然後公然搬走你的物件。赫！一擺就驚死。」唐傳宗飛揚的神采驟失，像晴天突然陰暗下來：「後來，我老爸勸我一定要看呼開，伊講：『他在大陸跟阿共仔打內戰，戰場須要卡多物質，呼他啦！咱了錢換一個平安，看破啦！』。」

吳振瑞黯然，沉默著。唐傳宗又重複那句感嘆：「赫！一擺就驚死。」

註一：當時台灣尚無工業區，中鋼公司亦未成立，從事製造業的有兩大，人稱「北大同，南唐榮」，是台灣工業化的先驅企業。

吳振瑞問：「是不是因為那位外省人祕書就在隔壁房間，所以唐董事長刁故意要按呢自我認錯？」

「無一定是因為按呢。我相信那是阮老爸的經商哲學。伊經常給我講，不管是佗位來的政府，做政府的一定是虎豹，咱生理人袂使跟虎豹對衝。」

「恁序大人按呢講兩三句，你敢就想得開、放得下？」㊁

「阮老爸一直勸我，要忘記，完完全全給它忘掉。今後，要順從他，要骨力巴結，巴結到好勢好勢。在他統治之下做頭路，一定要如此。」

聽了這些話，吳振瑞夫婦繼續參觀廠房的興緻全失。都無言了，三人茫然盲目走著，竟走到廠區的最後頭來了。最後頭緊鄰新光路，路的那一邊居然是農村，稻田一壟一壟就在眼前。正想打道回董事長室，突然聽到牛的哀鳴聲，一種非常疼痛忍不住叫出來的牛嗥。吳振瑞最為敏感，張目四望，發現聲音來自一群農舍旁的榕樹下，焦急地說：「傳宗兄，我來去看覓，你帶玉印仔先轉去。」一邊說著，人已然開跑，歪歪扭扭疾行在田埂上，鞋子和褲腳黏滿污泥也不在乎。他人還沒到，已經瞧見一個老農夫手持一根縫穀袋的長針，旁邊一團爐火，針尖用火燒得紅紅紅，正在給一頭半大不小的牛穿鼻孔，穿一次不成功，正要穿第二次。吳振瑞專心遠望，腳下不慎踏入水田，吃力地把腳提回田埂，又注意到那牛的左右兩隻角被兩條粗繩圈套住，繩子另一頭緊緊綁在樹幹上，牛脾氣大發，死勁地左右搖晃掙扎，搖得樹枝不斷顛動，吳振瑞氣急敗壞，髒話脫口而出：「幹，恁這掛人，幹恁娘卡好！」

好不容易到達現場，「停！停停！」吳振瑞展臂揚指，忘了自己只是一個陌生的路人，厲聲喝令：「喂，恁袂使按呢對待自己的牛！這是一種酷刑，無應該按呢！」

那個老農夫停下「工作」，和在旁看熱鬧的村民一齊看過去，都在想，這是一個什麼人？像以前學校的「先生」在教訓學生，也有點像日本警察的語氣。眾人還沒回過神，吳振瑞大步走向那牛，蹲下，見牛鼻上好明顯一個被刺傷又被燙傷的紅紅黑黑的傷口，正淌著血，原本黑褐亮亮的鼻頭染成了紅色，不覺火冒三丈，罵了開來：「馬鹿野郎！這牛是有犯啥物罪？為何要呼伊受這款酷刑，蛤！恁袂曉給牛穿鼻，嘸通按呢亂撞！恁根本都袂曉呢！」罵著罵著就要伸手去為牛解繩。

那老農被一個陌生人強勢叫停又被罵，也火了，跨一步到牛頭前，做勢要推開吳振瑞但沒有真的用力推，嘴巴同時回罵：「你是啥物人？這是阮兜的代誌，你來管三小！蛤！」

對方兇了起來，吳振瑞順勢退後兩步，說話口氣軟了下來：「我給你教，牛仔鼻那個所在，你要先用手指頭給牠摸摸哩，你會摸到有兩截軟骨仔，軟骨仔和軟骨仔中間有一個軟軟的部位，就是要從那裡穿鼻，出力要有一個要領，一兩秒間就要穿呼好，針尖嘛完全嘸免用火烘。像你適才按呢亂撞，牛休過痛，真正休過痛，你按呢休過夭壽……。」

那牛顯然感知到有一個大靠山來救牠了，一面嗚嗚嘿嘿哀嗥，一面用勁甩角搖頭，要掙脫綁在角上的繩子。這時剛好是吳振瑞溫言軟語說到「牛休過痛，真正休過痛」，瞥見牛又哭又掙扎，不覺怒氣再升，再次開罵：「你按呢休過夭壽，馬拉格B，恁真正是馬拉格B呢！」罵

註二：「序大人」，台語，泛指「父母親」之意。

了這兩句馬上自我克制，換成哀求：「這位尼桑，請您卡緊將牛角頂頭的繩子剁剁落來，好無啦，拜託啦。」

「你適才向恁爸歹三小！你是啥物人？蛤！這敢是你的牛？真奇怪！」那老農這樣嗆聲過來，是惱羞成怒了，絲毫沒有要為牛解繩的意思。吳振瑞再一次試圖規勸，是軟調的懇求語氣：「這位尼桑，你好。我是看牛痛苦，心內嘸甘，講話有卡激動，請你莫見怪。我是啥物人呢？是下淡水溪對岸一個『牛仙仔』，人叫『阿煥叔仔』的徒弟。伊傳呼我真多功夫……。」㊂

旁觀的農民中，一人插話：「哦，『阿煥叔仔』我曾聽人講過。」

吳振瑞察言觀色，感覺可以動作了，緩緩出手為牛解繩，對方竟未再阻撓。那名剛才插話的村民也上前幫忙。吳振瑞雙手忙著，嘴巴也未停，換另一種口吻，像家裡的長兄：「去倒一碗清水來，先幫牛洗鼻孔內的傷口。兩三天了後，傷口會結疤，穿鼻會變成更加困難，可能要我師父親身來才有法度。兩禮拜以後，我會用『歐多拜』載我師父阿煥叔仔來，伊有一枝特別的穿鼻針，撞好勢了後袂給恁收費用。這中間，絕對袂使閣再用恁那款方法給牛穿鼻，蛤！」

吳振瑞為牛鬆綁後，側個頭，發現太太和唐傳宗站在圍觀群眾中，太太有淡淡的憂慮在臉上，傳宗兄則臉帶微笑；同時又望見那老農正將地上的火爐撤回屋裡，於是放心地跟眾人高聲說一句：「攪擾，我來去。」再行一個九十度的日式鞠躬，跟太太和唐傳宗一起往鐵工廠的方向離去。

路上，唐傳宗先說話：「阮兩人行另外一條卡好行的路到位，本來想欲向您表示，講我就是頭前那間唐榮鐵工廠的總經理，我相信恁會對我真客氣。恁這莊真多人在阮工廠上班。」

「你若早早開嘴，就省我一堆麻煩。」

「後來我看你袂跟恁衝突，你脾氣會發會收，理智一時失去，真緊又閣控制轉來。我看得真有意思。我真欣賞。」

吳振瑞沒有回話，唐傳宗又說：「我想攏無，是按怎，你會罵出那兩句『馬拉格B』？」

「哦，是按呢，咱那位區長林見文跟我講，今嘛袂使閣使用日本仔那句『馬鹿野郎』，伊講，中國仔習慣用『馬拉格B』，兩句是共款意思。」

「這兩句無完全共款意思。重要的是，那句『馬拉格B』從你阿瑞仔嘴內講出來，真奇怪！親像一隻牛卻叫出馬仔的聲音。我勸你以後莫閣用那句罵人。」

「是哦！嘛好啦。」

兩個禮拜後，吳振瑞去找郭一清醫師。一見面，大感驚異，這位就是二二八那時在街頭助人無數的郭醫師嗎？才幾個月不見，竟老了那麼多！清朗紅潤已不在臉上，眼眶凹陷，嘴角紋路深深下彎，下顎和頸部萎縮下垂。吳振瑞僵固在他面前，說不出話。最想先問，你的妹妹，那位想到就心痛的葉秋木的夫人現下怎麼樣了，卻不敢問出來。很快被郭醫師拉著手進到問診

註三：「下淡水溪」是高雄與屏東的界河，乾季時河床上沙洲浮現，雨季便見滾滾長河，現已改名「高屏溪」。

間，蒼老而溫暖的詢問：「你是欲來找我看病？」
「不是。我欲來向你借『歐多拜』，借一晡就好。」
「欲去叨位撞啥物？」
「欲載阿煥叔公去幫一個人家穿牛鼻。」
「好，你牽去。車放在後壁。」郭醫師打開抽屜拿鑰匙，同時補一句：「你猶閣四界在插人的閒仔事。」
「真多謝您，郭醫師。」吳振瑞已經站了起來，又坐下：「我有一個奇怪的症頭，早就想欲來跟你請教，但是我不敢來。」
「按怎？」
「秋木兄出事那天，我『熟慨』去一個所在，避一個多月，最近才結案。」
「你有啥物案？」
「他講是『盲從暴動』。」
「馬鹿野郎，清國佬。」
「在『熟慨』那段時間，我每次若去想到秋木兄、秋木嫂以及那兩個囝仔，我就全身軀痛，非常劇烈的痛。」
「腹肚和頭殼尚蓋痛？」
「不止，全身軀，比針刺到、比火燒到閣卡痛。」
「啊今嘛呢？今嘛猶閣痛無？」

「我痛得大聲號號出來，哭一陣了後，那款痛就慢慢減輕。」
「哦，按呢我知影囉。跟我共一個症頭。」
「你也是按呢？」
「我是腹肚大抽筋，同時漏賽，整整腹瀉一個月；頭殼嘛，親像要裂開那種痛。」
「你是按怎好起來？」
「這是一款身心病症，無藥醫，時間就是藥仔；不過，阮小妹已經無法度囉，伊完全失瘋，太可憐……。」郭醫師沒再講下去，哽咽著。
吳振瑞站起來，再這樣談下去，自己的痛症一定又會鬼魅那般纏上身來，但忍不住又探詢：「啊那兩個囝仔呢？今嘛按怎啦？」
「住在阮兜，用盡辦法照顧、安慰；不過，創傷恐驚會影響他一世人。」
「唉！按呢我來去牽車，別日仔我閣再來坐。」
「我陪你來去牽。」郭醫師明顯地還想再談，邊步出門口邊說：「阿瑞仔，有一件代誌，我足後悔。」
「是啥物？」
「那天在屏東驛頭前，一台大卡車載一批人，車頭頂面站一支大機關槍，你敢閣會記得，是咱兩人苦勸他離開。那是一件大錯誤。」
「奇怪！我老爸嘛是講按呢。」
「恁老爸按怎講？」

「伊講，咱應該將那批人跟武器留落來，和咱自己的人馬整合，共同守衛屏東，甚至於將清國佬趕趕呼走。伊閣講，那幾天，領導者若有堅強意志，就有機會改變這局面。」

「啊！恁序大人講得真對，代誌若是會當重來，我一定去拿槍跟您車拚。」

「郭醫師，我閣有一項症頭無給你講，自從秋木兄的代誌發生，我去『熟慨』轉來了後，我不時在眠夢中講話，喊『偶怕了』『偶怕了』，實在真困擾。我太太因此漸漸跟我分房睏眠。」

「夢話敢無愈來愈少？」

「有時感覺愈來愈少，有時愈來愈嚴重。」

「有閒過來，我帶你來去看專科醫師。」

這是阿煥叔公活了將近七十歲首次坐摩托車奔馳在大馬路上，風一直往他老臉上撲打，害得他心臟噗噗噗亂跳；屁股下面也有引擎噗噗噗噗放屁那般響個不停，還是熱呼呼的屁。車子上了下淡水溪大橋後，老人家斜睨橋下寬廣的河床，緊抱吳振瑞腰部的手，抓得更緊了，顫聲交代：「阿瑞，後擺，咱閣再來去高雄的時陣，還是駛牛車卡妥當。」

到了唐榮鐵工廠後面那個小農村，消息傳得比「歐多拜」還快，幾乎半個村莊的人都擠了過來，全是為了一睹阿煥叔的絕技。擠在最前面的村民將他的長相一人一人向後面描述，都說：「生得足歹看呢，真老啊，一朵目珠白瞎瞎。」因為牛欄太小，只讓主人家、阿煥叔以及吳振瑞入內。村民都摩肩擦踵在欄外。

阿煥叔為牛穿鼻孔比「歐多拜」還要快，主人家的婦女們茶還沒泡好，抓了一隻雞正要開始殺，大家就聽到那蒼老的聲音傳出來：「好勢，好勢啦，阿瑞仔，咱緊轉來去。」「啊！果然是『牛仙仔』，兩三個手，好勢溜溜！」「聽講，只有流一小滴血！無唉甲半聲！」「牛碙內暗迷濛，閣剩一朵目珠，真正稀奇！」村民的感嘆此起彼落。

主人家大大小小齊聲留客，阿煥叔有聽到，沒應答，只見他歪頭側臉開始講評：「恁兜這隻牛，已經八個月囉，是公的。通常公牛四個月至六個月中間就會當給伊穿鼻孔。伊將來是一隻勇壯的牛，要好好對待伊。大漢了後，伊會給恁兜帶來豐收。三不五時牽去水池洗浴，草仔給牠吃呼飽。」說到此，手指朝吳振瑞一比，又說：「阿瑞仔給我講，講恁給牠酷刑，按呢袂使喲！袂使閣再傷害伊喲！這是一隻帶財來出世的牛，要善待，有聽到無？」

「知影，阮知影啦，一定善待，一定善待。」主人家大小齊聲回答。

主人家苦留不住，也沒收費，於是抓了兩隻雞，用草繩綁了雞腳和翅膀，塞入大布巾裡，掛在摩托車後座，一邊掛一隻。這樣阿煥叔沒有拒絕。

「歐多拜」又發動了，引擎聲加上兩隻雞不停啼叫的聲音，小農家熱鬧滾滾，十幾個小孩在緩緩滑行的車後追趕跑跳碰，算是一種送行。

阿煥叔公依然緊緊抱住吳振瑞的腰，開口說的第一句話是：「這兩隻大閹雞那麼重，又閣搖來搖去，你這隻『歐多拜』有法度載咱轉去到屏東？」

「沒問題，叔公你放心。」

「恁兜那隻小牛，你敢有算？幾個月了？」

「五個多月了，將近半年了。」
「嘛是可以給牠穿鼻了。你欲自己做，啊是要我去幫你弄？」
「我自己來就好。」吳振瑞停住一會兒，然後說：「這隻小牛，我有想好一個名，叫做『馬沙』，就是日本字那個『雄』。」
「你足奇怪！何必給牛號名。」
摩托車一路平安，到了阿煥叔公家門口，吳振瑞小心翼翼扶持叔公下車，同時請教：「阮兜那隻小牛，是不是穿鼻孔了後，就可以開始拖牛車、做田？」
「莫休過緊，滿一歲之前，牛的背脊和大腿骨頭還太稚，等牛角發出來的時陣就妥當了，起初，先給牠拖牛車，然後再訓練伊做田。」
「是，我知影了。」

一起去高雄回來的三天後，惡耗傳來：阿煥叔公往生了。無病無痛，在睡夢中自然老去，享壽七十一歲。

吳振瑞很不捨。兩人雖然年齡差很多，但神交已久，這幾年事實上是沒有名分的師徒。他決定在出殯日於棺前靈位上唸一篇弔祭文，送老人家上路。此刻，坐在家裡書桌前苦思，要怎麼寫呢？寫好要唸的，寫漢文？自己能寫卻不會唸，叔公也聽不懂；寫日文？叔公也不通，難道要用福佬話台語來寫嗎？這太難了。

吳振瑞吃力地一字一句拼湊，搞到深夜才勉強完成。

出殯那天，靈堂設在喪家旁邊空地，用大帆布搭棚。弔祭和送行的人很多，往日受過叔公幫忙的、慕名來的，擁擠到馬路。輪到吳振瑞一家時，獻花上香既畢，那篇弔祭文開始朗誦，鄉野農村不曾有人如此大聲唸祭文，全場都好奇地豎耳傾聽：

「阿煥叔公，一代『牛仙仔』，阿振瑞佇這，要向你講一聲『莎喲娜啦』，請你一路好行。

「你一世人幫人相牛醫牛，有錢去看，無錢也去看；聽到哪裡的牛有艱苦病痛，你有車也去，無車也去。你經常用兩隻腳，行足遠的路，有時過橋，有時涉溪，攏是為了牛。牛是咱農家人的好幫手。牛骨力，有耐性，三不五時閣會給主人修理；而我有生目珠以來，只有看到你，用一世人的精神去識牛，愛牛，疼牛。你是牛最好的朋友，牛最好的醫生，牛最好的守衛仔。你守衛牛，就是守衛阮農家精神和農村價值。阮農家實在袂使無你，嘛無可能閣再有第二個你。

「阿煥叔公，世事變來變去，但是你只有活在自己的世界內底，活在牛的世界內底。清朝來統治你，你啊無去學滿州話；日本人來統治你半世紀，你嘛無去學日本話；最近這幾年，中華民國來統治你，你也無去學國語，你只有用父母的話過一生，嘛過甲輕鬆自在。你在生時，四界走闖，穿著簡單，吃食清彩，你並嘸知影自己是那麼重要的人物。

「阿煥叔公，今仔日，我欲在此，鄭重向你講一句『多謝，勞力』。晚輩我，佇這給你捻香，敬獻阮兜所種最好吃的香蕉一簍，嗚呼哀哉，尚饗。」

吳振瑞努力誦完祭文，跪坐在軟墊上，頭低低，肩膀抖動著。兩個人緩緩上前，吳太太從右手邊，阿壯伯從左手邊，把他拉起回座。那一刻，全場肅靜，似乎都浸沉在這篇祭文的氣氛中，阿壯伯聲音不高不低冒出：「阿振瑞，你適才減講一句，阿煥叔能跟牛交談，而且是用咱台語。」許多人聽了，臉上為之一緩。

送葬的隊伍蜿蜒一整條農路，吳振瑞和太太併肩走著，不久阿壯伯趕上來，問一個與喪禮無關的問題：「阿振瑞，你敢有參加高雄青果運銷合作社？」「有呀！按怎？」「我要你出來選社員代表，只要你出來，社員大眾一定選給你。」「選做代表是欲撞啥物？」「現此時，高雄青果合作社內底分溪東和溪西兩派，溪東就是咱屏東，溪西是旗山，咱溪東這邊須要增加幾張代表票。」「哦，嘛是好。」㊃

吳振瑞想起父親說過，這個阿壯伯日本時代就是青果組合的資深人員。

註四：高雄青果運銷合作社統合高屏兩縣的蕉農權益，高屏是南投台中兩縣除外最大的香蕉產區，其重要性與台中青果運銷合作社並駕齊驅。

十

這天是吳家小牛「馬沙」的始業日——開始拉牛車的日子。已經入秋，陽光依然燦爛。吳振瑞謹慎地牽牠出來，先輕撫其頭頸，牛角已長出來，約三寸高了，像冒出土的竹筍；要掛上牛軛那部位，順便用口水沾溼，揉一揉。吳太太則從房間拖出一個沉重的大麻袋，拖得非常吃力，尤其在跨過五寸高的門檻時，要提起那大麻袋，提得有點齜牙咧嘴，額頭右邊浮起一條血管。

吳振瑞處理好牛車，快步過去，夫妻倆合力將那大麻袋拖到牛車邊，然後一人抓一頭，齊喊「一、二、三」，合力把它抬上牛車。

齊喊那「一、二、三」，兩人喊的都是日語。

「馬沙」起步走了，好順利！吳振瑞駕車，口中唸唸有詞：「適才，咱若是改用漢語，應該喊：『一、Ｙ、扇』。」他努力地將那漢語的「一、Ｙ、扇」連唸兩三遍。

吳太太坐他身旁，沒理會這個，談回正題：「咱兜這一袋，兩百二十三萬七千，閣來去載我阿母的一千三百萬，嘸知對『馬沙』敢會休過重？」

「我感覺會使，無問題。」吳振瑞回答得漫不經心，牛車輾過的這條農路，他憶起年輕時有一天，被父親趕出家門，他自己拉一台牛車，車上擱著一堆書，用來家教的那些高中課本。「我都可以用手臂拉這台牛車，馬沙應該不會太吃力吧。」他想，同一條農路，那天是自己一人，現在有太太為伴；那天天色已黑，現在是明亮的早晨。他抬個頭，大武山穩穩地坐在東邊，太陽照常從山頂耀出，照射大地；再舉個頭，天空一片蔚藍，掛著幾朵安靜悠閒的白雲。

但是這些日子，島上的人們過得太不安靜了！什麼都在變，變得太快、太傷，人民快要發狂又不敢，也無法發洩出來。

牛車緩慢而顛簸，還沒到娘家，太太先望見她母親和哥哥著急地等在店門口，他們身旁歪歪斜斜擱著四個大麻袋，都鼓鼓滿滿。

一家人合力把那四袋抬上牛車，吳振瑞發問：「恁誰人欲作伙來去？」

「我去。阿母留在厝內顧店。」大舅子回說。吳振瑞望著步回店裡的岳母，低聲跟太太說：「我感覺阿母最近老真多！」吳太太只輕輕嘆氣，沒說什麼。

吳振瑞夫婦擔心「馬沙」拉不動，幸好只剩兩百米左右的路程，台灣銀行就在不遠處。台銀門前是三角公園，人聲沸騰，比菜市場還熱鬧。吳振瑞快速掃瞄一圈，好幾家挑擔來，都是用一枝扁擔，兩頭各吊掛一只麻袋，扁擔兩頭下彎，肩頭被壓得深深下陷；有用肩膀扛著來的，像割稻時節扛穀袋堆疊進倉庫那般；有用載貨腳踏車搖搖晃晃衝過來的；還有雇用三輪車堆在後座押送過來的；用牛車載過來的，有兩家，連同自己是三家。才剛到達，就聽到叫罵和埋怨的聲音，對著銀行職員：「那些一千萬元以上的，留在尚後面，阮這只有幾十萬的，先給阮算算咧，好無？」「嘿！按呢袂使啦！你先點算那些好幾千萬的，點到日頭落山嘛算袂完！」

一位銀行主管從櫃台後頭高喊：「請大家先將恁的錢，四萬元綁一捆，按呢阮櫃台卡好處理，拜託大家。」㈠

一名職員馬上質疑：「襄理，呼您自己點自己捆，若有點無好勢，每一捆給你減兩三張，欲如何是好？」

「這些舊臺幣無價啦！四十萬羅一斗米，十萬元買不到一碗麵，加一張減一張，無差啦，效率卡要緊啦。」那襄理又說：「咱面頭前人山人海，無按呢做，三暝三日嘛無法度做完成。」

職員朝站在門口的衛兵雙手一攤，同時用眼神求救，那衛兵，綠色軍服軍帽，草鞋，背一枝槍，似乎領會了，用力吹一長聲口哨，現場安靜了下來，衛兵說話了：「政府規定，可以換到年底，不必一定要今天換。」

有人聽得懂衛兵說的國語，有人如鴨聽雷，現場一陣交頭接耳，結局是：這些一麻袋一麻袋的鈔票，賤如草紙，卻重若鐵石，既然千辛萬苦搬來了，如何有人肯運回去，改天再來？

註一：中國國民黨接收台灣初期，為支應大陸內戰，大印鈔票，導致通貨膨脹。二二八事件後，通膨惡化，物價飛漲，幣值大貶，不得已通令全國：把家裡的錢全部搬出來，以四萬元比一元的比率兌換，始稱「新臺幣」，是那個年代台灣人十分沉痛的記憶之一。

最後是那位銀行襄理的主張獲得認同，現場又一陣手忙腳亂，一些人點鈔點到手指痲痺，偶爾停下來搖搖手腕好像在搖扇子；綑紮的細繩不夠，一些人爭奪了起來；吵雜中不時響起衛兵的尖銳哨音。吳振瑞呆掉了，這場所，恐怕三角公園樹上的痲雀也在嫌你們這些人類太吵了吧！又想回來，這些人實在有夠不簡單！在這款極端煩擾的氛圍中，竟能專心點數，要搶快又必須精確！㈡

大舅子一聲高喊，把他拉回現實：「請問襄理，阮佇厝內已經四萬元一捆綁好勢，是嘸是先給阮處理？」

「好，已經綁好勢的，先過來。」

五、六個家庭爭先恐後擠向櫃台，誰先誰後又起爭執，吳振瑞被人用力推了一把，火了起來，一手插腰一手指點，朝著眾人開罵：「咱本島人袂使按呢，莫怪他中國仔給咱欺負假的，看咱衰小！日本時代咱好好排隊的習慣那裡去了，蛤！咱是亞洲尚文明尚進步的台灣人，袂使按呢！」

亂局中突然冒出那種像「先生」又像家裡「尼桑」的話，眾人不覺都乖乖排隊，還互相禮讓起來。吳太太看丈夫一眼，輕輕點了一下頭。

他們這一家比別人較早換好鈔離去。先回到岳母家，王太太拉女兒玉印的手，進去倉庫，玉印叫了出來：「阿母，妳嘛卡差不多哩，囤加那麼多物件！」

「恁厝有加減囤一些無？」

「有，但無像阿母妳按呢，買那麼多！妳嘸驚放甲壞了了？」

「無按呢袂使，這亂局嘸知影猶閣欲亂多久。」

吳振瑞回到家，正要牽牛出去洗浴、吃草，郵差到，說是掛號，「阿印仔，妳處理就好，我牽『馬沙』出來去行咧。」邊交代邊出發。但走不到十步路，太太追上來，問話十分嚴肅：「阿瑞仔，你在外面生理做那麼大，是按怎無給我知影？」

「哪有多大！二二八事件以前有買入一些砂糖，你知影呀！你阿母嘛是知影呀！前幾天我給它脫手囉，大概會賺十幾趴。是按怎？敢有啥物狀況？」

「除了這個以外，你還有大條生理無給我知影。」

「妳清彩講講哩，我哪有啥物大條生理，是按怎？是不是那張掛號有寫啥物？」(三)

吳太太遞上一只信件：「你自己看，生理大得驚死人！是一百五十四億！」吳太太把「億」字說得特別重。

「蛤！不可能，不可能那麼多！還是華南銀行本票呢！」吳振瑞喊叫一聲，把牛牽回牛欄，「這顯然是銀行撞嘸對。行，咱來銀行看覓。」

夫妻倆各騎一輛腳踏車，騎了約半哩路，遠遠有三輪車迎面而來，還不只一輛。兩人趕緊

註二：當時尚無點鈔機。

註三：「清彩」，「隨便」之意。閩南話和客家話通用。有人主張是源自「請裁」，也有人說應該是「襯採」，本書為閱讀方便，以語音直譯。

讓路，騎在邊緣，突聞有人呼喊，赫！原來是岳母和一個年輕人坐在車上，後面跟著一輛，卻是空著的。

車上兩人急急下車，岳母先介紹：「這位是華南銀行職員，咱兜的錢攏是伊在幫我處理。」

「哦，哈！華南銀行？我剛剛收到……。」

那年輕人哈腰回話：「無錯，我就是為著這件來的。銀行特別派專車來接你來去處理。」

「好，行。」吳振瑞夫婦騎回頭，將腳踏車放妥，大大方方坐上那輛銀行專車。

到了銀行，直接帶進經理室。裡頭正在開會，似在商量什麼緊急大事。客人進門，一位西裝革履的紳士起立，朝吳振瑞微笑伸手：「是吳振瑞先生嗎？高興同汝熟識，我是經理邱慶華，這兩位是我們的副理、襄理。」說的是十分彆腳的國語，聽得出是客家人的口音。

「邱經理你好，聽人講我有一筆大條錢佇遮？」吳振瑞也回國語，混雜著閩南話。

「事情是按呢啦，總行有打電報來，說台北一家商行去我們的銀行買了一張一百五十四萬的本票，卻被行員打成一百五十四億，對方沒察覺，等到我們銀行自己發現想追回時，對方已經寄出來囉，用限時掛號，會寄到貴府。」

「已經收到囉。」吳振瑞回答。

一個人大剌剌沒敲門直接進來，邱經理停下講話。此人似乎是熟人，與經理交談起來，說的也是客語。談了片刻，轉過頭向吳振瑞伸出手，臉帶笑容，邊握手邊自我介紹，說的是帶濃重客語腔的閩南話：「吳先生，我姓邱，小名叫慶德，隔壁火燒莊的人，今嘛在屏東市做小生

理。剛好我今日有閒，邱經理卡袂曉講福佬，特別請我幫忙做通譯。阮兩人是叔伯兄弟。」[四]

「哦，邱先生，你好，按呢真好。邱經理講國語慢慢哪，我聽有一半以上咧啦。」

王太太插話：「咱敢會使用日本話來講？」

邱先生和邱經理互望一眼，又往室外瞄一眼，回說：「歹勢啦，經理驚怕有人偷聽到，若是被保防人員聽到，驚怕影響前途，請妳諒解。」說完向著經理說：「阿華，汝做汝慢慢哪講，吳先生講伊聽得識一半以上，伊聽嘸識時，俚再來說明。」[五]

邱經理於是繼續：「吳先生，你看到了票子上面的金額大概會驚走一下，這其中有大大的誤會……。」

吳振瑞搶先回答：「對方要付給我的貨款是一百五十四萬，不是一百五十四億，這我心裡清楚。」

「吳先生，你這樣子的明理，我萬分的欽佩！我們銀行呢……。」

邱經理說國語速度太慢，反而誘人插話。這次插話的是王太太：「不過，這是銀行開出來的本票，」她稍頓一下，再加強語氣：「銀行本票等於現金，見票兌現，敢嘸是？」

現場靜下來，一時沒人回話，王太太自己打圓場：「我是吳振瑞的丈姆，做生理的人，錢項長期在恁銀行出入。」

註四：邱慶德，後來曾任屏東市長，是前省議員邱茂男的父親，立法委員邱議瑩的祖父。

註五：「俚」，客語，「我」的意思。

邱經理愣了一兩秒，隨即面向王太太用十分流暢的日語說話，小小聲，像課堂裡學生講話怕老師聽見：「奧桑，請妳給我幾分鐘，我請示一下總行。」

副理幫他接通了電話，邱經理用生硬的國語轉述王太太的意思，然後便是聽電話那一頭的，邱經理只是不斷回答「是，是是，我知道了，我明白」。

放下電話後，邱經理依舊用日語，依舊不敢大聲：「奧桑，我就直截了當說了，我們總行願出三千萬元贖回那張本票。」

「三千萬？」王太太伸手拿起經理辦公桌上的袖珍算盤撥打起來，同時喃喃自語：「我來算看覓，四萬元換一元了後有多少？」

邱經理一見王太太這個動作，趕緊又說：「奧桑，依照總行給我的權限，我可以再增加一千萬元。」

「四千萬？」王太太將手上的算盤搖一搖，發出拿起珍珠鍊條時那種細微而清脆的聲音，說：「按呢我閣來重算看覓。」她撥打了一下，明明四千萬除以四萬用心算就行，又再次搖一搖算盤，要重撥打。

經理室內突然異常安靜，王太太撥打算盤的手懸空凝滯，似在思索什麼難解的數學題目。沒多久，邱經理深深一呼吸，打破沉默，開口：「奧桑，我們總行給我的最大權限是五千萬元，妳如果不接受，那就要到台北去處理了。」

「好，我來跟我囝婿參詳一下。」

吳振瑞一直在旁沉思不語，至此，表態了：「阿母，我真感謝妳為我費心。這代誌，我適才一直在思考，我想，只要將我應得的一百五十四萬元貨款拿到就可以了。」

「蛤！」幾個人同時出聲，之後又是異常的安靜。

「阿瑞仔，在生理場，這是常理、常規，嘸免歹勢。」

「我知影。做事業若有做嘸對，本來就是要付出代價。但是，阿母，我總是感覺嘸是我自己的錢，莫拿卡好。」

這個憨囝仔！這個憨囝婿！王太太張大那閱歷豐富的老眼睛，盯著吳振瑞，怎麼如此一個聰明幹練的人，會做出這種憨呆的決定？而自己的女兒呢？此刻依偎在老公身旁，上身靠得更緊了，竟也看不出她心裡對此事抱持什麼態度。

第三部——中國國民黨時代

就是那尋常的香蕉——
吳振瑞將它鋪滿日本市場，
換回新台幣，使台灣農村早一步脫貧，
蕉農發了財，
但「蕉王」卻變成了「蕉蟲」，
怎麼會這樣呢？

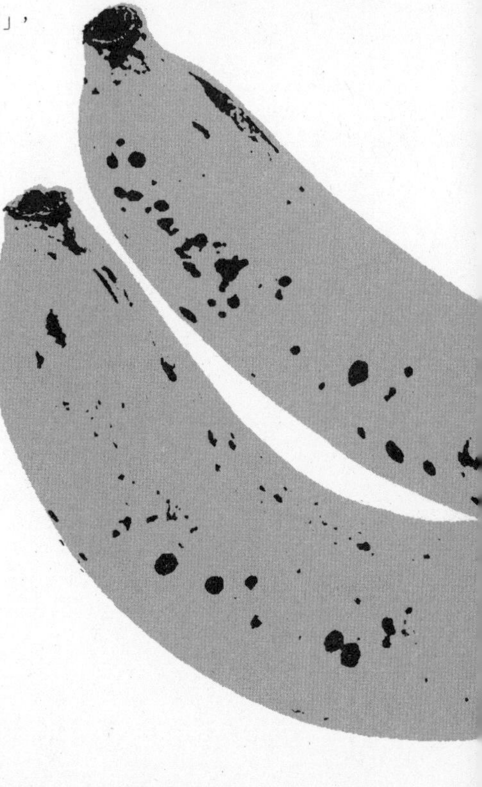

十一

這天下了一場午後雷陣雨，之後太陽又出來，大地像被清洗了一遍，到處明亮，連空氣都特別清新。前往頭前溪仔的那條土路上，出現一輛馬車，速度可媲美摩托車，車後捲起一團灰塵。

吳太太遠遠就望見了，正想瞧瞧是誰家雇來的，沒想到它竟停在自己家門口。車上跳下一個中年男子，居然是前兩天在華南銀行見過的那位客家人，自稱是銀行經理的叔伯兄弟的邱先生，一時想不起他的名字。他開朗地先打招呼：「請問這裡是吳振瑞的家嗎？哦，我認出來了，妳就是吳太太嘛，我是邱慶德，那天在銀行見過面。」他用流利的日語說話。

「哦，赫，是邱先生，對，那天在銀行……。」

「請問吳振瑞先生有在家嗎？」

「他今天帶工人去香蕉園了，真不巧！來，先進來坐，我叫我兒子騎車子去叫回來。」

「哦，沒關係。是這樣，今天呢，是我自己想來跟吳先生談一件事情，那位銀行經理知道了，託我順便先送一點小禮物過來，他改天再專程來道謝。」邱慶德說完，轉身從馬車上搬下東西，一件又一件，有水果，有乾料，吳太太不知如何是好，連連說：「何必那麼客氣。」「真不敢當！」除了瞄到兩個籃子是蘋果外，其他的是什麼禮品也看不清楚。

吳太太手足無措地站著，不知該如何應付這場面，幸好邱先生真的很開朗，先幫她把那些禮物搬進屋，然後直話直說：「吳太太，我剛才說過，我是有一件事想當面跟吳振瑞先生談談，是不是這樣，你叫一個小孩坐我的『黎阿卡』，幫我帶路，我想去找吳先生，順便我也想看看妳們的香蕉園，可以嗎？」㈠

「小孩不識路，要去只好我來帶。」吳太太回屋交代過後，便欣然上車。

這種馬車以前在娘家店裡常見，主要當運貨用，比牛車高大，輪胎用橡膠而不是鐵圈製成。但坐上此車還是第一次，它比牛車快很多，轉彎比較靈活，快到香蕉園時農路狹窄，見它輕易掉頭，然後倒車進入，不覺驚呼出來：「呃！赫！竟然會當『巴古』！」邱慶德得意地回說：「『黎阿卡』會當『巴古』，是因為伊是兩輪的；牛車有四輪，『巴古』就足困難。」㈡

吳振瑞一見面就能叫出對方的名字。兩人先在園子裡隨意走走看看，邱慶德對香蕉也是行家，兩人從田頭談到田尾，又從田尾談到田頭，談的都是香蕉。回到馬車停放處時，邱慶德問：「這裡面積有多大？」「這區田，一甲半左右；我另外還有一區，將近兩甲。」「按呢三

註一：「黎阿卡」是台灣農村極為通行的用語，原意即為馬車，後來不管是人力拉的、腳踏車或摩托車拉的，都泛稱為「黎阿卡」。

註二：「巴古」，戰後極通用的日式台語，意為「後退」。

甲超過，是嘸是？」「當然嘛超過。」「好，咱坐落來講。」

連同吳太太，三人席地坐在田埂上談了起來，陽光依然亮麗。

「我『今分日』來，」邱慶德似乎發現自己用錯語言，馬上改口：「我今仔日來，是想欲請你出來擔任高雄青果運銷合作社的監事……。」

「按怎？」

「我今嘛就是監事。我舊年就想欲辭掉，但是一直找無一個真適合的人。」

「你是按怎要辭掉？」

「我太無閒。」

「你是撞啥物大頭路按呢？」

「我做『黎阿卡』貨運，做『火隆』，又閣經營三、四甲香蕉園。」說完又補充：「我適才福佬話轉無過來，『火隆』就是『米絞』。」㊂

「哦，我了解。」吳振瑞問：「不過，你講給我做，我就去做？」

「這我來安排，理事主席是我自己的人；你條件嘛是有夠，起碼要做有三甲香蕉以上。」

「今嘛蕉農多多，是按怎找到我來？」

「你那天在華南銀行那件代誌，給我真大的感動。」

吳振瑞沒再回應，邱慶德又說：「監事就是要你這款人來去做。你一定要出來，蛤！」

像天命召喚似的，吳振瑞進入高雄青果運銷合作社出奇順利。高雄海邊路那棟大樓，他一進去，就是進到頂樓的決策中樞——理監事會。有一位老老的理事提早站在大門口迎接他，居然是阿壯伯，一襲白襯衫，黑西裝褲，皮膚粗黑，鬍鬚沒刮乾淨，依舊有濃濃的莊稼漢的氣味。

坐在監事席位上，吳振瑞一眼望見阿壯伯就坐在斜對面，前面的座位牌子上寫著「理事蘇壯伯」，也定定地看著他，並且朝他微微點個頭。吳振瑞心裡霎時萌起一股安全感，這位一起耕田駛牛的伙伴、爸爸的老友，居然會在這個會議室同席而坐，一起議事。

他不禁百感交集。這裡的前身是日本時代的「高雄青果同業組合」，自己曾經是它所轄最基層的香蕉試驗所技術員，後來轉調香蕉檢驗所，那時才二十歲出頭，而現在已經四十二歲了。當年踏入這一行時，也是一個叫做陳火生的客家人來帶領他，還有唐傳宗兄，那句鼓勵的話依然鮮活在心裡：「我相信這是一件好事情。麟洛就在屏東市東邊，是向東走，就是向出日頭的方向走，一直走，說不定會走向光明。」

入行那時，他拚命學習，學的是種植香蕉的相關技術；現在，那時候的虛心和用心又出現了。這天的理監事會議案不少，正在談的是日本香蕉市場被幾家大商社壟斷的情況如何因應，下一案要討論行政院外貿委員會的一封函示，都是新鮮有趣的課題。

第一次開會回家就滿身酒氣，吳太太急著想知道丈夫「新官上任」的感受，沒想到聽到的回答是：「做監事真無聊，莫怪那位邱慶德無愛做，擲擲給我。」

註三：「火隆」是客語，「米絞」是福佬話，皆為「碾米廠」之意。

「是按怎無聊，你講？」

「監事的職責是事後監察。會議中大家討論實務，主要是理事的代誌。」

「監事敢袂當表示意見？」

「我還嘸知影，頭一擺，我儘量聽就對。」吳振瑞又說：「我今日才知，阿壯伯是內底資深的理事。」

「那個人本來就是黑矸仔裝豆油，呼人看無。」吳太太頭一偏：「我閣問你，是按怎開會散，愛去喝那麼多酒？」

「這是一種社會文化，無按呢，怎麼跟人盤捏、交陪？」

「這我就嘸相信了，絕對嘸相信。」

參加過幾次會後，跟大家熟絡了，也到處去考察過地方檢驗場的情況。在一次議案較少的會上，吳振瑞舉手發言：

「日本仔時代，種有三甲以上者，即為圍場，就能做出口檢驗，蕉農自己種香蕉，自己選別、裝籠，用自己的標頭，一切自己負責；有時青果同業組合的人嘛嘸免到現場，只是派人在港口抽檢而已。

「啊今嘛呢，換一個政府，檢驗局要派官員到每一個檢驗場，咱總共有兩百八十多個場，各場隔日出貨，因此您須要有一百四十多個檢驗員。平時，各場出貨大概一百籠左右，卡無要緊；若是在香蕉大出時，各場一天出貨四、五百籠，甚至一千籠嘛是有，這個時陣，檢驗員根本無法度檢驗，閣不准授權咱合作社。我有發現：今嘛官員每場到位檢驗所運出來的香蕉，品質比卡早日本時代從圃場直接運出來的閣卡差，差真多！」

主持會議的理事主席張明色講話了：「吳監事，你講代誌就講代誌，莫按呢強調日本時代按怎，今嘛的政府又閣按怎。」

主席講完，朝工友比一比茶杯。一名工友提著水壺上前加水，順便給每位理監事倒水，服務到吳振瑞時，偷偷遞出一張小紙條。吳振瑞匆匆一瞥，寫著：「請勿牽連到政治，會有人去黨部報告。」

吳振瑞講得興起，決定不理會那紙條，繼續發言：

「好，我莫去講阿本仔時代，但是我想欲檢討，是按怎今嘛有官員每一場檢驗，品質反而更壞？因為第一、有不少蕉農送好處給檢驗官員，標準因此放寬，無確實檢驗；第二、香蕉大出時，檢驗機關腳手無夠，連工友都派派出來，他連香蕉圓還是扁攏嘸知影。」

理事主席又回應：「好，你講，這問題要如何改善？」

「先治標，咱要通告全部蕉農社員，勸他袂使用『烏西』『扶卵葩』的方式，將次等貨送出口，按呢一定打歹日本商社對台灣蕉的行情，終其尾是蕉農自己受害。其次，治本之法是，要向政府當局戮力去建議，恢復卡早由蕉農自己檢驗，由蕉農組織直接負責的制度……。」[四]

「按呢咱蕉農社員恐驚有人反對。」

「這真簡單說服。因為蕉農所得是外銷價和內銷價合併計算，所以，自己負責了後，若是

註四：「烏西」，福佬話，行賄之意。

在港口被抽檢出無合格的貨，打做內銷，咱合作社照常付錢，蕉農收入袂卡少，有時內銷價比外銷價閣卡好咧。」

吳振瑞說到這裡一鞠躬坐下，環視會場，理事主席正目不轉睛看著他，理監事們看他的眼神明顯不一樣了。眾人正等著聽主席的裁示，一位資深理事，人稱「阿壯伯」的，沒舉手直接發言：「咱這位新監事吳阿振瑞所講，我真同感。我來補充一句，現此時這個政策，漸漸使呼咱蕉農、甚至咱本島人失去自我品管的能力，失去自治的能力，同時又閣增加政府官員腐敗的機會……。」

此話一出，理事主席插話，果斷宣布：「吳監事講得真好，我會來好好研究。咱今仔日開會就到此結束。」

會場頓時輕鬆起來。阿壯伯走過去跟吳振瑞咬耳朵：「列席幹部那邊，你有看到無？一個皮膚黑黑，頭毛亂亂的『腳小』，正在低頭寫字那個，伊是咱合作社的保防專員，姓歐陽，市黨部安排來的。我發現你發言時，伊目珠金金給你看，一直看一直記……。」

「哦，主席適才有用紙條仔提醒我，講我若牽拖政府，會有人去黨部報告。就是伊吧？」

「無錯。你心內知影就好。」

會後例行性聚餐，吳振瑞引起的話題繼續發酵，該如何去遊說政府當局改變檢驗制度呢？「阿壯伯」像算命仙那般鐵口直斷：「中國仔這制度，我給各位掛保證，一定袂改。」

「為啥物？」

「改掉，會有多多人無『外路仔』可賺，所以一定改袂振動。」他見沒人答腔，又高論：

「這是您的文化，文化是深深埋在您每一人心內底。」

「哈哈！啊是阿壯伯智慧卡高。」

一天，吳振瑞和阿壯伯一起搭車回家，阿壯伯突然問：「你這款人做理事卡適合，你有意思無？」

吳振瑞沒立即顯露喜歡，只是微微點個頭。

「我給你講，咱屏東有一位理事叫做林綿順，後屆無想欲閣再連任，你可以開始準備一下。」

幾個月後，吳振瑞出馬競選林綿順的那席理事，順利進入理事會。

在理事會又蹲了一屆三年，再連選連任後，夠資深了，被遴選為議價小組成員。

他第一次參加的議價小組會議在台北舉行，由理事主席張明色帶隊。行前，吳太太特別為丈夫準備了一條領帶，藍色底綠色格子，夫妻倆在臥室研究如何打好領帶，老半天之後，太太先學會，打好結，直接從丈夫頭頂套入衣領內，輕輕拉兩下，再略作調整，高興地喊出來：「好勢，按呢真好看。」

吳振瑞滿臉喜歡，嘴巴卻嘟嚷：「阮合作社是蕉農的組合，我的身分是蕉農代表，脫赤腳，戴斗笠來去嘛是可以。」

穿著西裝繫好領帶，出發前去牛欄看一下「馬沙」，發覺牛眼睛裡充滿了驚訝，瞪得大大，還微微側一下頭角。

因為吳振瑞第一次參加，在火車上，理事主席張明色先給他作勤前指點：「咱議價的對象是出口商組合，叫做『青果公會』，內底有兩個頭人，尚大粒那個是一位女士，擔任青果公會理事長，無簡單的人物，名叫陳杏村……。」㊄

「哦，我有聽人講過，人攏叫伊『香蕉女王』。」

「無嘸對，就是伊。第二個頭人名叫陳查某，不過，人伊嘸是查某，是一個查埔人。」

「就是這批出口商業者，長期在吸咱蕉農的血汗。」

「怹攏是有大氣派的好額人，你這個田莊囝仔，跟怹對手談判……。」

「哈！主席，放心，我無那麼軟腳。」

「怹長期經營黨政關係，最近開一條大錢，在高雄左營買下一大片土地，指名捐獻給蔣夫人宋美齡，呼怹起造一棟大樓，安頓怹外省官兵。已經呼名，叫做『果貿新村』。」

「莫怪喲！扶卵葩捧這款形，才可以長期霸佔香蕉出口的大利益，幹！」吳振瑞想了想，發問：「為啥物是指名捐獻給宋美齡？」

「因為宋美齡現此時負責對外貿易事務，伊手下有一個大將叫做徐柏園，幫伊掌管行政院外匯貿易審議委員會。」

吳振瑞輕輕「哦」了一聲，沒再說話，張明色又補充：「左營那個果貿新村，其中尚大那棟，大門口有一個宋美齡的親題字跡，做得足氣派，不過真少人知影是青果公會捐的。」

議價會議在江山樓裡面一間大廂房舉行。高雄來的先到，一排就定位，理事主席張明色坐中間，交代吳振瑞坐其左側。不久，對方來了兩個，剛一一介紹完，陳查某到，又一陣寒暄。陳杏村最後到，出口商代表全體站起來，合作社這邊竟也跟著起立，像迎接什麼大官駕到那般。吳振瑞本來在心裡對此人懷有敵意，不知為什麼，初見面就對她感到一股親切。

她跟兩邊人馬一個一個握手問好。吳振瑞盯著看，心中思量，那種親切感以前也有過，第一次見到太太玉印那時，第一次見到那隻牛「瑪莉」那時，第一次見到阿煥叔公那時，第一次見到唐傳宗那時，第一次見到葉秋木那時，清清楚楚，都有想要去親近、關心、幫助的強烈念頭，都是一見面就聊個不停。記得初次遇到葉秋木和唐傳宗時還一聊就聊到深夜，忘了要睡覺。

她身材高瘦，一身剪裁合宜的淡藍色洋裝，腰繫一條看起來很高貴的皮帶。這位女士，說漂亮也算漂亮，略長的臉型，隆鼻，耳垂圓而大，嘴唇也寬厚；比較特別的是那雙眼睛，大而明亮，眼眶線條優美，像是鳳眼。

握手到吳振瑞時，兩人居然握著手沒放下，足足一兩分鐘，寒暄的過程也跟別人不同。

「吳先生，頭一擺來參加乎，歡迎你，以後多指教。」

「陳理事長妳好，指教是嘸敢，歡喜跟你認識。」

註五：陳杏村，台北人，嫁台南醫師謝達淋，丈夫早歿，獨力扶養兒女，她有一個孫女名叫「蓮舫」，現為日本國會議員，一度擔任日本民進黨總裁。據日本名記者野島剛在一篇報導中說，蓮舫的國會辦公室始終掛著祖母陳杏村的畫像。

「你是種香蕉的人，還是做香蕉的人？」
「攏有。也種也做，連蕉青攏買賣過。」
「赫！來一個真正內行的。」
「我二十歲就在一個日本人主持的香蕉試驗所和檢驗所做過真多年。」
「看起來，你跟我是上下年紀的人。」
「我明治四十二年生的。」
「哦，我減你一歲，我明治四十三年。」
眾人竊竊私語起來。「敢有人按呢矣？初見面就將年齡跟一個查埔人講？」「煞到了，煞到了，去呼這個姓吳的『緣投仔桑』煞到了！」「人陳理事長是大江大海打滾過來的人，人講『女中豪傑』就是按呢，袂去計較細節。」
陳杏村顯然察覺到有人在議論，匆匆完成她的握手之旅，回座，立刻開始：「來，咱來開始，今仔日要從兜位講起？」
張明色：「先來講頂次在高雄議價時，應決未決的議題。」
陳查某：「張主席是講那個七角銀乎？阮高雄轉來，詳細閣計算一遍，那個七角銀就是要彌補船隻運費起價……。」⑥
吳振瑞：「運費有起價無？到底是起價多少，要用一籠七角來彌補？算來聽看覓。其實阮嘛有算過。」
陳查某：「吳先生，你按怎算？」

吳振瑞：「運費本來就是恁業者要吸收的，敢嘸是？我欲算的是，一籠四十八公斤，只差七角，算起來一公斤才差一分五厘，這對恁業者來講是零星的小錢，應該讓給蕉農卡是對。」

陳查某：「請吳先生莫算去別位，這七角銀的案，我欲堅持。」

陳杏村：「吳先生，這個案副理事長若是堅持……。」

吳振瑞側頭面向己方的領隊：「主席，這代誌你要表態，要堅持，袂使閣讓步。」

張明色沒說話，不堅持的意思。陳杏村順勢說：「來，咱來講第二案。」

第二案議的是下一個船期的數量分配和價格，雙方折衷許久，最後出口商方面按照合作社方面的意見通過了。第三、四案相對單純，合作社方面也順利得到預期的目標。

散會後回旅館，吳振瑞對成果頗有微詞：「咱無應該對那個七角差價讓步，一籠七角，一百籠就是七十萬，對咱蕉農來講嘸是小錢。」

「這你嘸知啦，我這案無堅持，才換來後壁幾個案順序得到咱所要的價格。」

「我欲來去找那個陳杏村，將那個七角銀好好喬倒轉來。」

「你去呀，你喬會好勢，大家感謝你。」

「那個查某，要怎麼找？」

「我來幫你連絡看覓。」

註六：「起價」，台語，漲價之意。

陳杏村爽快地答應跟吳振瑞再談那個價差，約在她自己的貿易公司辦公室。張明色叫一輛三輪車給吳振瑞專用。

陳杏村先帶領客人參觀公司。回到辦公室，吳振瑞先說話：「我嘛有一間貿易公司在高雄鹽埕埔，進出口皮件，叫做『三義行』，跟兩個朋友作伙做，由恁經營。」

「我目前是專做香蕉。」

「原諒我直話直講，恁從蕉農身上賺太多了。」

陳杏村那雙鳳眼凝視吳振瑞，答話出人意表：「無嘸對，阮青果公會確實賺真多。」

「妳有這款覺悟，為什麼恁那麼堅持那個七角銀。」

「會議中有時無容易做好代誌。我昨日是顧到陳查某面子，伊足堅持，我做公會理事長抉使無顧慮別人的意見。」

「按呢，那七角差額，敢還有空間來喬？」

「我知影你要來，事先跟陳查某閣詳細算一擺，事實上一籠增加三角就可以彌補運費起價，所以會當一籠退回四角銀給恁。」

「陳查某會起呸面無？」

「不會。抉轉生氣。」陳杏村說：「我已經在會議上給他保留面子了。私下參詳，大家卡好講話。」

「好，真好，按呢我轉去，向理事主席有一個交代。」

她突然改口說國語，聽得出來相當標準，又流利：「你說你曾經在香蕉試驗所和檢驗所做過事，都是做什麼來的？」

「是正職的研究員和檢驗員。」吳振瑞試著也說國語，但說沒兩句就改回閩南話。他開始講自己的過去，從高雄中學講起。陳杏村一聽到高雄中學立刻插話：「我日本時代是台北女子職業學校畢業。」

「哦，有一年，晚暝時陣，我曾經站在恁母校門頭前，心內一直想，這間學校到底是訓練阮本島女子撞啥物？」

「我在那間學校是讀洋裁科。」說完自抽屜拿出一本厚重的書，叫吳振瑞移駕過去看。它是「台灣人士鑑」，日本時代編的名人錄。她先找到「陳」姓的項目，然後一直翻一直翻，翻到專門介紹她陳杏村的一頁；吳振瑞讀到她的頭銜是「洋裝店主，設計師」，下註「東京銀座洋裝洋裁學校畢業」。

吳振瑞叫出來：「哇！妳二十幾歲就已經是名人，居然上了『台灣人士鑑』，真無簡單，真正了不起！」

「我只不過稍微介紹一下自己，太炫耀了，請你不要介意。」她接著說：「我故意跟你說國語，是想讓你盡快學會。現在換中國人政府了，不會真的不方便。剛才你正要開始講你的過去，卻被我打斷，對不起，請繼續說。」

吳振瑞於是開講了。他知道這位女士是那種比自己的太太還更「街市化」的人，刻意描述一些農村、鄉野的生活經歷，穿插許多牛經，陳杏村竟聽得津津有味，發出感慨：「我是台南媳婦，住過南部很久，卻沒下過田。」

「有看過香蕉園嗎？」

「從馬路邊看過，不過沒進去過。」

「香蕉園草仔發得特別緊……。」

「吳桑，你現在開始試著練習用華語說話，慢慢說，我愛聽你講的那些香蕉的事。」

「香蕉園的草仔長的特別快，兩禮拜不剷草，落田就會發現有許多老鼠和蛇類。剷草是用畝頭，畝頭的漢語叫做什麼去啦，哦，多謝，叫做鋤頭。一鋤一鋤的剷，剷了一天，流汗流到全身軀都是濕，手掌起一泡一泡，才鋤兩三行，天黑黑了，打道回家，兩天沒再來，這頭鋤好，另外一頭草仔又長高了。」

「這我瞭解，南部是高溫多濕的氣候。再講，用國語喲。」

「香蕉種落去了後，必須要經常給它施肥。最好嘛是最俗的肥料就是每個家庭自己的尿屎，加上豬屎雞屎鴨屎，經過發酵了後，愈臭是愈肥喲。蕉農家庭大大小小有閒就要挑肥，從家裡挑到香蕉園，有的人家要挑幾里路。到了園仔裡，一瓢一瓢舀出來，潑在香蕉樹頭。挑一次肥，那全身軀的臭味，洗一個禮拜還洗不掉。」

陳杏村揚起手掌在鼻孔前扇一扇，說：「不要說這個，換別的好不好？」

「妳知道香蕉怎麼割嗎？我來講給你聽。用一枝非常利的香蕉刀，先從香蕉樹的中上部位，就是腰部啦，相呼準，一刀腰斬下去，樹會傾斜倒落來，在倒落來的那一兩秒間，一手將一大串香蕉抓住提起，用另一手從香蕉串的頭部一刀給它斷頭，沒有訓練過的人是割不斷那香蕉串的，祕訣是，要借它傾斜倒落來的力量順勢使力，那香蕉串很重，有時一、二十公斤，手骨不夠力，香蕉碰撞到地上便要受損。」

吳振瑞國語越講越吃力，依然不放棄，努力再練習：「不是這樣就好了，還要用扁擔擔出香蕉園，放在棉被上，再將大串香蕉分解，說「分解」對嗎？哦，我知道了，也可以說是肢解。肢解好勢一筆一筆放上『黎阿卡』，送到集貨場檢驗。」

「很有意思。我做香蕉貿易，竟完全不懂這些。」

「還有呢，蕉農辛辛苦苦種作、經營，有時陣會完全無法度收成，一角銀都收不回來，請問是啥麼原因？」

「你在問三歲小孩嗎？颱風啦，颱風一來，全倒，血汗全部泡湯。」

「對。每年一定有風颱。風颱的損失，恁台北人，出口業者從來沒有幫阮考慮在內。」

「我一開始就跟你說過，這幾年我們青果公會確實賺了不少錢，那些都是蕉農的血汗錢。」

吳振瑞赫然從沙發上站起來，一個九十度的日式鞠躬，說：「陳理事長，這句話從妳口中說出來，我一萬分感動，多謝妳，這趟來台北跟妳相識，非常有價值，真是歡喜。」

陳杏村沒回話，按一下桌上的對講機，交代：「我有客人在，等一下送餐時，多送一份，啊！」

「我沒有事先徵求你的意見。我們今天的中餐是日式的蒲燒鰻魚飯，可以嗎？」

「真好，足好。」吳振瑞問：「妳華語講得那麼好，怎麼學來的？」

「哦，我在上海住過滿長一段時間。」

「上海？日本時代嗎？」

「沒錯。我有一個貴人。我們現在這個中華民國在大陸建國後，在世界各國都有派外交官。當時台灣屬於日本，中華民國在東京設大使館，在台北則設總領事館。我幫總領事夫人設計洋裝，成為好友，是那位總領事引領我去上海做生意的。」她說得興起，又拉開抽屜，翻找出一張泛黃的舊相片。吳振瑞挨近一瞧，是兩架日本軍機，陳杏村指著飛機上大大的三個字「杏村號」，說：「這是我在上海的公司向日本軍方捐獻的，公司決定用我的名義捐，所以日軍用我的名字命名。」

吳振瑞拿那相片在手上，仔細端詳，心裡有點不敢相信眼前這個「查某人」有這種能耐；陳杏村又翻出一張舊照，同樣是那兩架軍機，不過這張有她本人站在飛機旁留影。她那時的樣子，比現在年輕許多，雙手插腰，臉帶得意之色，和那被風吹起的長髮一樣飛揚。

「那個時陣，日本仔開始打太平洋戰爭沒？」

「正要開始，他們正需要國民捐獻。」她停頓一下又說：「在最好的時機捐出去，便是最好的投資。」

這時工友送餐進來，陳杏村跟他交談幾句，說什麼完全聽不懂。陳杏村一面幫吳振瑞準備用餐一面解釋：「我跟他講的是上海話。他是退輔會介紹來的退伍老兵。」

「捐獻軍機，我的公司獲得很多方便，卻使我後來成了戰犯，罪名是『協助日本，賣國的漢奸』。那時在上海，以相同罪名被抄家、被捕的台灣人有十幾個，幸好後來戰爭法庭判我們無罪，獲得釋放。」

「按呢是真幸運哦！」

「那時台灣來了一些人，幫我們辯護。無罪的理由是，我們那時事實上是日本國民，國民幫助自己的國家，哪能說是戰犯！」

吳振瑞沉默起來，埋頭吃飯，想著自己做為日本國民那時的種種，腦袋浮現在高雄中學擔任軍訓中隊長時經常呼喊的口號：「大日本帝國武運長久，萬歲！萬萬歲！」

陳杏村突然又回復說台語：「啊，哈！我過去的代誌，講三暝三日嘛講袂完。」

餐後，工友送來咖啡。這種飲料，吳振瑞在高雄只喝過一兩次，即使在台北能買到的地方也不多。陳杏村告訴他：「台北最早從巴西進口咖啡來賣的商家，我是其中一個。」

從陳杏村的公司回去跟合作社的同伴會合時已近傍晚，吳振瑞把談判成果告訴大家。雖然只爭回四角，對合作社對蕉農也不無小補。吳振瑞在報告後補充：「那個『香蕉女王』竟然跟我講：『這幾年我們青果公會確實賺了不少錢，那些都是蕉農的血汗錢。』當時，我感動得要死，憑我的社會閱歷，我認真看伊講這句話時的表情，我看袂出是社交話，看起來是真心話。」

「你這趟來台北是大賺！為合作社賺一條，閣為你自己賺一條。」

「我為我自己賺到啥物？」

「賺到一個女朋友。」

「你黑白講。伊會變成我的好朋友，但是絕對無可能超出範圍。」

十二

吳振瑞出差台北一趟，五天以後才回到家，脖子上依然掛著太太幫他打的那條領帶。這次太太沒先詢問在台北的事情，急著告訴他：「明仔哉，唐榮鐵工廠擴建新廠落成，一座新的啥物爐要啟用，請副總統陳誠來剪綵，阮澎湖同鄉要去觀禮。」

「我嘛欲去，一定要去。」

吳太太又去為丈夫選購了一條大紅的領帶，為的是給唐傳宗增添喜氣。

那是吳振瑞沒有見識過的大場面。紅地毯從大門口一直鋪到觀禮台，澎湖鄉親被安排在右後區，仍可望見唐榮老先生站在大門口烈陽下，背有點駝了，但精神奕奕；唐傳宗就在父親左側，挺胸，挺腰，畢直站著。沿著紅地毯兩邊肅立兩排隊伍，長長的兩列縱隊，身穿繡有工廠標誌的工作服，整齊劃一。

約七、八分鐘後，禮炮大作，禮樂響起。五輛黑色轎車從遠遠的三多路緩緩駛近，由於道路已事先淨空，街上除站哨的警察外，沒有閒雜人等，連灰塵都沒有揚起。

來了，來了，唐榮老先生陪陳誠慢步走過來了。哦！那就是陳誠！副總統陳誠！個子不高，也不胖，還比唐榮略瘦。他不知在垂詢什麼，唐榮只謙卑地微笑沒回答，由緊隨在兩人身後的一個看起來是外省人的中年男子，向唐傳宗交頭接耳一番，然後代答，他聽完邊點頭邊笑。紅地毯兩邊一直響著拍掌聲，他只偶爾側身點頭幾下。從觀禮台望去，他步伐從容，臉上洋溢著自信，這一定是他早就習慣的場面；走在身後的唐傳宗則沒有笑容，看得出心裡很緊張，神經緊繃著。

貴賓一到先剪綵。一排站著，紅花顛搖在每人胸襟，剪刀都套上紅布。眾人都眼睛金金地看，津津有味地看。吳振瑞同時注意到有兩台攝影機，一左一右在拍攝剪綵活動。不禁想起日本時代在麟洛香蕉試驗所裡中村技師的那台大傢伙，現在看到的這兩台小了很多，左邊那台還是用黑布蓋住攝影師的頭臉，右邊這個不見黑布，攝影師只低頭凝視一只小盒子，有點像端著養蠶紙盒出來玩耍的兒童。

一個人悄悄擠到身邊來，吳振瑞訝然輕呼：「阿壯伯，你怎樣會來這？」「他嘛有邀請幹部的父母來觀禮，正德仔今嘛在這已經升做副理。」「啊，真恭喜！正德仔。」「你有看那幾個查埔仔，一手拿筆一手拿簿仔，頭殼犁犁一直在寫字，他是……。」「他應該就是新聞記者吧？」

「阿瑞仔，你聽他所奏的音樂，嘸知是啥物曲？」

「我聽嘸識呢，這款場合，若阿本仔時代是演奏海軍進行曲。」

兩人低聲講話當中，剪綵完畢，換唐傳宗以總經理身分做簡報。第一句「報告副總統」喊得響亮，接下來一字一句說的是濃重閩南語腔的國語，他簡報一段話便停住，由剛才那個看起來是外省人的中年男子用標準國語翻譯，翻譯完再繼續簡報。來賓都如鴨子聽雷，只有吳振瑞有點物理知識，斷斷續續聽得懂一小部分：「這座電爐，以前用人工控制電極時，月產能僅一千多噸……添置動流式電極自動控制系統幫助很大，現在月產能達到一千五百噸……這種添置動流式電極自動控制系統也用在煉鋼，能縮短熔煉時間一半以上……。」

一起來的澎湖鄉親開始竊竊私語：「聽講員工有兩千多。」「不只，講有三千多，快要有四千了。」「這幾年，這間唐榮啥物都做，做火車頭，做鐵支路，聽講準備欲做汽車。」「您唐家今嘛講已經是全高雄第一好額。」「不是，正確講是全高雄鋼鐵界第一好額。」

阿壯伯和吳振瑞低聲交談的話題不一樣：「阿瑞仔，今仔日唐傳宗扶卵葩的功夫是無及格蛤。」

「你是講伊今仔日看起來有卡緊張，卡無足自然？」

「伊無像您老爸。唐阿榮已經是仙，巴結大官虎有仙人的步數。」

「我嘸了解你的意思。」

「唐阿榮是發自內心景仰、崇拜那位陳誠，發自內心將伊看做是『偉大領袖』、『民族救星』，所以伊扶人的卵葩，扶得非常自然，無雲無影，完全情甘意願，按呢就是變做仙嘍。」

「你講人扶卵葩，講得那麼文雅，閣深刻，親像你有在旁邊親耳聽到。」

「我是看這場面、布置，看您爸仔囝兩人的身軀姿勢，用我的直覺，畫一個『虎爛』給你聽的，哈哈！」㊀

「不過，你畫這個『虎爛』，可能十分給你講對五分。」

「不只五分，有八、九分吧。」
「這場面，要學起來，以後咱合作社可能用得到。」
「對，對，扶卵葩是一門大學問。」

註一：爸仔囝，父子。

十三

在擔任理事一屆之後，吳振瑞再連選連任。一天晚上，張明色登門拜訪，開門見山要他出選理事主席。「啊你咧？你欲去兜位創啥物？」

「我欲去選全國聯合社理事主席。」㈠

「哦，你叫我出來選高雄的理事主席，我敢選得到？」

「咱高雄社有一個暗規，理事主席必須是溪東的人。我今嘛算給你聽，目前咱理事會內底，比你卡資深者，屏東有三個，旗山兩個，屏東這三個中間，阿壯伯已經向我表示支持你，唯一可能跟你選的是洪吸。按呢你敢拚無？」㈡

吳振瑞沉吟片刻，回答：「敢。我來選看覓。」

張明色要離去前，吞吞吐吐詢問：「我唯一擔憂的是，你跟那位香蕉女王陳杏村的關係，可能有人拿這個做文章。」

「我跟她無任何曖昧關係，純粹是知己好友。」

「每擺你去日本出差，伊嘛剛剛好也去日本出差，哪有這麼巧合的？」

「阮兩人在日本做真多拜訪，認識好幾位商社領導人，對我，對咱台灣香蕉的未來幫助足大。」吳振瑞停頓片刻接著說：「明色兄，你想看覓，我跟這位陳杏村的交往，是有向阮厝裡每一個人公開的喲，我的查埔子庭光，查某子美秀、美愛若有去台北，攏去住在怹兜，叫伊杏村姨仔。阮兩人若是有啥物曖昧，一定是祕密往來，袂變做家庭對家庭公開的關係。」

「哦，按呢我瞭解，到時有人拿這個來質疑，你就如此解說。」

沒多久，一九六〇年初，張明色果然前往台北聯合社，當選為理事主席，隨即回高雄召集理事會，宣布辭職，並開放選舉繼任主席。吳振瑞與洪吸競爭，以十一票比七票當選。

就任理事主席那天有一場盛會，吳振瑞當然要上台講話。他為此準備了一天一夜，用日文和漢文混合著打草稿，寫完試著用國語唸一遍，感覺非常吃力，唸不成句；用閩南語唸，暢順一些，最後決定國台語混著說。

註一：當時，台灣在高雄、台南、台中、新竹、台北、宜蘭、花蓮、台東等地有青果運銷合作社，並結合成立聯合社，是聯盟性質的社團。其中台南社和東台兩社後來相繼併入高雄社，使高雄青果運銷合作社能統合嘉義到屏東各縣市以及花東兩縣的蕉農權益，其所轄區內，香蕉產量佔全國的百分之八十，是全國最大的蕉農組合，因而，高雄社主席可輕易選上聯合社理事主席，聯合社總經理後來也由高雄社主席兼任。

註二：溪東，指的是下淡水溪東邊，即屏東。

會場就在合作社大會議室。一些儀式既畢，政府代表也致了詞，才由吳振瑞講話：

「各位長官、貴賓，各位理監事先生以及本社經理副理，大家好。我這兩天接受了洪吸大兄和多多同仁的祝賀和鼓勵，心內有滿滿的感謝和感慨。

「我，阿振瑞，二十歲出頭就在香蕉試驗所做研究，到今日是五十歲出頭，我實在是用了真長的時間做準備，準備啥物？準備今仔日欲來擔任高雄青果運銷合作社的理事主席。

「最近這幾年，我跑遍各地香蕉園，也經常去視察集貨檢驗所，去跟編製竹籠的人家座談，又閣奔走日本各大商社，去瞭解市場，去摸索日本貿易界領袖內心的想法。這中間，我腦海中不時出現幾幅『夢甲』。『夢甲』是我少年時陣一個相牛師父阿煥叔公經常講的話語，伊講伊頭殼內出現的『夢甲』是能描繪過去又能預見未來的圖像，但是我的解釋無共款，我這幾年腦中出現的『夢甲』，是我的理想，就是我準備欲實做的藍圖。」

理事會中最資深的阿壯伯率先鼓掌，帶動全場一陣掌聲。吳振瑞被迫停下來，喝一口茶，再說：

「我的第一幅『夢甲』是，一台又閣一台貨車載著滿滿的香蕉進入港口碼頭，一籠又閣一籠的香蕉被卸下來，驗貨的、裝船的忙成一團，碼頭跟菜市場那般的擁擠，又是叫嚷又是呼喊，熱鬧滾滾。各位，這嘸是眠夢，我要將台蕉的年出口量提高到八百萬籠，甚至到一千萬籠……。」

此話一出，台下紛紛出現那種上揚而且拉長的「唔」「哦」的驚疑聲音，目前的總出口量才四十八萬籠，最旺季時五十萬都不到。

「要如何才能達到這個量呢？我給各位講，旗山的四周、旗山與里港之間下淡水溪的浮覆地、屏東縣枋寮以北的廣大農地，攏是非常適合栽種香蕉的所在。種香蕉的面積可以大大增加。那麼，要按怎鼓勵蕉農去增產呢？唯一的誘因就是價格。有錢賺，甚至有大錢可賺，大家一定搶種。

「大家搶種，蕉園面積大增，價格一定大摔，對嘸對？這不一定。日本這個市場還有非常大非常大的開拓空間，現此時台日之間的香蕉貿易是賣方市場，我們有多少貨，他們全要，幾個大商社搶著要，因此——

「我的第二幅『夢甲』是，在日本各地食品市場，咱台蕉滿滿是，日本人開始剝開熟黃的香蕉，一大嘴一大嘴咬落去，嚼嚼咧，吞落去，滿面攏是滿足感。」

台下許多人咧嘴微笑起來。

「各位，現此時日本人是按怎吃香蕉，你敢知影？他是剝開香蕉了後，嘸敢一口咬下，用水果刀切做一細片一細片，再用叉子一小片一小片吃，像在吃高麗參片那麼樣，這是真的……。」

全場哄笑，有人在台下高聲對話：「親像咱台灣人吃富士蘋果，嘸敢一大嘴咬落去。」

吳振瑞繼續，稍稍提高聲浪：「各位，我就任了後，要在日本成立辦公室，來去宣傳，改變日本人將香蕉視為『珍品』的觀念，將香蕉平價化，誘導日本人每日歡歡喜喜大嘴嚼香蕉，從而把日本的香蕉市場做大，將平價的台蕉佔滿市場，使他們不會動腦筋從南美洲進口。

「把香蕉在日本平價化後，我頭前所講，要增加出口到八百萬籠，甚至到一千萬籠才有可能。講到這，可能有人會問：一方面要提高台灣本地蕉價以鼓勵增產，一方面又要去將日本的蕉價壓成平價，這不是矛盾嗎？我給各位講，祕訣在一個『量』字。除了要去日本打開他們的消費量外，在咱台灣本島，要去打拚一件大代誌，相當困難的代誌，它是——

「我的第三幅『夢甲』，內底有三組數目字，分別是『無限多比零』『75%比25%』『五比五』，這三組數目字邊沿，有一群咱蕉農在號，一直擦目屎。這幅『夢甲』啥物意思，在座大家攏知。台蕉外銷去年達六百億元，佔全國外匯收入的三分之一，全部由出口商業者包辦，咱蕉農白白去呼您剝削、壓榨，所以是『無限多比零』。到一九五六年，咱搬請政府出來協調，將台蕉外銷的配額改為出口商業者銷三籠，咱蕉農才可以銷一籠，所以是『75%比25%』。」

台下眾人都知道講到重點來了，鴉雀無聲。

「各位，我在此咒誓，我拚生拚死都要來改變這款無理的比例。我替自己訂好兩個目標，第一，我一定在兩三年內將『75%比25%』的外銷配額改成『五比五』，請大家跟我作伙打拚。」

全場響起掌聲，足足兩分鐘之久。

「各位，慢且給我拍噗仔，我第二步要發起『產銷一元化』運動，啥物呼做『產銷一元化』，就是廢掉外銷配額，咱蕉農生產多少，全部自己出口。生產者就是出口商業者……。」

台下又有人鼓掌歡呼，但吳振瑞略一揚手，繼續說：「這代誌無簡單，要從三個方面同時努力，一方面咱要組織蕉農，四界來去陳情，市議會嘛好，省議會嘛好，台北閣卡重要，尤其是行政院外匯貿易審議委員會，咱欲向政府主管單位好好解說、請願；二方面，我已經知影日本政府準備推動貿易自由化，欲選幾項物質來優先開放，我要欲來去日本遊說，先將香蕉列入開放，按呢才能徹底脫離限額分配的制度；三方面，咱欲徹底將出口商業者推開，袂使閣給他們控制，一籠都袂使……。」

「出口商業者的理事長是陳杏村，你敢推得開？」台下一人大聲質問。

「她會支持我的理念。為著要達成我們的目標，出口商業者不管是誰人，要變面就變面，該翻桌就給他們翻桌，驚三小！」

「哦，呵呵！雄心萬丈，吳主席講得真正有夠讚！」

「啊！哈哈！有氣魄！」

吳振瑞的致詞來不及收尾，全場已經熱烈響應，哄鬧成一團。坐在台下第一排的阿壯伯一直沉默坐著，許久許久才冒出：「香蕉王出世了，啊！一代香蕉王！」「啊！是阮田莊的阿振瑞，會成為一代香蕉王！」

兩位年輕男子從後排快步上前，向吳振瑞遞上名片。一位是中央日報記者，一開口就可聽出是外省人；另一個是台灣新生報特派員，台語口音。特派員和記者不知有什麼分別，反正都是新聞記者吧。吳振瑞先體貼地問那外省記者：「我剛才說的，不像國語，你聽有嗎？」

「聽懂一點點，不懂的我會問他。」姆指同時朝旁邊的新生報特派員一比。

「主席，你講你欲將台蕉的年出口量提高到八百萬籠，甚至到一千萬籠，今嘛是多少籠？」

「今嘛最多才五十萬籠。」

「按呢是十五、六倍呢！敢有可能做到？要偌久才會當達成？」

「這是我的長遠目標，我的夢想，我的遠景，台灣島內和日本市場攏欲去努力，主客觀條件成熟，一定會當達成。」

「主席，所以我們可以將你剛才的談話，做一個標題，叫『吳振瑞的香蕉夢』？」

「可以。寫『夢』就好，若是寫『夢甲』，一般人不懂。」吳振瑞感覺這兩位記者還不想離去，於是再跟他們多講一些：「其實，我腦海中還有第四幅『夢甲』，剛才忘了講。」

「是什麼？」

「台灣遍地是竹林，近年來因生活方式改變，刺竹皮、桂竹皮已不再被撿拾收集。山區野生的藤多得不得了；草繩呢，由稻草製成，也多得不得了。你們想想，當台蕉出口量大增之後，會帶動一群十分興旺的週邊產業，採藤製藤的、收集竹皮的、製繩的、編織竹籠的，如果再把陸海運輸業算上，我估計會有成千上萬個家庭受惠。」

「這段話也可以併到『吳振瑞的香蕉夢』裡頭？」

「可以。謝謝你們。」

十四

行政院外貿審議委員會會議室這天特別熱鬧，青果合作社和青果公會的代表在裡面爭論不休，聲浪溢流在官府走廊。

「恁是憑啥物？蛤？給恁調高到二十五趴，無多久，竟然要按呢得寸進尺，恁實在是軟土深掘呢！」

「今嘛二十五趴比七十五趴猶閣無滿足蛤？比起卡早，恁連一籠配額都無的時陣，恁蕉農還不是歡歡喜喜在種他們的香蕉，生活得好勢好勢。」

「含著眼屎在種香蕉，嘸是歡歡喜喜。你知影一顆芋仔蕃薯！」

「你是在放啥物臭屁，蛤？吃人夠夠，壓榨阮蕉農，欺負慣習，吸蕉農的血吸得真慣習，哼！吸血竟然變做理所當然了！」

「恁敢知影啥物呼做公平？恁敢著有影出世比蕉農卡高尚？恁住在台北高級辦公室，嘸免曬日流汗，規日有電風䠡吹，按呢敢就是卡高尚？」

外貿會官員不耐煩了：「兩邊都給我小聲一點！到現在還不會說國語，講方言講得那麼大聲，你們要不要臉呀，蛤？」會議室驟然安靜下來，那官員又恐嚇：「等一下，我們徐主任委員聽你們在這裡用方言鬼叫鬼叫，煩了，一聲令下，大家滾蛋。」

那官員這頓教訓，宛如課堂上老師猛然拍桌，全班肅靜了下來。

較少說話的貿易商代表陳杏村適時提出主張，用略帶上海腔的國語：「大家別再爭啦，我們再讓一步，六十趴比四十趴，六比四。別再爭啦！」

吳振瑞朝那官員伸展手掌，五指張開，正反掌連比兩次，沒開口講話。那官員問：「你的意思是說五比五嗎？」吳振瑞連連點頭。

會場又靜下來。靜了一會兒，陳查某也伸展手指，先比一次六，緊接著比五，停一秒鐘再比一次三，緊接著比五，也是沒開口講話。那官員又不耐煩了起來：「怎麼樣？你們這是幹什麼！你們突然都成了啞巴？變成手語會議了嗎？」說完臉朝陳杏村：「陳理事長，妳們副理事長比劃那玩意兒是啥意思？」

「是六十五趴比三十五趴的意思。」陳杏村回答。

陳查某六五比三五的提議一出，吳振瑞用強勁的手勢，伸展五指，正反掌連比兩次，比劃完開口了，國台語交雜：「五比五，若是你們不同意，大家以後歹面相看。」

那官員又臉朝陳杏村：「陳理事長……。」話還沒說出，陳杏村慨然答覆：「可以，就這樣做成協議。」

坐她旁邊的陳查某放聲：「我反對。理事長，咱袂使按呢。」

陳杏村：「好啦，好啦，莫堅持啦！」

陳查某站起來，說一聲：「失禮，我先退席。」然後跨步離去。貿易商五位代表中，有兩個跟隨他離席。

陳杏村不為所動，說：「請外貿會正式記錄，五比五的配額比例，達成協議。」

那官員補充：「好，我們會裡會據此協議草擬一個辦法，呈閱核可後儘快公布實行。」

散會後，雙方人馬請求晉見徐柏園主任委員，祕書回說：「主委正在開會，無法接見。」

那天傍晚陳杏村約吃飯，約在一家日本料理的廂房內。說她要帶一個非常重要的日本貴賓一起來。是誰？暫不宣布。

吳振瑞帶總務副理蔡坤山赴會，推開紙門，貴賓已在裡面，吳振瑞愣了一下，驚呼：「哇！佐藤桑，是你！佐藤枝新，哈哈！」兩人互握雙手，互相注視、打量對方，都有點激動。

「多久了，我們多久沒見面了？」佐藤枝新先開口。

吳振瑞只沉吟片刻，回答：「三十年。我們是三十年前認識至今。我去過你台北的家，睡過你家的『紅眠床』，哈哈！」

「你的岳母大人，王桑還好嗎？」

「已經往生了，店務由我那大舅子在打理。」

陳杏村叫兩人坐下來，開始點菜，但談話停不下。

「你們三十年前那段故事，佐藤桑已經一五一十告訴我了，很有趣，很有意思！」陳杏村開始介紹：「不過，今天的佐藤枝新已經不是當年台北的小商人，現在是東京佐藤商事的大老闆、貿易會會長，跟我在日本的公司有生意往來……。」

吳振瑞搶著問：「你怎麼找到我的？」

「哈！我這兩天在台北，從報紙上知道你現在已經重要人物，向陳杏村打聽，原來你們早已是好朋友。」

「你台北還有家嗎？」

「還有。但我住東京比較多。」

四人邊吃邊聊，狀極愉快。快結束時，蔡副理離席去結帳，再回座時手上拿了兩份報紙，一份「徵信新聞報」，另一份是「聯合報」，遞給吳振瑞，指著頭條新聞：「主席，這，你看覓。」㊀

吳振瑞和陳杏村各拿一份開始閱讀，幾分鐘後，吳振瑞突然全身發抖，仰頭靠向身後隔間木板牆，臉色一會兒赤黑，一會兒青白，眉頭皺緊，口鼻亦緊縮，像在忍著什麼劇烈的疼痛。

「怎樣，怎樣，是按怎？」在座同時驚呼。陳杏村交代蔡副理：「可能是食物中毒，卡緊，去叫救護車。」此時吳振瑞伸一手拉住副理，呻吟著說：「嘸免去叫，嘸免！」

廂房外有餐廳人員聞聲入內，陳杏村劈頭責問：「恁食物有問題，可能是中毒。」吳振瑞又抖聲說：「嘸是啦，門關關起來，我無要緊。」說完趴在桌上，開始全身顫動，哇賽！是在哭泣！忍住哭聲，身體一直抖動地在悲號。

陳杏村挪靠過去，伸手在他後背輕拍輕撫。佐藤枝新臉色驚慌，手足無措。吳振瑞越哭越響聲，引來房門外許多張望的人影。蔡副理開一小縫門，對外解釋：「是飲酒醉啦，阮人客吃酒醉在號啦，無代誌，蛤！」然後緊閉房門。

「莫非恁主席是看到這條唐榮鐵工廠的新聞才按呢發作的？太奇怪了？」

「唐榮鐵工廠總經理唐傳宗是阮主席的好友。」

陳杏村回座仔細閱讀那些大小標題：「唐榮鐵工廠即起收歸省營／依國家總動員法凍結其負債」「唐氏父子奢華無度／去年娶媳席開兩百桌」「擴張信用過度借貸／台銀發布新聞公布唐榮鐵工廠負債數據」。

還沒有瀏覽完畢，陳杏村感覺吳振瑞停止哭泣了，抬頭，見他正在擦臉，說：「阿瑞仔，你驚我一下，驚死我嘍，到底是為啥物？」

「妳免煩惱。醫生講我這是一款身心病，發作時全身軀極端的痛，要大哭一場，哭了自己會好。已經二十幾年沒發作，有大代誌才來一擺。」

「大代誌？敢就是唐榮鐵工廠這代誌？」

「真正可惡！這根本就是一件冤枉案，大枉案，是迫害，馬鹿野郎！」

「你有了解？」

「我尚了解。我不時跟總經理唐傳宗作伙開槓，交換經營心得。鋼鐵事業這款頭路本來就是投資足大，回收卡慢，必須要銀行貸款，尤其是政府的低利補貼。」吳振瑞說話還帶點哭後

註一：「徵信新聞報」，是「中國時報」前身。

的鼻腔：「這台灣銀行嘛是惡質，伊按呢公布唐榮的負債數字，債權人一夜之間攏來討錢，公司無倒嘛是要倒。馬鹿野郎！這是刁故意的。」

陳杏村只是靜靜聽，沒回應。吳振瑞又開罵：「幹伊娘卡好！這報紙寫伊唐家啥物奢侈無度，嘛是刁故意寫的。伊爸仔囝攏是勤儉的人，講伊娶媳婦請人客兩百塊桌，馬鹿！工廠那麼多幹部、上下游客戶，社會關係那麼廣交，當然嘛要兩百塊桌才有夠。」

吳振瑞想起佐藤枝新在座，靦腆地看他一眼，說：「佐藤桑，我失態了，真不好意思，竟讓你看到我的身心毛病發作。我感覺真見笑，真歹勢。」

佐藤用台語回答：「袂歹勢，我又閣看卡清楚你這個人。」停頓一下，恢復講日語：「三十年前我就是對你的人格特質印象深刻，才來找你。」

陳杏村插話，問：「伊唐榮爸仔囝，頂頭是行誰人的路？」

「伊兜跟陳誠私交真好。」

「哦，按呢我知呀。」陳杏村停頓片刻，改說國語：「一定要走蔣家的路子。『皇上』我們是沒門沒路，但『皇后』或是『太子』也可以，你將來也要小心這一點。」

「聽講外貿會的徐柏園主任委員是蔣夫人的大將？」

「無錯。我跟他交情足好，另日有機會我幫你拉拉線。」

「阿杏村、佐藤桑，我想欲馬上轉來去高雄，來去安慰唐傳宗，參詳善後事宜。咱今日到此，改天再好好聊聊，好嗎？」

「好，別太過傷心，保重自己，啊！」

佐藤站起來告別：「今後，你在日本做香蕉貿易，有需要幫忙之處，來找我。」

「是，我一定找你。我正需要你的幫忙。」

分手後，吳振瑞告訴蔡副理：「行，咱來去坐夜車。」

「袂使轉去高雄，主席，你明仔哉一定要準時到省議會，咱組織一批蕉農欲去陳情，你是領銜的人。這行程你敢袂記了？」

「哦，我真正袂記了，你適才為何無提醒我？」

「咱是欲去陳情『產銷一元化』，我想暫時不讓陳女士知影卡好。」

「伊早慢會知影。伊通常會支持我。」

「這我有感覺，伊卡有良心。伊跟陳查某緊早慢會衝突起來。」

「有影，緊早慢。」

台灣省議會已經從台北搬到中興新村，新建不久的議事大樓前有一個不大不小的廣場。前來陳情的人群分別由不同的省議員接見處理。吳振瑞帶領的蕉農團體請願結束後，正要打道回府，赫然發現唐傳宗由一名祕書陪同也從一間議員研究室走出來。唐傳宗先發現吳振瑞：「嘿，阿瑞仔。」

吳振瑞快步過去，四手相握，四目相接，啊！這傳宗兄突然變得好老，白髮冒出一堆，眼角嘴角皺紋深深刻刻，只叫了一聲「傳宗兄」，接下來竟不知該講什麼話。

唐傳宗輕拍一下吳振瑞的肩膀：「行，咱找一個所在，我給你講。」

兩人走出議事大樓，同時望見左側一個小池塘邊有一張木製長椅，給人坐著觀賞池中金魚而設置的。池塘四周花木扶疏，小鳥在樹枝上啼叫，有點吵，但不影響交談。

「我二個月前去恁兜開講，無聽你講可能有這個危機。」

「哪有啥物危機啦，一切經營得好勢好勢。做鋼鐵事業，哪有可能無貸款。」唐傳宗聲音有點沙啞：「不過，陳誠那邊有派人來跟我老爸講一些奇怪的話，含含糊糊，話也講袂清楚，親像是說，副總統最近真無閒，暫時莫去向他報告啥物，也莫邀請他做什麼。」

「有影？難道這是……按怎講卡好……一款示警？」

「代誌發生了後，我感覺是一款示警，但是，最近阮並無去邀請伊撞啥物。」

「恁老爸今嘛有按怎無？」

「打擊得足嚴重，伊身體本來就嘸是足好，今嘛倒在眠床，已經袂講話……。」唐傳宗低下頭哭了，不敢放聲。吳振瑞心頭一酸，擔心自己的身心症會在此時發作，抬頭尋找樹上的麻雀，努力想別的事，想玉印在家不知是否一切安好，想那隻「馬沙」，上次回家看到牠愈長愈壯，弟弟振能說，牠比母親「瑪莉」更好駛。想著想著，聽到傳宗兄哭泣後醒鼻的聲音，思緒被拉回來，一時不知要如何安慰他才好，不自覺罵出來：「幹！按呢清彩就將一間大鋼鐵工廠收收去！無天理！馬鹿野郎！」

「阿振瑞，我心內嘛是大幹譙，但是，還有多多幹部、伙伴須要依靠我，我的家庭須要依靠我，我坐在我老爸眠床邊，伊看我的眼神內底，有真強的願望，要我振作起來、閣再爬起來的意思。阿瑞仔，你知影，我自少年跟隨阮老爸做生理，伊那套處理政商關係的想法，對我影

響足深。所以呢，幹！幹恁娘！我目前必須要吞忍呢！」(二)

吳振瑞使勁捶打一下自己的大腿，爆出：「是，要吞忍，咱欲吞忍！」

「阿振瑞，只有吞忍落去，顛倒閣笑得出來，我才有可能閣再爬起來。」

「戰爭結束要被遣返時，我一個阿本仔長官，屏東香蕉檢驗所主任山本實請我去恁兜吃飯，伊是一個有學問的人，伊給我講：『你將來會為國家人民做更大的事，但你要隨時小心，讀支那人的歷史，可知支那人的政治是非常陰險的。』」

唐傳宗靜靜聽著，沒回應，吳振瑞又說：「昨日，陳杏村叫我提醒你，要做關係，要捧，就是要行姓蔣的路線，『皇后』或者『太子』攏可以，只要是蔣家的就可以。」

「這點，我最近已經有覺醒，深深痛痛的覺醒。」

「猶閣有，這兩天的報紙，你攏總莫去共看；攏是亂亂寫，非常惡意的扭曲。」

「不只是扭曲。恁兜的報紙，想欲用文字謀殺阮全家。」

「真正惡質！幹恁娘！」

兩人談話至此，有人走向池塘，往池裡丟麵包屑，一群金魚擁出搶食，像餓狼群在搶食小白兔。兩人沒再講話，靜觀那些躁動的金魚。再坐了一會兒，不約而同起身，併肩走向停車

註二：在那個威權高壓的時代，好朋友間私下常以粗話對政治發洩情緒。歷史學者許雪姬曾為唐傳宗做口述歷史，收集在「消失的台灣鋼鐵大王」書中，內有「他心中當然對政府有太多怨氣，很多都是用三字經伺候」等語。

場，兩人的幕僚跟在後面，吳振瑞意猶未盡，說：「傳宗兄，你適才講，『吞忍落去，顛倒閣笑得出來』，這實在是足無簡單做得到。」

「我從小漢跟我老爸四界做生理，比你卡容易體會。其中的祕訣在：將對方，那個『欲呼你死』的對方，看做是好人，當作是偉人，發自內心去愛戴伊、尊敬伊、必要時拿香去跪拜伊。做到這點，伊可能袂閣再來相害吧？閣有可能給生理給咱做。」

「唉！按呢，太過為難你啦！」

「我只是心內按呢想。正經要做時，嘛無一定做得到。」

十五

離開中興新村後，吳振瑞想回屏東家裡一趟，但另一個任務等著他。經理部門幫他準備好了出國文件和一疊資料，車子就停在門口；他跨上車，司機往機場方向急馳，而他在車內翻開那疊資料。

資料是這次台日香蕉談判會議的對手簡介和商社背景。作為高雄社理事主席又兼聯合社總經理，他是台方主談代表。幕僚準備的資料，他大略翻閱幾頁就收進公事包，開始閉目養神，靜靜思索從小到大跟日本人相處、交涉的經驗中，有哪些策略行得通，哪些行不通。

東京不遠，很快就飛到。和同行夥伴在旅館住定後，日方領隊柴田社長約吳振瑞單獨見面，約在藤村料理店。那是一家要點酒菜，可以召藝旦來陪酒的場所；但是柴田社長只叫水果和綠茶，擺明了今晚只談業務，不娛樂。

廂房內舖著兩套棉被，柴田就跪坐在棉被上，吳振瑞有樣學樣。第一杯茶剛喝完，柴田就問：「你們估算今年能給我們多少籠？」

「高雄社預計向日本輸出三百萬籠，台中社有一百萬籠左右。」

柴田：「你說的這些，包括出口商陳杏村那邊的量？」

「沒錯。」吳振瑞回答後心生憂慮，反問：「到底日本市場的最高消費量是多少？」

「八百萬籠左右。」

「那麼，以生意算盤來說，多少籠是你們商社能獲取最大利益的數量？」

柴田沉吟片刻說：「六百萬籠。」

吳振瑞心裡喊一聲「按呢有危險」，不講話了。見柴田向後挪動身體，背靠著廂房木板牆，腳伸進棉被，沒說話，眼睛微閉，似乎在休息，但那是若有所思的神情；吳振瑞也改變跪坐姿勢，半坐半臥，心想：「阮台蕉的生產量竟然跟他日本仔的需求量相差那麼大！若無趕緊滿足他的需求，一定有日本商社會動腦筋去向第三國找貨源。」思量至此，吳振瑞看柴田一眼，剛好柴田也張開眼睛看過來，四眼相接，像電線正負電瞬間接觸，爆裂出一陣閃光，但聞柴田開口，好像知道吳振瑞在想什麼：「你們的供應量不足二百萬籠，我們日本業者恐怕會去別的國家想辦法。」

吳振瑞非常低聲回應，更像是自言自語：「會有什麼別的國家有那麼多香蕉？」

「菲律賓、印尼、越南、馬來西亞、泰國、中國……。」

「那些地方可能都有人種香蕉，但日本人一定吃不慣，你們如果去那邊買貨，恐怕會賣不出去。」

「你們做過日本的市場調查？」

「沒有，但我確知。」吳振瑞挺腰坐直，提高聲浪：「台灣蕉是日本農業技師改良種植技術，改良品種以及口味的。我本人就是出身日本人的香蕉試驗所。我的恩師就是現在九州大學的中村二郎。」

柴田沒說話，吳振瑞又補充：「在亞洲，台灣蕉是日本人的唯一喜愛；從台灣船運，航程也最短，運費最低。」

「那麼，你說，該如何補足差額？」

吳振瑞站了起來，說：「社長桑，我有一個兩全其美的好辦法。」

「說來聽聽。」

「請求您同意，高雄蕉從現在每籠七美元提高至八美元。我回高雄社馬上宣布，對蕉農是莫大的鼓勵，一定增產再增產，很快就能產出你們的需求量。」

柴田也站了起來，問：「台中蕉呢？也要加價？」

「不必，台中蕉目前已經是一籠八美元。」

「用加價鼓勵產量，不能變成長期措施。別的商社會反對。」

「一年。」吳振瑞伸食指一比：「只要一年就可以。」

「這，我可以同意。」柴田果決地答應，重新坐下，依然跪坐，然後說：「但要讓我們全體業者都能同意才行。」吳振瑞也在他對面跪坐，各喝一口茶。兩人沉默片刻，柴田說：「明天正式會議上，藤原商社將提出剛才我講的那些質疑。」

「明天，社長桑和我都暫不說話，我方由理事鄭祈全回應。」

「到了談及從東南亞進貨的事情時，你要親自說明。你剛才說的那套什麼品種與口味改良的說法，對日本人有說服力。我也擔心同業盲目進口，到時賣不出去。」

「是。」吳振瑞坐著一鞠躬，說：「謝謝社長桑肯定。」

「聽說佐藤商事的佐藤枝新會長是你的老朋友？」

「沒錯。社長桑為何提到他？」

「我們商社昨天才獲知此事。」柴田說：「明天山崎商社的石川會長也會出席會議，他們跟佐藤商事有淵源，兩家交叉持股。」

「是。謝謝提醒。」吳振瑞說：「明天最後做決議時，務必請社長桑大力支持。」

從日本回國後次日，吳振瑞在高雄社主持例行理監事會，開會完即回屏東，召集家族所有成員，要求盡量找地，用租用買或用契作都可以，全部用來種香蕉，越多越好。他連續兩天減少公務行程，留在家鄉，親自安排相關事宜。

回到高雄社辦公室時，桌上一堆文件報表等著他。放在最上面的是前日的理監事會議記錄，要他批閱後存檔。這是最簡單的，不會有誤，看一遍簽個名即可：

第一案：中國國民黨東京黨部要求本社認捐與匪鬥爭經費，日本商社願代本社認捐，請同意案。

主席說明：自本社取得香蕉輸出配額後，本社給日本蕉商的報價，是依照政府所定之底價每籠七美元；而青果公會的報價比本社多出一點五至二美元，因而，日本各大商社對本社有超越一般商場的友誼。加上目前日本的香蕉市場係屬賣方市場，日方近日由柴田產業領銜主動提議由他們代替本社捐贈這筆「鬥匪經費」，無附帶任何條件，捐贈金額為兩千五百萬日幣。日本各商社募集這筆款項的方式是，自每籠交易價中扣除三十圓日幣，積少成多，是日方向本社做公關交誼的性質。

決議：同意。

看到這裡，他嘴角微揚，臉上浮現一絲自豪的神情，但眼睛沒停，看下去：

第二案：第六次台日香蕉談判會議成果報告及後續如何處理案。

主席說明：此次與日方談判獲得同意，下月起高雄社外銷日本香蕉從每籠七美元調整為八美元。（吳主席和鄭祈全理事等詳述會議折衝過程，從略）

決議：一，經理部將此次談判結果以速件通知各地分社與辦事處，轉知全體社員。

二，全體理監事、李經理以下主管分組赴各縣各鄉鎮宣達並督導增產事宜。

吳振瑞抬頭望了望天花板上緩緩旋轉的吊扇，若有所思，然後從西裝口袋掏出小筆記本潦草地寫兩行日文，放回口袋，繼續閱讀第三案：

第三案：本社員工調薪案。

說明：近幾年因台蕉輸日業務興旺，蕉園面積和蕉農人口大增，本社社員由一萬多人增加到六萬多。此為全體員工在理事主席以及理監事領導下，所獲致的成果。目前社內財務寬裕，為酬謝全體幹部和員工的辛勞，擬加倍調高薪給，即於每月十五日加發一次全薪。

決議：同意。

看了此案，他拉開抽屜，拿出一把袖珍型算盤，撥一撥，算一算，嘴角依然上揚，很快收回算盤，繼續看下去：

第四案：本社主推之香蕉出口「產銷一元化」運動，瓶頸如何突破案。

說明：此一運動為本社現階段重要政策，對各級議會和地方政府的陳情活動已告一段落，行動相關單位雖應允排上議程，但反對意見甚多，亟待尋求良方予以突破。

決議：經熱烈討論，尚無具體方案，下次會再議。

看了這則，他臉色一變，凝重起來，擱下紙筆，往身後的藤椅靠背一仰，深深吐氣呼氣幾次，然後低頭沉思，許久許久，那姿勢有點像打瞌睡。

電話鈴響，只響一聲就被吳振瑞抓起。是陳杏村來電，簡單交談幾句後，吳振瑞一臉振奮，呼叫經理李塗鎮、副理蔡坤山，交代：「趕緊準備車，咱作伙來去左營一趟，即時出發。」「有啥物代誌？」「詳情咱車內再來講。」

十六

那是炎熱的五月底，南台灣連半夜裏都沒有涼意。吳振瑞悄然起床，到隔壁房間輕輕搖喚女兒吳美愛。美愛那年讀初中二年級，青少年睡得沉，被父親搖醒後，只張了一下眼睛，翻個身，又睡回去了。

吳振瑞不忍再吵她，步出，站在客廳窗邊，透過朦朧的月光，見屋後牛欄裡的「馬沙」也睡了。馬沙也差不多是青少年，食量很大，需要比較多的反芻咀嚼。現在一動不動，應該也在熟睡中。「白天那麼多事要勞動，你就安安靜靜休息吧。」吳振瑞定睛注視，發現還有幾絲白白的口沫殘留在牠的唇邊。

馬沙睡覺的時候，是兩隻前腳先屈膝跪地，然後側邊躺下，一直都是這樣。

壁鐘敲了兩下，在這半夜裡特別響亮。他正動念要重新回床再睡看看，見女兒吳美愛從房間走出來。

「阿爸，你怎麼呀袂睏？適才是你在叫我乎？」

「是啦，阿爸有代誌，睏袂去。」

「有啥物代誌？」

「妳明仔哉學校的課敢有重要？」

「明仔哉有英語和數學，當然嘛重要，按怎？」

「按呢無事啦，嘸免啦。」

吳美愛輕輕跺一下腳，追問：「阿爸有啥物代誌要我做？你講呀！」

「真正嘸免啦，妳照常去學校讀冊。」

「阿爸，你講啦！」吳美愛又輕輕跺一下腳。

「阿爸明仔哉在合作社要迎接一個非常重要的貴賓，我有寫好了一篇歡迎詞，想要親自誦唸給他聽。我想要向他請求的重點事項嘛順便在歡迎詞裡說給他聽，按呢嘛講卡會清楚。但是，阿爸的國語發音真無標準，我閣按怎練習都唸袂好勢，煩惱到睏袂去。」

「是啥物人那麼重要？」

「伊叫做徐柏園。全國管香蕉外銷最大的官就是伊。妳明仔哉看到了就會知影。」

「阿爸的意思是要我明仔哉請假，莫去學校？」

「敢好？」

「好啦，無啥物要緊啦。」

「按呢，妳明仔哉跟阿爸來去合作社，那個徐柏園到時，妳站在我身軀邊，替阿爸大聲誦唸出來，用標準的國語。」

「可以，沒問題。你那篇歡迎詞，我今嘛敢會使先看一遍？」

吳振瑞輕手輕腳回房間，再出來時，兩張有點泛黃的十行紙在手上。吳美愛開燈，輕聲唸一段，抬頭說：「阿爸，真正有夠奇怪，你袂曉唸漢文，閣真會寫漢文，親像阮國文課本內的文言文。」

「阿爸讀高雄中學時，有一門必修的『漢文科』，日本先生是用日語發音和日文翻譯的方式教漢文，所以阿爸漢文有基礎但是袂曉唸；前幾年我有去讀今嘛國民政府的漢語補習班，無啥物效果，發音真困難呢！」吳振瑞接著問：「按怎？妳唸會好勢無？」

「當然嘛沒問題。」吳美愛繼續唸，稍為大聲些：「素聞徐主任委員勤政愛民，關心民瘼，時時以蕉農生計和國家外貿之發展為念……全體蕉農感謝您的德政，本人願意下跪，懇請……。」吳美愛唸到此，停住，發問：「阿爸，你真正要下跪，向那個人下跪？」

「無錯。妳唸到這句時，稍停半分鐘，等阿爸跪落去了，跪好勢囉，妳再閣繼續唸。」

「阿爸，」美愛叫一聲，深深看父親一眼，繼續唸：「懇請支持本社的產銷一元化……阿爸，啥物呼做『產銷一元化』？」

「這代誌非常重要，以後再慢慢給妳解釋。若是沒問題了，妳緊回去睏，明仔哉要足有精神才好。」

「好，阿爸，你嘛趕緊回去閣睏，不通閣睏袂去。」

父女談話至此，把吳太太吵醒了。一個從熟睡中醒來的沙啞喉音從臥室傳出：「阿瑞仔，你在跟誰講話？」吳振瑞沒回答，緩步回房間。

回房前，他再瞥馬沙一眼。牠的睡姿沒變，還是前腳跪著，不過已經翻了身，剛才朝裡側躺，現在朝外倒臥。

第二天，高雄青果運銷合作社全體理監事、各組經理和職員、連同在高雄港三十一號碼頭工作的人員也動員到齊，列隊在高雄市海邊路三層的辦公樓房前面，兩列縱隊。理事主席吳振瑞和兩位資深理事西裝畢挺，站在隊伍最前面。

高雄的大太陽把每一個人都曬出大汗，偶有南風吹來，風也是熱的。眾人一邊等候一邊閒聊。

「聽說他人還在左營海軍那邊打高爾夫球呢！」

「那是昨日的代誌，今日，他會從海軍司令部的招待所直接來這裡。」

「是誰人那麼厲害，探聽到他人在高雄的？」

「我給你講，是理事主席在台北的查某朋友陳杏村，來通風報信。咱主席昨日專程去左營高爾夫球場拜見，懇請伊來指導……。」

「哦，原來如此，莫怪喲！不過，你講話卡小心咧，陳杏村是咱主席的朋友，嘸是查某朋友。」

「來呀！來呀！我親像看到頭前理事主席有在動了。」

兩列縱隊裡的人們一齊向右擺頭，有點像骨牌遊戲中一路擺動的木偶。

「無影，亂講，全無蹤影。」

「我早起有看到理事主席的查某囝有來，嘸知要創啥物？」

「我嘛嘸知。」

「伊的查某囝真像老爸，高䠷，將來是一個大美人。」

「來呀！來呀！這擺是真的。」

「不知是圓啊是扁……。」

「喂，要打噗仔喲！大家作伙打噗仔，打卡大聲點！」

「閣要喊『主任委員好』。大家喊出來，『主任委員好』！一齊喊！」

吳理事主席恭恭敬敬陪著一個人真的到了，長長成串的鼓掌聲鞭炮那般響起，台語口音的『主任委員好』此起彼落。啊，那真是一位大官呀！比吳理事主席略略矮了些，戴寬邊黑框眼鏡，臉微寬，福態，斯文，果然是當大官的樣貌。他一直微笑著，偶爾揚揚手跟兩邊的歡迎群眾答禮、致意，那神情看起來愉悅極了。

進屋後，一名女工友給貴賓和主席奉上毛巾擦汗，吳主席一面擦臉一面介紹：「這是我們的經理李塗鎮，是我們的執行長。」那貴賓顯然是當慣了高級長官的，老練地微笑趨前，握個手，隨口問一個有點內行又有點外行的問題，又擺出仔細聆聽回答的肢體語言。吳振瑞在旁相當有感，三十五歲以前，他看過日本長官、日本老師垂詢事情的場面，兩者有差別，似乎是根本性的差別，而現在腦筋緊張，一時無法分析它們有哪些不同——確是不一樣的！是態度上嚴肅與和藹之別，是眼神中真誠的程度的差別。

在面對合作社幹部職員以及廣大蕉農的時候，現在的吳振瑞會想要學習這位徐柏園主任委員的應對模式了。「是可以參考模仿這位中國大官的口氣和態度，但我的垂詢話題會比徐柏園的更內行，像日本長官那樣對事情研究得非常專精，讓部屬敬畏的那種專精。」吳振瑞陪在徐柏園身旁，一邊觀察一邊這樣想著。

會客室在二樓，茶水和水果盤早已備妥。轟轟作響的大吊扇和大同電扇從上下左右給眾人吹著熱熱的風。主客坐定後，吳振瑞用生硬的國語說：「我有寫一篇歡迎詞，怕我的台灣國語您聽不懂，所以特別請我的女兒來幫我唸，這樣可以嗎？」

「哈哈！好，好，你太客氣啦。」

吳美愛步出，站在父親身旁，怯怯地瞄徐柏園一眼，然後好像突然想起來，匆匆低個頭，補行鞠躬，同時響起那小女孩天生的稚嫩嗓音：「徐主任委員您好，卑職代表高雄青果運銷合作社全體理監事和職員，以及全體蕉農熱切歡迎您的光臨，」她唸到此，吳振瑞站起來一鞠躬，坐在兩旁的理監事也跟著站起鞠躬，行的都是那種受過日本教育的人慣常的深深彎下腰的鞠躬。

徐柏園有感覺了。剛才那小女孩的鞠躬，是我們政府光復台灣後在學校教的；而眼前這些理監事的鞠躬，怎麼還改不了日本習慣呢！

吳美愛的朗誦沒有停：「素聞您勤政愛民，關心民瘼，時時以蕉農生計和國家外貿之發展為念。現今，香蕉在日本已被列為貿易自由化的項目，惜乎我們國內的體制尚未配合變更，香蕉輸日仍然控制在輸出業者手中，為了促成我國香蕉的產銷一元化，本人願意下跪，懇請……。」

「下跪」兩字一出口，吳美愛便停住。吳振瑞毫無猶豫地站起，屈膝跪地。徐柏園吃了一驚，立刻站起來，跨前一步，雙手扶起吳振瑞，口中連說：「不敢當，不敢當，你怎麼如此客氣！真不敢當，產銷一元化我是會支持的，會支持的，會的。」

吳振瑞是高個子，跪下後看起來大約跟吳美愛齊肩同高。他似乎還想再拜下去，但迅即被徐柏園拉起。那年他五十二歲，雖然從小務農，膝力看似強健，跪下時輕鬆自如，但站起時，卻好像滿吃力，右腳先半站半屈，身體明顯向右歪斜，身旁的理事趕緊伸手，與徐柏園合力扶拉一把。身旁的吳美愛目睹這一幕，不知是感動還是感傷，眼眶含著淚，繼續字正腔圓唸完最後兩個句子後，退到後面。

接下來，徐柏園問起日本市場的情況以及本地蕉的產量問題，吳振瑞和幾位經理詳細向他解說，交談甚為熱烈，偶有間歇的笑聲出現，沒人注意坐在角落藤椅上的吳美愛，悄然擦拭眼淚，情緒還未恢復。

一位老先生，有點土氣，搬張椅子坐到吳美愛身旁，「哎呀，阿壯伯阿伯，你今日有來喲！」

「阿伯有看到妳在偷拭目屎。按怎？妳是在艱苦按怎？恁老爸這招足厲害，中國仔大官愛吃這套。」

吳美愛怔怔地看著這位阿伯，不知該如何答話。阿壯伯又說：「咱台灣呀，現在是一個大家相爭著扶卵葩的時代。」

吳美愛還是不知該如何答話，阿壯伯提一個無厘頭的問題：「我這幾年不時聽到一句『全體肅立』，到底是啥物意思？」

「是大家站起來，站呼好的意思啦。」

「啊『全體肅立』和『全體肅靜』敢是同意思？」

「無同款。『全體肅靜』是大家恬恬，莫講話。」

「哦，原來是如此。日本時代嘛是有按呢。」

幾個月後，旗山有一個戲班，班主柯震夫帶一個助手跑來屏東，東探西問，找到阿壯伯，說明來意：「阮旗山愈來愈多人種香蕉。這幾年，大家攏好額起來，莊頭莊尾攏在『呵咾』吳振瑞，將伊當做神明。阮戲班想欲來演唱這個人，聽人講你是尚瞭解伊的人，所以來請教你。」

「恁直接去找吳振瑞就好了，找我有啥物路用。」

「我有去找，找兩趟了。人伊去日本，嘸知何時轉來。」

「好，來，恁欲我按怎幫忙？」

「阮欲先寫好腳本，但吳振瑞的部分，寫兩三行就寫袂落去。伊最近的故事要請你給阮指導。」

「恁寫好的，我看覓。」

柯班主遞上。阿壯伯一瞧，喃喃自語：「好加在，漢文我看有。」

「吳阿振瑞（銅鑼聲一短音），出世屏東（銅鑼聲一短音），有通天之能（嗩吶加銅鑼），某日，貴官來臨，伊驚天一跪（嗩吶加銅鑼），天庭振動（銅鑼聲一短音），蕉農從此欲風有風，欲雨有雨（南管噴吶），香蕉生得飽滿，特別香又閣特別好喫（合奏）。

「這位吳阿振瑞，帶錢來出世（銅鑼聲一短音），伊一個跪落去，驚天動地喲（噴吶加快板銅鑼），致使人人攏賺到錢，規莊頭攏好額起來咧（合奏）。

「旗山人，屏東人，變做好額人（殼仔絃配銅鑼），酒家戲院滿四界，田莊繁榮人相擠（南管噴吶配快板小鼓），一甲地香蕉年收二十萬，公務員月薪才五百元（銅鑼聲一短音），早起割香蕉，中晝時交香蕉，欲暗仔扁擔一邊擔米一邊擔銀票，嘴笑目笑唸著歌詩轉去厝，呵呵（合奏）。

「旗山有一個盧仔廷（銅鑼聲一短音），人叫『香蕉廷』（銅鑼聲一短音），穿著『香蕉衫』，香蕉汁點點滴滴黏甲規領衫（細碎三絃配小鼓），哦！農會存款伊佔一半，伊若攏總提領，農會就愛倒一半（合奏）。」

閱讀到這裡沒有了，阿壯伯緩緩抬起頭，褒一句貶一句：「第三、四段寫得足好，但是頭前兩段吳振瑞的部分有卡花虛，嘛寫得休過簡省。」

「是，有卡花虛無錯。我在想，唱戲就是唱呼伊花虛，呼人聽到會感覺趣味。」

「你按呢講嘛是有道理。我來加添兩項具體的事實，第一，『跪』這項代誌，提到一擺就可以了，若要唱第二次，要講吳主席上任後，出口量衝到一百零七萬籠；下跪了後，蕉農感激，產量用跳的，第二年竟然增加到三百十四萬籠，跳升三倍。」

「是，這就是阮走那麼遠來找你的原因，請閣講，請指教。」

「第二，卡早，蕉農裝一籠香蕉賣出去，可以賺五十五元，後來提高到一百零四元，今嘛呢，可以賺一百六十三元，真正是大家大賺錢。

「以上這兩點，主要是數目字，加減寫落去，敢會減少唱戲的趣味？」

「適當放些數目字進去嘛會使，阮轉來研究看覓。多謝你，多謝阿壯伯。」

「啊閣有，我臨時想到，編製竹籠仔的行業，這幾年嘛足好……。」

「好，阮轉來順刷寫落。」

「換我請教你，你腳本內面最後提到一個盧仔廷，那是啥物人？」

「哦，這恁屏東人卡嘸識，伊在阮旗山美濃是大大出名……。」

班主柯震夫說到此，一輛嶄新的大型摩托車轟然駛近，話被打斷，是副理蔡坤山載著歐陽專員到來。

蔡坤山邊跨下車邊大聲嚷嚷：「阿壯伯理事，隔壁六塊厝作醮，規莊請人客。我和歐陽專員去一位蕉農阿宗仔偲兜呼伊請，吃完順刷彎進來給你問好。」

「來，來坐，飲些茶水。」阿壯伯說：「阿宗仔我知影，有腥臊無？」

「赫！非常腥臊，流水席，呼人吃通海。」

「伊最近有卡好額，呼人吃，嘛應該。」

歐陽專員走上前來，恭敬問候，半國語半台語：「阿壯伯理事，冒昧上門，嘸知影有攪擾到您無？」

阿壯伯回以國語：「不會，不會，歡迎至上。」

兩位來客一齊笑出來：「沒人說『歡迎至上』的啦。」

「要不然咧。」

「您應該講『歡迎之至』。」

「哈哈！有差嗎？」阿壯伯接著說：「我聽政府到處在喊『反共至上、救國第一』，有樣學樣，就學起來了。」

眾人皆笑，唯獨歐陽專員嘴角沒動。

等客人坐定，也上了茶水，互相做了介紹，阿壯伯回頭向班主柯震夫說：「來繼續咱的話題，那個盧仔廷是按怎有名？」

班主說：「伊呀，人叫『香蕉廷』，原本是旗山一個樸實勤儉做息人，聽青果合作社的話，大量『貿田園』種香蕉，結果『大貿』。我腳本內底講有人交香蕉轉來『扁擔一邊擔米，一邊擔銀票』，盧仔廷是扁擔兩邊攏擔銀票，直接擔去寄存在農會信用部。有一日，他太太，農村做田人打扮，去農會欲領錢，可是農會職員看伊袂起，態度無好，盧仔廷氣噗噗，欲將全部存款領出來。農會一算，阿娘喂！您兜存款佔全農會存款數額一半以上，伊若總領，農會要倒……。」

蔡坤山插話：「盧仔廷這故事，我聽過。」

班主不說了，站起來，清清喉嚨，居然即興唱起戲來：

「割香蕉，交香蕉，大賺錢，賺甲飽嘟嘟哟，飽嘟嘟；

「割香蕉，交香蕉，算數單，點銀票，算甲手指頭仔酸啊痛哟，痛酸酸；

「割香蕉，交香蕉，銀行農會相擠來款待，爽歪歪哟，歪歪啊爽。」

他唱了這三句，眾人大悅。歐陽專員問：「柯班主，你講的那個腳本，是嘸是借我欣賞一下？」

「好。」柯班主爽快地遞過去。

歐陽接過來看一遍，又請求：「我可以抄一遍帶走嗎？」

「無啥物要緊，不過這腳本袂完成，我今日就是為著這個來找阿壯伯。」柯班主說完，問：「你是欲抄去撞啥物？」

「我欲寫報告給頂面。」

「哦，頂面喲。」柯班主想了想，又說：「我那腳本太簡省，稍微花虛，還有重點無寫落去。」

「譬如咧？」

「譬如竹籠仔包裝業者這幾年無暝無日在趕工，嘛是好康。」

「這我知影。我有去訪問、參觀過。」

「還有一項是一般人不會去注意到。」

這下阿壯伯不服氣了，發問：「比如咧？」

班主又清清喉嚨，說：「這幾年還有一種人無暝無日在趕工，那就是幫人起厝的土木師父，嘛有人叫做土水師父。講我所住的旗山的庄頭就好，每一戶攏想欲將原來的土角厝改建為磚瓦厝，是因為農家今嘛有能力了，那些土水師父每日去呼人追著走，工課是每禮拜每個月在排，排到明年後年都還做不完。」

在座都眼睛一亮。阿壯伯讚歎：「赫！柯班主，你講的這項，阮屏東㑑是按呢，只是我無去想到。」然後用有點愛現的口吻說：「歐陽專員，還有一項，你也可以寫。以前，阮這的國民學校和初中失學率真高，為什麼呢？因為一些家庭繳不出學費，或者是農家腳手無夠，或者是須要多一個人幫忙賺錢，往往逼迫囝仔，尤其是長子、長女，不准去上學。但是，現此時我所瞭解，家家戶戶攏鼓勵囝仔去讀冊，讀愈高愈好，因此，香蕉好康，帶來失學率大大降低。」

「哇！阿壯伯，我細漢就是一個失學少年，聽你講到這項，我心內感慨，足想欲閣來唱一段戲。」

「請，請唱，唱落去。」

班主柯震夫站起來，右手虛空一畫，輕抬腿，真的開唱：

「割稻仔大日子，咚咚恰！透早就出門，咚咚恰！看人去上課咧，目屎含，目珠含目屎嘍，淒恰淒恰。」

接著雙手改做吹簫狀，跨一大步，又唱：

「呼——嗚嗚，阿母哦阿爸，呼我來去讀冊，來去學校，好無啦，好無啦，嗚——嗚呼。」

他只唱了兩句就停住，靦腆地說：「歹勢！這一項，實在須要打草稿，先寫腳本才唱會落去。」

歐陽專員起身，拿出筆記本移步到不遠處一張石桌旁，低頭疾書，像個好學生認真在寫作業。柯班主低聲問：「這位歐陽專員講伊是欲寫報告給頂面，頂面是誰人？嘸就是合作社嗎？」

阿壯伯回答：「嘸是，伊另外有一個『頂面』，是黨部。」

蔡坤山回答：「嘸對，伊真正的『頂面』是調查局。」

「哦，是按呢喲！」

「哦，原來是如此！」

十七

一天，阿壯伯在合作社跌倒，右手肘輕微骨折，也擔心有無腦震盪，吳振瑞親自用車子送他去醫院。

行經高雄市三多路與中山路交叉的大圓環時大塞車，因為圓環中心有一個施工中的工程，鷹架搭得又高又寬，最中央那建築主體還看不出是什麼東西，也高高聳起。

吳振瑞告訴阿壯伯：「頭前三多圓環正在興建蔣總統的騎馬銅像，看起來非常高大壯觀。」

「這我知影。」

「但是起造人是唐傳宗，你就嘸知啦，總共要開四、五百萬。」

「敢有影？唐傳宗敢重新閣爬起來了？」

「政府將唐榮收去了後，清算全部資產與負債，發還七百多萬元；後來傳宗兄四界陳情，又閣發還四千多萬元，所以伊手頭還有足多資金。這條起銅像的錢，是市政府徵收唐榮的土地發給的補償金。」

「哦，是按呢喲！」阿壯伯接著壓低聲音：「唐家去呼您姓蔣的一再撞治、糟蹋，閣按呢起造蔣介石銅像欲撞啥物！哼！」

「傳宗兄後來摸清楚，姓蔣的嘸是針對您唐家，是欲搶奪陳誠在民間的經濟地盤，所以傳宗兄知影驚了，開始行蔣家的路。」

「厲害！一捧就是捧『皇上』。唐阿傳宗跟你在比賽。」

「比賽啥物？」

「比賽扶卵葩。」

「哈哈！」吳振瑞有點尷尬地笑了笑：「我老爸在世時，曾經講『這個阿壯伯，頭殼內有一枝銳利的鐮刀』，果然是呀！」

「哈哈！病院敢快要到了？」

阿壯伯出院時，吳振瑞也親自去接他。兩人一部車繞一段路，去看唐傳宗。

車子剛到，望見唐傳宗剛好送三位貴客出來，一直送到一輛豪華黑色轎車旁邊，一再鞠躬揮手，直到轎車滑動離去。吳振瑞眼尖，認出其中一位貴客是高雄市長楊金虎，心裡知道是什麼事了。

唐傳宗的臉上，已經恢復了往昔的意氣風發。「適才來的是楊市長，伊帶工務局長和財政局長來跟我協調興建那尊騎馬銅像的代誌。」

「那銅像，阮過路有看到了。看起來再過一兩個月就會完工。」㊀

「起好，還有多多工夫，雕刻啦，『習阿給』啦，無半年袂好。」㊁

「這位是蘇壯伯，同村的，是阮青果合作社理事，這屆伊無閣再連任。」

「我的大漢後生蘇正德在恁公司做經理。」

「哦，是喲！難得跟你認識，難得！阿正德是一個優秀的人才，一直跟我作伙打拚事業。」

「多謝你無棄嫌。」

「講按呢。」

工友此時進來，又是茶水又是點心。吳振瑞問：「你這，敢無硬塞退伍老兵過來？」

「有。話語袂通，真艱苦。我內場的工友還是用咱本地人。」三人聊了一會兒，唐傳宗拉開抽屜，抽出一張紙，告訴吳振瑞：「阿瑞仔，有一個代誌，頂頭有人正在籌備『陳誠先生獎學基金籌募委員會』。我是義不容辭，請你作夥參加那個委員會好無？」

「你傳宗兄講的，我一定參加。」

「籌備這項基金的，銜頭攏真大，主任委員是黃朝琴，有兩個副主任委員，李國鼎和吳三連。」

註一：高雄市三多路與中山路交叉的大圓環上這座蔣中正騎馬銅像，連基座約三層樓高，一九七一年建成，一九九四年拆除，曾是高雄重要地標。

註二：「習阿給」，意為「細部修飾」，是那個年代台灣人慣常穿插的日語。

「我參加了後，大概出多少錢？」

「不止出錢。你要負責整個青果業的籌募工作。你若答應，他會發一張聘書給你，請你擔任『青果業籌募大隊長』。」

「無要緊。按呢你已經是『鋼鐵業籌募大隊長』了？」

「無錯。」

兩人再多聊了片刻即告辭，回程的路上，阿壯伯的評語又來了：「這是一個充滿快樂的時代。」

「啥物意思？」

「這世間充滿了樂捐，快樂的捐獻；被捐獻的人更快樂，他快樂收錢，又閣給人快樂。」

「啊，哈哈，阿壯伯，你的鐮刀又閣撲撲出來囉！」

十八

一個悶熱的八月天，星期日，陳杏村應邀來高雄參加左營眷村的一項活動，吳振瑞專程去陪伴。她是眷村大樓的捐款單位代表人，一身深藍色洋裝，手挽的皮包和腳穿的皮鞋卻是深綠色。吳振瑞也西裝領帶整齊，頭頂還抹了淡淡的髮油，一直在她身旁，沒有避嫌，看起來是理所當然的一對夫妻，但司儀只介紹是「高雄青果運銷合作社理事主席」，沒說是陳杏村的丈夫或先生。

活動結束後，吳振瑞詢問：「刷落去，妳想欲去佗位？」

「咱來看恁某，好無？」

「好。行。」

車行向南，不久望見大武山。「恁下港這粒山，跟阮台北的山非常無共款。」

「是按怎無共款？」

「恁這的山高大勇壯，閣真明朗；台北的，卡幼秀，有時卡美豔。」

「大武山的面貌，隨時在變。好天歹天，熱天冷天，雨前雨後，攏無共款。」

陳杏村輕輕取笑：「你是吃飽休過閒，每日在看山。」

「我從少年生活佇這，大漢了後落田做息，日日夜夜，舉頭就看到這粒大武山。」

車行向南，過了高屏大橋，頭前溪仔就到了。

吳太太玉印沒想到丈夫今天帶一位時髦的美婦回家來，起初有點驚慌，幸好振瑞仔趕緊介紹，原來此人就是陳杏村，孩子們經常掛在嘴邊的「杏村姨仔」；而且憑著女人本能的直覺，只稍為察言觀色寒喧幾句話，她很快就釋懷了。

許多隔壁鄰居在窗口門邊圍觀，鄉下都是如此，陳杏村的穿著打扮以及一舉手一投足，馬上成了八卦話題。

「恁台北人皮膚確實有卡白，咱阿印仔袂比咧！」

「那個台北查某一看就知影是精明的人，比較起來，還是阿印仔卡樸實古意，一個賢妻良母。」

「若你是阿振瑞，你會選哪一個作某？」

「你是在講啥物伙，蛤！伊應該是阿振瑞事業上的好朋友，不是帶轉來作某的，袂使亂講話！」

「敢有影是按呢？」

「若嘸是按呢，怎樣敢光明正大帶轉來厝內。」

陳杏村跟吳太太談興正濃，吳振瑞突然站起來，往窗外張望，是一名長工模樣的男子牽一條牛回來。吳振瑞「咦」一聲，說：「這『馬沙』怎樣看起來無神無神？」吳太太回答：「昨日就開始按呢，嘸吃，無胃口。」

吳振瑞迅速脫掉西裝，換上日常便服，推門步出。陳杏村一雙好奇的眼睛跟著他走，見他蹲下，用手指撥開牛眼睛仔細瞧了一眼又換一眼，之後摸摸牛肚，一直向後摸，摸到牛屁股時掀開尾巴，摸牠的肛門，摸完還放到自己鼻尖聞一聞。陳杏村回頭問：「嫂仔，這阿振瑞是在撞啥物？」

「這牛破病了，阿瑞仔在幫牛看病。」

「伊會曉幫牛看病？」

「會曉。」

「遮奇怪！」

吳振瑞診斷好了，喊起來：「『馬沙』熱到了，這牛熱到了，阿亮，來，我給你講。」那長工快步過去，吳振瑞交代：「你去墓仔埔摘幾枝『拿豆』轉來，我要的是『拿豆』葉仔心。要掛手套，『拿豆』有刺，啊！緊去！」

交代完，他伸手摸摸牛背，那牛似乎站不穩，跪臥在地，卻歪頭斜角在吳振瑞身側摩蹭，像跟親人撒嬌似的。吳振瑞讓牠廝摩一陣後，回客廳喝茶聊天。陳杏村滿腹疑問：「恁兜的牛閣有呼名？呼做『馬沙』？」「是，無錯。」「牛熱到就是國語講的『中暑』嗎？牛也會中暑？」「是，無錯。牛會中暑，也會感冒。」「你是按怎會去學醫牛？」「這……講起來話頭足長。我有一個叔公，叫做『阿煥』……。」

他說到此，長工阿亮回來了。吳振瑞瞧瞧他手上拿的植株，確認是『拿豆』沒錯，交代：「用葉仔心揉汁，揉好放半碗水，加一湯匙米酒，拿來給我。」

過一會兒，牛藥準備好，吳振瑞已經在牛欄等著。陳杏村也和吳太太過來，看戲一般瞧他如何給牛灌藥。

吳太太先一步進去倉庫，拿出一個前端削成扁舌狀的竹筒遞給丈夫。吳振瑞輕巧地拉起牛繩往上提，牛頭跟著抬高，哦！他竟在跟那牛說話，說什麼聽不清楚，左手輕撫牛的頸部；那牛變得好乖，乖乖張口，牛藥輕鬆入嘴，吞下。耗時雖只一兩分鐘，但陳杏村看在眼裡很有感覺，那是女人的本能，感覺吳振瑞手中和口裡有一種難得的柔軟，他對自己的老婆也是如此溫柔多情嗎？真令人感動！

牛的事情搞好後，陳杏村提議：「咱來去看人割香蕉好無？」

「阮兜園仔今日嘸知有在割香蕉無？」吳振瑞問太太。

「割香蕉攏是在透早，今嘛將近中晝嘍，日頭當炎……。」吳太太回答。

吳振瑞想了想，說：「按呢，好，行！我帶妳來去萬丹社皮，拜訪一位大蕉農阿添福怹兜。」

「今嘛將近十一點，有卡……。」吳太太說。

「無要緊，今嘛來去。怹兜去交香蕉，可能剛剛好轉來。」

「嫂仔，咱作夥來去。」

吳太太微笑應答：「好，行。」

一路上，陳杏村慫恿吳太太：「恁兜今嘛經濟好起來嘍，厝內猶閣那麼簡單樸素，妳可以考慮搬去高雄，還是來台北住，阿振瑞就嘸免按呢奔波。」

「哈，我住草地卡慣習，阮後頭厝在屏東，照顧起來嘛卡方便。」

吳振瑞的座車是大型的美國轎車，帶著一路灰塵和一群圍觀村民到來。阿添福家是大宅院，門前一片寬敞的禾埕。兩輛「黎阿卡」停放禾埕左側，「黎阿卡」上面以及地上鋪著許多花花點點、有點髒的棉被，怕有十條之多。吳振瑞一行剛跨出車門，大宅院裡衝出來一個中年男子，打赤腳，穿短褲，邊走邊喊：「是吳主席，啊！吳振瑞主席來阮兜，哈！是按怎無提早給我通知！」到了吳振瑞面前，行一個九十度的日式鞠躬，吳振瑞答個禮，說：「張代表，阿添福，我是臨臨時帶一個台北來的朋友，四界行行咧。」

阿添福側個臉，朝屋內高喊：「抓兩隻雞仔，先刣刣呼好，蛤！」喊完才再回頭，讓吳振瑞介紹陳杏村。他聽說是台北青果公會的理事長，只瞪大眼睛致個意；介紹到吳太太玉印時，他又來一個九十度的鞠躬，叫一聲「主席夫人」。

陳杏村不介意這明顯的冷熱態度，倒是對阿添福穿的汗衫和短褲感興趣，跟禾埕上那些棉被一樣，滿布著斑斑點點的香蕉汁，有濃有淡，都是褐色。她動著腦筋，俗稱「香蕉奶」的這種汁液真的那麼沾粘！用什麼洗衣粉可以洗掉它們呢？

圍在四周的村民越來越多。吳振瑞交代太太：「妳進去恁厝內，叫張太太莫刣雞，咱行行看看就欲來走。」

人群中有人高聲留客：「要啦，雞要刣啦，吳主席罕地來，留下來吃飯啦！」

「多謝，多謝，阮行行看看，閣欲來去別位。」吳振瑞向四周的村民點頭致意，臉上浮現受歡迎、被尊崇的欣慰笑意。

陳杏村眼睛飄向禾埕，見兩個學生模樣的女孩正在忙著為那些髒棉被翻邊，上前，還沒發問，吳太太陪張太太從屋裡步出，主動解釋：「這些棉被是給香蕉做墊被的，曬曬咧，卡鬆軟。」

「我想也是，吳先生阿振瑞跟我講過，不過是第一擺看到。」陳杏村蹲下摸摸，純棉的。

張太太在旁補充：「給香蕉墊被，外皮才袂受傷，才袂打落來做內銷。」

「對，外銷的，要卡水，袂使有擦傷。」陳杏村這樣正經八百回答後，用一句半開玩笑的話增進親切感：「天那麼燒熱，香蕉還要蓋『棉照被』。」

張太太也半開玩笑回說：「聽講今嘛已經有冷氣船，香蕉比人卡爽快，一路吹冷氣去日本。」

「哈哈，有影。」

中午真的在張家用餐。陳杏村開了眼界，隔鄰幾個婦女過來幫忙，廚房忙成一團。雞早殺好了，剁雞肉的、切香腸的、煎荷包蛋的，看不出誰才是主廚，卻忙而不亂。一位老老的婦人家剛叫一聲：「好嘍，我這茄仔有夠軟嘍。」立刻有人遞上切碎的蔥花和醬油，怎麼會有那麼好的默契呢！呵呵！有一個小孩擠在裡面幫忙剝撕蒜頭，順便偷撿一粒待煮的魚丸子塞進嘴巴，臉頰鼓起，輕輕慢慢咀嚼著，吞下一粒，趁人不注意又偷摸一片剛煎好的香腸入口，不怕燙嗎？她瞧在眼裡，心裡先發笑，不久笑上臉龐。

沒多久，一道菜一道菜有效率地端上桌來。陳杏村看了滿心喜歡，都是台北人難得吃到的鄉下人料理呢！

吃了兩道菜，又有兩位住在鄰村的社員代表聞風而來，於是滿桌都是「香蕉話」了。陳杏村是香蕉貿易的大行家，聽鄉村蕉農實際談論香蕉，還是充滿新鮮感。

當餐桌上大人忙著講話，剛才在翻曬「香蕉棉被」的那個小女生，悄悄走向餐桌旁一台開著的收音機，將正放送著香蕉集貨場訊息的頻道移開，移到一個播放國語歌曲的電台。只兩分鐘，張添福就發覺到了，喊了起來：「喂喂！拉幾歐莫轉走，給我轉轉回來。」

頻道很快被轉回來，那是什麼電台聽不清楚，以播放歌仔戲、台語歌和日本演歌為主，約每十分鐘穿插放送一次鄰近「媽魯明」「媽魯陳」「媽魯吉」的作業時間。陳杏村又會心一笑，這家電台好聰明！穿插放送這些，便不會被轉台，或許還有廣告收入呢！㊀

從張添福家辭別後，陳杏村連說好幾次：「這趟來南部，看到這些蕉農，真有意思！」吳

註一：「媽魯」是日語まる的發音，為「圓圈」之意。台灣各地農產品的集貨場，以前都以場主的姓或名字中的一字為場名，在集貨場入口處以及箱子籠子旁邊以一個圓圈，將場名印在圓圈裡面，作為標誌，並以「媽魯某」稱呼之。這是沿自日治時期的做法，台灣農村隨時可聞「媽魯」之聲，至一九七〇年代才逐漸消失。

振瑞說：「妳若感覺趣味，我帶妳閣來去看包裝業好無？」

「好，真好。」陳杏村說。

「包裝業又閣分草繩、桂竹皮、麻繩、竹籠四種產業，其中啊是竹籠仔工廠卡有看頭。」吳太太提議：「咱兜附近公園仔邊就有一間竹籠仔工廠，敢嘸是？」

「好，行。」

那間竹籠仔工廠其實是一家大店，店面寬大，門口停著好幾輛「黎阿卡」，工人忙上忙下，走近，一股濃濃的汗臭腥味從每人身上泛出。裡頭十幾個工人坐在矮板凳上低頭幹活。陳杏村不經意聽到一陣小嬰兒的哭聲，循聲望見一個嬰兒搖床放在角落，旁邊一名年輕女工正放下手中工作，搖一搖床，哄兩聲，似乎那嬰兒又睡回去了。

老板娘先發現吳振瑞夫婦，叫了出來：「唉喲，是吳主席，是吳主席來嘍！」

坐在後面小辦公桌的老板大吃一驚，猴子般大步跨越好幾堆竹片條跳著上前，鞠躬握手，然後轉身呼喊：「大家站起來，站起來，向吳主席行一個禮！」

「嘸免，嘸免，大家繼續做工作，我只是帶朋友來參觀，無代誌。」說完鄭重介紹：「這位是從台北來的好朋友，青果公會理事長陳杏村。」

陳杏村禮貌地伸出手，跟那老板只輕輕一握就縮手，臉上雖然沒有變色，但身旁眾人都有感覺。她是握到一隻比鱷魚皮還粗糙的手，嚇了一跳。

吳太太陪她四處看看。走到一名女工旁邊時，陳杏村好奇地蹲下來，啊！那女工竟能徒手握竹片條，掰竹片條，熟練地左轉右旋，而那竹片的邊緣，刀一般銳利，為什麼不戴手套呢？

就只用天然的皮肉的手在幹這種活！

陳杏村不忍看下去，站起來，見吳振瑞和老板在門口跟送貨來的「黎阿卡」司機講話。門口就像市集，車進車出。小的「黎阿卡」送麻繩來，大的「黎阿卡」邊幾個工人正把一捆一捆長長的竹片條卸下，還有更大的貨車停在路旁，已經編製好的竹籠正被抬上去。好一副忙得不亦樂乎的熱鬧景象，一個活躍的動人的生命律動！

在一片吵鬧中，又一陣小嬰兒的哭聲傳來，這回竟哭啼不止。陳杏村天生喜愛親近娃兒，繞過滿地的竹片和幹活的工人，九彎十八拐，走到時那名年輕女工已將嬰兒抱起，正面向牆壁解開衣扣，掏出一只雪白、飽滿的乳房，只見她輕扶一下自己的乳頭，娃兒的小嘴唇就熟練的套上，然後，好像有聽到娃兒用力吸吮和吞嚥的微微聲音。好一幅鄉村婦女哺乳的美麗畫面！那年輕媽媽神情自然，還側個頭朝站在旁邊的陳杏村露齒一笑，純潔天然宛如田間野花綻開。陳杏村正陶醉中，見她伸一手撫摸嬰兒頭臉，摸了一次又一次；那嬰兒突然吐出奶頭，哭了起來。她輕輕搖動上身，哄說：「失禮啦，失禮！阿母袂記我的手真粗，刺著你啦，莫閣哭，緊吃，緊吃。」同時將乳頭塞回娃兒嘴裡。

這一幕，看得陳杏村心中一痛，退回吳太太身邊，低聲提議：「我來去買幾打『手落仔』送給那些工人，嘸知好啊嘸好？」

「我看嘸免。我卡早有問過，恁攏講，掛『手落仔』做工課，手指柴柴、笨笨，顛倒慢。」

「哦，是按呢哦，看到真嘸甘！」

「恁攏練出硬皮，不驚竹仔皮割。」

「恁收入好無？」

「非常好，比卡早好足多，所以才感激阿瑞仔，將伊當作神。」

跟吳太太談到這裡，陳杏村突然聽聞那老板放聲在罵人：「幹恁娘，那個中盤商講，每籠欲扣五角銀……。」

「這五角銀暫時按下，我來協調統一步調。」吳振瑞這樣指示後低聲解釋：「這代誌，是有一個全國尚有權那個官的大漢後生想欲來咱香蕉界參一腳，透過有關單位，要求轉手費……。」

陳杏村和吳太太趕緊走過去，聽到那老板低聲說：「主席講的那個咖小，我知影是誰啦，幹恁娘卡好！」

吳太太輕踼一下吳振瑞，提議：「行，咱閣來去別位參觀。」

離開那間竹籠店，三人步行了一小段路，望見一堆人在樹底下圍觀什麼，走近一看，吳振瑞告訴陳杏村：「這叫做『剖甘蔗』，是遊戲，也是一種買賣。」

兩個男子在人群中間，其中一人手執利刃，數十根黑亮的帶皮甘蔗斜靠在大榕樹幹上。陳杏村說看不懂，吳振瑞解釋：「客人先繳五角銀，拿到一次剖甘蔗的機會。妳看拿刀仔的那個人，就要開始了，先把一根甘蔗豎立起來，呵！妳看，伊是用刀背在頂端壓住，莫呼甘蔗倒落來，然後，赫！伊快速翻轉刀仔，在甘蔗猶未倒落來以前，瞬間用刀鋒用力劈下，哦！呵！伊劈歪了，只剖開一節半，所以伊只能得到那一節半的甘蔗。」

圍觀群眾鼓譟之聲大作。那名刀客一手伸進口袋，掏出銅板，嚷著要再玩一次，但好多人聲聲催促：「好了啦！換人啦！換我啦！」群眾中拿著一截甘蔗大啃特啃的大有人在，他們都是先齜牙咧嘴，用天然的牙齒撕下甘蔗皮才開始啃咬。陳杏村心裡大感歎服，那要有多麼強壯的牙齒呀！那咀嚼甘蔗的聲音此起彼落，嚼一嚼，蔗渣就隨地一吐，吐得地上這裡一坨那裡一坨，都是蔗皮蔗渣。

吳振瑞在旁補充：「嘛有可能腳手無夠緊，讓甘蔗倒落去，劈了空。」

陳杏村舉一反三：「若有人足厲害，從頭劈到底，剖開一整根，就等於用五角銀買到一整根甘蔗。」

吳太太接腔：「我看過尚厲害的，只剖開半根，甘蔗就倒了。」

一大群蒼蠅在散布四周的蔗枝、蔗皮、蔗渣上面活躍，飛飛停停。牠們都是特大號的，晶瑩剔透的頭上下左右機靈擺動，翅膀也出奇靈活，被蔗糖的香甜滋味吸引而來。天賜的美食，盡情吸吮著。有人移動腳步或蔗枝倒了，蒼蠅立刻警覺，嗡然飛起，飛向圍觀的人群，停駐在人們的頭上、頸上、肩上、衣服上，伺機再向甘蔗堆覓食。

陳杏村被飛繞在全身的蒼蠅惹煩了，提議離去。

三人決定步行回吳家，讓陳杏村順便觀光這個南方城鎮，邊走邊聊。對台北人來說，屏東市區熱鬧的街道不多，進入頭前溪仔便是安靜的農村了。

「阿瑞仔，你適才在竹籠仔店講的那個一籠扣五角銀的代誌，我擔心有人聽到去密告。」

路上人車少了，吳太太才提這件事。

「袂啦，妳放心。」

「轉手費五角，這應該是已經公開，我聽過，但是，」陳杏村問：「後面的人，真正是你講的那位嗎？」

「確實，有影的代誌。」

「恁合作社啊，甘蔗糖蜜真甜，蒼蠅直直飛來。」

「真的，不只是按呢，我講呼妳聽——國民黨中央有一個『中日對匪鬥爭反共聯盟委員會』，正式寄公文來，要求阮合作社每年自由樂捐十萬元美金，他可能是感覺阮樂捐這條錢捐得真快樂，兩年後增加到三十萬元美金，馬鹿野郎！」

「哈！足久無聽人用日語罵這句。」陳杏村呼應：「阮青果公會嘛有每年捐這條十萬美金，不過沒被追加到三十萬。我記得那件公文掛名的是馬樹禮和張炎元，對無？」

「對，無錯。猶閣有，」吳振瑞又說：「婦聯會來函要求每籠外銷香蕉捐一元，一年就三千萬元。你想看覓，婦聯會是誰的？我們敢不照辦嗎？而社會上資產若有一百萬的人，就給人叫做『百萬富翁』，他這掛人一年就來吸走三千萬元，幹！」

「他嘛無放過阮青果公會，阮嘛是一籠抽捐一元。」

吳太太出言糾止：「阿瑞仔，莫罵粗魯話！你今嘛是有身分的人。」

「好啦，用講的，莫幹譙。」吳振瑞停了一下，忍不住又說：「真正可惡的是，阮在日本的工作人員領月薪時，攏被迫每人捐十萬元日票，每個月哦！針對職員哦！」

吳太太問：「這真過分！是用啥物名目呢？」

「共款，講是『對匪鬥爭』。」

陳杏村：「最近有一個『國父百年誕辰紀念籌備委員會』來函，要求阮青果公會樂捐一千萬元，講欲起一間國父紀念館……。」

「這條一千萬元，阮嘛是有，不過這件我捐得卡甘願。」

「為啥物？」

「因為募款公函用王雲五和徐柏園掛名，徐柏園對阮香蕉事業幫過忙。只要是徐柏園開嘴的，我馬上捐，譬如淡江文理學院欲起一間化學館，阮一捐就是一百萬。」

三人邊走邊聊，不覺吳家到了。吳振瑞邀請再去看香蕉園，陳杏村回說：「我好轉來去了，今嘛坐車去小港機場，還有華航班機。」

十九

第二天星期一，吳振瑞剛起床就接到經濟部長李國鼎辦公室的電話，要求他前往農復會，有一位美商律頓公司的代表要跟他見面。電話中約好了時間。

他依約趕到，農復會官員引他進入一間精緻的小會議室。一個高瘦的洋人在裡面候著，見吳振瑞進來，上前握手。吳振瑞只能說幾句寒喧用的英語，農復會官員及時在旁翻譯。

「這位是律頓公司代表……，美國人，是專程來華，要協助我國建置香蕉採收一貫化作業。」農復會官員說了那美國人的名字，是以前課本上沒學過的陌生姓名，吳振瑞無法一聽就記住，心裡也奇怪：「這個人為何無向我遞出名片呢？您阿逗仔是不是無互相交換名片的習慣？」

那洋人接著親切地用手勢請吳振瑞看看放在桌上的一只紙箱，哦！原來這是此人帶來的，原來是要來推銷香蕉包裝用紙箱。吳振瑞低頭瞧了瞧，發現它的紙質不夠厚，箱內中央以一塊紙板隔成兩半，看起來也不是那麼適合裝香蕉，心想：「你這個阿逗仔，你有裝過香蕉啊無？」

吳振瑞沒吭一聲。那美國人態度依然親切，朝他說：「Have a seat, Please.」吳振瑞聽懂這句，依言坐下來。不久會議室暗了下來，開始放電影了。

那是黑白記錄片，一看便知是南美洲大農場的香蕉採收作業景況。香蕉被農夫從樹上割下後，往設置在旁邊的電纜線上一掛，香蕉便順著電纜線滑到一座包裝場，由工人取下，切開，洗水，然後裝進那種紙箱裡，再抬上卡車。

吳振瑞邊看邊想：「用電纜線輸送香蕉非常理想，可避免搬運過程中被擦傷；但此法適於數百甲數千甲的大農場。咱台灣攏是小畝田小坵田，有一甲或者八分地算真大嘍，哪有可能叫台灣蕉農投資人大條錢，來牽這款電纜線！」

會議室在他發呆之際重新亮燈，那位美國人沒再過來交談，似乎認為自己的任務已經完畢，逕自在整理物件準備離去，難道要推銷東西的不是律頓公司，而是我國自己的官員？

一位男士靠過來，遞上名片，是經合會祕書，姓劉，說話不像推銷員，是慣常的政府官員口氣：「吳主席，你們可以跟這家律頓公司好好合作，但要先簽個約。」

「他們是賣紙箱的嗎？」

「不是。他們是專門賣idea的公司，他們的idea被採用後收取傭金。」

「欲簽啥物？欲合約啥物？」

「你跟他們合作準不會錯，合作內容會寫明在契約上。」

吳振瑞努力維持臉上的笑容，但沒再回話。

或許因為吳振瑞那天沒有積極回應，那位律頓公司的人幾天後登門拜訪。吳振瑞目前是以高雄青果運銷合作社理事主席的身分，兼任全國聯合社總經理。聯合社設在台北，辦公環境寬敞新穎。經詢問，社內能流利使用英語的是企劃部副理吳志宗，那個蔣彥士介紹過來的人，就由他擔任翻譯吧。那次，律頓公司代表認真做簡報，也放映電影給社內幹部觀賞，結果還是沒獲得吳振瑞的積極回應。

又過了一段時間，李國鼎辦公室又打來電話，這次約他到部長室見面。吳振瑞初見如此一位當紅的大官，心裡自然懷有敬重，但也有懼怕和疑惑：香蕉外銷業務的主管機關是行政院外貿審議委員會，主委是徐柏園，委員會下設香蕉小組，由蔣彥士擔任召集人，怎麼會由經濟部長兩度來電話，現在又親自單獨召見？

只簡單寒喧兩句話，李國鼎知道這位吳主席國語不靈光，召來會說閩南話的助理進來，也不囉嗦，說一句，翻譯一句：「恁青果運銷合作社一定要接受律頓公司的提案。」

吳振瑞也壯著膽識回話：「這件代誌重大，牽涉複雜，我要再研究後才做決定。」

「好，你轉去研究，快做決定。」那助理翻譯了這句話即送客。

回程碰到道路施工，大塞車，車子不時煞車不時重新啟動。吳振瑞心裡隨著車行顛簸而七上八下。李國鼎這號人物，一般人巴結奉承唯恐不及，自己怎麼會有這麼大的勇氣當面婉拒他？我是怎麼了？是因為自恃對香蕉的專業尊嚴而拒絕改變現況？是為了那些勞苦謀生的竹籠業者而排斥紙箱包裝嗎？車窗外，一輛高大的公車搖搖晃晃在旁邊，此刻，自己的腦袋還算清楚，他想，律頓公司那提議確實不能接受，紙箱倒是可以重新設計，那一貫作業則完全不適合零碎散布的台灣蕉園。不過該想想，得罪李國鼎的後果會是什麼？他會不會去向徐柏園進讒言，說我的壞話，使徐柏園不再支持我？

車子到了聯合社辦公處，下車，感覺頭暈眩得很，是暈車嗎？以前不曾暈車過呀！

律頓公司的提案，吳振瑞提到理監事會討論，不管是高雄社還是聯合社，同仁都支持他的想法，都決定暫不予理會。不過，聯合社理事會做成附帶決議，請吳振瑞先去南美洲做一番考察，經過安排，擇期出發，考察國家是厄瓜多。

行程安排是先在東京下機，參加與日商定期的業務會議後再飛往南美洲。同行的還有聯合社理事主席周芳杞、台北青果公會和青果合作社的聯繫平台路國華、高雄青果合作社駐日經理徐德郎等。路國華是青果公會的陳杏村所推薦，「路先生是外省人，你跟主席若是用日語交談，請你費神翻譯，啊！」陳杏村拜託徐德郎。㊀

在日本會開到一半，接到台北輾轉打來的電話，指名要周芳杞接聽。吳振瑞心中一跳，會不會律頓的人轉換目標，要從周芳杞下手。會議繼續開著。周芳杞直到散會時才現身，手上拿著行李，旅館退了房。吳振瑞急問：「是按怎？」

「蔣彥士叫我馬上倒轉去，講欲跟律頓的人談判。」

「你無先來跟我講一聲，就捲好行李欲轉去？」

註一：徐德郎，屏東縣內埔鄉人，曾任屏東縣議員。

周芳杞表情尷尬，微微低下頭：「主席，歹勢。」周芳杞原是吳振瑞在高雄社的老部屬，聯合社理事主席一職也是吳振瑞自己不做，刻意安排他來擔任的，私下依然稱呼吳振瑞「主席」。㊁

「好啦，你既然要先倒轉去，你就去啦，蔣彥士的要求嘛歹勢拒絕。」吳振瑞對這位名義上的長官說話，口氣還是帶著權威：「不過，一切要謹慎，若是欲簽啥物物件，袂使隨便、輕率，蛤！」

「我知影，主席你放心。」

吳振瑞對周芳杞做這番叮嚀時，路國華和徐德郎就站在旁邊，沒感到有任何不妥，以吳振瑞目前在香蕉這一行的威望，周芳杞本來就應該這樣畢恭畢敬。

厄瓜多位在赤道附近，理應是熱帶國家，因為地勢高，南極吹來的冷空氣可以到達，所以終年溫暖偏冷，六月天還要穿長袖。吳振瑞一行下了飛機，問明氣候型態，就叫了出來：「這才是最適宜種香蕉的地方。」

到旅館略事休息後，接待人員開車帶他們去參觀香蕉園。隨行一名翻譯官，是會說日語的當地外事人員。沒多久，車行到一處高地，望見了，哇賽！那根本不是「園仔」，是「海洋」——綠色的香蕉葉的海，大扇子般的香蕉葉在微風中搖晃，遠望就像浪濤在海面翻滾。下了車，詢問面積多大，農場主人回說「約三千公頃」。吳振瑞與身旁的徐德郎經理互望一眼，徐德郎用日語說：「我們的甲，比公頃略小，一公頃等於一點零三甲，所以三千公頃就是三千多甲。」路國華在旁輕踢徐德郎的腳，徐德郎改用一種奇怪的客家國語重說一遍。

「那翻譯官說，這個農場還不是此地最大的。」這是吳振瑞低聲跟徐德郎說話，也是用日語。路國華又輕踢一下徐德郎的腳，徐德郎又用客家國語翻譯一遍。

吳振瑞大步邁進香蕉農場，隨便挖幾把泥土在手，嚇了一跳，全是腐蝕黑土；借來圓鍬再向下挖，挖了兩米深，還是這種鬆軟的黑土。吳振瑞說：「在這種土壤上種香蕉，根本無須施肥。」那翻譯官說：「也不必除草，因為不怕雜草會跟香蕉爭肥。」

徐德郎問：「這裡會不會有颱風？」得到的答案是「沒有」。

吳振瑞問：「這裡如此大規模種香蕉，外銷到哪裡？」答案是：「美國、加拿大、歐洲。」

知道了這些，吳振瑞的心思被另一個問題勾走了。之後也去考察了幾座類似的香蕉農場，他只專注在他們的營運模式。那些電纜線採收作業、紙箱包裝什麼的，已不是重點。

吳振瑞一行臨時改變行程，去考察他們的運蕉路程、起卸港口、用何種船載運。搞清楚後，吳振瑞和徐德郎仔細計算，算他們的生產成本和營運費用，算了再算，算清楚後，吳振瑞向徐德郎大發感慨：「太平洋那麼寬廣，救了台蕉。」

路國華聽不懂這句日本話，追著問：「什麼？主席您說什麼？」

註二：高雄社可以在聯合社獨佔理事主席與總經理兩項要職，是因為高雄社轄區的香蕉出貨量佔全國總產量的百分之八十。

吳振瑞半台語半國語回答：「南美蕉仔生產成本足低足低，幸好太平洋那麼寬，他們目前還沒辦法運去日本賣。」

「如果將來有更快的船，又是冷氣船，還是會成為我們台蕉的競爭對手。」

「所以我們要再思考閣卡好的策略，將日本市場控制呼好，袂使呼南美蕉仔進去日本。」

吳振瑞抿一下嘴唇，才又說：「這是我這趟出來考察，尚大的體會。」

路國華想順便教吳主席一句國語：「也可以說是最大的警惕。」還周到地寫字給吳振瑞看。

「『警惕』這個詞我學過。哈！講是『警惕』，嘛是真對。」

吳振瑞回國後直接到台北聯合社上班，企劃部副理吳志宗來報告：「主席周芳杞去跟律頓的人談判回來不久突然中風，相當嚴重，一直癱在醫院，已無法視事。」

吳振瑞問：「人伊身體一向足勇，怎樣雄雄會裂腦筋？」

「應該是壓力太大啦，上面的壓力擋不住，又擔憂會讓你生氣。」

吳振瑞敏銳地跳起來，厲聲問：「咱合作社敢有發生啥物代誌？緊講！」

吳志宗副理緩緩將手上的卷宗呈上，吳振瑞打開，赫然是周芳杞以聯合社理事主席身分與律頓公司簽署的「備忘錄」，匆匆瀏覽一遍，氣得將那卷宗往桌上重重一放，用力推開坐椅，站了起來，瞪吳志宗一眼，不知該向誰發脾氣才好，接著在辦公室快步走來走去，來回走了十幾趟。吳志宗愣在一旁，這是第一次見識到民間這樣一位大人物暴怒的模樣，沒有摔東西，沒有動粗，沒有罵人罵到額頭上青筋暴凸。他心裡有點戲謔地想到了牛，孩子們常看的「牛哥」漫畫書裡生氣的台灣水牛，把鼻孔畫得很大，鼻孔兩側噴出小圈圈代表怒氣；可是在漫畫書裡，「牛哥」畫不出聲音，此刻吳總經理那粗重的呼吸卻挾著「哼——哼——哼」的氣音。

終於，吳振瑞似乎走累了，回到辦公桌再打開卷宗，耐心閱讀那「備忘錄」：

一、律頓公司要幫助台灣香蕉的一貫作業。

二、所需經費台方應全部負擔之。

三、律頓公司所派來台的技術人員的一切經費由台方負擔。

四、台方應建一所紙器工廠。

五、所建紙器工廠要無條件提供律頓公司使用二十年。

六、所需之包裝紙箱要向律頓購買之。

七、一年間所用紙箱數量未達到相當竹籠六百萬籠份時，台方應將每一籠美金一元之運費除外的出口價格的百分之一給律頓公司。

那備忘錄一條一條，看了一遍又一遍，吳振瑞仰靠在椅背上，閉目良久，然後在每一條文旁邊寫字。吳志宗上前一步，低下頭，發現吳總經理的「批注」摻了許多日文，正在思索經理部門誰能看懂日文，聽到吳振瑞一聲交代：「吳副理，我想欲來去見蔣彥士，你幫我安排一下，要卡緊！」

蔣彥士很快就見到了。現在，吳振瑞已經瞭然，這蔣彥士和李國鼎是沆瀣一氣的；不過蔣彥士以前對合作社業務多有幫助，如今升官了，依然抓著香蕉小組召集人的兼職不放，所以不能在他面前失了分寸。一進門，先道賀：「恭喜蔣先生榮任行政院祕書長。」標準的國語，出發前吳志宗教的。

「你剛回國就過來，有事嗎？」

「過來請教祕書長，這份『備忘錄』我一看再看，感覺是一份『不平等條約』。」

蔣彥士沒回應，只是靜靜看著他。吳振瑞又問：「我們周主席跟律頓公司談判、簽署時，您是否在場？」

蔣彥士回答：「有的，我有在場。不過我從頭到尾未發言，是你們周主席和律頓直接談判。」

「你是香蕉小組召集人呢！你有行政督導的責任呢！你居然在他國公司與本國社團談判時沒有表示意見！這是什麼主管機關！是你自失立場，還是以不發一言來逼迫我們的周主席？蛤！」吳振瑞在心裡這樣怒罵，但不敢罵出來，敢說出來的是：「請教祕書長，我想欲來跟律頓閣再重新談一擺，不知⋯⋯。」

「我看不可能，先前出面談成的，是雙方有代表性的負責人。」

吳振瑞很快告辭，努力忍著怨氣，沒有失態。

回去後，吳振瑞一肚子火燒著心，想起在體制上，香蕉外銷業務的最高主管應該是徐柏園才對，立即去求見，很快獲得接見。

他恭敬地呈上那份「備忘錄」。徐柏園只瞄一眼，即從卷宗堆裡翻出一份，說：「律頓這事，他們簽上來了，我還沒批，正想問問你的意見。」

「主委，雙方談判、簽署時，我剛好出國。回來一看，這根本就是一份『不平等條約』。」

「怎麼個不平等？」

吳振瑞感覺扳回局勢不是不可能，必須全神貫注表達清楚，而且要盡量用國語：「報告主委，這件代誌的關鍵，是律頓提出的採收香蕉一貫作業。那個呢，是適合南美洲的大農場，而主委您有很清楚，咱台灣蕉農攏是小農，五分地、七分地，蕉園零零碎碎，若欲採用律頓的辦法，一定要開足多錢，可能要好幾億，勞民傷財，會有民怨的，主委。」

「你慢慢說，我都聽得懂。你的國語進步很多。」

「如果此案可行，第二條全部建設費用我方出，可以接受；但是第三條，包括他們的技術人員的薪水、吃住，攏總要由台方支出，這就真無公平。第四條又講，由我方建設一間紙箱工廠，這個可以，但是第五、六、七條，請主委您詳細給它看一看，它暴露了律頓的私心、私慾……。」

「怎麼說呢？」

「我有去估價過，要建一間可以供應六百萬籠份的紙箱工廠，起造費最少要一億元，我們開大條的錢起好了後，要無條件給他們使用二十年，我們的蕉農要用紙箱時又要向他們買，這真正豈有此理！」

「第七條呢？」

「第七條是說，如果我們一年使用的紙箱未達六百萬籠份時，要賠錢給律頓公司，我不懂我們那位理事主席周芳杞是在何種壓力下，竟然簽了字。這條不只是『不平等條約』，還可以說是『霸道條款』。主委，請想一想，我方若哪一年使用紙箱未達六百萬籠份，一定是遇到不可抗拒的因素，譬如買方出了大麻煩，或者碰到大颱風，這時我方已有災損，還要賠款！這按呢真夭壽呢！」

聽完了吳振瑞的陳述，徐柏園再抽出那份卷宗，開始要寫字。吳振瑞站到他身旁去，肅立，低頭，心臟狂跳，目睹他在簽呈最上面的批示欄寫下：

一、要用紙箱，公開招標購買。

二、技術人員國內亦有。

啊！局勢扳回來了！徐柏園確實正派，行事公正！他是站在我們蕉農這一邊，我以前向他下跪，沒有白跪呀！

這次，吳振瑞沒有下跪，只是一再鞠躬道謝。

吳振瑞感覺自己是打了一場勝仗，又感覺這場仗好像是拿著鐮刀在濃霧裡亂割亂砍。很高興，心虛虛心慌慌的那種高興。那天傍晚，約陳杏村出來吃飯，兩人從頭到尾仔細檢討每一段的發展。陳杏村那晚小酌幾杯日本清酒，但頭腦清晰，一輩子的歷練和滄桑在眼睛裡時隱時現，討論到後來，問一個關鍵點：「紙箱仔工廠，恁已經在進行了？」

「有在接觸了。但是日本方面尚未正式要求改用紙箱仔包裝以前，阮繼續用竹籠仔包裝。」

「向誰接觸？」

「一間台日合資的『國際農工企業公司』，阮要求取得該公司台灣方面股權的百分之五十一。」

「所以，若談成，變做恁合作社跟日本商社作伙經營紙箱仔工廠。」

「無錯。」

「所以，『律頓公司』將來會給恁合作社排除在外？」

「對。」

「按呢，今日開始，你要注意李國鼎那邊有啥物報復動作出來無。」

吳振瑞臉上憂色一現，大口喝下一杯清酒。

「我會幫你探聽看覓，有狀況隨時連絡。」臨分手時才問：「那間『國際農工』若還能認股，讓我認一點。」

「好。下次開會我來幫妳安排看覓。」

次日吳振瑞回高雄，在辦公室約會幹部，處理完一些事情後，去唐傳宗的公司，想聽聽他的意見。

來龍去脈講完，唐傳宗回應的第一句話是：「我感覺你只有靠一個徐柏園，有卡薄弱。」

「無法度，人徐柏園比較卡正派，對阮蕉農卡友善。」

「你是嘸是考慮，同時跟兩間公司合作，一間是那間『國際農工』，一間是『律頓公司』。腳踏雙頭船，魔鬼嘛要去跟伊交陪。」

「律頓根本都無做紙箱仔，怹是一間美國新型的公司，專門賣一些idea，然後抽賺大條錢。我只要想到怹那份『備忘錄』就規腹肚火，吃人夠夠！」

「雖然聽起來蔣彥士和李國鼎是共一掛的，但是你今嘛已經得罪李國鼎，蔣彥士的關係應該特別用心做呼好。」

「這我嘛有想到。蔣彥士曾經紹介一個周先生在我這擔任企劃部副理，我最近刁故意將伊升級做經理。」

「敢有效？我的意思是，按呢敢真正有扶到卵葩？」

「嘸知。伊是走美援路線，在經合會、農復會長期跟隨蔣彥士的人。」

「咱台灣囝仔，啊是外省仔？」

「正港台灣人，台北囝仔。」

「阿瑞仔，總講一句，」唐傳宗臉色突然一沉：「扶卵葩，要扶到對的人。我卡早扶陳誠嘸對！我每日經過三多路中山路，攏要看一眼那尊我開四、五百萬起造的蔣總統騎馬仔銅像。幹！看一眼，提醒自己：我有將蔣家的卵葩扶呼好無？幹怹娘卡好！」

「莫啦，莫按呢幹醮！玉印仔不時提醒我，咱是有身分的人。」

「扶怹卵葩，是為著事業平安；幹醮怹，是為了心內平衡。」

「阮後生有讀中國冊，一日，給我講一個故事，講是一本『東周列國誌』所寫的……。」

「啥物故事？」

「講有一個國王叫做吳王夫差，一場相戰失敗了後，叫伊的幕僚，每日上朝的時陣，要大聲提醒夫差：『國王呀！你有袂記得誰將咱打敗，閣刣死你老爸無？』」

「你講這故事，是啥物用意？阮老爸就是去呼㤝氣死的。」

「我只是想到你跟夫差國王相像，每日向那尊騎馬仔銅像自我提醒：『蔣介石總統呀！我有袂記得扶㤝兜人的卵葩無？』」

「哈哈！幹㤝老母！」

「傳宗兄，話閣講到轉來，宋美齡、徐柏園這掛嘛是蔣家，敢𣍐是？」

「當然嘛是。不過，我𣍐知呢！真正𣍐知呢！」

辭別唐傳宗後，吳振瑞就回屏東。那天晚上一夜好眠，早餐時阿壯伯的兒子蘇正德來找：

「阮老爸講足想欲見你一面，但是伊袂當起床。」

「按怎？敢有啥物病？」

「整個後背和屁股上長膿瘡，連續三、四天發高燒。」

一人一輛腳踏車並排奔馳在農路上，路的一邊是水稻田，另一邊是香蕉園，清晨的涼風拂面，啊！農村的味道，淡淡的泥土味道，淡淡的雞屎豬糞味道，揉雜在清新的空氣中，吳振瑞深吸一口氣，心想，十幾年來在高雄、台北、日本等地奔忙，出門坐車，出國搭機，還是這樣在家鄉騎單車最舒服！

蘇正德說話，打斷他的遐思：「阮董事長講你真久無去跟伊開講。」

「有啦，我昨日有去找伊。」

「伊足呵咾你，講你在青果界喊水會結凍。」
「那是外面在風聲的啦。」吳振瑞轉換話題：「啊你呢？你跟恁董仔處得怎樣？」
「真好。伊最近派我去幫忙掌管一間新公司。」
「哦，按呢真好，卡打拚咧。」
說著說著，蘇家到了。到床前一看，阿壯伯趴躺著，背上蓋一條薄毯，滿室藥膏氣味，見吳振瑞到，換側躺，似乎身體一動就有劇痛，歪嘴皺眉的。幾月不見，人清瘦了許多，但眼神依然有神。看他病痛的部位，「瑪莉」被他狠狠鞭打的那幕情景突然浮現腦海，吳振瑞趕緊甩開那個想念，說：「阿壯伯，你這款狀況，應該去住院才好。」
「我剛退院回來。」他微微抬頭，凝視吳振瑞片刻：「你最近有好勢無？合作社有好勢無？」
「真好勢啦，一切順序。」
微弱的笑意出現在他臉上：「按呢就好。你來做主席，尚無麻煩事。」
「講麻煩事嘛是有啦，各界攏相擠來向咱募錢，要求真大條的樂捐。」
「敢就是『與匪鬥爭費』？這卡早就有啦。」
「今嘛閣生足多足多出來。」
「人講，有千斤豬無千斤牛，果然無錯。」
「有千斤豬無千斤牛，是啥物意思？」吳振瑞問。
「無啥物意思啦，我只是想起一句古早人的話，清彩講講咧。」阿壯伯又問：「猶閣有啥物？」

吳振瑞於是坐到他的床緣，述說他去南美洲考察香蕉園的所見所聞。阿壯伯越聽越興奮，要坐起來，但屁股一挪動又擠眉斜眼哀哀叫痛。吳振瑞扶其肩，勸他別動，同時將李國鼎與律頓公司的那些事告訴他。阿壯伯臉上的興奮消失了，沒見過他神情如此凝重，眼睛瞪大大聽著，聽著，吳振瑞的陳述已經完畢，他依然眼睛瞪大大沒反應，屋內空氣鬱結。吳振瑞注意到他的眼神突然變得萎靡，像爐灶的火燒盡，沉默許久才危顛顛伸手，握住吳振瑞，是鼓勵的話：「阿瑞仔，嘸免驚，只要是對的代誌，頭殼犁犁給它行落去就對，親像牛按呢。」

二十

一九六四年台蕉外銷增加到三一四萬籠，一九六五年更暴增為六九九萬籠，高雄青果運銷合作社功勞最大，蕉農都變有錢了，理事主席吳振瑞的威望節節上升。

這天有理監事會，是每月例會，吳理事主席在會前聽取議事人員的簡報時，皺著眉頭發問：「這是啥物案?咱青果合作社為什麼會有退輔會的提案?」

「哦，嘸是退輔會直接來提案，是透過本社理事洪吸。」

「這提案內容含含糊糊。伊欲叫咱按怎?」

「我無足清楚，大概是安排退伍榮民來本社的代誌。」

「此案跟咱香蕉業務無關，莫排在尚頭前，給伊排在最後一案。」

「是。」

那天的理監事會提案多，都必須耗時討論才能做成決議，進行到最後一案時，主席問提案人洪吸：「我看大家已經累了，腹肚嘛夭了，此案保留到下次會再閣討論，好無?」

「袂使，不可，這案袂當拖。」

「有那麼嚴重？那麼，是不是可以咱今嘛先散會，來去吃飯，理監事會授權我今仔日下晡在主席辦公室約集提案理事和相關經理討論決定？」

主席此一提議，全場轟然同意。

會後的聚餐定在高雄「第一樓」，一家有名的江浙菜飯店。席間，洪吸好幾次要跟吳主席討論那件「正事」都沒有機會。他是資深理事，想起吳振瑞初次進入這個決策中心時，還只是一位監事，後來連任理事兩屆，參選連任時，還是由吳振瑞和洪吸兩人競爭，「投票時，這個吳阿振瑞竟然偷偷向我亮票，明示他那一票是投給我；但是開票結果，他卻是拿到三分之二的絕對多數票當選。」

「他當時把自己的一票投給我，是什麼心態呢？是對我這個前輩理事的尊重，保留一點面子給我？是已經對自己的實力有充分信心，有恃無恐？是不敢整碗捧去？或者是給我一個諷刺？」洪吸眼看眾人圍繞在吳主席四周，酒酣耳熱，心裡有一點嫉妒，也有一點佩服。他獨自啜飲一口啤酒，又想：「這擺，若是我當選，我大概無法度像他那樣，將香蕉外銷弄得那麼興旺。」

聚餐好不容易結束後，洪吸直接到主席辦公室等候。吳振瑞沒忘記這件事，幾分鐘後帶著經理李塗鎮和總務副理蔡坤山進來，帶一絲酒氣，還沒坐定劈頭就說：

「阿吸仔大兄，真失禮，你提的那個案跟香蕉無關，所以無在會中處理。」

「它跟香蕉無關，但跟我們合作社的生死存亡有關。」

「你總是講得那麼嚴重！」

「我是馬上要退休的人，最後加減關心這件事。」

「多謝你那麼操心。」

「你知影退輔會是啥物單位？後面那個人是誰？」

「我當然嘛知影，是蔣經國。」

「你知影就好。」

「退輔會那邊，怎麼有要安排退伍榮民來本社，啊無來一個書面，卻要你這樣間接來提案？」

「這事是聯合社前主席張阿明色拜託我的。」

「張主席也可以直接告訴我呀？」

「伊講，伊已經無在位，以前跟你之間有一點點無好勢，所以叫我提案。」

「退輔會只用口頭嗎？就這樣叫張阿明色來講講咧，咱就要照辦？」

「這我不知影。或者是這種人事安插的代誌，不宜用公文；或者是退輔會一旦用公函來，大家比較無處理上的彈性空間……。」

吳振瑞突然想到什麼要緊的事，中斷洪吸的話，低聲交待總務副理蔡坤山：「你去輕輕開門，看看那位歐陽專員有沒有在門外偷聽。」

經理正要起身，洪吸說話：「免啦，我事先把他弄走了，事先叫一個人帶他去酒家迌迌了。」

「上班時間，去酒家迌迌？」

「唉呀！沒這樣怎麼能閃開他。沒這樣做，我們今日談的內容，黨部和調查局馬上知影得一清二楚。」

「好，很好。咱閣回來講正題。到底他們要安排多少退伍榮民來？」

「聽說是兩百人。」

「那麼多？要安排他們做什麼工作呢？」

「一開始，做工友就可以了。」洪吸停一下，又說：「你敢沒看到？現在全國所有國民學校、初中高中、派出所、機關裡面，工友都是他們在擔任。」

「咱哪裡需要那麼多工友？」

「咱有那麼多集貨場，最近旗山溪西又增設了『媽魯新』、『媽魯明』、『媽魯陳』等三個場，溪東增設了四個場，還有碼頭集貨場也可以增加一些腳手。」

「這些人來，第一，語言不通，跟我們的人如何溝通、交談……。」

「語言不是問題，摻濫久了，大家慣習了就好了。」

「第二，咱目前業務當好，有真多工作生出來，屏東、高雄的蕉農嘸是農忙的時陣，咱有真多工作給那些鄉親多賺一些外快……。」

「退輔會的面子，坦白講，就是蔣經國的面子，哪有人敢不賣。主席呀！我們不但不可以拒絕，還要主動去多申請一點人過來，讓他們對我們高興一點。」

「你這樣想也是對啦！謝謝老兄提醒。」吳主席瞄一眼業務經理，又說：「現階段對我們有實際利益的還是徐柏園那邊，你沒有聽人家講，徐柏園後面是宋美齡，蔣夫人。」

「張主席明色有點醒我一點，他說夫人那邊抓的是外貿、外交那些東西；但太子那邊掌握的是軍事國防、情治特務等等內部實實在在的權力。伊講，用『腳頭窩』想嘛知影，太子那邊卡值得投資。」洪吸停下來考慮片刻，才又說：「主席呀！你千萬不要以為徐柏園那邊巴結好勢就有夠，不夠的！退輔會那邊也要用心巴結才好。」

「哈哈！感謝張阿明色分析這些給我們知影，我閣再想一晚……。」吳振瑞講到這裡，電話響起，洪吸趁主席在講電話時，向李經理和蔡副理交代：「今日這項代誌，任何人談起，或者是問起，咱要口徑一致：說吳主席非常樂意接納退伍榮民來本社，正在積極安排，知影嘸？」

「是，我知影。」

「知，知影。」

這天下班剛到家，見家人正在牛欄手忙腳亂，吳振瑞放下公事包，匆忙脫下皮鞋，衝過去，是「馬沙」膨肚了，非常嚴重的脹氣，牛肚橫向圓圓鼓起，一直鼓脹到腹背。吳振瑞高聲發問：「有給牠吃到什麼無？」

「無，無呢，我餵牠時，只是多切了幾顆淘汰掉的番薯。」吳太太不安地回說。

「啊！那一定是吃到『臭香』的番薯。沒錯，會膨大肚。」㊀

「按呢該如何是好？」

「趕緊去溪仔邊割幾片月桃葉回來，包肉粽的那種，要趕緊。」

沒多久，月桃葉到了。吳振瑞一把搶過來，拍一拍，吳太太急說：「我先拿去洗洗。」「嘸免，愈天然的愈好。」吳振瑞邊回答邊走向那頭家牛，跟牠說話：「馬沙呀，這幾片月桃葉請你咬著，嚼嚼幾下，它的味道不是你喜歡的，這我知影。我要你嚼嚼咧，啊，嚼嚼咧。」說著放一片進牛嘴，像誘拐小孩服藥的口氣：「嚼嚼咧，啊，葉仔汁吞落去，吞一點滴就可以了，葉仔渣嘸免吞無要緊，啊！」

馬沙嚼了一下兩下，牛嘴巴停住。吳振瑞伸另一手輕撫牠的頭臉，緩緩輕柔地撫摸，從頭臉向下撫摸，摸牠垂在頸下軟軟暖暖的下顎，再輕聲勸誘：「啊，要閣嚼，閣嚼，閣嚼，對，嚼嚼咧，磨磨咧。馬沙嚼爛了一片，吞了下肚，吳振瑞要再塞入第二片時，牠把頭一甩，「哼嗚」了一聲，是明顯的表態：「我再也不要了。」吳太太快步進去倉庫，拿出一個前端削成扁舌狀的竹筒，告訴丈夫：「我來壓碎那葉仔，用強灌的。」吳振瑞回說：「馬沙表示不要了，就是不要了。牠適才已經吞落一整片葉仔，大概有夠了。咱稍等一下，『膨肚』若是無消，再來用灌的。」邊說邊走進屋內。

十多分鐘後，吳太太來報，嘴笑目笑：「有效，有效，我有聽到牛放屁的聲音了，嘶嘶地響，一陣又一陣。不過，馬沙怎麼會咳嗽起來呢？」

「馬沙無感冒，哪裡會咳嗽？我想應該是在拍呃吐氣。」

註一：番薯從田裡挖出來就壞掉的，台語叫「臭香」的番薯。

「哦！不過，牛放屁不臭，我還聞到野草的香味。」

「那當然。妳敢有聞過牛屎牛尿有臭味的？」

那晚臨睡前，吳振瑞一人去牛欄。「馬沙」跪躺著在休息，見主人到來，站起來。吳振瑞發問：「馬沙呀，你有卡好無？」馬沙的大眼睛閉一下，朦朧的月光下感覺牛眼眶比往常潮濕。吳振瑞跟牠相處近十年，確切知道，那是牠在說：「我沒事了，謝謝你。」

吳振瑞輕撫馬沙的頭臉，然後摸牠的頭角。馬沙輕微地搖一下頭角，那不是叫主人不要再摸，而是「這樣很好，再輕輕摸我」的意思。這世上，沒人比吳振瑞更懂馬沙。

吳振瑞輕輕摸著，手移往頸上，摸向背脊。光禿禿的背骨，堅硬如鐵，稀稀疏疏的粗毛刺手，但不痛。吳振瑞摸呀摸著，輕聲跟牠說起話來：「馬沙呀，我今仔日碰到大困難了。退輔會後面的那位大人，要安排老兵來我這裡，我不想接受。他們一來就是兩百人。我這裡是有一些職缺無錯啦，但是那是我要讓我的蕉農、我們的鄉親多賺一點錢的缺。他們一來，這些『好康的』就被分走了，我不願呀！我嘸是嘸知影要巴結他們，什麼巴結的步數我都做得出來，去年，我還在眾人面頭前向一位大人下跪呢，那次，我跪得下去，是因為跪一擺，我的合作社有利益，但是，今仔日，面對退輔會這個要求，我真歹做決定。馬沙呀，我問你，『某』卡重要啊是『子』卡要緊？終其尾，皇后會卡有勢啊是太子卡有勢？蛤？你知影嘸？明仔哉，我想跟它賭一下，賭那位太子大人大量；但是我嘸敢賭這個博，我心內有在驚駭呢，聽講傳宗兄就是得罪了伊，給伊撞治得欲死欲活。其實我心內真矛盾，那群退伍老兵嘛是可憐人，聽講多數是去給人用槍枝硬抓來做兵的，可憐人嘛應該甲照顧。馬沙呀，你感覺我如何決定卡好？」

吳振瑞抱著滿懷的思慮上床，輾轉難眠，把太太吵醒了。夫妻倆坐起來，談論這件事，談著談著，吳振瑞說：「好，就按呢，我決定囉。」說完倒頭便睡，換吳太太翻來覆去睡不著。

次日，吳振瑞鄭重召集主管會議，也通知理事洪吸與會。開會前總務副理蔡坤山低聲請示主席：「這場會，敢得邀請安全室的歐陽專員參加？」吳振瑞快速回答一個字：「要。」㈡人員到齊後，吳振瑞一開始就宣布：「本社竭誠歡迎退伍士官兵前來任職。請各部門、各集貨場、碼頭檢驗區提出人力需求；請人事經理從寬整合統計後立即向退輔會提出申請。」洪吸就坐在吳振瑞身旁，吁了一口氣。他昨晚也沒睡好，一整晚擔著心，擔心這位氣勢正強的後輩主席會拒絕接納老兵，那真的會毀了整個香蕉事業，吳振瑞也會「怎樣死的，攏嘸知影」。

蔡副理斜睨到歐陽專員快步離開會議室，回座正在撥電話。

註二：高雄青果運銷合作社原設置「保防組」，後來改名「人二室」，後來又改名「安全室」，統籌內外一切安全事宜。

二十一

社員代表正在排隊辦理報到手續，會場內已經坐滿蕉農，寒喧交談都很大聲；理事洪吸和歐陽專員則站在會場外聊天。

「那天，小鄭帶你去的那家『欣宜樓』怎麼樣，好玩嗎？」

「有跟他去，但我半途溜了，回調查站辦一些事情。」

「哦，是嘛？為什麼呢？」

「那間店，說像樣一點的小姐要晚上才會來上班。」

「哈，你還滿挑的，蛤！那麼，小鄭留在那裡玩？」

「對。」

「哼，這傢伙！」洪吸理事接著問：「你已經外調來這裡了，還回調查站幹什麼？」

「沒什麼事，只是回局裡看看老同事。」

他們倆聊到此，會場內已經安靜了下來，司儀正在喊：「大會開始，主席就位。」但洪吸還有話：

「我們吳主席昨天還在問，是不是退輔會對我們有什麼意見呢？」

「沒有，不是。他們對我們合作社，對吳主席很感謝。」

「那麼，退輔會推薦過來的退伍老兵，怎麼到現在才報到了三十多人？」

「是這麼的，現在中橫公路不是已經通車，新聞報很大，你應該知道退輔會在山上開闢了一個又一個農場，種水果、高山蔬菜，很多老兵被安排上山去了。」

「哦，原來是這樣。」

「還有另一個原因，這裡是你們本省人的世界，大家到處講的都是台灣話，我們有些老兵擔心言語不通，會不習慣，因此，寧願大夥一起上山搞農場。」

「瞭解。不過你還是幫我們轉達轉達，這裡薪水和福利都非常好，大概全國找不到待遇這麼好的單位。我聽說人事單位又在擬一個案，準備再一次調高員工薪水。」

「是嘛？真的不錯。」歐陽專員問：「社員代表大會以往不都是到外頭大飯店去開嗎？」

「這次是臨時決定要召開，來不及安排。」

兩人談話至此，一前一後走進會場。這天開的是臨時社員代表大會，召集會議的主要目的是，業務單位研擬並經理事會通過的慶祝活動計劃案，要請求大會認可。洪吸快步走上他的理事座位，歐陽專員則坐在職員席中。

會議已經開始，吳主席的開場講話很簡短，直接進入報告事項，由相關主管說明並逐條朗誦。此計劃案已經在理事會討論過，但洪吸還是認真聆聽，是否還有欠妥的字句，先聽到的是案由：「為感謝政府德政對於果農之恩惠，並感念先人創立本社之功績，喚起全體社員愛國愛社之精神，促進社會更加致力於品質之改善，以爭取更多外匯為目的」之後是「表彰與感謝」，對所有資深優良的社員代表、理監事、職員、技工，不管現任卸任，有功即予以表彰；感謝的對象有兩類，其一是「有功於合作社及蕉界的人員」，其二是「政府及有關機關人士對本社業務支援之人員」。

逐條朗誦完畢，吳主席以和緩的語氣詢問：「這計劃案，按怎，大家有啥物意見無？」台下沒人反應。吳振瑞改換口氣：「這計劃案，大家來給它同意，蛤？」代表們「好」「同意」之聲如響斯應，議事人員開始點數，幾乎全數贊成。

接著討論提案，議事人員開始朗誦提案內容。每人桌上都擺著一張提案單，用鋼板寫好油印的，油墨未乾，還會黏手，是三十幾位社員代表聯名提案，案由密密麻麻，詳述吳振瑞擔任兩屆理事主席以來所做的功績，內容還算平實，沒有過度誇讚，其中有幾句話很新鮮，沒聽人這樣講過，洪吸邊聽邊畫線：「僅僅六、七年，在每一個農村，散食人變做小好額人，小好額人變做大好額人……吳主席把十幾萬蕉農和竹籠業者調理成一個大家庭，他就是大家長，全家大小在他卓越的領導下，共同打拚，家業興旺，達於高峰……。」

案由唸完，進入提案的具體辦法，赫！洪吸差點叫出聲來，它是：「一、於本社新建辦公大樓前興建一座吳主席銅像，永誌其功勳；二、贈予一條有紀念價值的大金條或金牌銀牌，以酬其勞苦。」

吳振瑞耐心聽完，站起來，提高聲音，裁決的口氣，說得斬釘截鐵：「這個提案嘸免討論，擱置，直接跳過，開始討論第二案。」台下頓時哄鬧起來：「啊！蛤！」「按呢敢好？」

「袂使跳過啦！」十嘴九貓，議論滿場，但是吳主席是大家心目中的神，神的旨意該遵守還是可以不遵守呢？幾分鐘後，五、六隻手幾乎同時舉起，有的握緊拳頭以示堅強的發言意志，有的手掌在半空中焦躁地扇搖，意思是說：「快點！快點！我要發言。」主席吳振瑞只遲疑了半秒鐘，有一人不等主席首肯，高呼：「程序問題，程序問題，請求主席迴避，我們要討論此案。」台下又「附議，附議！」之聲四起。吳振瑞側個頭，跟坐在身旁的另一位資深理事鄭祈全交換一下眼神，宣布：「好，我暫時迴避，請鄭理事擔任主席。」說完離去。

鄭祈全理事好整以暇接過麥克風，喊一聲：「大家安靜，領銜提案的社員代表有想欲補充說明提案理由無？」

一名穿「花襯衫」的中年男子走向發言台。他穿的襯衫真的很花，乾燥後洗不掉的香蕉汁點點滴滴滿布在襯衫前面後面以及手袖上，黑褐色的和淡褐色的點滴分配得出奇均勻，但還是看得出它原本是一件白襯衫。會場裡穿這種「花襯衫」來開會的約佔一半，眾理事從台上望去，感覺既親切又喜歡，難怪各地的酒家女、餐廳老板和銀樓店主也都拚命討好穿這種襯衫的蕉農。那名社員代表開始發言了：

「各位理監事、各位代表大家好，小弟陳有祿，來自屏東。阮為啥物要提這個案，理由在書面寫得真清楚，相信無人會反對。我今日想欲補充的是，為何阮提起欲打大金條？吳主席咱一定要給伊一個大獎勵，不過呢，頒給伊一張獎狀或一般的銀盾，是休過薄；若是賞給伊獎金

十萬或者八萬，是無沓無屑，無夠重，所以呢……。」㈠

台下前排有人插話：「十萬、八萬，閣講是無沓無屑！」

「這你就有所不知，吳主席怹兜今嘛是大好額人。伊鼓勵大家增產香蕉，怹自己厝內嘛是大大給它拚落去，我有問過，怹家族內總共種四十甲地香蕉……。」

台下一陣質疑聲：「蛤！」「有那麼多喔！」「四十甲是真多真多呢！」

提案代表陳有祿接著說：「我算給恁聽，種一甲地香蕉一年現此時可以實收二十萬至二十二萬，對無？二十多萬乘四十是多少？按呢咱主席怹兜是嘸是大好額人？十萬、八萬，對吳主席來講是嘸是無沓無屑？」

台下又不安靜了。代表陳有祿沒讓大家吵起來，提高聲浪：「所以呢，阮才去想到要起造一座大銅像，同時打一個大金條，有刻字的，最少要有十兩以上。金仔是咱民間社會非常貴重的紀念品，敢嘸是？」

長串掌聲爆起，陳有祿草草補一句「敬請大家支持」後鞠躬回座。

之後，開始討論，發言者九人，對吳主席的評論大同小異，但多主張應擴大獎勵對象。有幾個代表同聲贊同「打金仔作獎品」的主張。臨時主席鄭祈全因而做出決議如下：

一、本案通過，授權監事主席及經理辦理。

二、附帶決議：表彰與感謝對象擴大及各級主管、幹部以及地方辦事處資深優秀社職員，應於本社成立二十週年慶祝大會時表彰並酌情附贈獎勵品。

鄭祈全處理完此案後，招個手，吩咐一名上前來的工友：「去請主席回來。」那工友請示：「請問主席在哪裡？」操持濃重的外省口音，且聲音宏亮，全場為之側目，鄭祈全也愣了一下，歐陽專員注意到了，急急上前，告訴工友：「主席在後面休息室，快去！」

吳振瑞回座，先朝鄭祈全點個頭說聲「多謝」，然後抓起麥克風：「我適才在後壁聽恁將我講得若神，其實我無那麼厲害，我是平凡的人做平凡的代誌……。」

台下有人高聲回應：「莫謙虛啦！」

「恁大家聽我講，我只不過是做對兩項代誌，第一項，咱台蕉銷日本的利純，一向攏是由台北那群青果貿易商在賺，怹壟斷出口，賺得油洗洗。阮只不過是代表咱蕉農，去跟怹分出口配額，就是分利純。這嘸是我一個人的功勞，是合作社全體同仁共同打拚得來的。各位，咱到目前為止，只不過是分到大約一半的利純轉來，咱十萬農民就感覺真好額了，以後，『產銷一元化』實現時，咱全體還閣卡好額……。」

講話被如雷的掌聲中斷，吳振瑞感覺一雙雙發亮的眼睛，火球般投射過來，心中一凜，停住；台下有人催促：「啊第二項咧。」

「第二項就是顧好日本市場。顧呼好，就是將日本市場飼呼大，用適當的價格和數量控制呼好，顧好咱台灣香蕉『孤行獨市』的地位，莫呼日本商社動念，想欲去進口南美蕉。我跟日本商社是真心交朋友，比較卡知影跟日本仔交陪的要領，如此而已啦。」

註一：台蕉銷日最輝煌的那十年，一九六〇至一九七〇前後，公務員的月薪約在七百五十元至一千元之間，年薪一萬元左右。

台下安安靜靜，一顆顆炙熱的心浮現在每位社員代表的臉頰，吳振瑞豪氣大發，再說：「咱台灣蕉是值得驕傲的！我是按怎跟日本仔做生理，恁知影無？是尚大間的日本商社開一個基價出來，譬如一籠美金七元，先送給其他商社一間一間添價，加價了後的最高價格，通常七元變做七元六角，再送給我方做為咱台灣蕉賣呼您的底價，這叫做『孤行獨市』，日本話講『売り手市場』，是日本商社自願加價來買咱台灣蕉。各位，按呢，咱台灣蕉有值得驕傲啊無？」㈡

台下轟動起來，許多社員代表代表一面鼓掌一面站起來，坐在吳振瑞兩旁的理監事都站了起來。吳振瑞也站著一起鼓掌，特別注意到左前方職員席中的歐陽專員也用力拍手。這個人，講台語有點福州腔，皮膚黑黑，頭髮亂亂，如果穿的是我們蕉農那襲蕉汁花襯衫，還真不像是「上面」安排來的保防人員。

「好啦，好啦，」吳振瑞向大家招招手，說：「我臭彈到此為止，咱繼續來處理其他的案。」

大會沒有記者會的安排，只在主席台左側設置記者席，七、八位記者邊聽邊觀看邊埋首疾書。

大會結束後，記者群相約到主席室，理事鄭祈全、吳基瑞、監事邱潤銀也進來。兩三名工友忙著為他們奉茶、遞菸。一場半閒聊半公關的非正式記者會就這樣開始。歐陽專員不請自來，也跟記者們坐在一塊。吳主席沒有要他迴避的意思，那種場合也不宜公然叫他出去。

就在這一刻，吳振瑞不經意地注意到，在座大家都喝烏龍茶，而老兵工友端給歐陽專員喝的是香片。

一名記者先發言：「主席，代表大會通過了，起建你的銅像時，最好別穿西裝，要穿那種有香蕉奶的『花仔衫』。」此話有奇妙的力量，歐陽專員注意到幾位理監事都笑意上臉，新聞報那位陳姓女記者眼睛一亮，似乎有什麼更俏皮的點子要說，聯合報李記者此時翹起二郎腿，中央日報鍾記者輕鬆地點上一根菸，而主席吳振瑞呢，他「哈哈」兩聲，非應酬性質地真心笑了出來，回應：「按呢，有意思！不過，要等新大樓起呼好勢才來進行。」

「合作社已經有這項規劃和預算了嗎？」

「哪有！是恁社員代表雄雄提出來的案。」

「主席，照大會認可的，要對政府機關人士表示感謝，合作社有實施方案了嗎？」

「還沒有，要由經理部門提辦法，送理事會討論決定。」

「會打金仔去感謝嗎？」

經理李塗鎮匆匆進來，報告：「主席，外面一堆社員代表還袂走，須要你來去跟恁講幾句話，貼一下肩胛頭，呼恁卡歡喜轉去厝，好無？」

「好。行。」吳振瑞站起來：「我出來去一下，恁在這繼續開講，阮理監事對社內代誌攏

註二：「売り手市場」意即賣方市場。「孤行獨市」是民間常聽到的說詞，主要原因是台灣香蕉合日人口味，價格也合理，使得南美蕉遲未進口日本，日本商社也直到吳振瑞出事後才去菲律賓契作種植。

足瞭解。」

吳振瑞前腳踏出，一名記者問：「適才開大會時，吳主席講伊去顧日本市場，講有日本商社開價出來，一間一間加價。這點我想無，那會按呢，日本商社敢真正如此憨呆？」

「哈！」吳基瑞理事說：「這其中有真多眉角，主席在大會中無講出來。恁知影，咱吳主席兼全國聯合社總經理，手中掌握台蕉外銷數額的分配權，這點日本商社探聽得足清楚；同時，主席也非常瞭解日本各商社之間有競爭，有種種矛盾。一開始伊就用手中的分配權為誘餌，誘使一兩間日商上鉤，來跟咱合作，怎樣合作呢？先答應給一間日商大量配額，要伊開出高價，再由那間日商去運作，營造『賣方市場』的氣氛，其他商社才肯一一加價。不過，那間日商嘛袂使呼伊虧損，主席會向伊保證，一定會呼伊賺錢，而且是賺大錢……。」

「按怎保證？」

「透過其他管道補貼伊。」

「用啥物補貼？」

「方法多多種。譬如講，由本社同意向那間日商進口日本肥料。」

「所以，吳主席是用手中的分配權操縱日商？」

另一位理事鄭祈全回答：「講操縱，是卡歹聽。事實上這就是貿易，貿易就是按呢。」吳基瑞理事得意洋洋地補充：「香蕉一旦離開香蕉園，就是一種商品。吳主席帶領阮所做的，就是做生理，做貿易，將商品的價值創乎尚大。」

吳基瑞理事又透露：「吳主席用這個方法，其他商社目珠嘛是金金，他看到有人按呢做賺到大錢，攏透過關係主動來欲跟阮合作。吳主席在日本商社眼中是財神爺，伊只要出現在日本，那些商社社長一路鞠躬，彎腰握手。」

記者們都埋頭筆記，耳邊傳來邱監事的補充：「我們主席辦公桌的玻璃墊下，有一句座右銘，就是用『誘餌』作開頭，說是他從釣魚中得到的啟示。」

記者們紛紛起立，擠向主席的辦公桌，果然看到玻璃墊下右上角有一行正楷的書法：「要成功　誘餌　技術　耐力　犧牲」。

散場後，中央日報鍾記者拉理事鄭祈全到一邊低聲詢問：「我們中央日報駐日本記者請我探問一個人，名叫佐藤枝新。他自稱是吳主席的知己好友，不知在青果合作社此人是扮演什麼角色？」

「伊是吳主席在日本時代就熟識的日本人，娶台灣某，往來台日之間做生理，在咱合作社並無任何角色。不過，據我所知影，伊是幫忙吳主席在日本商社私底下運作的一個人。」鄭祈全問：「是按怎？恁駐日本記者探聽這個人是欲創啥物？」

「這個佐藤桑在日本政商兩界真活潑，阮駐日本記者想欲借重伊來牽關係。」

「哦！這代誌，吳主席出面交代一聲，應該就無問題。佐藤桑跟吳主席之間，是有真正的交情。」

「我跟吳主席卡無私交，拜託你向主席講一聲敢好？算幫阮中央日報一個忙。」

「好。我來跟主席講。若是中央日報，吳主席會盡力幫忙。」

另一頭，茶水間旁邊，新聞報陳記者也正在跟監事邱潤銀說悄悄話，用國語。

「我有一個弟弟在日本留學，今年畢業，想留在日本就業。我就跟你直講，他想進我們高雄青果合作社的日本辦事處。」

「這，叫他直接去找日本辦事處經理徐德郎。」

「我跟徐經理不熟。我想，你跟他同樣是美濃的客家人……。」

「哦！徐德郎是客家人沒錯，但他是屏東的人，到底是內埔還是竹田，我也不清楚。」

「請你推薦一下好嗎？」

「坦白跟妳講，我跟他沒交情。他是我們吳主席最信任的幹部之一，請吳主席跟他說一聲，一定會成。」

「那麼請你跟吳主席提一下好嗎？」

「我可以幫妳說看看，但沒把握。」

一樓大廳擠滿了人，各地來的社員代表正要陸續回家，突然有人大喊：「啊！吳主席行落來囉！」陪吳振瑞從三樓下來的經理李塗鎮高聲接話：「吳主席特別行落來跟大家『挨沙子』。」㈢

吳振瑞高高的身影在社員代表群中游移，被簇擁著，一臉開懷的笑容。李塗鎮在旁邊，感覺吳主席像是一個眾聲喧嘩的大型交響樂團的指揮，一會兒俯首張臂激情地跟人勾纏；一會兒仰頭，不知是在長嘆還是長歌；一會兒又沉靜下來，側頭豎耳傾聽代表們說話，好像每個人都是相交十幾百年的老朋友。

那位忙碌的樂團指揮一步步移動，喧嘩聲也跟著移動。最後相送到大門口，有的簡單握手告別，有的還勾肩搭背，一齊走幾步路。一樓大廳恢復了安靜。

三個社員代表等到眾人都離去後，才有機會靠近吳主席。吳振瑞認出其中兩位是林邊來的，另一個是潮州人。「恁坐啥物車來，欲我派車載恁去車頭無？」吳振瑞親切地問。

「嘸免，坐車的代誌，嘸免主席煩惱。」其中一人說：「阮留落來，有一個重要代誌欲跟主席建議。」

「啥物代誌？」

「主席敢知影，政府已經宣布明年欲呼人選啥物補額立法委員？」

「知影，按怎？恁提這欲創啥？」

「主席，阮在肖想，你是最適合出來選的一個人。台中以南這些縣市，蕉農十幾萬，加上家屬、包裝業者、運輸業者，你若出來選，親像桌頂拿椪柑，清彩就會當選。」

「哈！我嘸識去想過這代誌。」吳振瑞一臉興奮，高亢地說：「恁是按呢認為的？敢真正有那麼簡單？」說完側個頭見歐陽專員站在不遠處，雖然背對著自己，還是改口：「不過，我每日東奔西走，不時要去日本開會，無閒甲按呢，那裡有時間去選舉？」

「這代誌，主席你表態就好，剩下的自然大家幫你做甲好勢好勢。」

註三：「挨沙子」是當時常用的台式日語，意為「致意」。

送走那三人後，吳振瑞一人走回主席室，一連幾個鐘頭在裡面踱方步，竟沒有心思處理社內公務。

理監事會在兩週後舉行，主要為討論臨時社員代表大會的決議案。幕僚單位已經草擬了實行辦法，主席吳振瑞要求議事人員逐句逐字朗讀：

「為感謝政府德政對於果農之恩惠，並感念先人創立本社之功績，喚起全體社員愛國愛社之精神，促進社會更加致力於品質之改善，以爭取更多外匯為目的，於慶祝創立二十週年時，計劃獎勵有功人員、優良社職員、對有功於合作社及蕉界之各界人員、支援本社業務之有關機關人員。

「停。」吳主席喊一聲，詢問理監事：「到這，有問題無？」

沒人應答。「好，繼續唸第二段。」

「同意購買金條、銀條。分為二兩、五兩、十兩、十五兩、二十兩、三十兩等重量，由總務組妥為保管。

主席又問：「到這，大家有意見無？」

「有。」一位陳理事發言：「咱經理部門的擬稿人員可能無瞭解銀樓業務，金條、銀條二十兩、三十兩，數量又閣那麼多，今嘛這個政府有管制，咱可能買不到。」

「有影？這我嘛嘸知呢？」吳主席問：「按呢，欲按怎卡好？」

「若是改做金器、銀器，應該就沒問題。」

「啥物呼做金器、銀器？」

「譬如講，用金仔、銀做成的碗、盤仔、杯仔等等。」

「哦，送金器、銀器跟送金條、銀條其實共款意思。好，這段要修改，改做金器、銀器。閣有其他意見無？」

沒有應答。「好，請繼續唸後面三段。」

「對內獎勵部分，由各部門確實檢討後，依功績之大小簽辦，逐級呈閱核准後發給。

「對外餽贈部分，由各部門研擬名單，依對象之職能以及對本社業務貢獻之大小，分別由理事主席、理監事、經理、部門副理、各地辦事處主任為代表，致贈活動必須公開為之。

「對外餽贈一律以全體蕉農之名義，而非僅代表本社。」

議事人員剛唸完，理事黃天教舉手發言：「我從日本時代就有在學漢文，『餽贈』這句無學過，敢是欲贈送呼鬼仔？」

會場許多人微笑了起來。

監事邱潤銀用半客家話半福佬話說：「你是看到鬼了咧？我的漢文比你學的更深，這句要讀做『貴贈』啦，是贈送給『貴人』的意思。」

從會場右角落又有人冒出：「唸做『鬼贈』，唸做『貴贈』，攏總嘸對。這句正確的讀音是『跪贈』，欲去向人跪求的時陣，要帶禮物，叫做『跪贈』。」

「好啦，好啦，大家莫閣『詼』啦，停去，攏停去！」吳主席喊停，全場頓時安靜，主席繼續問：「黃理事，你無歹無誌惹起一場口頭是非，到底你原本是想欲表達啥物意見？」

「這代誌，莫用『獎勵』，也莫用『餽贈』這款字眼。既然是為了紀念咱合作社二十週年所做，我卡合意用『紀念品』來稱呼。」

「按呢有啥物差別？」

「對內，自己『獎勵』自己，卡無好；對外『餽贈』，會有人解釋做『扶卵葩』，嘛無好。適才大家已經同意將物件改做金器、銀器，那就是名正言順的紀念品，是嘸是？」

沒人應答。

吳主席聽完，大聲認同：「這意見真好，是高見！請問有異議無？」

沒人應答。「好，請議事人員即時照今日的討論重新擬稿，再閣來唸給大家聽看覓。」

幾分鐘後，記錄人員開始誦唸會議結論，吳振瑞主席閉眼低頭聆聽，雙手合十放在自己的額頭上，一字一句的聽，還有什麼不妥之處嗎？公布實施後會有什麼效果？台北的黨政關係會怎麼樣？新聞界會如何看待此事？同仁會更為社務努力嗎？聽著，想著，想到這個獎勵案本來是只針對我吳振瑞一人，現在變成內外廣泛大獎勵，這應該是好的轉變，是一個全社的集體傑作，思想至此，不覺微笑了出來。

二十二

歐陽專員快下班時接到以前任職的調查局老長官的電話，要求他回局裡一趟。

那長官不再把他當部下，客客氣氣，倒像個老朋友。先喝個茶，閒聊一番，然後引他到視聽室，「有兩卷錄音帶，我們的『線』錄到的，你聽聽，包你感興趣。」

長官像簡報人員，手指輕擱開啟鍵上，先說明：「第一段對話，錄自行政院新聞局記者休息室，幾名記者在那裡商討你們青果合作社最近廣送金碗、金果盤，還有金杯，算不算新聞？寫還是不寫？」「我按了，你聽。」「喀喳」一聲，對話出現：

「說是他們二十週年慶的紀念品。你說，送個紀念品是新聞嗎？」

「就衝著那個『金』字，媽的！就是好新聞。」

「那要看多重。我目前知道的都是二兩的，也有三兩的，不知道有沒有更重的送出來？」

「聽說送到黃杰省主席辦公室的是三十兩的，送到行政院祕書長蔣彥士辦公室的也是三十兩的。還有幾個三十兩的金果盤不知送到哪裡？如果有送到蔣副院長那邊的，你敢寫嗎？」

「我操！寫還是寫，登不登，長官的事。」

「但還是要查清楚才能寫。」

「幹！他們是敲鑼打鼓去送的，用的是蕉農感恩政府德政的名義，還怕我們不寫呢！」

「你亂掰！哪來的敲鑼打鼓？沒那麼誇張啦！公開的拜會行程倒是真的。」

「嘿！談半天，寫還是不寫？」

「我要寫。」

「我不寫。你去寫你的鼻屎小獨家，頂多二欄題。」

「怎麼會是鼻屎小獨家呢？如果是三十兩、二十兩重的玩意兒，恐怕會上頭條。」

「別吵了，別吵了，等一兩天吧！我明天去問幾個地方，再看看。」

「如果那些是送給院長、副院長那樣的大官，你敢去查證？查證出來你們黨報官報敢登？」

「如果是單純的二十週年慶紀念品，人家青果合作社連年大賺錢，出來感謝一下政府德政，三十兩、二十兩算什麼！」

錄音機又「喀嗒」一聲，沒有了。那長官裝好另一卷，說：「這卷呀，是從高雄市政府新聞室錄的，你一定也有興趣聽。開始囉……。」

「高雄青果合作社二十週年慶祝紀念大會，我們台北的副主任說要親自下來採訪。幹！我的線被踩了，還不能喊痛。」

「你們只是副主任下來，我們報社是採訪主任要親自出馬。」

「我要去請總編輯評評理。那只是一個民間社團的週年慶，又不是雙十國慶大典，為什麼我們線上記者要被排除呢？」
「請帖是寄到台北還是高雄？」
「他們兩邊都寄。」
「你知道為什麼嗎？大家都知道青果合作社出手很大方，一定有什麼好康的，要不然長官們怎麼會如此熱衷。」
「我問了，台北下來的，都住華王大飯店。」
「上回，青果合作社只是一個冷藏庫啟用典禮，邀請台北跑經濟的記者南下採訪，全部招待搭乘華航班機，包下華王套房，聽說每人房間枕頭上還放了一包『零用金』。」
「包多少？」
「包多少我問不出來，青果合作社包的，一定不會小。」
「這次大概有金杯或銀盤可以拿。」
「有一顆『小』啦！金杯金碗是送大官的。」
錄音機又一聲「喀喳」，兩卷播放完畢。長官問：「怎麼樣？有何感想？」「感想雜亂得很，我可不可以重聽一遍？」「可以。」
歐陽專員重聽一遍後，說：「很抱歉，記者想知道的，那些三十兩重的金盤到底送到了誰手上，連我都還沒查清楚。」
「別自責，那是吳振瑞在台北親手運作的，你在高雄不容易知道。」
「局裡都有掌握了嗎？」

「當然。」

「送給那些人？」

「告訴你無妨，有嚴家淦、蔣經國、蔣彥士、谷正綱、徐柏園、黃杰、譚玉佐等人，最後一位我賣個關子，讓你猜。」㊀

歐陽沉默著，顯然猜不出。那長官一面關機關燈步出視聽室一面說：「就是你們那位吳振瑞，自己給自己獎勵。」

「哦，不能這樣講。金碗這件事本來是社員代表大會決議要專門獎賞吳主席，後來才擴大到其他對象的。」

「哦，是這樣麼。」

「還有一事，我尚未稟報。」

「說來聽聽。」

「吳振瑞極有可能會參選增補的立委，有幾批社員代表一直在慫恿，吳本人似乎非常動心。」

「這個局裡知道啦。他何止動心，還去跟蔣彥士做了『討教』。」

「蔣彥士贊成了嗎？」

「蔣彥士個性圓融，口頭一定贊成，還建議他先去黨部活動活動。」長官問：「他有競選的念頭，地方人士都知道了嗎？」

「尚未公開表態，只跟唐傳宗、陳杏村等好友私下商量過。」

「哦，那兩人如何給他意見？」

「還無從探知。」

回到沙發上喝茶，兩人都沒講話。沉默了許久，歐陽發問：「長官召我回來除了聽那些錄音帶，還有什麼指示嗎？」

「你是離職外派的人，我哪還敢有什麼指示。」

歐陽又沉默不語，良久，那長官開口了：「我看了你寫回來的報告，你在那裡一切都得心應手了吧？」

「還好。」

「他們不排斥你嗎？」

「起初會。但日子久了，我融入了他們。」

「融入？是什麼意思？」

「該怎麼說呢？」歐陽想了想，回答：「我漸漸對他們的善良和勤奮有感覺，他們也感覺到我日漸融入整個群體。有這種感覺，他們的提防就鬆一點，相處不緊張。」

註一：當年的職務，嚴家淦是行政院長，蔣經國是行政院副院長，蔣彥士是行政院祕書長兼香蕉小組召集人，谷正綱是每天上電視宣導反共的名人，徐柏園是行政院外貿審議委員會主任委員，黃杰是台灣省主席，譚玉佐是香蕉小組執行祕書。

「能這樣真不簡單。」長官說了這話，又問：「那吳振瑞呢？聽說他在合作社裡是皇帝，主持會議相當霸道？」

「不只在社內，在整個香蕉界，他是神。蕉農發自內心愛戴他。開會時，他通常一言九鼎，主要是因為他非常專業，沒人對業務像他那樣內行。」

那長官沒答腔，兩人都陷入沉默，好像也沒話說了，歐陽正想起身告辭，卻聽到：「歐陽兄，我想進你們合作社，什麼職位都可以，但別讓任何人知道我曾在調查局幹過。」歐陽眼睛瞪大大，黑眼珠移左移右，心想：「已經有我在那裡了，不夠嗎？你不放心嗎？」又聽長官強調：「你在裡面已經是明的，我希望自己是暗的。」

「你暗不起來。」歐陽快速回話。

「為什麼？」

「第一，由我姓歐陽的推薦或介紹，怎麼個暗法？」

「那怎麼辦？」

「我可以拜託別人，一個輾轉又再輾轉的人為你引薦，但是，長官，」歐陽不知有意還是無意，停下來，去換一杯新茶，又擤一下鼻涕才說：「那裡是講台語的世界，你那外省腔，一開口就會露餡。」

「媽的！還真有困難。」

「長官，您想進來，是你自己想來，還是上面有指示？」

「這你就不要問了。」那長官深深看歐陽一眼，又說：「是我自己想進去的，我被你們那麼豐厚的待遇所吸引。」

「明白。」

「這事兒就暫時擱著吧！他奶奶的！我另外想問你，那吳振瑞跟台北青果公會那個女理事長陳杏村，是情婦關係？」

「應該是。似有若無，似無若有。」歐陽解釋：「依我的淺見，那是一種上了年紀、又有身分地位的男女之間的『暮年之愛』，戀情其實，友情其表；愛戀為體，友誼為用。」

「哈！講得如此玄奧，還說是淺見！」長官斜睨歐陽一眼，笑意在臉上：「我他媽的想知道有沒有上床。」

「這不敢跟您確認。」

「她剛辭掉了理事長，由陳查某接替，你知道嗎？」

「這是遲早的事。兩派鬥得厲害，陳杏村已經完全倒在吳振瑞這邊，失去了立場，理事長怎能一直幹下去！」

二十三

這天吳振瑞人在高雄社上班，接到經合會劉祕書的電話：「台北聯合社要請您上來召開一次理事會，專案討論律頓案。」

「這件事不是已經定案了嗎？徐柏園主任委員已經批示，你還不知道嗎？」

「哪有？沒聽說呢？有的話為何李國鼎部長還如此關心？剛剛還催著要我通知您，要請你們理事會盡快決議接受律頓的合約。」

「豈有此理！」

「吳主席，吳總經理，不要這樣！您就上來一趟，開一次會。台北聯合社將發出開會通知，我也奉命要去列席說明。」

吳振瑞匆匆到達台北聯合社時，所有開會事宜都準備好了，就等他一人來主持。

會議一開始，列席的劉祕書請求發言，當然是贊成律頓的論調。主要強調兩方面，第一、竹籠包裝是傳統落後的方式，必須改為紙箱包裝；第二、律頓引進的電纜收集法，代表的是較有效率的香蕉採收方式。前者是現代化，後者是科技化，所以我們應該接納、引進。吳振瑞耐心聽完後又見吳志宗從列席主管席上舉手，心想：「我剛剛把你從企劃部副理調升為經理，或許你是要報答我，要幫我反駁劉祕書的論調吧。」於是准其發言。

沒想到吳志宗所發表的是完全相同的贊成論，吳振瑞這下恍然大悟：他們是一掛的，經合會、農復會出來的人，蔣彥士的人馬；而今天這個會，看樣子他們是打定了主意要逼我們通過律頓案的。

吳志宗講完，吳振瑞要親自反擊了，卻恰巧祕書來報，說李國鼎部長打電話來，正在線上，要請他親自接聽。電話機就在會議室主席座位的右後方角落。

「喂，李部長，是，我是吳振瑞。」

「吳主席，吳總經理，不好意思打攪你們開會，我就長話短說了，律頓的合約跟我們國家整體的現代化有幫助，希望你們今天的會能接受它，不能拒絕，啊！」

吳振瑞現在的國語能力，已經可以這樣表達：「正在討論，報告部長，一切由理事會討論後決定好嗎？」

「好，祝你們會議成功，我等候你的消息。」

吳振瑞回座。會議室氣氛凝滯，所有出列席人員安安靜靜，連低聲交頭接耳的人都沒有。李國鼎部長親自打電話來，是何等的重量。贊成者心想，就你一個吳振瑞，蕉界聲望再高，你敢拂逆部長的意思嗎？反對者也忐忑不安，吳主席這下艱苦嘍，欲按怎抵抗、拒絕才好呢？

吳主席開口了，一貫的反律頓論點。今天好像語氣特別堅定，是剛剛李國鼎那通電話反而使他態度更堅強了嗎？牛脾氣發作了嗎？他從台灣蕉園的面積談起，談到目前正在籌備的紙箱工廠，再把律頓那份「備忘錄」不公平和不合理的地方一一剖析。只要是談論香蕉，吳振瑞那積累了四、五十年的功力和威望，就自然流露出來。他今天沒有疾言厲色，自有一種權威，連行政院和經合會來的列席官員聽了都暗暗點頭。

吳主席說完，請求所有理監事表決，結果，律頓公司的提案被正式否決。

次日，吳振瑞回高雄，處理完公務回屏東。家裡客廳居然有三個人等著他。三個人長得很相像，都一樣是那種寬大豐腴的臉龐，第一眼就能瞧出是兄弟。

首先迎上來的是吳基瑞，高雄青果合作社的資深理事，長時期默契良好的工作夥伴。「主席，這是我的兩個小弟仔，吳基福和吳基生，兩人是『雙生仔』，基福是眼科名醫，醫師公會理事長；基生嘛是醫生，省立病院院長。」

「久仰，久仰。」吳振瑞一面與客人握手一面說：「恁吳家在旗山是大望族，兄弟仔多多，攏有大成就，真正無簡單。」

吳基福回說：「不敢當。你吳主席的成就閣卡無簡單，造福蕉農，造福農村，在阮旗山，通人欽佩。」

吳基瑞補充：「我跟基福、基生是叔伯兄弟，我卡大，是堂兄。」

吳太太玉印已經端上茶水點心。賓主坐下後，吳基瑞先打開天窗：「基福在醫界德高望重，大家推薦伊出來選立法委員。我今日帶伊來，是要懇求吳主席給他支持，按呢醫界加上阮青果界，黨部在秤重量的時陣，就一定袂去輸人，提名才會穩當。」

吳振瑞口說：「你阿基瑞的小弟仔，今日親自帶來阮兜，我怎樣會當無支持。」但心中一震：「這家人消息靈通，我前日只是向黨部一個人稍為透露自己想選的念頭，就馬上走過來。」

「有你吳主席一句話，阮兜基福仔就卡有希望囉。」吳基瑞說這話時，吳基福起身，朝吳振瑞一鞠躬，說：「多謝吳主席牽成。」

接下來，吳振瑞將昨天被召去台北主持會議，李國鼎會中親自來電話施壓，以及最後的會議決議告訴吳基瑞；然後又將律頓公司的提案內容跟吳基福兄弟簡報一番。吳基福聽得非常仔細，數度插話詢問細節，聽完定定注視吳振瑞，說一句日語：「呉さん、ご専門の立場として、それが正しいと思うことなら、堅持すべきだと思います。堅持するためには勇気が必要となり、これも節操ということです。」㊀

「蛤。」吳振瑞一時沒聽懂。

吳基福重複說一遍，補充：「我以前的日本教授常這樣說。」

吳振瑞感覺這句日語文謅謅，低聲再咀嚼兩遍，心情暢快了起來。四人開始天南地北聊天，聊到忘了時間。

註一：這句日語的漢譯是「吳先生，以你的專業，認為那是對的，當然要堅持。堅持需要勇氣，也是一種情操。」

隔了數天，吳振瑞獲悉徐柏園以行政院外貿審議委員會主任委員的身分，邀請二十多位專家學者組成一個「律頓研究委員會」，他是委員之一，心裡非常高興。第一次委員會議時，主席是香蕉小組執行祕書譚玉佐，來自各方的專家學者一一發言，無一人對律頓案表示支持。吳振瑞最後一位講話，做結論般暢談自己的一貫主張。

開完會，他去主任委員辦公室，徐柏園一見他就說：「振瑞兄，律頓那個案，是他們都要呀！」

「是經濟部李部長嗎？他幾次打電話給我。」

「我問過他。他說根本沒打電話給你。這事情，我有點困惑。」

吳振瑞心裡也困惑，徐柏園口中的「他們」是誰？不敢冒然探問。

委員會第二次開會時，主席是蔣彥士。那個企劃部經理吳志宗居然也被邀請與會，而且第一個發言，高調主張應該推動律頓公司的方案。這吳志宗是聯合社的幹部，而聯合社的理事會剛剛否決律頓案，卻如此在外面唱反調，吳振瑞越聽越生氣，等這傢伙一講完，立刻舉手同時起立，心裡懷著義憤；但在調整喉嚨的那一煞那，決定心平氣和向大家講解香蕉這一行。從生產面講到行銷面，每一個層面都以天時、地利、人和來分析，他有自信全國沒有人比他更專業、內行。在分析日本商社的複雜結構和微妙關係時，他眼角瞄到在座幾位知名的教授不住地點頭，都拿出筆記本在記錄，不由豪情大發，感覺腦裡有大量的知識、經驗，挾著情緒，雨後滿圳溝的水那般流出來。後來話題一轉，開始評論律頓的那七條備忘錄時，想到自己所遭受到的一連串政治壓力，突然很想哭，忍住，感覺自己好像是一個正在做「最後陳述」的死刑犯，又感到全台灣十幾萬蕉農的期望都寄託在自己肩膀上，話講得更激昂了。他不知道口才怎麼突然變得那麼好，國語、台語、日語適時交融，還穿插三兩句日式英語。

他邊講邊注意會場出列席人員。講到紙箱工廠與日本商社合股經營事半功倍的好處時，瞄到外貿會香蕉小組裡一位專門委員王蘭亭面露侮蔑的表情，全場就只有他如此反應。他大概是那種仇日的外省人吧！且不理他，繼續講。

過沒多久，見會議主席蔣彥士悄然離席，是去上廁所吧！且不理他，繼續講。不知為何，感覺這個場合、這個時刻不講清楚，以後可能再也沒機會了。

之後他又再講了許久，結束時全場報以熱烈掌聲，而蔣彥士適時回座，也應酬性地鼓掌幾下，便宣布散會，沒做結論。

走出外貿審議委員會時，一起來的沈祕書問：「要不要叫吳志宗經理來同車回去？」吳振瑞答：「嘸免。」

路上，沈祕書說：「總經理，你今天足足講了一個鐘頭又七分鐘，講得鞭辟入裡，是我聽過關於香蕉的最有說服力的一場演說。」

「你講鞭炮啥物里，意思是？」

「哦，那是一句成語，我說『鞭辟入裡』，是在形容每一個環節、細節都講得非常深刻。」

「哦，我瞭解。」

第二天，蔣彥士約吳振瑞到國賓飯店吃飯，同時還約了合管處處長。合管處是全國合作社的主管官署，施壓的意思明顯。席間蔣彥士訴諸兩人多年來的情誼，把話繞來繞去，軟言相勸，要求吳振瑞務必接受律頓的方案。吳振瑞素來尊敬蔣彥士，那天竟鼓起勇氣反向規勸：「祕書長，您是一位君子，為了您更好的將來，律頓這件事請不要勉強去做。監察院已經在調查這件事的真相。」

「監察院哪位委員在調查？」

「是陶百川等三位。」

「他們怎麼調查？」

「來公函召我去問，我以不懂國語為搪塞，由隨行的沈祕書代我將事情的由來簡單回答。」

「哦，是這樣。」

那餐飯吃得不愉快。吳基福說的那句日語不斷浮現在腦海。吳振瑞心裡堅信：律頓這事，我吳振瑞不接受，自然會平息。

散場時，蔣彥士悄聲跟吳振瑞說：「若想爭取黨提名你選立法委員，律頓這案子，順水推個舟，會大有幫助。」

吳振瑞輕描淡寫回答：「沒有黨的提名也無所謂啦。」

從餐廳回到台北的辦公室，吳振瑞正在專心處理桌上的公文和報表，聯合社的一位理事張金螺敲門進來，臉上掛著他的招牌微笑，想討好人的那種裝出來的微笑。

「主席，吳總經理，我有重要的事情要向你報告。」他習慣說國語，閩南語腔的台灣國語。

吳振瑞放下工作，移坐到桌旁的沙發，等他先開口。

「主席，剛才組工會裡的一個朋友叫我過去……。」

「組工會是啥物單位？」

「中央黨部組織工作會啦。」

「哦，知影。是啥物代誌？」

「它們叫我傳話，明年的增補立法委員選舉，南部選區要選四席，留一席給非黨的。那非黨人士爭奪的一席將十分激烈，都是強棒，譬如郭大砲郭國基、台東縣長黃順興、還有你們屏東的蔡李鶱等等。你吳振瑞是一個生手，只能靠黨提名……。」

「為什麼叫你傳這個話給我？莫名其妙！」

「黨部希望你不要有二心，要參選，一定要先爭取黨的提名。你的條件是很夠的。」

「我知影啦！我無一定欲選啦！」吳振瑞告訴他：「阮高雄社有一個知己的理事吳基瑞，伊的小弟仔吳基福欲選，我最好不要去跟他相爭。」

「哦，是這樣！」㈡

註二：首次增補立委選舉在一九六九年底舉行，吳基福以五十一萬多票最高票當選，遠遠領先獲三十七萬多票的第二高票黃宗焜、獲三十六萬多票的第三高票梁許春菊。增補立委視同第一屆立委，不必改選。一九七二年起才改為增額立委，三年改選一次。

二十四

理事主席吳振瑞正在接聽一通台北辦事處打來的電話，因為外面下著大雨，吳振瑞「蛤？蛤？」了好幾聲才聽清楚對方在說什麼：「主席，奇怪的事剛才發生……。」

「啥物？講卡大聲一點！」

「我不敢講太大聲。」電話那端頓了頓，終於放大音量爆出：「蔣彥士突然將我們送給他的金盤仔送回來。」

「有沒有說為什麼？」

「是他的祕書送來的，啥物攏無講。」

「那就真奇了！送給他那時，也無拒收，都收下半年多了，怎麼今嘛才送回來？」

「嘸知影為什麼，對方無講是啥物緣故。」電話那端沉默片刻，請示：「請問主席，這金盤仔要如何處理？」

「先放保險櫃，收好。」

「是。」

那天傍晚，吳振瑞本想約幾位知己的理事到外面吃個飯，順便討論這件怪事，但接到高雄縣警察局長親自打來的電話，問他幾點下班，幾點可以到家，說有事情要登門拜訪。吳振瑞只好將飯局改期，直接回家。

一路上，大雨不停拍打他的座車。頭頂，劈里啪啦作響；前面的擋風玻璃，雨刷發狂似的左顛右搖；兩旁車窗，雨水瀑布般傾流而下。車內的吳振瑞，心跳有點慌亂，好像那些雨滴就打在他的胸膛上。

他前腳踏進家門，警察局長後腳即到。「難道他早就到了，在大雨中將座車停在隱蔽處，等我到家便立刻現身？」吳振瑞正狐疑著，見局長手上提一個沉甸甸的禮盒，用大紅色的袋子裝著，似曾相識的包裝。

大雨下著，沒變小，也沒有要停的樣子。

吳太太見貴客在這種天氣中光臨，趕緊拿條毛巾請客人擦手擦臉，局長用一口有捲舌的標準國語跟她說：「沒關係，沒要緊，謝謝，謝謝。可否請大嫂幫我沏一壺熱茶？」

把吳太太支走後，局長也沒坐下，朝吳振瑞直話直說：「是黃杰省主席要我來，說要把這玩意兒送還給你。」

吳振瑞大惑不解，這禮盒那麼的面熟，盒內裝的是一只三十兩重的金盤，幾個月前他親自送到省主席辦公室的。那辦公室非常氣派，黃杰接受他的金盤時，主席辦公室裡的四、五位幕僚還在旁觀禮。吳振瑞記得當時自己用生硬的國語不斷背誦這句話：「這是我代表全體蕉農的一點小心意，不成敬意。感謝省主席多年來的德政，使蕉農受惠良多。」而黃杰當時在眾人鼓掌聲中，將那只金盤放置在主席室一個顯眼的地方，和別人送的禮品放一起，臉上掛著坦然的微笑。

一份公開致贈的禮物，當時高高興興收了，為什麼那麼久以後又派一個警察局長送回來呢？

吳太太端一壺熱茶從廚房走出來，見老公恍恍惚惚站在客廳，而那位貴賓顯然已經走了。冒著大雨匆匆地來，冒著大雨匆匆地走，有什麼奇特的緣故嗎？吳振瑞伸手接下那壺熱茶，自己喝了，同時把局長的來意告訴老婆，順便將上午蔣彥士也送回金盤的事也說了。

「為什麼會這樣？要送金盤金碗答謝，不是已經有事先問過『頂面』？」

「是呀！頂面有要接受，阮理監事會才敢做成決議案的。」

「無事啦！咱啊無做啥物壞事。免甲煩惱！啊！」吳太太瞄一眼那擱在茶几上的禮盒，問：「這物件要按怎處理？」

「先拿去放房間，我明仔哉提回去辦公室放。」

夫妻沒再談論此事，雨還下著。

那天晚上，壁鐘敲十一點了，吳振瑞兀自坐在沙發上想事情。窗外，沒間斷的粗大雨滴，一條一條如線條般直直劃落，在那大雨線的間縫中，有朦朧的水氣如煙如霧飄浮。吳振瑞生長在南台灣，雨景從小看到大，今天才注意到粗雨之間隱含著薄霧，而那雨線強勁，雨煙輕盈，彷彿鋼絲與棉絮交織在半空中。

下禮拜就要參加托福考試的女兒吳美愛，還在她的房間用功誦唸英語，這時走出來，見父親坐在客廳發呆，問：「阿爸，你怎麼猶袂睏？我感覺今仔日你和阿母都面帶憂愁，敢有啥物代誌？」

「這雨，落那麼大，那麼久，我真擔憂溪水會漲起來，湧入咱莊頭，若是做大水……。」

「袂啦，阿爸，袂做大水啦，啊不是第一擺落這款大雨。免煩惱啦！去睏啦！」

「今嘛是正月，咱屏東應該是乾旱季節，為何竟然落大雨！」

「天公欲落雨，你有啥物法度？伊欲落，讓伊去落，免煩惱啦！」

不久，吳振瑞回房，吳太太卻抱著枕頭去女兒房間。吳美愛問：「阿母，妳敢欲過來跟我睏？」

「今晚呼恁阿爸一人睏。我恐驚伊今晚會規暝在喊『偶怕了』『偶怕了』。」

「阿爸一定心內有事，但是伊嘸給我講。」

二十五

幾天後，吳振瑞帶一個小組去日本，參加例行的談判會議。談判對象是日本香蕉輸入組合，一月談判三月分的香蕉銷售數量和價格，接著三月的會議將輪由台灣主辦，談判四月到七月的數量和價格。每年都是如此。談判結果對所有青果合作社和廣大蕉農來說，像談判生死那般重要。

談判會議必須連續幾天耗時費神折衝，成員一定要神清氣足。但吳主席這次明顯的神態疲憊，眼眶浮腫，入住旅館時還在樓梯口差點跌跤，隨行的理監事和經理都察覺到了，「主席呀，你是按怎?身體有無爽快無?」「無?無那會按呢!」這樣怎麼可以呢!一再探詢，吳振瑞終於透露，未曾有過的沮喪口氣：「咱送出去的金果盤，前幾天莫名其妙陸續有人送倒轉來，情勢大不妙。」

眾人交換了一下意見，也跟著萎靡下來。晚上的會前會草草結束，最後的模擬攻防也免了。吳振瑞見部屬如此，心頭一驚，做一個領導人，怎麼可以這樣!這樣會打敗仗回家的!價格沒談好，就是蕉農的生命線沒有顧好，家鄉會有多少蕉農家庭失望呀!思念及此，自己先覺醒振作起來，召集眾人到房間，當眾做起日本時代學校裡的「課間操」㈠，有人興奮地跟著比手畫腳，做完，喘喘氣，提高音調說：「我前一陣子，去探望阿壯伯老理事，欲走時，伊勉勵我：『阿瑞仔，嘸免驚，只要是對的代誌，頭殼犁犁給它行落去就對，親像牛按呢。』」

「各位，我這一天，無神無神，實在是心內有在煩惱、驚駭。不過，我想到阿壯伯嘍，我無在驚嘍，咱重新元氣起來，好無？」

「好，主席，元氣起來！咱攏元氣起來！」

將團隊的士氣找回來後，談判過程大致按照台方的理想順利進行。第二天上午會議中，台北辦事處打來國際電話，指名要吳振瑞聽。這種電話以前常有，沒什麼奇怪。吳振瑞離席出去，聽到真的「情勢大不妙」的消息：「主席，中央日報今日有一條新聞，講李國鼎在中央總理紀念週會上報告時，有批評到咱。」

「伊報告按怎，唸來聽看覓。」

「新聞短短幾行而已，講：『台灣香蕉的日本市場被少數人把持，於國內竹籠有回扣，所以不願意改用紙箱。』新聞閣有講，中央總理紀念週是蔣總統親自主持的。」

「標題有大無？」

「無足大，嘛袂細，刊在版面正中，真醒目。」

註一：日治時代的小學和中學，每天早上第二節下課後，全校師生集合在操場，隨著擴音器放送的音樂做十分鐘的體操，做完接著上第三節課，是為「課間操」。

「按呢我知影啦，閣有啥物消息，隨時電話打過來。」

「是。」

吳振瑞放下電話，深深吸一口氣，緩步到窗口，窗外天空半陰半晴，街角路旁還有雪堆，污泥髒水混雜的雪堆，偶有幾聲粗沙沙的烏鴉叫聲傳來，幹！李國鼎真正開始要「創治」我了嗎？伊的報復要來了嗎？我欲如何對付卡好呢？憂慮到此，想到裡面還在開會，不知談到哪裡了？暫且莫甲驚，阿壯伯講的，「頭殼犁犁給它行落去就對，親像牛按呢。」

他再次深吸一口氣，向會議室移步，明顯感到雙腳有點乏力；但他不斷提醒自己，要神態自若，還要神采奕奕，不能讓敵方我方任何人看出我吳振瑞已經出事了，而且是出大事了。

吳振瑞跨進會議室的那一刻，日方一名代表正在問：「你們誰能承諾，三月分有六十二萬籠？數量說不定，我們的價格便很難保證。」

「柴田桑，冬蕉比較難承諾，這樣好不好，我方承諾以生產量的全部為貿易量。」吳振瑞邊坐下邊應答，同時環視一圈，看看有沒有人察覺到他應答的口氣已經沒那麼自信。

「聽說台灣南部今冬是暖冬，雨水也充足。」

「沒錯，你們真靈通！但是只有一兩天的陣雨，不易使冬蕉像夏蕉那麼樣……。」

「好啦，就照主席吳桑的意思啦！」

「好，價格呢？」

「剛才吳桑出去聽電話時，我們不是已談妥，今年不變動？」

「哦，還是要吳桑說一句話。」

吳振瑞以前都是坐著說話，今天卻站起來，還向日方代表深深一鞠躬，然後用從未有過的鄭重口氣說話：「各位日本商社的好朋友，我們一起做香蕉生意十多年了，你們因為台灣香蕉，業務蒸蒸日上；我們的蕉農也因為有你們而獲得很大的利益。作為台灣蕉農的代表，我要在此特別向你們道謝，謝謝你們對台蕉的愛護。我衷心期盼今後這個緣分永遠不變。」

所有日方代表都張大眼睛，怎麼吳桑突然講出這種感懷的話呢？吳振瑞從他們的表情也察覺到自己「失言」了，趕緊解釋：「我今天突然講這些，是因為突然懷念起我二十歲時所跟隨的一位香蕉試驗所的技師中村二郎，我在他的團隊從學徒開始做，一直做到今天。像中村這類的日本技師把台蕉改良成日本人喜愛的一種水果，才有後來，雖然日本政府離開了台灣，但日本人一直沒有離開台灣蕉農。我真的衷心感謝這場緣分。」

「哈哈！」日方主談代表柴田勇說：「我們商社會想辦法找到這位中村二郎，下次來日本開會，讓你們見面。」

「那就太好了。希望還有這個機會。」這話一出，吳振瑞立刻發覺自己又「失言」了，日本人臉上是滿滿的疑問，而自己這邊的伙伴則都憂慮上了臉。

次日，日方代表要帶台方代表出去泡湯、宴會。這是慣例，輪由台灣主辦時，會後也要招待他們。吳振瑞推說身體不適，留在旅館房間等候電話。

沒多久就接到唐傳宗的電話：「我今日透早來在屏東佮兜，知影你人在日本，好加在！感覺卡放心。」唐傳宗沒等吳振瑞回應，繼續：「我給你講，昨日和今日連續兩日，報甲足大，整個版面攏總在修理你。那些攏是黑白亂寫，感覺後壁有一隻手在提供假資料，專門是要對付你……。」

「是按怎報？」

「我唸兩三條標題給你聽：

「一手遮天　龍斷香蕉貿易

兩手操弄　賺盡蕉農利益」

「長期剝削蕉農

蕉王還是蕉蟲」

「過獎　過獎

吳振瑞．自己獎自己」

拿獎金．努力繼續努力」

吳振瑞聽到這裡，不禁開罵：「幹怹娘！可惡！真正可惡！」

「你稍等，玉印仔欲給你講話。」

「阿瑞仔，按呢，你看會演變成按怎？」電話那頭傳來抽泣聲，吳振瑞心頭大震，也跟著講不出話來。

電話兩頭都傳出哭聲。許久之後，吳太太先止住，說：「傳宗兄叫你暫時莫轉來台灣，按呢敢好？」

「豈有此理！我根本無做啥物犯罪的代誌，驚啥物？我心安理得，應該轉來去跟他好好論理明辯才對呀！何況不是四界講蔣總統非常英明，伊這十幾年來頒贈給我好幾個匾額、勳章，敢會是非不明、黑白不分？我嘸相信！」

電話那頭又傳來太太的哭聲，換唐傳宗拿話筒，吳振瑞把剛才跟太太說的話，重講一遍，愈講愈有自信。

唐傳宗聽完說：「我感覺你對他休過天真。那是一群賊仔政府，我還是建議你暫時避一下……。」

此時有人敲門，吳振瑞匆匆跟唐傳宗結束電話，出去應門。一位陌生的日本人站在門口，掏出名片，是陳杏村在東京的貿易公司的經理。他傳達陳杏村話：「暫避日本，不要回國。公司有一間空的公寓給你住。」

吳振瑞心裡感激，也有點惱怒：「我清清白白，若不回國，不是坐實了我心虛、有罪嗎？」

把那位經理打發走之後，他感到從未有過的迷茫與懼怕。走出房間，大廳人來人往，信步走上街頭。一月底的東京，正當隆冬時節，寒風刮臉，讓它刮吧！耳朵冷到疼痛，讓它痛吧！恐怕還有更大的苦痛在後頭。現在，一生名譽已經被報紙毀壞了，回國後不知道會面對怎麼樣的凌遲？難道自己不知不覺走上副議長葉秋木那種慘死的道路了嗎？全身不自覺浮起冷顫。他一路胡思亂想，漫無目的地走著，又繞進一條人車較少的巷子走著，有一段話突然浮現腦海：

「吳振瑞，我看哪，你將來一定會為國為民擔當什麼重大任務，但要注意的是中國政府，中國的政界是很陰險的。」那是一九四五年，戰爭剛結束，他服務過的屏東香蕉檢查所主任山本實，要被遣回日本的前幾天約他去家裡吃飯，在吃飯時告訴他這段話。記得那時，山本家正在打包，滿屋子堆滿書籍，飯後抽出兩本書送他，要他詳細閱讀。這兩本書後來被朋友借去未還，書名已忘，只記得是關於中國政治的書。

算算已經有二十四年了，與那位老長官書信不斷，自己這十幾年春風得意，百忙中也去探望過幾次，每次都促膝長談到深夜。吳振瑞突然想再去探望一次，他家住在宮城縣附近，東北靠海的鄉下，坐車要半天。吳振瑞動了這個念頭，快步回旅館，給山本實打了電話，然後給同伴留一封信，告訴他們這兩天台灣的「輿情」發展，吩咐所有行程結束後自行回國，照常上班，而自己去訪友後也會回去面對一切。他在信尾說：「我有沒有做過什麼違法或對不起蕉農的事，你們最清楚了，老天終究會還我清白的。」

正要出門，山本實打來電話：「吳振瑞，把全部行李都帶過來，來我這裡住下，暫時別回去，嗄！」山本實又說：「我另外約了佐藤枝新，他非常關心你的事情。我們好好商量如何應付。」

「哦，太好了。真謝謝你。」吳振瑞回說。

二十六

一九六九年二月十七日下午台北松山機場入境處站著兩撮人馬，各約十人，都是青果運銷合作社的理監事和幹部。兩方人馬顯然互相熟識，但高雄社的站在一塊，聯合社的站另一邊，不多交談，看起來都心情凝重，眼睛朝旅客入境的大門緊緊盯視。

沒讓大家等太久，吳振瑞走進門來，穿西裝打領帶，一人手提公事包，一手拎著厚大衣，沒有隨行人員。兩班人馬迎上去，高雄社的帶頭理事鄭祈全接下他的行李和大衣，低聲問：「不是叫你莫轉來！為何欲轉來？」

吳振瑞沒應答，忙著跟大家一一握手致意，臉上帶著尷尬的笑容。眾人都話不多，緩緩往機場大門口移動。吳振瑞個子高，不經意瞄到陳杏村站在不遠處看著自己，兩人只微微互相點個頭，她沒走過來，吳振瑞也沒走過去。他被簇擁著坐上第一部車，在跨進車門那一剎那，又不經意看到高雄社的歐陽專員站在另一頭不遠處，朝自己觀望，身旁另有兩人，顯然是一起來的。

一大夥人走進聯合社大門時，裏頭響起熱烈掌聲，叫著：「主席好」「吳主席好」，一起進來的人們中，高雄社的也都跟著鼓掌，聲浪最大。

「大家請回吧！攏轉去照常上班，做工課，好無？」吳振瑞在吵鬧聲告一段落時這樣吩咐，然後一個人走進總經理辦公室。

他萬萬沒想到有一個熟人坐在沙發上等他，是林石城。此人卸任屏東縣長後，現任省府委員，屏東故鄉的老友、學弟，還有親戚關係。林石城站起來，跟吳振瑞握個手，什麼敘舊問好的話都沒說，開口就是冷冷的祈使句，台灣國語：「黃杰主席叫我來，要求你立刻辭職，辭掉所有本兼各職。」

吳振瑞回說：「無問題，我明仔哉轉來去高雄，召開臨時理監事會，馬上提出辭職。」㈠

林石城又補一句刺刀般的話：「黃主席說，要馬上辭，否則不能容你。」

吳振瑞一陣心寒，心想：「究竟不能容我什麼？我究竟犯了何罪，蛤！」口中回說：「請放心，反正我已經服務十多年了，我袂戀棧職位的。」

「他們叫你辭，你辭就對了。」林石城丟出這話後大步離去。

「這林阿石城，是啥物態度，蛤！靠勢甲按呢！」吳振瑞心裏嘀咕著，同時望一眼辦公桌旁一堆待批的公文。以前，他會馬上坐下來批掉其中的最急件，但今天，他連回辦公桌坐下都沒有，拎起公事包，動身回高雄。

臨時理監事會在四天後召開。吳振瑞宣布開會後，先感謝長期以來所有各屆理監事給他的支持和幫助，然後將林石城轉達的省主席黃杰的「命令」告訴大家，說完宣布：「各位，今日召開這個會，就是欲請大家通過我的辭職案。」

「主席，你做得好好，無請辭的理由，阮理事會嘛無准你辭職的理由。」

「咱是人民團體，屬私法人，外人可以隨便干涉嗎？豈有此理！」

「政府，我給各位講，政府對咱人民團體只有輔導的義務，無命令理事主席職辭的權力。」

「政府可能有權依法解散人民團體，或者是叫主席辭職，但要有充分的理由，譬如講，咱有去違害國家安全，破壞社會治安、擾亂金融秩序等等。」

「對呀！咱敢有做過這類違法的代誌！咱做的攏是促進經濟、增加外滙、安定農村，敢嘸是？」

「主席，那個林石城代表省府嗎？請恁來一個正式公文給咱合作社，袂使只用口頭命令。」

「咱是代表全體蕉農的組織，理事主席是代表中的代表，而當今全體蕉農每年每日歡喜慶豐收的時陣，咱理事會按怎可以准你辭職！」

「主席，欲辭，應該全體理事先辭職，然後你自然辭職，對嘸對？咱是一體的，阮理事若無辭，你就袂使辭。」

有一位監察委員陳江山，未受邀却自行前來要求列席。他在聽完眾理監事的發言後，起立

註一：吳振瑞必須先辭掉高雄青果運銷合作社理事主席一職，聯合社總經理這項兼職便自然解除。

致詞：「吳主席好，感謝吳主席同意我列席這個會，我今天是代表自己來瞭解貴社的情況。各位，人民團體若一切合法，是可以自立自存的，況且經濟部內尚有許多問題有待調查，各位暫且不必怕，不一定非屈從省主席的意思不可。」

這位監委自稱得到主席的同意來列席此會，吳振瑞感到有點迷糊。以前任何人要列席理監事會，主席一定事先掌握，但那天，吳振瑞心亂，糊里糊塗就讓他進了會議室。這位監委既然這樣表態，眾理事更加理直氣壯，吳振瑞更加辭不掉了，只好宣布：「按呢，今日到這裡，散會，明仔哉閣再議。」

第二天，那位監委也駕臨，發表相同論調為眾理事壯膽，但吳振瑞一再懇求，最後的決議是：「四月到七月的台日香蕉談判已定在三月中旬在台北舉行，吳振瑞請辭一案，於該項談判會議結束後再議。」

臨時理監事會做成的決議內容，歐陽專員第一時間就獲悉，迅速用電話報回局裏。報告完畢，長官指示：「媒體這樣整版的修理吳某人，底層的蕉農大眾有什麼情緒反應，趕快去瞭解，詳實回報。」

「是。」歐陽專員多問一句：「報紙哪來那麼多資料，局裏有那麼大能耐，放出那麼多？」

「有些是媒體的朋友們自己發揮的；有些是從你定期寫回來的報告中『放』出去的。」

「我的報告哪有對吳主席那麼負面？」

「這你就不要管了。」

「還有，有一位監察委員陳江山跑來列席，兩度發言，鼓勵理監事不必理會黃杰主席的命令，不知他是什麼來路，什麼用心？」

「這個嘛……。」長官在電話那頭停住，過了一會兒才說：「這不是我的層級能知道的。你就別操心這個，局裏現在要的，是你的蕉農輿情報告。」

「是，我馬上去做。」

第二天的全國各報都大幅刊登高雄社理事會不准吳振瑞辭職的消息，新聞報導旁邊都附帶一篇評論，一片撻伐之聲，其中罵最兇的那篇，標題是「蕉蟲戀棧乎？演戲乎？」吳振瑞看到一半就用力撕報紙，揉一揉丟進垃圾桶。幕僚單位見情勢如此，協調日本方面將預定三月在台北舉行的台日香蕉貿易會議，改在日本舉行，意思是要吳振瑞赴日暫避風頭。日方欣然同意，當工作人員幫吳振瑞辦理出國手續時，才知道他已被禁止出境。

像牛背牛屁股不斷被鞭笞，吳振瑞依然「頭殼犁犁」想繼續向前犁田。他去了台北，進入聯合社辦公室後，注意到原來擱在辦公桌上的一堆待批公文已被移走了。正感納悶，行政院香蕉小組的專門委員王蘭亭來關切，社內企劃部經理吳志宗也一起進來。

幾句禮貌寒喧後，吳振瑞問：「我想去見見主任委員徐柏園，幫我安排一下吧！」

王蘭亭：「主任委員都在中央銀行上班，最近較少過來行政院，我幫你聯絡看看。」

吳志宗：「主席，報紙上那些胡言亂語請不必多傷神，上頭的事情交給我處理就好。」

王蘭亭：「吳先生呀！我早就警告過你，你是敬酒不吃，要喝罰酒。」

吳振瑞朝他尷尬地笑一笑：「對，你說過這話沒錯。」

閒聊至此，祕書來通報，有貴客到訪，王吳兩人退出，進來的是林石城。

林石城一進門就問：「阿瑞仔兄，你是要辭還是不辭？」

「我隨時可以辭，給我一點時間，說服理事會。」

「唉呀！」林石城好像碰到什麼萬般無奈的大事，自怨自艾：「你這樣，要我如何去向黃杰主席報告才好！」

吳振瑞對他寒心到極點，豁出去，罵出來：「幹！你林阿石城在跟恁爸『唉呀』啥小！我辭職須要理事會同意，你啊嘸是嘸知影！」

林石城終於回答一句台語：「我是在煩惱他先向你動腳手。」

歐陽專員的「蕉農輿情調查」是親自送回局裡。他的長官先影印留一份，正本往台北局本部送出，密件加級。寄出後，長官好整以暇打開來看。

壹、真人實錄

二月廿六日，屏東縣竹田鄉竹南村陳村琳宅：

「沒有人出來救嗎？我有在期待日本人大商社那些大企業家出面。」

「別想，現在這個外省人政府討厭日本人，日本商社出面，可能有反效果。」

二月廿七日，屏東縣萬丹鄉第三香蕉集貨場：

「聽說這是小蔣向宋美齡奪取經濟大權的鬥爭，吳振瑞只不過是不幸當了人家切肉的砧板。」

「我在別處也聽到過這種講法。不過，當砧板的不只是吳主席，還有我們這些蕉農。」

二月廿八日，高雄縣旗山圓富吳來金宅：

「我看香蕉的好日子快沒了，吳振瑞一倒，沒有人有這種能耐向日本拿到那麼好的貿易條件。」

「未必會倒。吳主席是神明下凡來幫助我們蕉農的，神明不會倒！」

「吳振瑞是神明沒有錯，但台灣還住著一尊更大的神，小神若袂曉變巧，可能會被大神吃掉。」

二月廿八日，旗山廣福第一香蕉集貨場：

「就是這樣用報紙罵一罵啦！我看不致於把他抓起來，現在又不是二二八那個時期，不敢把他抓起來搶斃啦！」

「槍斃了他，你敢怎樣？你敢出來為他伸張正義？」

「不敢。」

三月一日，高雄縣美濃鎮龍肚鍾宅：

「美國人要來賣紙箱，給他們買就沒事了，吳主席何必這樣堅持，是我的話，我一切順從。順從他們，香蕉錢就可以一直賺一直賺，吳主席就是『硬領頸』，結果吃虧的還是自己。」

「我們這個吳主席有牛脾氣，牛性發作了，有點頑固！」
三月一日，美濃鎮廣興第三香蕉集貨場：
「蕉神怎麼變成蕉蟲了，是主席有吞啃我們蕉農什麼利益？沒有呀！他不是都為我們賺取利潤嗎？」
「報紙要倒反過來看啦！被報紙這樣侮辱的人，一定是大好人，你知我知啦！」
貳、綜合輿情
一、本地台人重義也重利，但殊少可能為利而起義。職發覺敢怒而不敢言者多……。」
長官看到這裏，放下報告，說：「很好，歐陽兄，辛苦你啦。後面的『綜合輿情』我等一下再慢慢看。我研判台北評估了你這份報告後，會加快辦案速度。你可能要先回去有所準備。」
「是嘛！該準備什麼？」
「防止他們將重要帳冊搬到別處隱藏或燒燬……。」
「這不會，絕對不會。他們不但毫無作賊心虛，而且都對會計帳冊感到自豪……。」
「怎麼說呢？」
「前一陣子監察院曾經去查帳，認為他們的會計帳冊是人民團體中最守法而且明細者之一，還給他們頒發了獎狀。」

「這跟我們的辦案方向不一樣。」
「還有什麼要準備的嗎？」
「人員。所有可能涉案的經理及會計人員的行踪的掌握。」
「是，這方面沒問題。」

歐陽專員今天一如平常，好整以暇泡了一杯香片，慢慢喝慢慢想著等一下會發生的事情。突然，腦中靈光一閃，放下茶杯，拿筆，在便條紙上寫幾個字：「真抱歉！我今天幫不上忙。請放心，我會努力為你們開脫。」寫完折好，放在右邊口袋，記好這張是放在右邊。

之後，又抽出一張紙，寫上：「長官，主席室辦公桌左邊最下面的抽屜裏，有一本吳振瑞親自處理的新聞界公關禮金帳冊。」寫完也是折得好好，放在左邊口袋，用手掌壓一壓，記住這張是放在左邊。

這件事做完，環視四周，「這些人，這些善良勤勞的職員。」他仰頭暗自祈禱，他沒信什麼宗教，心裏不知該向誰禱告，就向天花板祈求吧：「等一下，盼望大家不會受到太大驚嚇。衷心期盼對李經理和副理們的傷害減少、減輕，驚嚇減到最小，最輕、減少、減輕……。」

桌面上有幾件待辦事項，關於碼頭保防的檢查報表，幾個月前為他們設計好的；還有人事室專員來會稿的獎懲案，還有……他拿起一件開始工作，還是要有始有終，把自己的業務處理好。這青果合作社會繼續下去的。

約半小時後，一名老兵工友來到他身邊，悄聲詢問：「怎麼有好幾輛警車停在外面，後面也有兩輛？」

歐陽專員站起來，喃喃自語：「來了，終於來了，這些人……。」

入口處，兩位局裏的長官帶著一批幹員大步走來，後面跟著的是主任檢察官，以前認識的，還有幾位不知姓名的地檢處的官員。㈡

他們進門後，像上戰場攻堅的小部隊，演習過似的，主任檢察官直闖李塗鎮的經理室，歐陽的直屬長官帶三人快步走向總務副理蔡坤山，另一位長官帶人靠近總務課長羅清源辦公桌，會計課長楊溪池想離座，被兩名幹員按住肩膀，粗粗魯魯的。楊課長臉紅紅，萬分驚恐，像被壓住脖子等待切下頭頸的公雞。

來人都表明身分後，局裏長官大聲吆喝：「把你們的所有帳冊全部拿出來，放在桌上！」

蔡坤山副理又驚又怒，大聲質問：「你們這是幹什麼？我們犯了什麼罪嗎？」

「少嚕嗦！趕快照辦，帳冊全都自動搬出來，再嚕嗦先把你押起來。」

歐陽專員從玻璃窗望進經理室，裡面客客氣氣。他知道那位主任檢察官人很好，以前當國小老師的，台南人，而李經理家住旗山，距台南不遠，應該可以用鄉音套套交情吧！

這一群受過訓練的調查局幹員，自己的老長官、好同事，來執行公務的強盜，哦，不對，自己以前也幹過這種事，怎麼可以視為強盜呢？歐陽見「工作」進行得差不多了，走向長官，從左邊口袋掏出那張紙條，遞上，長官匆匆看完，朝他「謝了」一聲，快步走進主席室，兩名幹員跟過去，就在這個空檔從右口袋掏出一張紙，放在蔡坤山副理的眼前，蔡坤山匆匆看了，跟他互望一眼，那嚇得變成白紙般的臉孔，舒緩了些。蔡坤山這些年跟他私交最好，兩人經常一起出遊，或去蔡家吃飯，或去跟其他蕉農喝茶聊天，已經是真心在交朋友了。祈禱上天要保佑他，保佑這裏的每一個人。

沒多久，這批有效率的「執法的強盜」把事情辦妥了，一袋袋的文件被搬上車，合作社所有幹部，包括李經理、副理也都被押上車。他們急著要走，歐陽走上前，長官朝他丟出一句：「歐陽兄，這回謝謝你，辛苦你了。」然後一大群人，好幾輛車揚長而去，車後噴出一團團惡臭的氣體沖進鼻孔，淹向眼眶，歐陽緩緩躲在一個沒人的牆壁後面，掏出衛生紙，擤鼻涕，擦拭眼眶，然後握拳，用拳側多肉之處敲擊牆壁，用力擊打，到手痛了才停止。

他現在不敢回辦公室。光憑感覺，他想全辦公室的人一定會用異樣的，甚至埋怨的眼光瞪他吧！

高雄老巢被抄家的時候，吳振瑞人在台北。他本能地到北投一家小巷子裏的旅社避居，打電話給當月和前月的代理主席鄭祈全和張元基，叫他們立即趕來商議對策，然後將自己的行止通知陳杏村。

陳杏村很快趕到，一見面就問：「我聽到廣播了，那些被取走的帳冊，敢有啥物問題？」「這我袂擔憂。監察院幾個月前來查過，全部帳簿正當，明細，閣合法，他因此頒獎狀給阮。」

註二：本故事發生時，是由調查局指揮檢警辦案，辦案指揮權交回檢察官，是後來的發展。

「按呢就好。」陳杏村一手輕拍自己胸口，提議：「行，咱出來找一個所在吃晚飯。」

兩人在一間日本料理店坐下，還沒上菜，吳振瑞就開罵：「調查局是啥物東西，蛤！怹清清彩彩可以進去人民團體辦公室，搶走文件，蛤！馬鹿野郎！」

「怹真厲害哦！我想，你適才打電話給我以及我來跟你見面，怹攏有掌握。」

「馬鹿！」

「你今嘛有啥物打算，欲按怎應付？」

「我欲正面去面對，我嘸驚。」

「你無想欲走？我可以幫你想辦法。」

「袂使。跟我作伙打拚的幹部攏去呼怹抓抓進去嘍，我怎樣可以一人走！我欲自動進去。」

「按呢都都好，將你送入去籠仔內。」陳杏村又說：「怹找無任何證據，嘛可以給你按一個罪名，何況全國媒體攏在怹手中，黑白給你判刑，全國百姓攏總相信。」

「我今嘛人格已經被判死刑嘍！全民攏已經相信我是一個剝削農民的蕉蟲，幹！可惡！」

兩人邊吃邊談至此，突然有一個人打開餐廳包廂的紙門，是聯合社理事張金螺，一個熟得不得了的老同事。他逕自脫鞋進來，坐下，吳振瑞一面為他張羅碗筷一面問：「你是怎樣知影阮兩人在這？」

「我剛剛好跟朋友來這吃飯，碰到恁兩人進來。」

陳杏村說話，一臉狐疑：「阮兩人並無作伙行入來，你怎樣會當碰到阮兩人？這間店專作日本仔生理，一般人袂入來用餐。」

張金螺沒立即回答，停了半晌才說：「我就是跟阿本仔作伙來這吃飯。」

陳杏村輕輕撞一下吳振瑞的手肘說：「我感覺這間料理店愈來愈歹吃，咱來去別位用餐，行！起來，咱來走。」

「啊！哈哈！」張金螺這回反應敏捷，說出：「兩位莫走，莫走，我坦白給恁講，我是有任務來的。」

「你是調查局的『屑仔』？」

「嘸是，拜託我來的，比調查局閣卡大。」

「是行政院司法行政部。」㈢

「嘛嘸是，是警備總部。」

吳振瑞大感震驚。這張金螺平時對人客客氣氣，喜歡說些奉承的話，對社內大小事都熱心參與，怎麼都想不到，他是另有居心的「抓耙仔」，想到此，板起臉孔問：「咱青果社這個案件，目前是調查局在主辦，為何警備總部也來插一腳？」

「調查局主辦無錯，警備總部只不過是從旁協助。」

「你有啥物任務？」

「我欲來勸你主動出面投案。」

註三：司法行政部是法務部的前身，於一九八〇年七月改制。

吳振瑞赫然情緒失控，咬牙切齒噴出：「幹恁娘卡好，恁爸是犯了啥物罪？有啥物案要去投案？我幹恁娘！」

「失禮！失禮！吳主席振瑞兄，我真失禮。我的本意是欲講，請你主動出面向當局說明。」

陳杏村伸出手掌放在吳振瑞手肘上，輕聲勸說：「阿瑞兄，莫生氣。」然後朝張金螺發問：「你是要吳主席去向恁警備總部說明？」

「不是，是去調查局。這案子是由調查局主辦。」張金螺恢復他慣常說的台灣國語：「我可以幫你安排，直接去局本部，向局長本人當面說明。」

「你適才嘸是講，你不是調查局的人？」

「我兩邊都通，兩邊都有深厚交情。」

三人突然都沉默起來。陳杏村低頭吃菜，張金螺端起杯子喝一口綠茶，吳振瑞給張金螺送上一塊壽司，同時說：「阿螺兄，我對適才向你罵粗魯話，講一聲歹勢。我是滿腹冤曲。無處伸冤，才發脾氣。」

「這我瞭解，你平常不是這種罵粗話的人。」

「我有打算主動去說明，但必須要等高雄社理事會同意我辭掉理事主席了後。我已經通知高雄社兩位代理主席鄭祈全和張元基趕緊來這。偲兩人可能已經在半路上。我估計今晚半暝，或者是明仔哉透早就會到。」

在座陳、張兩人都沒說話，吳振瑞喝一口茶，繼續說：「我想按呢，阿螺兄，從今嘛開始，你攏莫走，一直在我身軀邊，看我如何跟高雄來的理事交代代誌，等我處理好勢，由你陪我去調查局，向局長說明。」

「你是要我跟你一起去住旅舍，一起用三餐？」

「無錯，我去到叨位，做啥物代誌，跟啥物人講啥物話，你攏陪在我身邊。」

「何必要這樣！」張金螺說：「我知道你有決心要主動去說明，我的任務就達成了。你的事情交待好了，要去調查局的時候，打一通電話給我，我陪你進去。」

「我的意思是，有你在我身軀邊，恁對我卡放心，嘸免費神監視這項，監視那項。」

「哦！有我陪在你身邊，他們照常監視，好幾個單位分頭掌握，我只是其中一個而已。」

「幹！按呢是在對付『萬惡的共匪』嗎？我是一個對國家社會有貢獻的國民呢！真正可惡！」

陳杏村見吳振瑞又發火了，又把手掌放在吳振瑞手肘上。張金螺沒說話，開始吃東西。

三人又沉默了片刻，吳振瑞問：「我閤請教你，阿螺兄，我的家後，厝裡的人，攏有平安無？敢攏在恁的監視中？」

「不是我在監視，是他們情治單位。」張金螺說：「我聽他們說，唐傳宗夫妻經常回去屏東探視大嫂，許多澎湖同鄉去安慰大嫂，請主席放心。」

「這我有打電話轉去，我清楚。」

「電話中少說兩句，問平安就好。」

高雄社兩位代理主席鄭祈全和張元基次日到達。三人見面之初，居然有好幾分鐘沒講話，只是尷尬地互望——三人是十多年來貼心合作打拚香蕉事業的伙伴，不是講不出來，而是不知從何說起。

後來，還是吳振瑞先嘆息一聲，自責：「攏是我嘸好，害大家操心、受驚，尤其是李經理塗鎮仔等四個人去呼人抓抓去。我有夠艱苦……。」話沒講完，吳振瑞竟哭泣起來。鄭、張兩人大吃一驚，這位神明一般崇高、威望十足的吳主席竟然哭了出來。

「主席，莫講按呢，請你嘸免艱苦，你無做啥物嘸對，我感覺是你做太好、太成功，樹枝太大，才會招惹到他。」鄭祈全說。

「主席，無法度分擔你的痛苦，阮心內嘛非常沉重、艱苦。」張元基說：「我欲來這之前，有彎入去恁厝看看，恁厝裡人攏好勢好勢，一些朋友在恁厝內，大家相作伴，請你嘸免掛慮。」

張元基提到家人，已經控制好情緒的吳振瑞身體又一陣顫抖，抽泣起來。他雙手按壓著臉孔，哭聲還是從指縫間迸射出來。那情狀，鄭、張兩人也跟著紅眼，頻頻拭淚。

吳振瑞很快自己控制好情緒，談及正題：「恁兩人要馬上召開理事會，批准我辭職，愈快愈好。辭職好勢，我馬上欲去調查局當面面對，看他欲將我怎樣，到時按怎攏無要緊，抓我去搶殺嘛呼伊去了。」

「無辭職袂使？」

「對，恁無准我辭，代誌會愈來愈惡化。」

「阮轉來去高雄，即時分頭通知眾理事，嘛要一段時間。」

「在這間旅舍，用電話一個一個先通知好勢，兩天內要開成，袂當拖過兩天。」

「是，主席。」

「是，阮馬上照辦。」

二天後，高雄青果運銷合作社理監事會發布新聞：一、准予吳振瑞先生辭卸理事主席一職；二、全票同意敦聘吳振瑞先為本社榮譽主席；三、發給離職酬勞金新台幣一百萬元。

消息出來了，吳振瑞半坐半躺在北投旅舍房間，收音機一遍又一遍重播著，「時陣到了。」他喃喃自語，起床，拉開窗簾，外面下著雨，三月初的雨，在台北是冬雨，在屏東故鄉已經是春雨了吧。滴滴答答好幾天了，滿煩人的。「還是要振作起來，今後的人生嘸知影會變成啥物款，嘛是要振作起來。」他自我激勵，快速梳洗完畢後，一如往常認真做一遍日本時代那種課間操，然後著裝，然後拿起電話，撥給聯合社那位「抓耙仔理事」張金螺，沒人接聽，再撥，還是空響。

不管了，走吧！進去吧！會死在裡面也頭殼犁犁進去吧！他用力打開門，正要去櫃檯結帳，嚇然發現張金螺鬼魅一般站在櫃檯邊，臉上掛著他那諂媚的招牌笑容、他先開口：「吳總仔，咱今仔日欲來去乎？」

「行，咱來去。不過你稍等一下，我先來去結帳。」

「不必，我幫你結掉了。」

「按呢袂使，我在這住了好幾天，又打了不少長途電話。」

「沒多少錢啦！細項代誌，行，咱來去。」

走出旅舍，春寒料峭。張金螺遞上一把傘，吳振瑞推開它，說：「我嘸免，我嘸驚沃雨。」

他站在路邊等張金螺開車過來，倔強地讓雨水滴落在頭髮上、衣服上，冰冷的雨滴流進衣領，一陣冷冽寒顫的感覺，從肩頭傳布到全身，起了一身雞皮疙瘩。

到了調查局局本部，張金螺真的把吳振瑞引領到局長沈之岳的辦公室，簡單交待一句：「局長，我把吳主席請來了，任務完成，你忙吧！改天再聊。」然後就揮揮手告辭。

吳振瑞和沈局長互望一眼，此人以前沒見過，冒出來的第一句問話像布袋戲裏的假仙：「請問吳先生，你請托張金螺先生帶你來見我，有何指教嗎？」

吳振瑞回話：「你們局裏的人去我們高雄社拿走了帳冊，押走了人，我是專程來向你說明的。」

「那好，請問有何事要說明？」

「關於香蕉業務，恐怕要請你多約集一些相關人員，譬如行政院香蕉小組的官員，來開一個圓桌會議，這樣才不會隨隨便便去製造罪人。」

「可以，很好，這邊請。」沈局長比了一個請進的手勢，把吳振瑞帶到一間舊式房屋，從一個半圓形的拱門進去，裡面很寬敞。隔成許多小房間，局長禮貌地請他在其中一間稍坐片刻，就走出去了。

約一刻鐘後，進來一人，眼神銳利，口氣粗魯：「你就是報紙上寫的那個蕉蟲嗎？」

吳振瑞有點氣，但想想不必跟他計較，回說：「沒錯，我就是那隻蕉蟲，姓吳名振瑞。」

那人露齒一笑就走出去了，鬼魅一般進來又鬼魅一般離去。

過了好久，又一個人進來，外表有點粗魯，不像是要來開會的官員，眼睛張大大，仔細在端詳自己，像在研究什麼複雜的機器。吳振瑞和氣地問：「沈局長叫我在這裏等候開會，不知……。」

那人搶話，還罵那句外省髒話：「馬拉格B，給我搞清楚一點，這裡是偵訊室。」

吳振瑞一聽，原來沈局長是領他進來偵訊室，心裏有氣，但氣很快消了，這裏是什麼地方？你吳振瑞現在是什麼處境？由得你發脾氣嗎？這樣反思的片刻，那人鬼魅般離去了。

又過了許久，一個看起來更兇悍的幹員進來，手上拿著一張紙。他將那紙重重放在桌上，順便拍一下桌子，怒喝：「給我看清楚，這張是什麼？」

吳振瑞已被那拍桌聲嚇了一跳，再低頭一瞧，又是一驚，幹！是「逮捕狀」，原來我吳振瑞今天是被逮捕了。

他一雙兇惡的眼睛注視著吳振瑞，似乎想看穿眼前這名「犯人」的內心是驚恐還是憤怒。注視了許久，才拿出準備好的紙筆，開始問話。

他不一定能看懂我的心的，吳振瑞想，我現在反而不驚駭也不生氣了，我看出這傢伙是在耍手段，他故意要讓我先驚後怒，心神失寧，亂了分寸，好輕易取供。今天，這是人生無可奈何碰到的厄運，要振作，要頭殼犁犁，冷靜面對才能度過去。

問話開始了：「你們一共買了多少金條、金塊？」

吳振瑞立刻回答：「沒有，一條一塊都沒有。」

「你們送那麼多出來，還說沒有？」

「我跟你講，那些都是向銀樓購買的金仔器，嘸是金條。」

「一共買了多少？」

「大小件共約三百件。」

「買那麼多幹什麼？」

「是高雄青果合作社創立二十週年紀念那年，為了感謝對我們蕉業有功的所有人員而購置的。」

「有沒有送給公務人員？」

「有。」吳振瑞接著補充：「現職的有，退職的也有，活的有，死的也有。」

那位偵訊員似乎對眼前這名「犯人」有問必答而且快答的態度感到意外。口氣逐漸溫和了起來：「好，很好，這份筆錄請你看一遍，無誤的話，請在這裡蓋個姆指手印。」

吳振瑞照辦後，他又問：「那些金器都送出去了嗎？」

「有部分還沒送出去。」

「未送完的，放在那裏？」

「一部分放在高雄社台北辦事處，有幾件放在聯合社，都鎖在保險箱裏。」

「你陪我去將它們取出來好嗎？」

「我們訂有嚴格的程序，依受贈者和金器的分量，層層會稿批示，不是我一個人要拿就拿的，何況我已辭職，不是理事主席了。」

那名幹員臉色一沉，說：「那只好用搜索票去拿了。」

吳振瑞也臉色一沉，心裡罵：「恁想欲用搶劫嗎？原來恁就是匪徒，是賊仔政府！」但口中還是和氣地詢問：「你們要拿來幹什麼？」

「當做我們辦案的證物之一。」

「證物？」吳振瑞冷冷地問：「要它證明什麼？」

「這不是你能過問的。」

用專車去兩個處所搜索金器回來後，吳振瑞還是被引領到調查局那個小房間。沒人進來問話，兩名穿便衣的男子在門外巡邏。他枯坐著，「開始坐牢了嗎？」吳振瑞迷茫地自己問自己。室外依舊陰雨不停，天色很快轉暗，心情更低沉了。

一個臉上毫無表情的老兵工友送來了晚餐。一碗飯上面放著一塊豆腐，半粒滷蛋和一些蔬菜。吳振瑞農家出身，這些飯菜是吃得慣，只是現在完全沒有食慾。外面暗得很快，室內一盞昏黃的電燈，照映出桌子凳子旁邊斜斜的黑影，同時照出牆角那張可以斜躺的籐製沙發，大概那就是今晚的眠床了。

難怪一些好朋友都叫我不要回來，回來果然一步一步走進了牢房。如果我現在還留在日本，還可以隨興去吃握壽司、新鮮的生魚片、微燙的味噌湯，或點一盤天婦羅，隨時走出門外，去人家的社區小巷走路，看那些木造的日本房子裏隱隱透出的燈光，想像裡面的人正在用餐，或正在啜飲綠茶。社區漫步是他無數次去日本開香蕉貿易會議，飯後最喜歡的活動，最享受的孤獨時光。他喜愛日本，就是喜愛他們的社區小巷，它已經現代化，但現代化被人們節制著；它已經不再傳統，但日本人用心挽留著傳統。在日本，他經常一面漫步一面回味以前在屏東、在台北所看過的日本人的社區，那麼乾淨、安靜，那種溫馨寧謐的氣氛。

他在室內踱方步。小小一間房，走三、四步就會碰壁。他真的用額頭去碰壁，輕輕一撞，然後折回；再走三、四步再輕輕撞頭折回。如此來來回回，邊走邊胡思亂想——如果現在還留在日本，豈不是坐實了那些編造的新聞和惡毒的評論，還會被追加一條「畏罪逃亡」的罵名。如果現在還留在日本，知道高雄辦公大樓被抄，長久追隨自己的經理、副理被押，那我在日本能吃得下飯、睡得著覺嗎？跟現在回國坐牢比較起來，可能會更難受，恐怕一天都活不下去。所以回來的決定是對的。我這個香蕉案不是什麼大案——不是貪瀆、沒有詐欺；不是殺人放火，沒有傷人害人。李國鼎他們氣消了，就會結案吧？幹恁娘！這批惡質的中國仔大官！

他決定結案出獄後就去日本長住，不再回來。

他同時決定把那碗「牢飯」吃掉，吃它個乾乾淨淨，然後睡覺，安心睡覺。自己從來心正不邪，就心情平靜面對一切厄運吧！

房門外，兩名穿便衣的男子也來來回回踱著方步，偶爾探個頭，瞧瞧室內的「犯人」是否猶在。

雖然下定決心要好好睡眠，但躺在那張陌生而冰涼的藤椅上，入睡可不容易。他先正面仰躺，其實是仰坐，有點凹凸的灰黑天花板映入眼簾，閉上眼睛，思緒卻飛往日本，無數次貿易會議的場景，那些日本商社代表的臉龐、言語和肢體比劃，一幕一幕浮現。想起柴田會長總是在正式會議前夕，相約在一間旅舍先討論大原則，兩人坐在榻榻米上，都把腳伸到火爐邊取暖，他的白襪子總是乾淨得看不到一絲污點。許多談判會議，台日雙方代表好像大家一起在上學校的算術課，一道題目一道題目絞盡腦汁地算，算到我方有利潤，對方也有利潤，就會有結果出來，就會有笑臉出來，然後就可以放鬆幾天。是的，現在要放輕鬆，先讓脖子放鬆，再放鬆肩膀，放鬆手臂，放鬆身軀。不可以沒睡，明天要很有精神地回高雄，只是不知道回去高雄會被帶到何處。相信自己一定會碰到有正義良心的檢察官或法官。

思緒又飛回屏東頭前溪。一塊一塊收割完的稻田，有的放進水開始犁田了，有的還有稻禾短欉滿田間，乾黃的禾欉還能長出青翠嫩芽。

阿煥叔公正在田埂邊講解他的「夢甲」，而淒厲的吆喝聲和劈啪聲從田間傳來，啊！是阿壯伯正在死命地鞭打一頭牛，那牛不就是家裡的「瑪莉」嗎？怎麼還被阿壯伯牽出來呢？怎麼還讓牠受此鞭刑呢？「喂！阿壯伯，袂使閣打！」吳振瑞用勁張嘴，想出聲喝止，卻怎麼用力都喊不出話來。怎麼會這樣呢？他急急向阿煥叔公求救，叔公只是揚起拐杖，也一樣沒喊出聲音，所以只好眼睜睜看著阿壯伯一鞭鞭劈里啪啦地打，打到鞭子斷了，阿壯伯看起來竟像個唐山清兵；那清兵阿壯伯改用拳頭再猛揍「瑪莉」，揍了幾下，又變裝成日本兵，還在打，還要打！而吳振瑞苦於叫喊不出聲，萬般無奈，牛背上血痕一條條清晰可見，那牛快不行了！他既驚又恐，胸腔隱隱作痛起來，終於，「瑪莉」萎靡地跪下，向旁邊倒下，就在自己眼前，像一座黑色的土丘斜斜崩塌。吳振瑞氣極，奮起，再用洪荒之勁，終於喊出一聲「嚇」，同時抬腳用力踢出，踢中阿壯伯，這瞬間阿壯伯竟又變裝成中華民國國軍。

坐躺在藤椅上睡著覺的吳振瑞用力踹了一腳牆壁，醒來，瞬間明瞭剛剛是在作夢，但依然心有餘悸。「瑪莉」竟如此鮮活地在夢中被折磨至死！如此悲愴的夢境，不能再睡回去。他站起來，拾起滑落在地上的毯子當披肩，又在那小牢房內踱起方步。

室外尚無天光，夜空淒冷。「夢境只是腦中雜亂畫面的荒誕組合，未必有什麼特別的含意。」吳振瑞曾在日本一本科普刊物裡讀過這話，現在用它安慰自己，一再地安慰自己，但心魔沒有離去，踱著方步胸口竟隱隱作痛起來。

不久他又坐回藤椅。室外幽暗，有月光星光，帶來鬼影幢幢。想睡回去又不大敢。許久之後，他嘴裡吐出「偶怕了」「偶怕了」，說個不停。

次日，全國報紙用頭版頭題報導：吳振瑞主動向調查局投案，經偵訊後今天下午將移送高雄地檢處。

押送人員和吳振瑞搭哪一班火車南下也被媒體獲悉。

中華日報一位記者帶著攝影機從台南火車站上車，從第一節車廂找起，找到第四車廂時，發現一個高瘦、斯文的男士很像就是吳振瑞，但不敢確認。此人衣著整齊，穿深色西裝，繫領帶，戴眼鏡，身旁擱一只公事包，一件看起來是毛料的厚大衣放在大腿上。如果他就是剝削全國蕉農的蕉蟲，如今東窗事發，不是該扣上手銬，神情狼狽嗎？㈣

那記者壯著膽子上前，小聲發問：「請問，您是不是吳振瑞先生？」

「無錯，我姓吳，吳振瑞就是我。」

問者輕聲悄語，答者理直氣壯。四周的乘客都聽到「吳振瑞就是我」這六個音，半節車廂幾十粒眼珠一齊向此人身上投射。押送人員一陣緊張，聽到到處都在竊竊私語：「哦！吳振瑞就是生得按呢喲！」「果然有派頭，規身軀攏是大人物的打扮。」「聽講『金碗案』攏是冤枉的。」「敢有影是冤枉的案件？」「你無聽人講，報紙要倒反來看。」

身旁的調查局幹員想要制止記者採訪，但他遞上的名片是中華日報記者，所問問題也很符合上面的政策，於是讓他發問：「吳先生，聽講你個人有五億財產，有好幾億藏在日本？」

「你亂講話，無這款代誌，我的錢攏總在台灣，調查局早就查得清清楚楚。」

「你有一個親小弟一直在公車站為人修理皮鞋，敢有影？」

「有影。伊是阮兜排行第五的小弟，天生啞巴，殘障人士，我太太經常拿錢幫助伊，但是伊堅持要靠自己的雙手謀生賺錢，是伊有志氣，按呢有啥物嘸對？」

「聽講你在接受偵訊的時陣，自稱一分鐘可以賺到幾千塊幾萬塊，是真的嗎？」

「嘸是真的。我無按呢講，是調查局惡意放話，中傷我。」吳振瑞這話說得很大聲，調查

註四：那個年代已有電視，但尚未普及，吳振瑞的香蕉案雖已被廣泛報導，但其長相並未被大家熟識。

局幹員趕緊半推半拉將那位記者強行請走，採訪被迫中斷。

火車抵達高雄火車站時，場面十分熱鬧。新聞記者模樣的二、三十人守在出口處，陪同過來的押送人員有了火車上的採訪經驗，動員高雄當地的警調站成兩排活動的人牆，阻止記者靠近。吳振瑞是高個子，西裝筆挺，頭髮整齊，手挽厚大衣，手提公事包，大步走在警調人牆中間，神態從容，毫無罪犯樣子。他環視四周，多名攝影記者擠在人牆外邊，鎂光燈閃個不停，「卡擦」聲大作，有點像屏東家鄉廟會活動中王爺出巡的場面，右前方有一批高雄社熟面孔的職員，混雜著許多不認識的路人；正前方停放一輛大型吉普車，調查局幹員正引導他上車。吉普車前兩排警用摩托車候著，引擎已經發動。他低頭跨上車的時候，耳際傳來一聲「阿瑞仔」，循聲望去，是唐傳宗兄，傳宗嫂也來了。吳振瑞再定睛看了看，心中大慟，玉印仔來了，用手遮著嘴唇，像在哭泣，女兒美愛，兒子庭芳、庭光、庭和也來了，護衛在他們的母親四周。唉！吳振瑞嘆出聲來，想哭，強裝了許久的從容和鎮定瞬間崩潰。就在這時，一名幹員推他一把，把他推進車內，並向司機喊一聲「開車」。

六輛警用摩托車分成兩列在前方引導，吉普車一發動就疾馳。吳振瑞轉頭向後張望，老婆、小孩和傳宗兄嫂還站在那裏，他們現在是什麼心情呢？會怪我嗎？有瞭解我的冤情嗎？會怨我這個丈夫和爸爸嗎？這些年，我在外面忘情地投入香蕉事業，疏於回家照顧你們。我太對不起你們了！

車後親人的身影漸漸模糊後，他才注意到也有六輛警用摩托車分成兩列跟隨在吉普車後面。這是一個什麼陣仗？是來迎接我這個「香蕉大王」嗎？我有那麼重要嗎？不是早已被你們打成「蕉蟲」了嗎?為什麼還如此隆重送我入獄?還是你們心虛,怕有人半路「劫囚」?

車行很快,吉普車緩緩慢了下來。他稍微低頭,瞧見「高雄地方法院看守所」這幾個大字,車隊就從這幾個大字的下面鑽了進去。

二十七

那天夜裏，北投靠山區一棟五樓公寓後面深深的窪地裏出現兩條黑影。月光時隱時現，看得出那兩條黑影是人影，一會兒爬行，匍匐前進，一會兒站起來，低頭彎腰，一步一步靠近那樓房。

四周，幾名穿便衣的壯漢來回巡邊，都手持電筒，間歇射出圓錐形的昏黃亮光。不遠處，一個打火機的「卡擦」聲響亮出火光，幾個人輪流點燃香菸的那幾秒間，照映出一群戴警帽、穿制服的警察。

四周，偶有嘰嘰的叫聲，不知是蟲唧還是鳥鳴。

那兩條人影已經來到樓房側面一根粗大水管的下方，伏地觀望，不久，趁著巡邏人員不在之際，迅速躍上，一前一後，像猿猴般手腳勾住水管死命往上攀爬，速度很快。爬到三樓高時，前面那人似乎沒力氣了，停住，而且緩緩向下滑，但被下面那人頂住，兩人休息了約半分鐘再戳力上爬，現在，那姿態倒像是兩隻樹懶，一手一腳勾緊水管，緩慢而確實，向上爬，爬上一寸再一寸。

好不容易到了頂樓，是一片約五吋寬的屋簷，兩人小心翼翼站上去，幸好簷面還算牢固，有點滑，雙手抓住房間的窗緣，還能移動。

兩人向左邊橫行，前面那人低聲叮嚀：「慢慢來，袂使緊，腳步袂使亂。」他知道萬一掉下去，便會直直落到那深深的窪地，會重傷，也會誤了父親的大事。

緩緩橫行跨越三家人的房間，才抵達父親交代的三〇六室。父親這間房，以前來過多次，但現在窗戶從裡面關著，必須破窗，破窗必有聲響，必會驚動下面的警調，怎麼辦呢？他是那種只會認真唸書的好學生，沒做過小偷，跟他一起來的另一人比較果敢，用力敲破玻璃邊緣。發出短短一聲「咔吭」，停了許久，再從裂縫處敲擊一次，然後慢慢剝落玻璃。一人專心破窗，一人幫助扶穩身體。到一條手臂勉強可以伸入時，剝開窗鎖，魚貫爬進去。

進得屋來，兩人都手腳發軟也發抖，但不敢片刻休息。父親寫字的書桌下面的抽屜，一個一個找，都找到了，萬幸呀！都找齊了，父親有救了。

此人是吳振瑞的三子吳庭和，大學剛畢業，正準備出國留學，他接到一個陌生人送來的字條，是爸爸的手跡，從牢獄裏送出來的。上面交待得清清楚楚，這些文件一定要拿到手中。

另一人是吳庭和的同班同學，義氣相挺的好友，一條手臂被玻璃割傷，正在流血。

兩人用事先準備的大布巾，將所有文件包好，分別綁在身上，緊緊綁牢，然後循原路爬出窗戶，危危顫顫，橫行在窄簷上，再緩緩滑下水管，伺機逃離。

希望這些文件真能救出父親，吳庭和邊跑邊祈禱。

吳振瑞的二兒子吳庭光也在台北，奔波在所有可能營救父親的達官貴人的處所，到處碰壁。連蔣經國都去拜見過，只獲得口頭安慰，談及父親，一切推給司法。

那天，夜深人靜後，父親的律師找上門，遞一張紙條給庭光，打開看，是父親的親筆字跡：

「速速去北投我們家那間公寓三〇六室抽屜裏，把所有國民黨中央黨部多次向青果合作社索取的不樂之捐，包括在日對匪作戰的捐助及興建陽明山中山樓的捐款全部往來信函、收據和獎狀取出藏好，要快。」

吳庭光匆匆閱畢，律師解釋：「你爸爸被調查局提訊多次，在極度的疲勞審問後受到威脅、哄騙，簽下調查局事先撰好的自白書。幾天後神智恢復，警覺到那張自白書內有『私吞對外捐款』的字眼，再仔細盤算，其數額就是歷年歷次『被捐款』的加總。」

「那是重罪？」

「沒錯。十年以上到無期徒刑都有可能。」

「北投那間我去過，我現在就去拿。」

「現在三更半夜怎麼去？」律師又說：「我猜那間房附近一定會有警調人員監控，你千萬要小心。」

吳庭光焦躁地在房間走來走去，不久一臉堅決，告訴律師：「不行，我一定要拿到手，現在就去。」

他穿好外套，正要穿鞋，有敲門聲，是三弟和一名朋友到來。兩人神情疲憊，全身狼狽，進門後解開身上的布包，正是父親那些信函和獎狀。

庭光一把抱住弟弟，兄弟倆哭喊了出來。

過了一會兒，律師問吳庭和：「你怎知道要去取回這些文件？」

「有一個陌生人來找我，塞給我一張紙條。」

「紙條我看看。」

庭和取出，跟律師手上的完全一樣。律師自言自語：「原來你爸爸連寫二張，一張委託獄吏偷塞給我，另一張不知委託何人？」

「那一定是父親非常信任的人，要不然……。」吳庭光附和。

庭和說：「那個陌生人沒跟我說什麼，只自稱姓歐陽。」

「歐陽？」吳庭光側個頭思索：「我從沒聽阿爸說過他有一個複姓歐陽的好朋友。」

此刻，三更半夜，四下無人，高雄社的歐陽專員摸黑進入高雄地方法院看守所管理員值班室。一位課長和另一名獄吏知道此人是調查局幹員，小心陪他講話。

「我聽說了，今天又有幾個日本人來跟香蕉案那些被告面會，你們有沒有印象，跟上個禮拜來的，是不是同一批人？」

「不同一批。今天來的比較特別，看起來社會地位較高。」那位課長遞上一本訪客登記簿，歐陽專員看到三個日本名字：高橋、柴田勇、仲野英治，口中喃喃自語：「就是這位高橋，我們還沒摸出是哪家商社的。」

那位課長又補充：「他們都穿正式的日本和服到來呢！」

「不知道他們穿和服是什麼意思？」

「我們有個懂日語的同事在旁邊，聽他說，他穿和服來面會，是表示十分十分敬重的意思。」

「敬重什麼？」

「敬重被面會的吳振瑞。」

「誰這樣解釋？」

「我們那位懂日語的同事詢問他們的。」那位課長說：「那吳振瑞確實跟人不一樣。通常像他那樣在社會上有名望的人，一進來會垂頭喪氣，會失去原有的風範，會被裡面的老鳥藐視、欺負；但他不會，站起來一定直挺挺，做什麼事都紳士一般，放風時，會所的被告好像都特別尊敬他。」

「哦！是嘛！」歐陽拿出筆記本，低頭寫字，記完問：「還有什麼嗎？」

「吳振瑞先生只有兩次失態，第一次，他跟同房的蔡坤山、羅清源等閒聊，不知怎麼聊的，吳振瑞突然激動起來，罵一聲『幹』，提高聲調說：『您只不過是收了咱二十週年的小小紀念品就被收押，那些收三十兩重的大官虎卻無代誌！』然後用台語連罵幾句三字經，罵完還哭喊，說……。」

「真的哭出來？你親眼看到。」

「我親眼目睹，嚇了一跳，還擔心出意外，因為他握拳捶打自己的頭顱，捶完又拍胸腔，都非常用力，哭喊說『攏是我，攏是我這牛仔性，害這些好幹部、好官員被人收押在這坐牢，是我害到恁，害到那麼多人……』」

歐陽先生打岔：「好啦！好啦！我知道啦。另一次失態是為什麼？」

「是徐柏園被免職的新聞出來那天，吳振瑞又用台語罵三字經。」㊀

「罵誰？」

「說『果然是政治鬥爭』，罵『那個昏君』『目珠糊到屎』。」

「好，我知道了。這段話不可外傳。我們現在回來講今天來探監的那些日本人吧！」

「哦！是的。那位帶頭的日本人向吳振瑞說：『注意健康，健康不能被打倒。』要離去時又說：『你們的總統對我們的陳情書不理不睬，我們會給你一個公道，日本所要的香蕉不一定要由台灣進口。』」

「哦！是嘛！」歐陽又低頭記下這些話：記完，問別的：「我上次拜託你們，跟吳振瑞同房的蔡坤山是我的好朋友，他有什麼狀況沒有？吃住都還好嗎？」

「有，我們一直有特別照顧他，他也知道你經常會來關心他。」

「那就好，謝謝你們。」歐陽從口袋掏出幾張紙，說：「我這裏有幾份舊資料，法庭上會用得到，請交給他，別讓人看到。」

註一：中央銀行總裁兼行政院外貿審議委員會主任委員徐柏園於吳振瑞事發那年（一九六九年）的四月二十九日，以「青果業務督導不周」為由，被免除本兼各職。次日為全國各報頭版標題。

「是，是，我會交到他手中。」

歐陽沒再說話，起身離去。

二十八

一九七一年初，行政院副院長蔣經國指示祕書長蔣彥士先行召集一場跨部會幕僚會議，針對日本商社報復性杯葛，導致香蕉價格崩盤，農村人心浮動等問題研擬對策，供院方參考。與會包括青果運銷合作社總社、高雄分社，經濟部、國貿局、外交部、外貿協會、省農林廳等單位的官員。㊀

青果合作社的代表先發言：「這一年多來，香蕉堆積在農村各禾埕，任其風吹雨淋，以前熱鬧的集貨場，現在冷冷清清的……。」

蔣彥士揚起一隻手，輕輕搧動：「這方面，有關單位的『蕉農輿情報告』寫得很清楚，我們知道了，謝謝你。」蔣祕書長保持和顏悅色，詢問，沒指定問誰：「日本那位柴田勇先生，我們這邊沒人跟他做交情嗎？尤其他來探監這兩次，我們這邊誰有跟他接觸？」

註一：吳振瑞香蕉案發生後，青果合作社織組改造成一條鞭制，原台北職合社改為總社，各地合作社改組為地區分社。

「我們有去他下塌的旅館拜會，他只是一直問，他們用『日本香蕉輸入組合』的名義給蔣總統寄送陳情書，有沒有下文，會不會答覆。其他的不願多談。」一位外貿協會代表回答。

「現在蕉價被他們殺成多少？」

「本來殺到六元四角美元，那樣還好；但現在沒有六元以下他們不買。比較嚴重的是數量，他們不再像以前那樣一直向我們追量。」

「他們真能改從菲律賓進口？有那麼快？」

「是我們的蕉農賣蕉苗給日本商社，由日商去民答那峨找菲律賓人契種，因為種植技術和水土問題，還須要用兩三季來馴化，現在只能少量出貨；越南方面也有，據說是我們自己的人去種的。」

「聽說南美的香蕉商人也已經到了日本。」

「我請教各位，如果現在把吳振瑞先生交保出來，請他再出山主持香蕉銷日本事宜，還能挽回嗎？」

「我看還能。為什麼我這樣判斷呢？因為日本掌握市場和通路的那幾間大商社，頭頭沒變，還是那批人……。」

「交保我舉雙手贊成，但叫他重掌業務，怎麼向人民交待？報紙每天寫，說他長期剝削蕉農，營私舞弊，個人存款好幾億，現在要叫蕉蟲回來吃香蕉，這輛車要轉彎，很難！很難！」

「也起訴了，也判了刑，受到法律制裁了，怎麼會難轉彎呢？」㈡

「你們難道真的不知道，民間根本沒人相信他是蕉蟲，日本商社也不相信，都還在懷念他，根本沒有車子難轉彎這個問題！」

「好了，這事就討論到此，我心中有想法了，我會向長官做適當的建議。」蔣彥士說：「我們現在來討論如何處理過剩的香蕉，請問今天國防部有代表來嗎？」

「報告祕書長，勞軍的香蕉已經送出去了，所以國防部今天沒代表與會。」

「外島的呢？」

「正在裝船。」

會場一片沉默，蔣彥士說：「大家動動腦，看還有什麼好辦法，提出來參考。」

吳振瑞的二兒子吳庭光一早接到電話，是立委邵華親自打來：「庭光，你馬上來我家一趟，有件事要當面告訴你，一個人來就好。」簡單兩句，說完即掛。

邵華和另一位立委周慕文是這段期間暗中為吳庭光指點迷津的人，像茫茫大海中的浮木那般的要緊。吳庭光匆匆抵達位在林森北路的邵家時，周慕文也到了，見面得到的訊息是：「令尊快出獄了。層峯已經指示司法行政部長王任遠，要他找個說詞放人，王部長叫我先來告訴你。」

註二：吳振瑞案牽連產官兩界共二十五人，於一九六九年六月經高雄地檢處起訴，罪嫌是「背信、侵佔、偽造文書、妨害國家總動員法」，同年八月一審宣判，共二十三人被判刑，吳振瑞被判刑八年，經上訴後，二審刑期亦相同。

「真的，那太好了。」

「有個條件，吳振瑞先生出獄後必須去影響日商，來台灣好好召開香蕉採購會議。」

「我現在馬上去看守所，跟父親說這個消息。」

「好，我們不留你，一路小心。」

吳庭光告辭時匆匆問一句：「『層峯』是誰？是蔣總統？」

「是蔣經國，蔣副院長。」

「哦！知道了。」

吳振瑞等被告一審宣判後，上訴到台南高分院，已移監台南看守所。吳庭光朝發夕至，順利見到父親，只講了可以保外的好消息，附帶條件還來不及說，吳振瑞「啊哈」一聲，說：「真好，按呢真好！我卡緊入來去通知內面的受難兄弟。」

「阿爸，慢且，只有你一人會使交保⋯⋯。」

「蛤！」老爸變臉，厲聲喝問：「只有我一人出去，豈有此理⋯⋯。」

「阿爸，卡細聲咧，這是蔣經國那邊出來的指示⋯⋯。」

「你頭殼歹去！你竟然如此自私，蛤！你想看覓，我是怹的領導者，內面是呼我連累的部屬、幹部、好朋友，怹繼續關，只有我一人保外？這款代誌我敢會使做？我一人先出去心肝放會落？」

會客室就在所長室隔壁，吳氏父子這段話，所長室裏的人都聽到了，走上前來。吳振瑞見所長出來，改說國語，愈說愈大聲：「你回去台北跟那些人講清楚，要嘛，全案被告一起出獄，我吳振瑞只有等到他們全部平安出去後要走再走。」吳振瑞邊說邊走回牢房，已經跨出了會議室又回頭，語氣非常嚴厲：「阿爸順刷呼你一個教示，這是做人的基本義理，知影無？」

吳庭光一臉黯然，看守所所長上前詢問：「你說你父親可以交保，我們還沒收到任何通知呢？」

「這是確實的，不會錯，王任遠部長那邊傳過來的消息。你們大概這一兩天會收到正式的通知。」吳庭光邊說邊離去。

父親剛才在發飆時，他腦中閃過一個人——唐傳宗。早聽人說，父親有一個「牛仔性」，而傳宗伯仔是少數能改變父親的「牛仔性」的人。

他先向台北打電話，將父親的意思告訴邵、周兩位立委，他們沒生氣，周慕文說：「令尊這樣，是豪俠作風。你放心，王部長那邊我會幫忙去遊說。你先回家去稟告母親吧！」

吳庭光回屏東家裏住一晚。飯後靠在父親常坐的那張藤椅上，想著今天下午父親疾言厲色罵的那些話、那個「義理」；抬頭望一望吊掛在牆壁正中央那幅巨大的匾額，寫著「果界導師」四字，以及四周刻著「惠澤農友」「深慶得人」的較小木匾，還有一片以父親名字做的長匾，上書「振興蕉農　瑞益社員」——在這間尋常的農家住宅裏，父親的身影無所不在，是如此的高大崇偉，是一個讓自己感覺渺小的人。

次日，他載著母親去接唐傳宗。見到父親時，母親沒有激動，只說一句「人欲呼你出來，你就出來就對啦」，然後掩面低泣。唐傳宗則說：「阿瑞仔，你的意思，阿庭光已經跟我講了嘍，我真尊敬你的想法。但是，你的家後、子兒非常希望你趕緊出來去，轉來去厝裏……。」

看守所所長這時走過來，說：「各位，本所確已收到吳先生可以保外就醫的正式通知，請儘速來辦理。」

父親表態了，却只是一句感傷的話：「阿印仔，這幾年我卡無惦厝內，好加在有妳顧厝、顧田、顧好咱的子兒。」

母親正想要說什麼，唐傳宗搶在她前面說：「阿瑞仔，我想，這是一個勢，你是主腦者，由你起頭保外，那個勢就會開始顫動，內面那些你的幹部、部屬就會陸陸續續放出來。」

父親靜靜坐著，抿著嘴唇，母親補上一句：「好啦，咱轉來去啦……。」

父親開口了，說：「傳宗兄，多謝你這幾年關心我，幫忙照顧我的家後，但是我所要求的是一個大原則，一個做人的根本道理。卡失禮，要給你失望，內面那些因為追隨我而被關的人，若是無先交保，我絕對袂使先出去。」說完倔強地起身，走回牢房。那身影已有老態，像家裏那頭老牛那樣一步一步緩慢而堅定地走回牢房。

這樣僵持了兩個半月，看守所正式啟動保外程序，先由高雄青果合作社副理蔡坤山、課長楊溪池、羅清源等開始，一一辦妥手續後，吳振瑞才表示願意隨後出獄。

二十九

吳振瑞出獄的消息先從屏東頭前溪吳家傳出，次日見了報，標題不大，但整個香蕉界轟動了起來。

陳杏村先到了吳家，與唐傳宗夫婦等人一起陪伴吳太太玉印。眾賓客正喝茶閒聊，長工阿亮進屋來，吞吞吐吐請示：「我真想欲牽『馬沙』出來去，作伙出來迎接頭家。」

吳太太猶豫未語，陳杏村搶先應答：「真好呀！阿振瑞看到這隻『馬沙』，一定滿心歡喜。」

電話鈴聲適時響起，是吳庭光的電話，告知他陪著父親正要出發回去。

吳太太等一行人步出時，吳家門口一整條路已經擠滿了人，幾乎寸步難行。長工阿亮反應機伶，大聲說：「請大家讓一條路出來，阮兜這隻牛欲牽來去尚頭前等待。這牛是阮頭家的心肝寶貝，吳主席看到牠會真歡喜。」

人群紛紛挪開，果然是吳家那頭老牛被牽上路來，腳步蹣跚，剛好給群眾一些談助：

「老叩叩囉，長得不是好看相，伊敢真正是吳主席的寶貝？」

「這你就嘸知啦，吳主席真疼牛！跟卡早有一位阿煥叔公同款，會醫牛、相牛，是牛的好友。」

「恁看，看這隻牛的目珠，金金看向高屏大橋，親像真正知影伊的主人欲轉來了。」

阿亮牽牛在前開導，王玉印、陳杏村、唐傳宗夫婦等緊跟在後，一路向群眾招呼寒喧，走到大馬路口時已經滿身大汗。陳杏村往後眺望，來的人還真多！密密麻麻快要塞滿整座村莊。四周人潮擁擠，臭汗味那麼濃，她慶幸自己今天穿的是舊的長褲和布鞋，不怕髒不怕皺。

時間是上午十點多，南臺灣的太陽炙熱耀眼，大家都瞇著眼，流著汗。陳杏村從包包裡掏出一只墨鏡，戴上，是橢圓流線形電影明星常戴的那種，非常好看，立刻成了現場最搶眼的風景，人群中多了一項竊語的題材，紛紛議論，這位時髦女士到底是吳振瑞的什麼人？

沒多久，一輛汽車駛近，停住，先跨出車門的是吳庭光，然後就是吳振瑞。群眾一擁而上，喧嘩起來，「啊！啊呀！」「瘦了，卡實瘦了！」「看起來猶閣足精神，加在！」。吳振瑞臉上有笑容，帶著幾分靦腆，一分尷尬；但笑容很快不見了，似乎想哭。在玉印和陳杏村上前握住他的手的那一剎那，唐傳宗夫婦在旁呼喚一聲「阿瑞仔」的那一剎那，吳振瑞的嘴鼻翕動幾下，哭了出來。

人群在他四周簇擁。他很快控制住情緒，忙著跟大家打招呼，注意到阿亮居然把馬沙牽了出來，走上前去，感覺馬沙眼裡有感情，摸摸牠的頭臉，朝阿亮說：「馬沙那麼老了，牽出來敢有妥當？」吳振瑞話剛說完，突聞不遠處有人放鞭炮，一串爆響。那牛受驚，就要提腳狂奔。吳振瑞迅即俯趴在牛頭上，按住牛頸兩邊下沿，嘴裡一直在牛耳邊講話。

「馬沙」顯然被安撫住了，已經邁出的前腿緊急止步，但衝力猶在，將吳振瑞衝得向後急退兩步；而長工阿亮、王玉印和陳杏村正好站在吳振瑞背後，也受到衝撞，一起跌坐地上。吳振瑞在牛步止穩後，鬆手，腳站不穩，跌坐下去，剛好跌在王、陳兩女中間。

老牛似乎禁不起這個變故，竟四腿癱軟，屈膝跪坐在地，大大的牛眼裡浮泛著驚慌。一牛四人總算安然無恙。阿亮先躍起，幫忙吳振瑞拍掉屁股上和手臂上的土灰。陳杏村略事整理後臉上先露出笑靨，似乎對剛才那一幕感覺新鮮刺激；王玉印則土灰未清先高聲喊出：

「莫放炮啦！話向後壁傳落去，抰使閣再放炮！」

陳杏村接腔，也大喊：「吳主席轉來厝，大家恬恬仔歡喜就好，莫喊咻！」

話一句一句向後面傳播：

「莫放炮！吳主席轉來厝囉，大家恬恬仔歡喜就好。」

「吳主席平安轉來到厝啦，大家莫喊咻！恬恬仔歡喜就好。」

從莊頭到莊尾，空氣中瀰漫著「大家恬恬仔歡喜就好」的叮嚀。

那天傍晚時分，司法行政部調查局屏東站來了六位貴賓：警總南警部何少校、憲兵調查組屏東縣負責人顧上尉、憲兵調查組高雄市高級參謀林中尉、調查局高雄站主任、屏東縣警局局長與副局長等。他們陸續到達後都直接走進會議室，調查局屏東站主任與副主任已經等候在那裡。

他們顯然都相互熟識，但見面沒有人熱絡地寒喧什麼閒話，連社交性質的問候都沒有；

也不是個個都板著臉孔，神情凝重，還是有人互相閃眼神或翹嘴角或輕點下巴，似無若有打個招呼，致個意。他們職業上的人際生態大概就是這樣吧。到了會議桌，眾人似乎都非常熟悉座位該如何排序，很快就了定位。警總何少校直接坐在主席的位子上，調查局屏東站主任坐他旁邊，其他人分坐兩旁。

擔任主席的何少校沒講任何開場白，直接開問：「怎麼？事先沒有掌握到會有那麼多群眾出現？」

「我們事先知道市長和幾位市民代表會去他家，禮貌性拜訪，表達歡迎回家之意，只是沒料到人群會擠滿幾條馬路，還放了鞭炮。」屏東調查站主任這樣回答。

「是誰動員的？透過什麼方式動員？」

「我們查過了，沒有誰刻意動員。他兒子吳庭光有打電話回來，消息很快傳遍整個里鄰，新聞記者也都聽聞了，見了報。」

「都是怎麼樣的人出來歡迎他？」

「他們頭前溪前進里的百姓大約佔一半，當地派出所來的通報，說看到的都是熟面孔；另一半，一看就知道是屏東鄉下、旗山地區趕來的蕉農。」

「沒發現什麼特別的人物？」

「沒有。我們有幹員在人群中，派出所也派了員警來支援。不過，後來有擁進一些年輕人……。」

「等等，有沒有學生？」

「那些年輕人多是學生，沒錯，十幾人。我們的便衣幹員趨前探詢，都是家裡種香蕉的蕉農子弟。他們家都視吳振瑞為恩公。」

「嗯！要特別注意這點，小心別演變成學生運動。都是哪些大學的學生？有進一步掌握名字嗎？」

「都還是高中生，有遠從高雄騎單車來的，不過還是此地屏東的居多，都穿著學校制服來……。」

「那好辦，制服上都繡有姓名和學號。」

「我們的幹員倒是沒記下他們的名字。不過，回報說，他們都單純得很，單車後座都夾著參考書，都在忙著準備大專聯考吧！」

「會的，我們後續會注意防範。」

「現場氣氛如何？」

「很熱烈，但過程平和。群眾後來在他家門前廣場，一群群一撮撮地閒聊……。」

「都在罵政府吧？」

「沒直接罵政府。在他們的言談中，部分蕉農對『剝蕉案』持疑，認為吳振瑞被冤枉；更多的交談是在緬懷當年蕉價多好、蕉農生活多好之類的。」

「我們派出所的員警有聽到一兩撮人群的議論，說是宮廷派系鬥爭，導致吳振瑞遭殃，全體蕉農跟著陪葬等等。」

「那是胡扯蛋！還有什麼特別的？」

「有一個插曲，差點釀成大禍。吳家一頭老牛被牽出來，牽到進村子最前面的路中央等候。吳振瑞一下車就走向那老牛，不斷撫摸牠的頭、牠的臉，老牛低下頭，雙角不停搖來搖去，『嗚嗚呼呼』鳴叫著。這時，開始有人點燃鞭炮，那老牛受到驚嚇，拔腿要跑，我們的員警在現場嚇出一身冷汗，牛如果狂奔起來，恐怕要撞死或撞傷一些人。說時遲，那時快，吳振瑞及時俯身一把抱住牠的頭頸，跟牠講話，牛就鎮定了下來。後來他們家長工上前……。」

「好了，這部分跟我們無關。還有『說時遲，那時快』呢，像章回小說說書那樣。」何少校此話一出，會場出現笑聲，但只是零星幾聲，其他人多半跟著微微展個嘴角。

「那牛只是一頭農家的耕牛吧？」

「是。普通的台灣水牛。」

「我們高雄這邊也提報一個小插曲，是我們的線民來報的。吳振瑞出了看守所，由他兒子吳庭光陪同在高雄後火車站不遠處買皮鞋，皮鞋店老闆認出他是吳振瑞，喊出來：『哦！是吳主席，今天做到你的生意，太難得了！你挑一雙，免費送給你穿。』吳庭光不肯白拿，錢推來推去，最後是收了半價。」

「哦，知道了。還有別的嗎？」

會場沉默著。警總何少校站起來，說：「那麼，我們今天就到這裡，辛苦大家了，我還要趕回去向長官匯報，謝謝大家。」

散會了，何少校走到會議室門口又回頭，提一件事：「報紙電台方面，請縣警局和市警局的公關室關照一下吧！新聞別搞太大。」

「哦，這點請放心。現在，他們都會自動配合，對政府不利的，會主動……。」

「還是要打個招呼為好。」㊀

註一：吳振瑞出獄時，距離「二二八」已遠，還要七、八年之後才陸續有橋頭示威、中壢事件、黨外遊行等大型群眾活動，因而，對中華民國龐大的情治體系而言，那是一個「閒置期」——相對無案可辦，也容易無事找事的時期。

三十

次日，高雄青果運銷合作社以前的理監事、主任、副理等人齊聚屏東市頭前溪吳振瑞老家，客人帶來一大鍋豬腳麵線，餐飲中自然而然有人憶及李經理塗鎮。吳振瑞知道他最早因病保外，出獄第二年即含恨病逝；但不知道李家更悲痛的遭遇。「李經理在獄中時，伊的大漢後生李元亟為著老爸的代誌，南北奔波，不幸發生車禍過身，給李經理雙層的打擊。」

吳振瑞聽聞此事即放下碗筷，臉色發青，低下頭，抱著胸，像有什麼隱疾要發作似的。

「主席，你敢有佗位在艱苦？」

「主席，有要緊無？」

吳振瑞回說：「無啥物大要緊，心內艱苦，胸口隱隱哪在痛。」

眾人都吃不下去了。一位老理事陳得富小聲發問：「主席，你在籠仔內敢有受到什麼酷刑？」

吳振瑞沉默片刻，說：「精神上的酷刑，比肉體的酷刑，閣卡傷身體。」

陳得富接著朝在座的吳庭光說：「應該去找一家卡好的病院幫主席做全身檢查，要住院的那種檢查，蛤！一定要去。」

「對！一定要去。」吳振瑞接話：「因為我是保外就醫，法院規定一定要去就醫，所以無病嘛要去住院。」

吳庭光幫父親安排在台北宏恩醫院檢查身體，但整整拖了一個禮拜才能成行，因為訪客川流不息，各地蕉農代表輪番上門慰問，吳家忙得不可開交。

住進宏恩醫院第二天，他的兩位委任律師來訪，送來最高法院的傳票。其中一位律師蔡嵩告訴吳振瑞：「你出來那天，回家的路上太多人去歡迎你，又放那麼多鞭炮，這樣一定會再惹出什麼問題的。」

「啊不是我叫那些鄉親出來的，按呢啊有代誌？」

「我還不知道會怎麼樣。」

「要按怎攏可以啦，閣再入去籠仔內嘛沒法度啦！」

出院那天，陳杏村來接吳振瑞，碰到唐傳宗夫婦也來探視，四個老朋友相偕要到外面餐敘，出院手續就丟給兒子吳庭光。

走出醫院時，見張金螺等在大門口，吳振瑞靦腆地跟他打招呼，他說：「我專程來接吳主席出院，要為主席洗塵。」四人遲疑了一下，吳振瑞決定不推辭。

在車上，張金螺迫不及待解釋，台語腔的國語：「吳主席，我雖然有幫忙情治單位做一些事，但我不曾害人，也不曾做過對您不利的事。」

吳振瑞未回答，張金螺又補充：「我怕您對我有誤會。」

陳杏村用流利的國語問：「你今天如此費神來接吳振瑞，還有什麼特別任務嗎？」

張金螺「哦」了一聲，遲疑未答；而車子剛好到達餐廳門口，他搶先下車，進去安排聚餐事宜。

眾人坐定後，菜餚陸續上桌，還有一瓶進口的威士忌放在餐桌正中央，張金螺似乎忘了剛才陳杏村的詢問，興趣轉向唐傳宗，熱切地攀談。

吳振瑞跟陳杏村對望一眼，悄聲向她說：「無所謂啦！到今嘛來，怹欲按怎攏無要緊啦！」

那一頭，張金螺像聽到什麼世界奇聞那般，聲浪大起來：「哦呵！原來賢伉儷是專程北上，給陳誠掃墓來的！」

「有啥物奇怪？好幾年嘍，我攏有來。」

「人已經入土了，不在世間了，你這樣做有什麼好處嗎？」張金螺做認真思索狀，接著說：「啊！我知道了，陳誠的長公子看起來還很有政治前途。」

吳振瑞一臉嚴肅開口：「哼！你這款人！做人做事攏是先想看有啥物好處，是無？」

張金螺急急辯解：「也不一定是這樣啦……。」

「人要知影感恩！陳誠在世時對阮唐榮幫忙真大。」唐傳宗臉色也有點不悅。

陳杏村出言和緩氣氛：「傳宗兄，恁是用台灣料理作牲禮？」

「啊無咧？嘸是拜台灣牲禮，是欲拜啥物牲禮？」

「按呢真好。陳誠在墓仔埔最近吃恁兜的江浙菜吃得很膩了，有恁這家憨百姓送台灣料裡來，乎伊換一個口味嘛是真好啦。」

「哈哈！」

「哈！閣帶有少許澎湖海風的滋味。」

吳振瑞像做結論似地說：「好官才會當過身入土了後，還有牲禮享用。」

「無一定是好官啦，是失勢的官。失勢的，吃牲禮；得勢的，在世時吃銅吃鐵吃銀兩，已經吃夠了。」

陳杏村轉個頭：「張先生，我說這些話，你會報告給情治單位嗎？」

「不會啦，我說過，我不會害任何人。」

「很好。那麼，你還沒有告訴我們，你今天出現，到底情治單位又給你什麼任務？」

「是為我自己的事業而來。」張金螺雙手執杯，朝吳振瑞敬個酒，問：「請問主席，你認為日本的香蕉市場還有機會嗎？」

吳振瑞漫不經心拿起酒杯，只略略沾唇，但一聽是這問題，眼睛閃閃一亮，馬上又萎頓下來，回答：「我足足三年無去經營嘍，恐驚已經無共款嘍。那個市場呀，我用心良苦二十年，去布點，布線，結做一個堅固的網仔。我想，這個網仔今嘛已經給人攻破，菲律賓蕉和南美蕉一定戮力去攻。」

「還有越南蕉。」張金螺說。

「你是按怎那麼清楚？」陳杏村問。

「越南蕉是我去種的。」

「面積多大？」吳振瑞問。

「目前只敢種二十多甲。我今仔日來，就是想欲敦請吳主席重新出山，為我打開日本市場，我希望擴張到三百甲。」張金螺跟吳振瑞講話時改回來說台語。

「你想欲請我去打破我一手建立的網仔？」

「莫按呢想。你若出馬，你那些人脈網路猶原結構好勢，圍過來幫助你。」

眾人沉默片刻。張金螺又說：「我探聽清楚了，日本商社那些人對你的遭遇都憤憤不平，你若閣再出來，一定非常樂意幫你，報復性的幫忙，幫給台灣政府看。」

吳振瑞此時自斟一杯酒，斟滿，一仰而盡，然後兩眼靜靜看著酒杯。張金螺殷勤地幫他滿上，但他毫無反應，臉上沒表情，看都沒看張金螺一眼。陳杏村和唐傳宗看在眼裡，感覺出他對張金螺充滿不屑。張金螺斟了酒又說：「吳主席，你若肯幫我，我如果有三百甲的量打入日本，你吳主席真緊又閣變做越南蕉的『蕉王』，我對你有十足的信心。」

這句話有力量！在座眾人見識到張金螺直攻人心的話術。吳振瑞依然沉靜如山，眼睛凝視著酒杯裡面自行解凍鬆動的冰角，凝視著。張金螺見吳振瑞臉上沒什麼表情，想像自己手握一把鋒利的「軒轅寶劍」，斜斜刺出，直刺對方心臟最要害的部位，乃鼓動如簧之舌：「吳主席，在咱台灣，那些可惡的中國官欺負你，冤屈你，壓迫你。這是一個機會，做給他們看，這就是報復、報仇。」

那幾句「欺負你，冤屈你，壓迫你」說出來，吳振瑞面部表情有變，雙唇猛然抖動，但只

三、五秒鐘即控制住。持杯仰盡一杯酒，喝完自嘲：「在籠仔內關兩年多，完全無去摸到酒，所以……。」但話被陳杏村打斷，她問張金螺：

「你不是一直為警備總部和調查局做事的人嗎？『忠黨愛國』的人，怎麼說起這種話？」

「那個是那個，現在，這個是這個。」

唐傳宗就在吳振瑞座旁，貼近，悄聲說：「阿瑞仔，你要想乎清楚，這是一個用越南蕉倒轉來打咱台灣蕉的頭路。」吳振瑞回說「我瞭解」，又自斟自喝一杯。

現在，吳振瑞腦海裡浮現看過多遍的宮本武藏電影，快要劇終前的畫面，兩位劍道高手最後對搏，左邊海浪翻滾，右邊高山崇峻，無風，空氣凝結。武士的腳掌深深吃入沙灘，互相凝視，凝神注目，等待出劍的時機。

吳振瑞此時將眼神從酒杯移往張金螺臉上，凝神盯視，聽到：

「我閣給大家保證，」張金螺又說：「如果吳主席答應，你今嘛的官司，我可以幫你私下去解決。」

陳杏村急問：「按怎解決？改判無罪？」

「那，無可能。不過，我可以協調到最高法院判出來的刑期，跟吳主席被羈押的日期完全共款，那麼，吳主席就嘸免閣入去關了，馬上可以去日本赴任，擔任我公司的總經理。」張金螺啜飲一口酒，再說一句絕對可以打動對方的話：「在我看來，吳主席再去呼怹加關一天，只是一天，就已經傷害天理。」

吳振瑞還是一動不動，只是嚴肅望著張金螺。兩人很快對看一眼，張金螺補充：「吳主席，這生理我從每方面攏思考過，天時地利人和，攏是穩當當。」

吳振瑞推開酒杯，像找到對方破綻的劍道高手決定出劍了，開口：「阿螺兄，你千算萬算，減算一項。」

「哪一項？」

「我一、二十年來歸身軀拚落去，愈拚愈有精神，那是因為我眼中、心中一直想的是台灣這裡闢出來的一區又一區的香蕉園，以及那些蕉農、那些編織竹籠仔的包裝業者。是我經常想起怹那款面、那款身影。我不管去到佗位的香蕉園、集貨場，少年的，面笑目笑叫我『吳主席』；老輩的，握著我的雙手叫我『阿瑞仔』，」吳振瑞講到這裡，雙唇猛然抖動，不知是因為酒醉還是想哭，但還是勉力講下去：「就是怹，就是怹那款呼喚，我才有熱情和元氣，去拚生拚死。阿螺兄，我給你講，如果換做越南的蕉園、蕉農，我恐驚無那款心情去打拚。」

張金螺立即回應：「情感的問題，時間自然會培養起來。」

陳杏村正要表示意見，吳振瑞往旁座的唐傳宗身上一靠，口裡嚷著：「我頭殼足眩。」唐傳宗扶著他，讓他在椅背上昏暈。唐傳宗素知吳振瑞酒量，就那幾杯酒還不至於讓他醉倒；但見他雙唇還在微微抖動，自己也有點想哭，阿瑞仔這段話夾帶著他一輩子的感情呀！

聽張金螺正轉向陳杏村談論日本香蕉市場，揚聲打岔：「阿瑞仔飲酒醉啦，今日到此為止，我載伊轉來去休睏，蛤！」

此後，吳振瑞有時台北住住，有時回屏東家鄉；吳太太有時在家裡住住，有時去一家佛寺靜修；張金螺的電話則交代不許接聽。

幾個月後，一個大太陽的下午，郵差送來掛號信。吳太太拿在手裡，是法院的信封，不禁雙手發起抖來，拆開，只略一瞥，向正在牛欄裡的丈夫呼喊：「最後的判決書出來了，兩年六個月。」

吳振瑞匆忙步出，長工阿亮跟隨在後，接過細瞧。夫妻倆都低頭計算：「到底你是被羈押八百多少天？」「我自己算的是八百三十三天。」「今嘛判兩年六個月，應該是多少天呢？阿亮，進去幫我拿算盤來！」

等阿亮拿來算盤，夫妻倆已經算出，還要回去監獄補關九十天。

吳太太頭髮已經半白，背部略為拱起，深深嘆一聲氣，喃喃誦念佛經，走進屋內。吳振瑞則在廊下踱方步，烈陽照映出一個忽長忽短浮動的身影，阿亮趨前，繼續剛剛在牛欄未決的問題：「『馬沙』要牽去處理掉無？」

「等我閣去關轉來，再看覓。」

「嘸知會當等到那時無？」

「可能會當。」

三十一

這天清早，吳振瑞從熟睡中醒來，眼睛乾澀，腦袋恍惚，先稍微抬頭聽聽，外面有鳥鳴，有歐多拜車聲，確定這裡是頭前溪家裡，不是監牢，於是慢慢起床。太太沒在身邊，大概又去佛寺做早課了吧。

室內靜悄悄。他汲一雙拖鞋步出室外，只見長工阿亮正在打理禾埕雜事，發問：「太太呢？」

「哦！伊透早就去佛寺了。」

「多早？」

「伊四點就出門。」

「講經常在佛寺過暝？」

「無錯。自從你在青果合作社出代誌，歹消息直直進來，太太講，那些新聞和文章親像刀片在割伊心肝，每日割一遍，好加在有佛寺倘呼伊去。」

「唔！這我了解。」吳振瑞胸腔內又隱隱作痛起來，慣常要做的體操也不做了，轉身回屋。他的兒女都已各自成家立業，散居美國、日本、澳洲，一旦太太不在，家裡便空蕩蕩，安靜得令人心慌。他邊刷洗邊叫來長工阿亮，交代：「我今仔日無代誌，想欲牽牛來去田園活動活動。」

「頭家應該知影，這隻『馬沙』有歲嘍，袂使做粗重。」

「無要緊，清彩振動動咧就好。」吳振瑞接著感慨：「這隻牛會當活這麼久，可能已經打破世界記錄。」

「咱有一區香蕉園要重新做行。你的侄子吳世雄下晡會駛一台鐵牛仔來做。鐵牛仔做行真快速，足緊。」

「吳世雄，伊敢嘸是在東京開一間小旅館？」

「在東京做旅館的是小弟世哲，世雄是阿兄，留在厝做香蕉。」

「哦！是按呢。」

幾分鐘後，吳振瑞牽著馬沙往香蕉園走去。長工阿亮肩膀掛著犁和軛，犁劍朝下，耕繩拿在手中，緊跟在後。吳振瑞和馬沙，人太出名牛太老，都非常引人注目，「哎喲！是吳主席轉來欲去做息嘍。」「這隻牛袂做咧啦！」一堆鄉親上前，吳振瑞親切跟人打招呼，主僕二人不斷解釋：「只是來去田園行行看看。」「做迌迌的啦！」有的鄉親問候完離去，有的邊走邊聊一段路。

到了蕉園，馬沙經驗老到，先自行站在田埂邊邊要起行的位置。吳振瑞接過阿亮遞上的犁，親自為牠上軛，繫繩，感覺馬沙突然精神了起來，牛眼裡透露出興奮與元氣，像老兵重回戰場，急著要一展戰技。吳振瑞本人也是，已有二十多年沒摸到犁和耙了，現在，左手拏繩，右手握犁把，用力試了試，還好，還能握得緊，還能使上勁，等一下，他的「駛牛令」發出，牛即開步；而犁田做行的工夫全在右手，握緊，用力下壓，向前畢直犁去，要犁多深，就看右手使勁的力道，犁行直不直，也由右手來掌舵。二十多年前，他一直是這方面的好手，犁田能勝過他的，大概就只有一個阿壯伯，如今，阿壯伯上天堂去了，頭前溪這個農村，哦！袂使閣講是農村，頭前溪仔今嘛是一個鬧熱街市。

「吁」的一聲，從吳振瑞喉嚨裡發出，老人家帶一點痰的喉音。馬沙聞聲開拔，吳振瑞感覺自己的右手力道大不如前，只能淺淺地犁行，這麼淺是不合格的。這樣淺犁了二十多米，他見馬沙氣喘吁吁，拔腿有點乏力，再向前犁馬沙會太累，於是叫一個向上揚長音的「哇」，馬沙立即停住。「袂使，咱無應該如此虐待馬沙！」他喃喃自語，走向前，伸手要解牛軛，但那牛居然昂起頭，還「嗚哼」兩聲，意思是：「我還要繼續犁田，不想休息。」吳振瑞解其意，自言自語：「好，你那麼倔強，嘸是我刁故意欲虐待你。」又繞回牛後，重新拏犁，抖動牛繩，發令一聲「吁」，馬沙又奮力向前邁步。這次步伐有力多了。吳振瑞怕牠吃力，右手放輕鬆，淺淺地向前犁。馬沙應該有感覺後面的主人故意放輕犁劍，又「嗚哼」兩聲，牛步加快了。「哈哈！你這隻逞強的老牛。」吳振瑞心花怒放，抬頭，遠處大武山巍峨聳立，再抬頭，天空一片湛藍；泥土和青草混雜的熟悉氣味，撲滿鼻腔，全身毛細孔都浸溶其中。哈哈！二十多年沒下過田，今天重回田園，爽快！爽快！

這些年，他受冤被整，含恨坐牢，此刻感覺療癒了許多。

他正陶陶然自得，阿亮上前提醒：「頭家，馬沙休過累了，袂使了。」吳振瑞瞄一眼馬沙，立刻婉轉呼喊一聲「哇」，牛止住，牛鼻一呼一吸，十分急促，身軀似乎在發抖。吳振瑞深感內疚，上前要卸下牛軛，但那牛又再度昂揚頭角，拒絕卸甲。「哎呀！憨牛呀！你已經替阮兜勞苦一世人，有夠了。」吳振瑞說著貼近牛體，輕撫牠的頭牠的角，又在牠的左右兩耳各輕彈三次，然後用手掌輕按牛軛。這回馬沙聽話了，低下頭，讓阿亮解除其軛。

沒想到牛軛一卸，那牛竟前肢彎曲，好像向誰下跪那般，接著頹然躺下，鼻孔大力喘著氣。吳振瑞此時正黏貼著牛體，一座小山丘突然向他崩塌過來，來不及跳開，下半身竟被壓住。

阿亮大吃一驚，在一旁手足無措，不斷探問：「頭家，你有要緊無？」伸出雙手，想到頭家已經老年，他的臂膀可以硬拉嗎？而牛體如此龐大，又該如何搬翻是好？阿亮想了想，說：「頭家，你忍耐一下，我來去找幾個人來幫忙。」

吳振瑞回說：「嘸免去找人。牛腹肚軟軟，我其實會當勉強抽腳出來。我只是欲等馬沙喘氣喘呼穩當了後才來處理。」說完自己放輕鬆，也躺著休息。過了一會兒，伸指按壓牛背，好像推拿師傅那般在脊椎兩側找尋穴道，找一找按一按，然後在牛耳邊輕聲交代：「馬沙，今嘛左前腿和左後腿同時出力，撐起來，慢慢撐起來，好，開始！」

那牛竟照著主人的指示緩緩撐起身軀，只撐起半寸，吳振瑞的下半身即獲釋，輕輕縮腳，從牛體下爬了出來。

馬沙也感覺主人脫身了，伸腿，伸頸，抬起頭角，好像晨起還想賴床的小孩，吃力地翻身爬起，一副慵懶無力的樣態。吳振瑞再度上前，緊貼其身，輕撫其頭角，捏捏耳朵，再向下摸其頸部，同時在牠身邊喃喃自語，阿亮聽不出頭家講些什麼。

這樣完事後，阿亮深呼吸一次，說一句奉承的話：「頭家，我今嘛想起來啦，聽講你跟阿煥叔公學過工夫。」

「你今嘛才知！我是阿煥叔公在這個地球頂面唯一的傳人。」

「是有影，真正有影，大家攏按呢講。」

一串畢畢噗噗的聲響由遠而近，由小而大，是俗稱鐵牛的耕耘機經過馬路，打斷了他們的談話。

〈完〉

蕉王吳振瑞

作　　者：李旺台
責任編輯：劉子菁
王君宇
責任企劃：劉凱瑛

主　　編：劉　璞
副總編輯：鄭建宗
總 編 輯：董成瑜
發 行 人：裴　偉

裝幀設計：木木 Lin
內頁排版：宸遠彩藝

出　　版：鏡文學股份有限公司
11070 台北市信義區東興路 45 號 4 樓
電　　話：02-6633-3500
傳　　真：02-6633-3544
讀者服務信箱：MF.Publication@mirrorfiction.com

總 經 銷：大和書報圖書股份有限公司
242 新北市新莊區五工五路 2 號
電　　話：02-8990-2588
傳　　真：02-2299-7900

印　　刷：漾格科技股份有限公司
出版日期：2020 年 3 月 初版一刷

ＩＳＢＮ：978-986-98373-8-5
定　　價：460 元

國家圖書館出版品預行編目 (CIP) 資料

蕉王吳振瑞 / 李旺台作. -- 初版. -- 臺北市：鏡文學, 2020.03
面；14.8×21 公分. -- (鏡小說；30)
ISBN 978-986-98373-8-5(平裝)

863.57　　109002155